ELLERY QUEEN

Z의 비극

엘러리 퀸 / 이제중 옮김

해문출판사

Z의 비극

■ 차　례

제1장 드루리 레인 씨를 만나다

이 사건 속에서 맡은 내 역할은 드루리 레인 씨의 행적을 더듬어 보려는 사람들에게는 크게 흥미 있는 일이 아닐 듯싶어, 나 자신에 대한 이야기는 여자의 허영심이 허락하는 한도 내에서 간단히 소개하기로 하겠다.

나는 젊다. 이것만큼은 나를 아주 혹독하게 비평하는 사람들조차 인정하고 있다. 크고 푸르고 촉촉한 내 눈은──이 점은 시인으로 자처하는 여러 남성들이 칭송한 것이지만──거룩한 큰 별처럼 반짝이고, 높은 하늘색과 같은 빛깔이다. 하이델베르크 대학의 체육과 학생 하나는 내 머리칼을 꿀에 비유했고, 캡당티브(라이베리아의 휴양지)에서 나와 말다툼을 한 어느 신랄한 미국 여자는 내 머리카락이 차라리 꺾어지기 쉬운 밀짚 같다고 했다. 얼마 전에는 파리의 클라리세 양장점에 가서 그 가게에서 가장 아끼는 사이즈 16의 마네킹 옆에 서서 비교해 본 적이 있는데, 내 몸매가 그 시건방진 얼굴을 한 마네킹의 매력적인 체격과 수치상으로 비슷함을 알았다. 나의 손발은 완전하게 수학적으로 균형이 잡혀 있는데, 이건 진실이다. 게다가──이 점에 대해서는 다른 사람이 아닌, 그 방면의 권위자인 드루리 레인 씨가 인정한 바이지만──명석한 두뇌의 수유자이기도 하다. 또한 내 커다란 매력 중의 하나는 '솔직히 말해서 겸손한 점이라고는 없는 여자'라는 것이다. 잘못 알려진 얘기라고 하고 싶지만, 이 이야기를 읽어 나가노라면 나의 그 '매력'이 여지없이 나타나게 될 것이다.

두드러진 사항은 이쯤 하고, 그밖에는 나를 '방황하는 북구인 (北歐人)'이라고 하는 표현이 알맞을 것이다. 나는 머리를 땋고 세일러복을 입는 아주 어린 시절부터 집을 떠나 돌아다녔다.

나는 여행 도중 이따금 한 곳에서 상당히 오래 머물러 살기도 했다. 예를 들면 나를 질리게 만든 신부 수업 학교에서 2년을 보내기도 하고, 학생들과 예술가들이 많이 사는 파리 센 강의 왼쪽 기슭에서 14개월 동안 머무른 적도 있었는데, 페이션스 섬이라는 내 이름이 고갱이며 마티스와 함께 사람들의 화제에 오를 가능성이 절대로 없으리라는 것을 깨닫고 작별을 고했다. 마르코 폴로처럼 동양에 가본 적도 있고, 하니발처럼 로마의 성문으로 쳐들어간 적도 있었다. 더욱이나 나는 탐구적 정신도 있어서, 튀니스에서 압생트 술을, 리옹에서는 클로 보제 포도주를, 그리고 리스본에서는 아그와르디엔테라는 싸구려 술을 맛보기도 했다. 아테네에서는 아크로폴리스 신전에 올라가느라고 구두가 닳기도 하고, 사포 섬의 달콤한 공기를 가슴 가득히 들이마시며 즐거워한 적도 있었다.

말할 필요도 없지만, 이러한 여행에는 충분한 용돈이 지급되었고, 더할 수 없이 훌륭한 샤프롱(사교계에 나가는 젊은 여성의 보호자. 대개 나이가 지긋한 기혼 부인인 경우가 많다)이 뒤를 돌보아 주었다. 더구나 이 샤프롱은 일을 보고도 못 본 척해 주고, 유머 감각이 있는 편한 사람이었다.

여행이란 거품이 이는 크림처럼 자꾸 퍼지는 것이다. 그러나 그것을 여러 번 먹으면 싫증이 나기에 보통 음식을 찾기 마련인 미식가처럼, 여행자 역시 나중에는 감사한 마음을 가지고 철저한 다이어트를 시작하고는 한다. 그래서 나는 처녀다운 순수한 결심을 한 채 그 훌륭한 샤프롱과 알제리에서 작별을 하고, 고향으로 향하는 배를 탔다.

아버지의 따뜻한 마중을 받는 순간 나는 대뜸 기운을 되찾았다. 내가 신부 수업 학교의 내 방에서 혼자 읽으며 여러 밤을 예술적 감흥에 흠뻑 빠져서 읽고 또 읽어 너덜너덜해진 아름다운 프랑스 어 판 《채털리 부인의 사랑》을 뉴욕으로 밀수하려고 하자 아버지가 질렸던 것도 사실이나, 그 사소한 문제가 내 주장대로 해결되고 입국 수속도 무사히 끝나자, 낯선 두 마리의 비둘기가 보금자리로 돌아가듯 우리 두 사람은 입을 굳게 다문 채 뉴욕 시내에 있는 아버지의 아파트로 향했다.

《X의 비극》과 《Y의 비극》을 읽어 보면 이 위대하고 몸집이 크고 못생긴 내 아버지 섬 경감이 그 피 끓는 책 속에서 여행 중인 딸에 대해서는 한 번도 언급한 적이 없었음을 알 수 있다. 그것은 나에 대한 애정이 부족했기 때문은 아니다. 부두에서 키스를 했을 때 아버지 눈에 나타났던, 완전한 처녀로 성장한 나를 보고 느낀 놀라움과 그리움에 목말라했다는 표정으로 나는 그 사실을 알 수 있었다. 다만 우리는 떨어져 지냈을 뿐인 것이다. 어머니는 내가 항의도 할 수 없을 만큼 어릴 때에 샤프론과 함께 나를 유럽으로 보냈던 것이다. 어머니에게는 아마도 감상적인 성향이 있었던 모양이다. 그래서 직접 가지 못하는 당신께서는 내가 보내는 편지를 통해 유럽의 우아함에 푹 빠지곤 하셨던 것 같다.

아버지에게는 어쩔 수 없는 일이었겠지만, 나와 아버지가 떨어져서 살게 된 것이 어머니 탓이라고만 할 수 없다. 지금도 어렴풋이 생각나는데, 나는 어렸을 때에 아버지가 수사하고 있는 사건의 피비린내나는 내용들을 자세히 이야기해 달라고 졸라댄다거나, 신문의 범죄 기사를 하나도 빠짐없이 탐독하고는 했으며, 뉴욕 센터 가(街)에 있는 아버지가 근무하는 경찰국으로 터무니없는 조언을 하러 가겠다고 하여 아버지를 귀찮게 했던 것이다. 아니라고 부정하실지도 모르지만, 아버지는 내가 유럽으로 보내지자 속으로 안도의 숨을 내쉬었을 것이 틀림없다.

어쨌든 정상적인 아버지와 딸의 관계를 회복하기까지는 내가 귀국한 뒤 몇 주일이 걸렸다. 유럽을 두루 돌아다니던 시절에도 이따금 잠깐씩 미국에 돌아와 아버지와 함께 지낸 적이 있었지만, 그것만으로는 젊은 딸과 매일 식사를 같이하고 잘 자라고 키스를 하는 등, 아버지가 딸에게 하는 애정어린 표현들을 모두 익힐 수는 없었던 것이다. 내가 귀국하고 나서 얼마 동안 아버지는 수척해지셨다. 일생을 범죄 수사에 바치며 쫓아

다녔던 수많은 결사적인 난폭자들보다 아버지는 나를 더 두려
워했던 것이다.

지금까지 설명한 것은 이제부터 내가 이야기하려는 드루리
레인 씨와 알곤퀸 형무소의 죄수 에어런 다우의 놀라운 사건에
서 빼놓을 수 없는 서곡이다. 왜냐하면 페이션스 섬 같은 변덕
스러운 인물이 어째서 살인사건에 끝까지 관계하게 되었는가
하는 이유를 설명해 주기 때문이다.

유럽을 여행하는 동안 나에게 보낸 아버지의 편지에는――
특히 어머니가 돌아가신 다음부터――아버지의 생애 속으로
극적으로 파고든 드루리 레인이라는 미지의 나이 많은 천재에
대한, 애정이 듬뿍 담긴 이야기가 자주 나오는 바람에 나는 약
간 화를 내고 있었다. 그 노신사의 이름은 그의 명성으로 해서
나에게 잘 알려져 있었다. 어째서 그런가 하면, 첫째 나는 범죄
에 대한 것이라면 그것이 실제로 있었던 사건이건 공상적인 추
리소설이건 열심히 읽었기 때문이며, 둘째로 지금은 무대에서
은퇴한 이 연극계의 원로가 유럽과 미국의 신문지상에 일종의
초인으로서 늘 다루어지고 있기 때문이었다. 불행하게도 귀머
거리가 된 뒤 어쩔 수 없이 무대에서 은퇴한 다음부터 범죄 수
사에 공헌한 그의 업적은 세상에 널리 알려져서 그 소문이 유
럽에 있는 내 귀에도 여러 번 들려왔던 것이다.

고국으로 돌아오고 나서 나는 불현듯 내가 가장 바라고 원하
는 것은 허드슨 강이 굽어보이는 환상적이고 매혹적인 성에서
호화스러운 생활을 하고 있다는 이 색다른 인물을 만나는 일이
라는 것을 깨달았다.

그러나 아버지는 몹시 바빴다. 뉴욕 경찰국에서 퇴직하자, 당
연한 일이었지만 아버지는 하릴없는 생활에 참을 수 없는 권태
를 느끼기 시작했다. 아버지에게는 범죄 수사가 식사와 같은
것이었기 때문이다. 따라서 아버지는 필연적으로 사립탐정의
일을 하게 되었고, 지금까지 떨친 개인적인 명성으로 해서 사

립탐정 일은 시작부터 성공적이었다.

나 또한 그다지 할 일도 없었을 뿐더러 해외에서 했던 생활
이며 수련이 착실히 가정을 꾸려나가는 데 맞지도 않아, 몇 년
전에 그만두었던 일을 다시 시작하게 된 것은 필연적이라고 할
수 있었다. 그리하여 어릴 때처럼 아버지가 못마땅하게 생각하
는 가운데 아버지의 사무실에 나가 아버지를 귀찮게 하는 시간
이 많아지게 되었다. 아버지는 딸이란 단추 구멍에 꽂는 꽃처
럼 장식품이라야 한다고 생각하는 것 같았다. 그러나 나도 아
버지의 고집 센 턱을 이어받고 있기에, 마침내 아버지는 꺾이
고 말았다. 아버지는 나 혼자 간단한 조사 정도를 하는 것은 여
러 번 허락해 주기까지 했다. 이리하여 나는 현대 범죄 술어며
범죄 심리에 대해 조금씩 익혀 나갔다. 그리고 이와 같은 간단
한 훈련이 이제부터 얘기하려는 다우 사건을 이해하는 데 크게
도움이 되었다.

그런데 그보다 더욱 도움되는 일이 일어났다. 아버지뿐만 아
니라 나 자신도 놀란 그 일이란 나에게 관찰과 추리에 대한 대
단한 재능이 있음을 발견하게 해주었다. 아마도 어릴 때의 환
경과 범죄에 대한 끊임없는 관심이 이런 재능으로 자라서 내게
어떤 특수한 능력을 지니게 했겠다고 문득 깨달았던 것이다.

아버지는 내게 불평했다.

"패티, 네가 옆에 있으면 내 입장이 곤란해. 나보다 더 잘하
니까. 꼭 드루리 노인이 하는 식이야. 그 노인하고 일하던 옛날
생각이 난단 말이야."

그러면 나는 이렇게 대답하곤 했다.

"어머, 지나친 칭찬이세요, 경감님. 그분은 언제 소개해 주시
겠어요?"

그 기회는 내가 외국에서 돌아온 지 3개월이 지난 어느 날
뜻하지 않게 찾아왔다. 처음에는 아무렇지도 않게 시작된 사건
이 날이 감에 따라——이러한 사건은 흔히 그러한 경로를 밟
게 되지만——나와 같이 범죄 수사를 갈망하는 사람조차 깜짝

놀랄 만한 큰 사건으로 발전해 나갔던 것이다.

어느 날, 키가 크고 머리가 희끗희끗하며 고상한 옷차림을 한 신사 한 분이 아버지의 사무실을 찾아왔다. 그는 아버지의 도움을 받으러 오는 사람들이 으레 그러하듯 근심스런 표정을 하고 있었다. 명함에는 엘러휴 클레이라는 이름이 쓰여 있었다. 그는 나를 날카롭게 한번 쳐다보고는 의자에 앉아 두 손으로 지팡이 꼭대기를 꼭 쥐고서, 프랑스의 은행가처럼 무미건조하고 꼼꼼하게 자기 소개를 했다.

그는 클레이 대리석 채굴 회사의 소유주였다. 그 회사의 주요 채석장은 뉴욕 주(州) 북부에 있는 틸덴 군에 있고, 사무실과 저택은 뉴욕 주 리즈 마을에 있었다. 그는 아버지에게 그가 의뢰하는 조사는 매우 미묘하고도 비밀스러운 것으로서, 그렇기 때문에 이토록 먼 곳까지 조사를 의뢰하려고 왔으니 특히 신중하게 다루어 주기 바란다고 강조하였다.

"무슨 말인지 알겠습니다." 하고 아버지는 미소를 지으며 말했다. "여송연이라도 피우시지요. 그래, 누가 금고에서 현금이라도 훔치려 한다는 말씀입니까?"

"아닙니다. 천만에요! 실은 저에게……뭐라고 할까……비밀의 공동 경영자가 있습니다."

"아, 그렇습니까? 자세히 말씀해 보시지요." 하고 아버지가 말했다.

이 비밀 공동 경영자는 포셋 씨, 즉 닥터 아이러 포셋이라는 인물이었다. 그런데 이 비밀 공동 경영자가 좋지 않은 일을 하고 있는 듯했다. 이 포셋 의사는 틸덴 군에서 선출된 상원의원 조엘 포셋의 형이었다. 아버지가 눈살을 찌푸리는 것을 보고 나는 이 상원의원이 정직하거나 깨끗한 성품을 지닌 사람은 아니라고 생각했다. 아무 거리낌없이 '옛날 식의 정직한 실업가'로 자처하고 있는 클레이 씨는 이제 와서 포셋 의사를 공동 경영자로 삼은 것을 후회하고 있었다. 나는 포셋 의사라는 인물이 사악한 사람이라고 추측했다. 그는 회사에 많은 매매 계약

을 맺게 해주었지만 클레이 씨가 보기에는 계약에 의심이 간다
는 것이었다. 장사가 지나치게 잘되고 있었다. 굳이며 주에서
너무나 많은 계약을 클레이 대리석 채굴 회사와 맺고 있었다.
그러므로 그 내막에 대한 세심하고 강경한 조사가 필요하다는
것이었다.

"증거는 없습니까?" 하고 아버지가 물었다.

"티끌만큼도 없습니다, 경감님. 그는 그런 꼬투리를 잡힐 만
큼 어리석지 않아요. 나는 그저 의심하고 있을 뿐입니다. 이 일
을 맡아 주시겠습니까?" 엘러휴 클레이 씨는 고액권 석 장을
책상 위에 놓았다.

아버지가 나를 흘끗 쳐다보았다. "맡아도 되겠니, 패티?"

내가 고개를 갸우뚱거렸다. "지금은 한참 바쁘잖아요. 이 일
을 맡게 되면 다른 일들을 전부 포기해야······."

엘러휴 클레이 씨가 나를 잠깐 동안 뚫어지게 바라보다가,
"좋은 생각이 있습니다." 하고 느닷없이 말했다. "포셋이 경감
님의 정체를 의심하는 것은 원치 않습니다. 그렇지만 저와 함
께 조사를 하셔야 하니, 따님과 함께 우리 집 손님으로 가장하
고 리즈로 오시면 어떻겠습니까? 아가씨는······뭐라고 할까요
······쓸모 있는 역할을 할 수 있을 것 같습니다만."

나는 그 말을 듣고 포셋 의사가 여성의 매력에 대해 무감각
한 인물이 아닌 모양이라고 추측했다. 두말할 나위 없이 내 호
기심이 고개를 쳐들었다.

"어떻게 처리할 수 있을 것도 같습니다, 아버지." 하고 내가
잘라 말함으로써, 우리는 그 사건을 맡기로 결정을 내렸다.

그 뒤 이틀 동안 우리는 지금까지 하던 일을 정리하고, 일요
일 저녁 무렵에는 리즈로 떠날 채비를 끝마쳤다. 엘러휴 클레
이 씨는 뉴욕으로 우리를 방문한 그날 우리보다 먼저 북부의
리즈로 돌아갔다.

내가 난로 앞에서 두 다리를 뻗고 복숭아 브랜디를——이

브랜디도 사람좋은 젊은 세관원의 눈을 속여 가지고 들어온 것이다——홀짝홀짝 마시고 있을 때 그 전보가 온 것을 아직도 기억하고 있다. 전보는 브루노 지사, 즉 아버지가 경찰국의 경감으로 있던 시절에 뉴욕 주 지방검사로 있었고, 지금은 인기 있는 전투적인 뉴욕 주지사가 된 월터 제이비어 브루노가 보낸 것이었다.

아버지가 넓적다리를 치며 껄껄 웃었다. "브루노는 변하지 않았어! 자, 패티, 네가 그렇게도 원하던 기회가 왔다. 갈 수 있겠지, 응?"

아버지가 내게 전보를 던져 주었다. 전문은 이러했다.

안녕하시오, 늙은 용사. 내일 레인 영감님의 70회 생일을 맞이하여 놀래 줄 겸해서 레인클리프에 갈까 하오. 레인 씨가 병이 났다고 하니 기운을 내게 해야겠소. 바쁜 지사도 가는데 당신이 못 갈 리 없겠지. 거기서 만납시다.   브루노

"아이, 멋져!" 나는 내가 가장 소중히 여기는 파토 파자마 위에 브랜디를 엎지르며 외쳤다. "그분이……그분이 나를 좋아할까요?"

"드루리 레인 씨는 말이다," 하고 아버지가 으르렁거리는 목소리로 말했다. "여성……여성……쉬운 말로 해서 여자를 싫어한단다. 그렇지만 너를 데리고 가야만 하겠지. 자아, 이제 그만 자거라." 아버지가 미소를 지었다. "애야, 내일은 가장 예쁘게 보이도록 치장을 해라. 그 영감님을 깜짝 놀라게 해주어야겠다. 그리고……패트, 술을 꼭 마셔야 하니? 그렇다고," 아버지가 다급하게 덧붙여 말했다. "내가 완고한 아버지 노릇을 하려는 것은 아니다만……."

나는 아버지의 못생기고 찌그러진 콧잔등에 입을 맞추었다. 가엾은 아버지. 딸을 잘 키우려고 한껏 노력은 하고 계시건만.

허드슨 언덕에 있는 드루리 레인 씨의 저택 '햄릿 성'으로 올라가는 길은 전부터 아버지의 설명을 들어서 상상하고 있던 그대로였다——아니 그 이상이었다. 그곳은 내가 지금까지 본 곳 가운데 가장 멋진 곳이었다. 마치 내 여행 일정에는 원래 오래전에 있었던 대륙의 중요한 명소들만 들르게 되어 있는 듯했다. 따뜻하게 우거진 숲, 깨끗한 길, 하늘에 떠 있는 구름들, 그리고 저 멀리 눈 아래에 흐르고 있는 조용하고 푸른 강. 이토록 멋지고 평화롭고 아름다운 곳은 여지껏 유럽에서는——라인 강변에서까지도——본 적이 없었다. 그리고 저 성! 오래 전 영국의 언덕에서 마법의 융단에 실어 날라왔다고밖에 생각할 수 없었다. 그 성은 너무나 컸고 위풍당당하고 아름다우며, 중세기풍이었다.

우리는 기묘하게 생긴 나무 다리를 건너서 로빈 후드가 살았다는 셔우드 숲 같은 사유림을 지나——로빈 후드의 일당인 터크 사제가 나무 뒤에서 튀어나올 것만 같았다——성의 정문을 통하여 저택으로 들어섰다. 여기저기에 미소짓고 있는 사람들이 보였는데, 대부분이 노인들로서 드루리 레인의 도움을 받으며 살고 있는 사람들이었다. 드루리 레인은 이 성을 지어 늙어서 일할 수 없게 된 예술가들에게 쉴 곳으로서 개방하고 있었다. 수많은 사람들이 드루리 레인이라는 이름과 그의 아낌없는 후원에 축복이 내리기를 기원하고 있다고 아버지는 설명했다.

브루노 지사가 정원에서 우리를 맞이했다. 그는 우리가 도착하기를 기다리며 아직도 주인에게 인사를 하지 않은 상태였다. 나는 브루노 지사에게 매우 호감을 느꼈다. 네모난 얼굴에 단단한 체격, 높은 이마와 반짝이는 눈을 보고 나는 그가 지적인 사람이라는 것을 알 수 있었고, 군살이 없는 턱을 보고 전투적인 사람이라는 생각이 들었다. 그를 호위하고 온 주 경찰관들이 사방을 주의해서 살피며 뒤쪽에서 서성이고 있었다.

그러나 나는 지사 정도는 안중에도 없을 만큼 흥분하고 있었다. 왜냐하면 쥐똥나무를 지나 주목(朱木)들 사이로 한 노인이 걸어오고 있었기 때문이었다. 노인이 너무나 늙어서 나는 깜짝 놀랐다. 아버지의 설명을 듣고 나는 레인 씨를 인생의 절정기에 있는 키가 크고 젊은 사람으로 생각해 왔던 것이다. 나는 지난 10년이라는 세월이 그에게 얼마나 가혹한 것이었는지를 뚜렷이 볼 수 있었다. 그 10년 동안 떡 벌어졌던 어깨는 둥글게 굽어 버리고, 숱이 많았던 흰 머리카락도 적어졌으며, 손이나 얼굴에는 주름이 많이 잡히고 발걸음에서도 탄력이 없어졌다. 그러나 눈만은 아직도 빛을 발했다. 보는 사람이 정신이 번쩍 들 정도로 맑았고, 지혜와 유머를 듬뿍 담은 채 빛나고 있었다. 그는 우리가 찾아온 것이 반가워서인지 두 뺨이 빨갛게 상기되어 있었다. 처음에는 나를 보지 못한 것 같았다. 그는 아버지와 브루노 지사의 손을 꽉 잡고 끌어안으며 말했다.

"잘 오셨습니다! 정말 잘 오셨어요!"

나는 언제나 나에게는 감상적인 면이 별로 없다고 생각해 왔는데, 이때는 어리석게도 가슴이 메고 눈물이 괴어 옴을 느꼈다.

아버지가 코를 풀고 나서 마음이 안됐는지 무뚝뚝하게 말했다. "레인 씨, 이 애가 제 딸입니다……어떻게 이렇게까지 변할 수가……."

레인 씨는 주름잡힌 두 손으로 내 손을 쥐고 내 눈을 들여다보았다.

"아가씨, 햄릿 성에 잘 오셨소."

그리고 나서 나는 그때를 돌이켜볼 때마다 얼굴이 붉어지는 말을 레인 씨에게 했다. 솔직히 말하면 나는 그때 나 자신을 드러내고 싶었던 것이다. 나의 명석한 두뇌를 자랑하고 싶었던 것이다. 아마도 내가 여자라는 점도 작용했을 것이다. 이 만남을 오랫동안 애타게 기다려 왔던 나는 레인 씨를 만나면 그가 내 명석한 두뇌를 테스트할지도 모른다고 무의식적으로 생각했는지도 모른다. 그것은 모두 나의 공상이었지만.

아무튼 나는 빠르게 지껄였다.

"저는 정말 기뻐요, 레인 씨. 얼마나 뵙고 싶었는지……참으로……." 그리고는 그 말이 입에서 튀어나왔던 것이다. 나는 레인 씨에게 추파를 던지며——그것은 틀림없는 추파였다——느닷없이 말했다. "선생님께서는 회상록을 쓰실 생각을 하고 계시는군요!"

물론 이 말이 입에서 튀어나오자마자 나는 후회했다. 그것은 어리석은 짓이었고, 나는 창피해서 입술을 깨물었다. 아버지는 깜짝 놀라서 숨을 크게 들이마셨고 브루노 지사는 어이가 없어 멍청하게 서 있었다. 레인 씨는 눈썹을 치켜올렸으며 눈빛이 날카로워졌다. 내 말에 대답하기 전에 오랫동안 내 얼굴을 뚫어지게 바라보고 있더니, 이윽고 그는 두 손을 비비며 껄껄 웃었다.

"아가씨, 이것은 놀라운 일이오. 경감님, 여지껏 이런 따님이 있다는 것을 숨겨 왔다니 용서할 수 없군요. 이름이 뭐지요?"

"페이션스라고 합니다." 하고 내가 중얼거렸다.

"아하! 청교도의 영향을 받은 이름이군요, 경감님. 이름짓는 데 부인보다도 경감님의 생각이 많이 작용했겠습니다."

레인 씨가 다시 껄껄 웃더니 놀라울 만큼 힘차게 내 팔을 잡았다. "자아, 이리로 오실까요, 놀라서 몸이 화석처럼 굳은 양반들. 우리들 얘기는 나중에 하기로 하고……놀랄 일이야, 정말로 놀랐다고!"

레인 씨는 계속해서 껄껄 웃으며 우리를 아담한 정자로 데리고 갔다. 그는 몇 명의 혈색 좋고 몸집이 작은 노인들을 심부름 보내기도 하고 손수 우리에게 다과를 대접하기도 했는데, 그러는 동안에도 내내 내 얼굴을 흘긋흘긋 쳐다보았다. 그때쯤 나는 심한 혼란 속에 빠져 있었고, 그 말을 하게끔 만든 얼빠진 이기심에 대해 씁쓸한 기분을 느끼며 나 자신을 신랄하게 비판하고 있었다.

"자아, 그럼, 페이션스 양!" 하고 노인이 우리가 한숨을 돌리고 나자 말을 꺼냈다. "아까 말한 놀라운 얘기를 검토해 보기로 합시다."

그의 목소리는 내 귀에 상쾌하게 들렸다. 독특한 울림을 지니고 있었고, 오래 된 모젤 백포도주처럼 깊고 감미롭고 풍성한 소리였다.

"그래, 내가 회상록을 쓸 생각을 하고 있다는 말이지요? 그래요? 그밖에는 또 어떤 것이 당신의 아름다운 눈에 비쳤지요, 아가씨?"

"사실은," 하고 내가 더듬거리며 말했다. "그 말을 한 것을 후회하고 있어요. 제 말은……그것은……아버지와 지사님을 만나신 지가 오래 되셨을 텐데, 제가 이야기를 독점하고 싶지는 않아요, 레인 씨."

"쓸데없는 소리요, 아가씨. 우리같이 늙은 사람들은 페이션스(참을성)를 키우는 법을 배웠답니다." 그가 다시 껄껄 웃었다. "늙어가고 있다는 또 다른 증거라오. 그밖에 아가씨 눈에 비친 것은, 페이션스 양?"

"저어," 나는 숨을 크게 들이쉬고 말했다. "선생님께선 타자치는 법을 배우고 계십니다, 레인 씨."

"어!"

레인 씨는 깜짝 놀란 표정을 지었다. 아버지는 나라는 사람을 전에는 본 적이 없었던 것처럼 뚫어지게 바라보고 있었다.

"그리고," 내가 조용히 말을 이었다. "타자치는 법을 혼자 배우고 계십니다. 그것도 두 손가락으로 타자판을 보고 치는 식이 아니라 네 손가락을 사용하는, 키를 안 보고 치는 올바른 타자법인 터치 시스템으로 배우고 계십니다."

"아이구, 세상에! 이런 것을 신의 응보라고 하나?" 그가 웃으면서 아버지에게로 몸을 돌렸다. "경감님, 굉장히 지혜로운 따님을 두셨습니다. 혹시 페이션스에게 나에 대한 얘기를 하셨습니까?"

"천만에요! 저도 당신만큼이나 놀라고 있습니다. 제가 무슨 얘기를 어떻게 할 수 있겠습니까? 저도 모르는 일인데. 아니, 그럼, 그게 사실이란 말입니까?"

브루노 지사는 턱을 쓸고 있었다. "당신 같은 사람을 주 경찰국에서 쓰고 싶군요, 섬 양……."

"아아, 관계 없는 이야기는 그만둡시다." 하고 드루리 레인 씨가 중얼거렸다. 그의 눈이 무척이나 빛나고 있었다.

"이것은 하나의 도전이군요. 추리로 알았다는 말이지요, 응? 실제로 페이션스가 해 보였으니 그런 추리가 가능하다는 것은 분명하고……자아, 봅시다……우리가 만나고 나서 정확히 어떤 일이 있었지요? 우선 내가 나무 사이를 지나 여러분에게 다가갔습니다. 그리고는, 경감님, 당신과 브루노 지사와 인사를 나누었지요. 그 다음 페이션스 양과 내가 서로를 바라보다가…… 악수를 했지요. 쯧쯧, 놀랄 만한 추리력입니다……그래요, 손이었습니다. 물론 그랬겠지!"

그가 자기 손을 재빨리 주의 깊게 살펴보더니 미소를 지으며 고개를 끄덕였다.

"아가씨, 정말로 굉장하군요. 그래, 맞아! 물론 그렇게 됐겠지! 타자치는 법을 배우고 있다는 것을 알았다, 이 말이지요? 경감님, 내 손을 살펴보고 무엇을 알 수 있습니까?"

레인 씨가 정맥이 비쳐 보이는 자신의 하얀 손을 아버지 코앞에 내밀었다. 아버지가 눈을 껌벅거렸다.

"무엇을 알다니오? 이런 손을 보고 뭘 알아낼 수가 있겠습니까? 깨끗한 손이라고 생각할 뿐이지요!"

우리는 모두 소리내어 웃었다.

"경감님, 제아무리 하찮은 부분이라도 빠짐없이 관찰하는 일이야말로 범죄 수사에 있어 아주 중요하다는 내 신념을 여러 번 되풀이해서 말씀드렸는데, 나의 그 신념이 확인되었습니다. 보시다시피 내 양손의 손톱 네 개가 모두 갈라져 있습니다. 그런데 양쪽 엄지 손톱만은 갈라져 있지를 않고 잘 다듬어져 있습니다. 엄지 손톱 이외의 나머지 네 손톱이 갈라지는 일이란 타자를 치는 일이지요——그것도 지금 배우는 중이라는 것을 알 수 있지요. 왜냐하면 손톱은 타자칠 때에 글자판을 두드리는 충격에 익숙해 있지 않아 갈라지니까……잘했어요, 페이션스 양!"

"그렇지만……." 하고 아버지가 심술궂게 말을 시작했다.

"아, 이봐요, 경감." 하고 노인이 웃으며 말했다. "당신은 언제나 회의적이지요. 그래요, 페이션스 양, 아주 훌륭해요. 이번에는 그 터치 시스템에 관한 것인데, 참으로 날카로운 추리였어요. 타자판을 보면서 두 손가락만을 써서 타자치는, 소위 말하는 '헌트' 시스템을 배우는 초보자들은 두 손가락만 사용하기 때문에 손톱이 갈라지더라도 손톱 두 개만 갈라지겠지요. 그러나 터치 시스템은 엄지손가락 이외의 나머지 손가락 네 개를 전부 사용하지요." 그가 눈을 감았다. "그리고 회상록을 쓰려고 한다는 말에 난 아주 놀랐어요! 그것은 눈앞에 있는 현상을 훨씬 뛰어넘고 있어요, 아가씨. 그러나 그것으로 아가씨가 관찰력이나 추리력뿐만 아니라 직관력도 풍부히 가지고 있다는 것을 알 수 있어요. 브루노 씨, 이 귀여운 탐정 아가씨가 어떻게 해서 그와 같은 결론을 얻게 되었는지 당신은 아시겠습니까?"

"전혀 짐작도 못하겠습니다." 하고 지사가 솔직히 고백했다.

"애비 욕 먹이는 술수야." 하고 아버지가 으르렁거렸다. 그러나 아버지는 손에 쥐고 있는 여송연의 불이 꺼진 것도 모른 채 손가락을 떨고 있었다.

레인 씨가 다시 껄껄 웃었다.

"아주 간단하지요! 70이나 된 노인이 어째서 갑자기 타자치는 법을 배우기 시작했나 하고 페이션스 양은 의심을 품었던 것입니다. 지난 50년 동안 배우려 하지도 않았던 일을 이제 와서 시도하다니 좀 이상하다고 생각했겠죠. 그렇지요, 페이션스 양?"

"그렇습니다. 선생님은 금세 쉽게 이해하시는군요……."

"그래서 노년에 이른 사람이 그러한 바보 같은 짓을 한다는 것은 인생의 전성기가 지났다는 것을 깨닫고 무엇인가 개인적인 것을 쓰려고 하고 있다는 생각을 아가씨는 한 거죠. 그것도 타자를 배워야 할 만큼 긴 것, 인생의 종말에서 길게 쓸 만한 것은 회상록뿐이다, 그런 생각을 했겠지요. 아주 훌륭했어요. 그런데……." 그의 눈이 흐려졌다. "페이션스 양, 내가 알 수 없는 것은 당신이 내가 혼자 배우고 있다는 것을 어떻게 알았느냐 하는 점입니다. 사실 내가 독학하고 있기는 하지만, 도대체 그걸 어떻게……."

"거기에는 전문적인 지식이 약간 필요합니다." 하고 내가 힘없이 말했다. "저의 추리는 선생님이 만일 어느 누구에게서 타자치는 법을 배우고 있다면 초심자가 모두 그러하듯이 터치 시스템으로 배우고 계시리라는, 가능성이 높은 전제 아래 이루어졌습니다. 그렇지만 교사에게서 배우고 계시다면, 배우는 사람이 글자판을 외우지 않고 글자판을 훔쳐볼지도 모른다는 생각에서 교사는 타자판에다 글자가 보이지 않도록 작은 고무 덮개를 각각의 타자 키 위에 씌웁니다. 만일 선생님의 타자 키 위에 고무 덮개가 씌워져 있었다면, 레인 씨, 손톱이 갈라지지는 않았을 겁니다. 따라서 혼자 배우고 계시는구나 하고 생각했습니다."

아버지가, "기가 찰 노릇이군!" 하고 말하면서 마치 여자 비행사나 남아프리카의 줄루 족 여자나, 또는 그 비슷한 기괴한 것을 이 세상에 낳아 놓았다는 듯이 나를 바라보았다. 그러나 내가 이 하찮고 작은 지혜의 불꽃을 보인 것이 레인 씨를 몹시 즐겁게 해서, 그 순간부터 레인 씨는 나를 특별한 동료로서 대우해 주었다. 아버지는 그 점을 약간 억울해 하는 듯했다. 아버지는 오래 전부터 범죄 수사 방법론에 대하여 이 노신사와 논쟁을 벌여 왔기 때문이다.

우리는 그날 오후에 조용한 정원을 산책하기도 하고, 레인 씨가 같이 일하는 사람들을 위해 만든 자갈이 깔린 작은 촌락을 방문하고, 그의 전용 술집인 '인어 주점'에서 에일 맥주를 마시기도 하고, 그의 개인 극장도 보며, 거대한 서재에서 진귀하고 감격적인 셰익스피어 문헌들이 수집되어 있는 것을 보기도 하면서 한나절을 보냈다. 그것은 내가 세상에 태어나서 가장 황홀하게 보낸 오후였고, 시간이 어떻게 지나갔는지 알 수가 없을 정도였다.

그날 저녁에는 그 중세기적인 대연회장에서 호화로운 향연이 벌어졌다. 햄릿 성의 모든 사람들이 한 사람도 빠짐없이 레인 씨의 생일을 축하하기 위해 연회에 참석하여 떠들고 즐겼다. 그것이 끝나자 우리 네 사람은 레인 씨의 방으로 가서 터키 커피와 술을 마셨다. 땅속의 보물을 지킨다는 늙은 난쟁이와 놀랄 만큼 비슷한, 등이 툭 튀어나온 키 작은 노인이 끊임없이 방안을 들락거렸다. 그 노인은 믿을 수 없을 만큼 나이가 많아 보였고, 레인 씨는 그가 백 살은 훨씬 넘었다고 내게 말했다. 그 사람은 레인 씨의 친구인 퀘이시 노인으로 캘리밴(셰익스피어 작품에 나오는 半獸人)이라는 별명을 갖고 있었는데, 그에 대하여 나는 오래 전부터 여러 가지 재미있는 이야기를 듣기도 하고 읽기도 했다.

소란스럽던 연회장에서 돌아와 타오르는 불길을 바라보며 떡갈나무로 벽을 치장한 방안에 있으니 모든 것이 평화스럽게 느껴졌다. 나는 피곤했기 때문에 훌륭한 튜더풍의 의자에 고마운 마음으로 앉아 편안하게 사람들의 얘기 소리를 듣고 있었다. 머리가 희끗희끗하고 어깨가 넓은, 반석같이 단단한 믿음직스러운 아버지, 고집스러운 턱을 가진 전투적인 브루노 지사, 귀족스런 풍채의 노배우들이 말하는 소리들……

그곳에 있는 것이 안락하고 좋았다.

레인 씨는 매우 즐거워하고 있었다. 그는 아버지와 지사에게는 수많은 질문을 퍼붓고 있었으나 자신에 관한 얘기는 별로 하지 않았다.

"나도 이제는 생의 마지막 단계에 와 있어요." 하고 어느 시

점에서 레인 씨가 가볍게 말했다. "시들고 낙엽 같은 상태가 되었습니다. 셰익스피어가 말했듯이 천국에 가기 위해서 내 늙은 몸을 매만질 단계에 와 있습니다. 하기야 내 몸을 고스란히 조물주께 돌려보내려고 내 주치의가 고생깨나 하고 있습니다만. 난 이제 늙었어요." 그리고는 웃으면서 자기의 그림자를 벽에서 없앴다. "이쯤 해서 시들어가는 시골 영감 얘기는 그만합시다. 경감님, 당신은 아까 페이션스 양과 함께 북부로 갈 예정이라고 하셨지요?"

"사건 의뢰를 맡아서 패티와 함께 북부로 간답니다."

"사건이라." 하고 레인 씨가 말하며 콧구멍을 벌름거렸다. "나도 같이 갈 수 있다면 좋겠습니다. 어떤 사건입니까?"

아버지가 어깨를 으쓱했다.

"자세히는 모릅니다. 어쨌든 당신이 흥미로워할 그런 사건은 아닌 듯합니다. 그렇지만, 브루노 씨, 당신에게는 흥미가 있겠군요. 당신의 옛 친구인 틸덴 군의 조엘 포셋이 관련되어 있으니까요."

"농담 마시오." 지사가 날카롭게 말했다. "조엘 포셋은 내 친구가 아닐 뿐만 아니라 그 작자가 나와 같은 정당에 속해 있다는 걸 생각만 해도 화가 납니다. 그 녀석은 악당이오. 틸덴 군에 폭력 조직을 결성해 놓고 있습니다."

"그 말을 들으니 반갑습니다." 아버지가 미소를 지었다. "한바탕 또 치러야 할 것 같으니 말입니다. 그의 형인 아이러 포셋에 대해서는 뭐 아는 것이 있습니까?"

브루노 지사가 놀란 것 같았다. 눈을 깜박거리더니 물끄러미 난롯불을 바라보았다.

"포셋 상원의원은 더할 나위 없는 악질적인 정치 깡패지만, 그의 형인 아이러야말로 그 일당의 실제적인 우두머리지요. 그 작자는 공직을 맡고 있지는 않지만 동생 뒤에서 모든 일을 조종하는 실제적인 권력자입니다."

"이제야 조금 이해가 되는군요. "아버지가 얼굴을 찌푸리며 말했다. "사실은 이 포셋 의사가 리즈에 있는 커다란 대리석상의 비밀 공동 경영자입니다. 그런데 클레이 씨——이 사람이 그 대리석상인데——가 내게 와서 자기의 공동 경영자인 포셋 의사가 회사를 부정 거래에 끌어들이고 있다면서 그 냄새나는 계약들의 뒷조사를 의뢰해 왔습니다. 사건은 뻔한 것 같습니다만 그것을 증명하는 일은 그리 간단치가 않은 것 같습니다."

"별로 부러워할 만한 일은 아니군요. 포셋 의사라는 녀석은 미꾸라지 같은 놈입니다. 클레이라고요? 그 사람도 압니다. 그 사람은 틀림없는 사람인 듯한데……이 문제에 내가 특별한 관심을 갖는 것은 이번 가을 선거에서 포셋 형제가 만만치 않은 상대와 싸워야 하기 때문입니다."

레인 씨는 눈을 감고 앉아서 입가에는 미소를 띠고 있었다. 나는 레인 씨가 지금 아무 소리도 듣지 않고 있다는 것을 깨닫고는 깜짝 놀랐다. 이 노배우는 귀머거리라서 독순술로 남이 하는 말을 알아듣는다는 말을 아버지로부터 여러 번 들은 적이 있었다. 그는 눈을 감음으로써 바깥 세상과 벽을 쌓고 있는 것이었다.

나는 고개를 흔들어서 내 머릿속에 들어 있는 현실적인 문제와 관계가 없는 잡념들을 털어 버리고 다시 이야기에 귀를 기울였다. 지사는 강경한 어조로 리즈 시와 틸덴 군에 대한 상황을 설명하고 있는 중이었다. 그의 말에 의하면 이제부터 앞으로 몇 달 동안 격렬한 선거 운동이 펼쳐지리라는 것이었다. 틸덴 군의 정력적인 젊은 지방검사 존 흄이 포셋과 대립되는 정당에서 상원의원 선거 후보자로 출마하여 상대 당의 입후보자 등록을 이미 마쳤다고 한다. 그는 그 지방 선거인들의 존경과 호평을 받고 있고, 깨끗하고 솔직한 지방검사라는 명성도 얻고 있어서 포셋 일당으로서는 얕잡아볼 수 없는 도전자였다. 뉴욕주의 노련하고 기민한 정치가 중의 한 사람인 루퍼스 코튼의 지원을 받고 있는 젊은 지방검사 존 흄은 사회악을 뿌리뽑고 정치 쇄신을 하겠다는 것을 선거 공약으로 내세우고 있었다.

포셋 의원이 부정으로 이름을 날리고 있는——브루노 씨의 말을 빌리자면, '뉴욕 주 북부 지방의 개발 자금을 먹어치우는 정치 깡패'였다——선거 구역인 리즈 시에 알곤퀸 주(州) 형무소가 있다는 점을 생각할 때 그 선거 공약은 매우 적절하고 타당한 것이라는 생각이 들었다.

레인 씨는 이제 눈을 뜨고 얼마 동안 지사의 입술이 움직이는 것을 바라보고 있었는데, 어째서 그토록 열심히 보고 있는 것인지 나로서는 알 수가 없었다. 형무소 말이 나오자, 늙기는 했으나 날카로운 그의 눈이 번쩍 빛났다.

"알곤퀸 얘깁니까?" 하고 그가 큰소리로 말했다. "아주 흥미롭군요. 브루노 씨가 주지사로 선출되기 몇 년 전에 모든 부지사가 매그너스 형무소장에게 부탁하여 내가 형무소 안을 시찰할 수 있게 해준 적이 있습니다. 아주 흥미로운 곳이더군요. 그곳에서 옛 친구를 만났습니다. 뮤어 신부라고, 형무소 담당 신부입니다. 아주 오래 전에, 당신들이 세상에 태어나기도 전에 알게 된 사람입니다. 그분은 바워리 거리(뉴욕 시의 큰 거리 중의 하나로서, 싸구려 술집·여관이 모여 있음)가 아주 험악한 곳이었던 시절에 바워리의 성자라는 말을 들었던 분입니다. 경감님, 뮤어 신부를 만나시면 부디 안부를 전해 주십시오."

"그렇게는 안 될 겁니다. 내가 형무소를 시찰하던 시절은 지났거든요……아니, 벌써 가시려는 겁니까, 브루노 씨?"

브루노 지사가 작별이 아쉬운 듯 마지못해 일어섰다. "가봐야겠습니다. 사무실에서 할 일이 많습니다. 아주 중요한 일을 하다가 살짝 빠져나왔거든요."

레인 씨의 얼굴에서 미소가 사라지고 늙은 얼굴에 주름살이 잡혔다.

"아니, 브루노 씨, 이런 식으로 도망치는 법이 어디 있습니까? 이제 겨우 만난 것이나 다름없는데……."

"죄송합니다. 어쩔 수가 없습니다. 샘, 당신은 더 있다 가시겠지요?"

아버지가 턱을 긁었다. 레인 씨가 잘라 말했다.

"물론 경감님과 아가씨는 주무시고 가실 겁니다. 그다지 바쁜 일도 없으실 테니까."

"할 수 없군요. 포셋이 조금 기다려 주겠지요."

아버지는 이렇게 말하고 크게 숨을 내쉬면서 편안한 자세로 두 다리를 죽 뻗었다. 나도 좋다고 고개를 끄덕였다.

그러나 만일 우리들이 그날 밤에 리즈로 떠났다면 사건은 매우 달라졌을 것이다. 예를 들면 우리는 포셋 의사가 그 비밀스러운 여행을 떠나기 전에 틀림없이 그를 만났을 것이고, 나중에 그렇게 오리무중이었던 일도 쉽게 해명될 수 있었을 것이다 ……어쨌든 우리는 햄릿 성의 매력에 무릎을 꿇어 그날 밤을 그곳에서 머무르고 말았던 것이다.

브루노 지사가 작별을 아쉬워하며 경찰의 호위 속에 떠났다. 지사가 떠나고 잠시 뒤에 나는 멋지고 아주 커다란 튜더풍의 푹신한 침대에 들어가서 지친 몸을 눕히고 앞으로 어떠한 일이 우리를 기다리고 있는지도 모른 채 기분 좋게 뒹굴고 있었다.

제2장 시체를 만나다

리즈는 원추형의 언덕 기슭에 퍼져 있는 매력 있고 활기찬 조그마한 도시였다. 그곳은 교외 군(郡)의 중심지로서 완만한 언덕을 이루고 있는 밭이며 아지랑이 속에 파묻힌 푸른 고원이 빙 둘러싸고 있었다. 언덕 위에 솟아 있는 위압적인 형무소만 없었다면 가히 낙원이라고 할 수도 있을 것 같았다. 실제로는 꼭대기에 감시 초소가 있는 침울한 회색 벽이며 형무소 부속 공장의 보기 흉한 굴뚝들, 거대한 형무소의 억압하는 듯한 견고한 건물들이 아름다운 전원과 도시를 수의(壽衣)처럼 뒤덮고 있었다. 언덕의 푸른 나무들도 이러한 풍경을 부드럽게 해주지는 못했다. 나는 이 견고한 벽 속에서 얼마나 많은 사람들이 그 시원해 보이는 숲을 바로 눈앞에 두고도 마치 화성에 있는 숲인 양 다다를 수 없는 곳으로 생각하면서 그리워하고 절망에 빠져 있을까 궁금해 했다.

"그런 생각은 곧 안 하게 될 거다, 패티." 역에서 택시를 타고 오면서 아버지가 말했다. "저 안에 있는 녀석들은 쓸모없는 나쁜 놈들이야. 저곳은 주일학교가 아니란다, 얘야. 그렇게 동정할 필요가 없어요."

어쩌면 아버지는 일생 동안을 범죄자들과 상대해 왔기 때문에 그토록 냉혹해졌는지도 모른다. 그러나 나에게는 사람이 초록빛으로 물든 땅과 푸르른 하늘로부터 격리된다는 것이 옳지 않다고 느껴졌다. 그리고 나는 그렇게 잔혹한 대가를 치를 만한 악덕한 행위라는 것은 대체 어떤 것일까 생각해 봤지만, 도저히 알 수가 없었다.

택시로 엘러휴 클레이 씨 집까지 가는 짧은 시간 동안, 아버지와 나는 아무 말도 하지 않았다.

클레이 저택은 하얀 기둥이 세워진, 영국의 식민지였던 시대 풍의 호화스러운 큰 저택으로 이 마을 외곽의 언덕 중턱에 있었다. 엘러휴 클레이 씨가 몸소 현관에 마중나와 있었다. 그는 우리를 정중하게 맞아 주었고 세심하게 돌보아 주었다. 우리는 어떤 의미에서는 그의 고용인인데도 그의 태도에는 그런 기색이 조금도 없었다. 그는 즉시 우리가 편안한 마음을 갖도록 배려하고 가정부를 시켜서 우리를 깨끗한 침실로 안내했다. 그리고 남은 오후를 마치 우리가 오래 전부터 사귀어 온 친구인 것처럼 리즈 시에 대한 이야기며 자기 자신에 대한 이야기를 우리에게 들려주면서 보냈다. 그는 홀아비였다. 그는 세상을 떠난 아내에 대한 이야기를 슬픈 애정을 담아서 이야기해 주었고, 아내를 대신할 만한 딸이 없는 것이 못내 유감스럽다고 털어놓았다. 자기 자신이 늘 처해 있는 정상적인 상황 속에서의 엘러휴 클레이 씨는 뉴욕에서 사건을 의뢰할 때 내가 본 무뚝뚝했던 장사꾼으로서의 클레이 씨와는 아주 많이 다르다고 나는 생각했다. 그 뒤에 조용한 며칠이 지나면서 나는 그를 점점 더 좋아하게 되었다.

아버지와 클레이 씨는 많은 시간을 서재에서 보냈다. 어느 날은 하루 종일 리즈에서 수마일 떨어진 차타하리 강 근처에 있는 채석장에서 보내기도 했다. 아버지는 적을 탐색하고 있었고, 이곳에 온 처음 며칠 동안 언제나 얼굴을 찌푸리고 있었던 것으로 보아 앞으로 시일이 오래 걸릴 것이며 성공의 가능성도 적은 싸움을 예측하고 있음을 알 수 있었다.

"증거가 될 만한 서류가 하나도 없어." 하고 아버지가 내게 툴툴댔다. "이 포셋이라는 녀석은 악마를 뺨칠 놈이야. 클레이가 도와달라고 비명을 지른 것도 무리가 아니지. 생각했던 것보다 훨씬 어려운 일인 것 같아."

나는 아버지를 동정하기는 했으나 내가 조사에 도움을 줄 수 있을 만한 일은 아무것도 없었다. 포셋 의사는 이 고장에 없었다. 하필이면 우리가 리즈에 도착한 날 아침──우리가 이리로

오고 있을 때——아무도 모르는 행선지를 향해 리즈를 떠난
것이었다. 그는 항상 이상한 행동으로 자기 일을 처리해 왔기
때문에 이것은 그에게 있어서는 별난 행동이 아닌 듯싶었다.
그의 여행은 언제나 비밀에 싸여 있고 예측할 수 없는 것이었
던 모양이다. 만일 그가 이곳에 머물러 있었더라면 하늘이 나
에게 준 여성으로서의 온갖 매력을 이용해 볼 수도 있었으련만.
물론 아버지는 내 행동에 찬성을 하지 않았을 테고, 따라서 나
와 아버지 사이에 많은 갈등이 있었을 것이다.

　이러한 상황이 다른 요소 때문에 즐거운 쪽으로 좀더 복잡해
졌다. 이 집에는 또 한 사람의 클레이가 있었다. 그는 클레이
씨의 아들로서 아주 멋진 체격과 이 지방의 처녀들이 보면 흘
딱 반할 만큼 아름다운 미소를 갖고 있었다. 이 클레이 2세의
이름은 제러미라고 했는데, 그 이름에 꼭 어울리게 밤색 고수
머리와 스스럼없이 무슨 말이든지 내뱉는 입술을 갖고 있었다.
그 이름에다 옷만 거기에 어울리는 것을 입으면 파뇰의 역사소
설 속에서 걸어나왔다고 할 수 있을 정도였다. 그는 다트머스
대학을 갓 졸업한 사회 초년생의 전형적인 인물이었다. 몸무게
는 180파운드(약 82kg)나 되는데 조정(漕艇)을 했고, 반 다스나 되
는 전(全)미국 대학 미식축구 선수권대회에 출전한 영웅들을 알
고 있으며, 채식주의자이고, 구름처럼 경쾌하게 춤을 출 줄 알
았다. 우리가 리즈에 도착한 첫날 밤 그는 저녁식사중에 자기
가 미국에 대리석을 유행시키겠다고 진지하게 말했다. 그래서
지기는 대학 출신이라는 신분 따위는 대리석 분쇄기 속에 던져
버리고, 지금은 아버지의 리즈 채석장에서 땀투성이의 이탈리
아 인 석공들과 함께 머리에 돌가루를 뒤집어쓰고 발파(發破)작
업을 하고 있다고 덧붙였다. 그는 질 좋은 대리석을 대량으로
생산하는 방법을 배울 자신이 있음을 열심히 주장했다. 그의
아버지는 아들을 자랑스러우면서도 회의적인 눈길로 바라보고
있었다.

　나는 제러미를 매우 매력적인 청년이라고 생각했다. 그럼에

도 불구하고 적어도 며칠 동안은 미국에 대리석을 유행시키겠
다는 그의 야심은 옆으로 젖혀 놓아야만 했다. 왜냐하면 클레
이 씨가 일을 하지 말고 내 말동무가 되어 주라고 했기 때문이
었다. 제러미는 작기는 했지만 아주 훌륭한 마구간을 갖고 있
어서 며칠 동안은 둘이서 승마를 즐겼다. 나는 외국에서 받은
교육도 어느 한 가지 점에 있어서는 전혀 쓸모가 없다는 것을
곧 알게 되었다. 그것은 내가 대학을 갓 졸업한 미국 젊은이의
연애술에 저항하는 기술에는 도무지 훈련되어 있지 않다는 점
이었다.

"당신은 꼭 강아지 같군요." 어느 날 그가 나를 빠져나올 수
없는 좁은 골짜기에 멋진 솜씨로 몰아넣고 허락도 없이 내 손
을 잡았을 때 나는 호되게 말했다.

"둘이 같이 강아지가 됩시다." 하고 그는 웃으면서 말에서
내렸다. 나는 채찍으로 그의 코끝을 스치게 함으로써 위태로운
국면에서 벗어날 수 있었다.

"아얏!" 그가 펄쩍 뒤로 물러섰다. "기분이 괜찮지 않아? 패
트, 당신도 호흡이 빨라지고 있군."

"아녜요!"

"당신도 그래, 당신도 그것을 좋아한다고."

"좋아하지 않아요!"

"좋아, 나는 기다릴 수 있어." 하고 그가 불길하게 말했다.
그리고 집으로 오는 동안 내내 그는 히죽히죽 웃었다.

그 일이 있고 난 뒤 제러미는 혼자 승마하러 갔다. 그래도 그
가 위험스럽게 매력적이기는 마찬가지였다. 사실 나는 그날 그
'위태로운 국면'까지 갔더라면 내심 좋아했을지도 모른다는 생
각까지 했다.

그 사건이 터진 것은 이런 목가적이고 낭만적인 생활 한가운
데에서였다.

이러한 사건이 보통 그러하듯이 그것은 여름 소나기처럼 별

안간에 들이닥쳤다. 전혀 예상하지 못했던 일이었다. 그 소식은 조용하고 졸음이 오는 날 밤에 전해졌다. 제러미는 그날 기분이 좋지 않았다. 나는 그가 공공연하게 신경을 써서 손질하는 머리를 헝클어 놓아 약을 올리면서 두 시간쯤 법석을 떨며 즐기고 있었다. 아버지는 개인적인 일로 외출했고 엘러휴 클레이 씨는 하루 종일 사무실에 나가 있었다. 두 분 다 저녁식사에는 참석치 않았다.

머리 때문에 화가 난 제러미는 내게 형식적으로 예의를 지켜 대해 주고 있었다. 이 일에도 '섬 양', 저 일에도 '섬 양' 하는 식이었다. 나를 편안하게 해주는 일에도 차가울 정도로 형식적이었다. 쿠션을 갖고 온다고 고집을 피운다든가, 내 저녁식사를 위해 특별히 맛있는 것을 부엌에 주문한다든가, 내가 담배를 꺼내면 얼른 불을 붙여 준다든가, 칵테일을 만들어 주는 등 ——. 그러자니 자살하고 싶을 만큼 속이 부글부글 끓었겠지만, 사교적인 예의를 차려서 모든 일을 조심스럽게, 초연하게 하고 있었다.

날이 어둑어둑해지자 아버지가 땀을 흘리며 화가 나서 돌아왔다. 아버지는 곧바로 침실로 가서 문을 잠그고 욕조 안에서 첨벙첨벙 소리를 내며 목욕을 하고, 한 시간쯤 지난 다음 베란다로 조용히 여송연을 피우기 위해 내려왔다. 베란다에서 제러미는 씁쓸한 기분으로 기타를 치고 있었고 나는 마르세유의 카페에서 익힌 야릇한 유행가를 시치미를 떼고 부르고 있었다. 아버지가 프랑스 어를 일아듣지 못하는 것이 다행이었다. 씁쓰레한 기분으로 기타를 치고 있는 제러미까지도 놀란 표정을 지었다. 그러나 달빛과 바깥 공기, 그 무엇인가가 나로 하여금 노래를 계속하게 했다. 나는 내 이 처녀다운 가슴을 다치지 않고 제러미 클레이라는 젊은이와 어느 정도까지 깊이 빠질 수 있을까 하고 꿈을 꾸듯이 사색했다.

내가 세째 절을——그것도 가장 야한 절을——시작했을 때 엘러휴 클레이 씨가 돌아왔다. 그는 피곤해 보였고, 늦게 돌아와서 미안하다고 중얼거렸다. 무슨 피치 못할 사정이 있어서 사무실에서 바쁘게 일했던 모양이었다. 그가 의자에 앉아서 아버지가 권하는 여송연을 한 대 받아든 바로 그 순간, 그의 서재에 있는 전화 벨이 울렸다.

"놔둬요, 마사." 그가 가정부에게 소리쳤다. "내가 받겠소." 그리고 우리에게 양해를 구하고 집안으로 들어갔다.

그의 서재는 집 앞쪽에 있었고, 서재의 창문으로 베란다를 내다볼 수 있었다. 창문이 열려 있어서 그가 전화를 받는 소리가 우리 귀에 어쩔 수 없이 들려왔다. 상대방이 무슨 말을 하는지는 알 수 없었지만 무엇인지 대단히 긴박한 용건인 모양이었다.

맨 처음 그의 입에서 튀어나온 말은, "하나님 맙소사!" 하고 깜짝 놀라서 외치는 소리였다. 아버지는 벌떡 의자에서 일어났고 제러미도 기타 치던 손을 멈추었다. 그리고는 클레이 씨가 말했다. "끔찍한 일이오, 끔찍한 일……상상할 수가 없습니다──아니오, 그가 어디 있는지 전혀 모릅니다. 2~3일 뒤에 돌아온다고 하고 떠났는데……큰일이군. 도무지 믿을 수가 없습니다!"

제러미가 집안으로 뛰어들어갔다. "무슨 일입니까, 아버지?"

클레이 씨가 떨리는 손으로 그를 막았다. "뭐라고요?……물론 당신이 지시하는 대로 하겠습니다……참, 그런데 이것은 비밀입니다만, 당신을 도와드릴 수 있을 만한 분이 저희 집에 와 계십니다……네, 뉴욕에서 오신 섬 경감입니다……네, 바로 그분입니다. 몇 년 전에 퇴직하셨지만 그분의 명성은 당신도 들었지요?……네, 알았어요. 참으로 안됐습니다."

그가 수화기를 놓고 이마에 흐르는 땀을 닦으며 베란다로 천천히 나왔다.

"아버지! 무슨 일이에요?"

엘러휴 클레이 씨의 얼굴이 회색 벽을 뒤로 한 채 흰 가면처럼 보였다. "경감님, 내가 당신을 이곳으로 초청한 것이 행운이었습니다. 내……나의 사소한 문제보다 훨씬 중대한 사건이 일어났습니다. 지금 걸려 온 전화는 이 지방의 존 홈 지방검사에게서 온 것입니다. 내 동업자인 포셋 의사의 거처를 가르쳐 달라더군요." 그가 희미한 미소를 지으며 의자에 털썩 주저앉았다. "포셋 상원의원이 칼에 찔려 죽은 시체로 지금 그의 서재에서 발견되었답니다."

지방검사 존 홈도 일생을 살인사건 수사에 바쳐 온 내 아버지의 도움을 기꺼이 받아들이려 하고 있는 듯했다. 현장의 모든 것을 아버지가 조사하도록 손대지 않고 그대로 놓아 두었다고 클레이 씨가 몹시 지친 목소리로 말했다. 그 지방검사는 아버지가 되도록 빨리 현장으로 와주시기를 바란다고 말했다는 것이다.

"제가 자동차로 모셔다 드리겠습니다." 하고 제러미가 재빠르게 말했다. "잠깐만 기다려 주십시오." 그리고는 자동차를 갖고 오려고 어둠 속으로 사라졌다.

"물론 저도 같이 가겠어요." 하고 내가 말했다. "레인 씨가 나에 대해서 뭐라고 말씀하셨는지 기억하시지요, 아버지?"

"홈이 너를 발로 차서 내쫓아도 나는 모른다." 하고 아버지는 못마땅한 투로 말했다. "살인 현장은 아가씨들이 갈 곳이 못 돼. 나도 모르겠다――."

"가실까요!" 하고 제러미가 외치면서, 자동차를 몰고 현관 앞으로 비끄러져 왔다. 내가 아버지와 함께 차에 뛰어오르는 것을 보고 그는 놀란 듯했으나 아무 말도 하지 않았다. 클레이 씨는 손을 흔들어서 우리를 배웅했다. 그는 피를 보는 것이 싫다고 딱딱하게 말했다.

거리로 나오자 어둠이 우리를 둘러쌌다. 제러미는 속력을 내어 언덕 아래로 차를 급히 몰았다. 내가 몸을 틀어 뒤돌아보니, 저 멀리 언덕 위에 검은 구름을 배경으로 알곤퀸 형무소의 불빛이 빛나고 있었다. 어째서 그 순간에 형무소 밖에 있는 자유로운 사람만이 저지를 수 있는 범죄 현장으로 가면서 형무소 생각을 하게 되었는지는 모르겠다. 그러나 그것 때문에 나는 우울해져서 몸을 떨며 아버지의 넓은 어깨에 기댔다. 제러미는 아무 말도 없었다. 그의 눈은 도로만을 응시하고 있었다.

사실은 눈 깜짝할 사이에 도착했겠지만 나에게는 그 시간이 끝없이 길게 느껴졌다. 나는 절박한 사건 앞에서 시간이 정지하고 있는 듯한 언짢은 기분을 경험하고 있었던 것일까?……우리 차가 두 개의 철문을 지나 불이 환하게 켜져 있는 화려한 저택 앞에 소리를 내면서 급정거했을 때에는 몇 시간이나 지난 듯한 느낌이 들었다.

자동차들이 여기저기에 서 있었고, 어두운 정원은 주 경찰과 리즈 시 경찰들로 붐볐다. 현관문은 활짝 열려 있었다. 문 기둥에 한 남자가 주머니에 손을 찔러넣은 채 조용히 기대어 서 있었다. 너나 할 것 없이 모두가 그 남자와 마찬가지로 조용했다. 말소리 하나 들리지 않았고 사람이 내는 소리란 아무것도 없었다. 귀뚜라미만이 집 둘레에서 즐겁게 울고 있을 뿐이었다.

그날 밤의 일은 아무리 사소한 일일지라도 아직 뚜렷이 기억하고 있다. 아버지에게는 이 사건이 오래 전부터 보아 온 흉한 일에 지나지 않았겠지만, 나에게는 이것이 생생한 두려움과 호기심—솔직히 말해서 일종의 병적인 흥미거리였다—죽은 사람의 모습은 어떨까? 나는 그때까지 시체를 본 적이 없었다. 어머니가 돌아가신 모습은 보았지만 어머니는 무척이나 평화스러운 모습이었고 온후한 미소까지 띠면서 계셨다. 이 죽은 사람의 모습은 틀림없이 괴물 같을 거야. 얼굴은 공포로 일그러지고 꿈에 보일 만큼 섬뜩하게 많은 피가…….

어느덧 나는 많은 등불이 눈부시게 비치고 있는 드넓은 서재 안에 있었다. 서재 안은 사람들로 꽉 차 있었다. 카메라를 든 사람들, 낙타 털로 만든 작은 솔을 든 사람들, 책을 뒤적이고 있는 사람들, 아무것도 하지 않고 있는 사람들, 이런 것들이 어렴풋이 내 눈에 비쳤다. 그러나 그곳에서 두드러지게 현실적으로 눈에 비친 사람이 하나 있었다. 그는 그곳에 있는 어느 누구보다도 조용했고, 어쨌거나 근심스러워 보였다. 그는 비대하게 살이 쪄서 몸집이 큰 사람이었다. 와이셔츠 바람이었는데, 셔츠 소매를 팔꿈치 위까지 걷어올려 놓아서 힘세 보이는 털북숭이 팔을 드러내고 있었다. 그는 낡고 커다란 모직 슬리퍼를 신고 있었고, 넓적하고 못생긴 얼굴에는 조금 화가 난 듯한, 그러나 그다지 불쾌하지 않은 표정이 떠올라 있었다.

누군가가 굵은 목소리로 무뚝뚝하게 말했다. "시체를 일단 보시지요, 경감님."

눈앞에서 춤추고 있는 안개 사이로 나는 보고 또 보았다. 그리고 죽은 사람이, 그것도 살해된 사람이 이토록 무관심하게 조용히 앉아 있는데 사람들이 개인의 사생활을 침범하고, 온 방안을 뛰어다니고, 책들을 뒤적이고, 책상을 사진찍고, 가구에 알루미늄 가루를 뿌려서 더럽히고, 서류를 거칠게 뒤엎고…… 이 모든 짓이 예의에 벗어난 짓이라고 생각되었다. 이 사람이 바로 조엘 포셋, 고(故) 포셋 상원의원이었다.

눈앞의 안개가 약간 걷히고 내 눈이 흰 셔츠에 못박혔다. 포셋 상원의원은 어질러진 책상 앞에 앉아 있었다. 두툼한 가슴으로 책상 끝을 꼭 누르고, 머리는 무엇인가를 묻는 사람처럼 한쪽으로 삐딱하게 기울이고 있었다. 그리고 그가 누르고 있는 책상 끝 바로 위, 셔츠 중앙에서 진주 같은 셔츠 단추 오른쪽에 걸쳐 피가 배어나와 얼룩져 있었다. 그것은 종이 자르는 가느다란 칼이 꽂혀 있는 심장에서 뿜어 나온 피가 퍼진 자국이었다. 피로구나, 하고 나는 어렴풋이 생각했다. 꼭 말라서 굳어진 붉은 잉크 같아……. 그때 키 작은 사람이 소란스럽게——나중에 틸덴 군의 검시의인 불 의사임을 알았다——내 앞을 가로막는 바람에 시체가 보이지 않게 되었다. 나는 크게 숨을 들이마시며 갑자기 덮친 현기증을 털어 버리려고 머리를 흔들었다. 아버지나 다른 사람에게 이런 약점을 드러내보이면 안 되는데

……아버지가 내 팔꿈치를 세게 잡자 나는 놀라서 몸을 움찔하고는 마음을 가다듬어 냉정을 찾으려고 애썼다.

많은 사람들이 이런 저런 말을 지껄이고 있었다. 나는 어떤 젊은 남자의 눈을 보았다. 아버지가 굵고 큰 목소리로 무슨 말을 하고 있었다……'홈'이라는 이름이 내 귀에 들어왔다……아버지는 이곳 지방검사를 소개하고 있었다. 이 신사가……어머나! 그렇다면 선거에서 죽은 사람의 적수가 될 뻔한 사람이잖아……존 홈은 키가 컸다. 거의 제러미만큼이나 컸다……그런데 제러미는 어디 있지?……홈은 아주 아름답고 지적인 검은 눈을 갖고 있었다. 그 눈을 보고 무의식적으로 내 의식 속에 고개를 내밀던, 그를 이상하게 보았던 작은 죄책감이 부끄러움을 느끼는 가운데 사라졌다. 이 사람은 아니야……그리고 저 여위고 굶주린 듯한 얼굴. 무엇에 굶주려 있는 것일까……권력? 아니면 이 사건의 진상?

"안녕하세요, 섬 양." 하고 그가 또렷하게 말했다. 그는 길고 세련된 목소리를 갖고 있었다. "아버님 말씀이 아가씨도 탐정 비슷한 일을 하신다고요. 여기 계셔도 괜찮겠습니까?"

"물론 괜찮아요." 나는 가능한 한 아무렇지도 않다는 투로 말을 하려고 했다. 그러나 내 입술은 메말라 있어서 목쉰 소리가 나왔다. 그의 눈이 날카로워졌다.

"그래요? 좋습니다." 그가 어깨를 으쓱했다. "시체를 살펴보시겠습니까, 경감님?"

"아니오. 그것은 검시의가 더 잘할 것입니다. 소지품은 조사해 봤습니까?"

"시체에는 흥미를 끌 만한 점이 없었습니다."

"여자를 기다리고 있었던 것은 아니군요." 하고 아버지가 혼자말처럼 말했다. "그 점만은 틀림없습니다. 이런 입술에다 손톱을 이렇게 여자같이 손질한 사람이 윗도리도 입지 않은 채 셔츠 바람으로 여자를 기다리고 있었을 리가 없지……이 사람은 결혼했나요, 홈?"

"아니오."

"그럼, 여자 친구는?"

"여자 친구들이라고 하시죠, 경감님. 그래야 맞습니다. 악질적인 광대였습니다. 그를 칼로 찌르고 싶어하는 여자가 여러 명일 겁니다."

"특별히 짚이는 여자라도 있습니까?"

아버지와 검사의 눈이 마주쳤다. "아니오." 흄은 이렇게 말하고 몸을 돌렸다. 그가 날카롭게 손짓으로 누군가를 부르자 뚱뚱하고 힘깨나 쓸 것 같은, 귀가 커다란 남자가 어깨를 구부정하게 굽히고 축 늘어져서 방을 가로질러 왔다. 지방검사는 그가 이 지방 경찰서장 케논이라고 소개했다. 그는 물고기 눈같이 끈적끈적한 눈을 갖고 있었다. 첫눈에 나는 그 사람이 싫어졌다. 아버지의 떡 벌어진 등에 쏠려 있는 그의 눈길에는 적의가 담겨 있다고 여겨졌다.

그때까지 커다란 만년필로 공안 용지에 뭔가를 쓰고 있던 몸집이 작고 수선스러운 불 검시의가 일어서며 만년필을 주머니에 넣었다.

"어떻습니까, 의사 선생?" 케논이 물었다. "판정이 어떻게 났소?"

"타살이오." 하고 의사가 씩씩하게 말했다. "의심할 여지가 없어요. 모든 상황이 자살이 아니라 타살임을 뒷받침하고 있소. 다른 점은 모두 제쳐놓고라도 죽은 사람이 치명적인 상처를 자기 손으로 낼 수는 없어요."

"그렇다면 상처가 하나뿐이 아니라는 말씀입니까?" 하고 아버지가 물었다.

"그렇습니다. 포셋은 가슴을 두 번 찔렸습니다. 보시다시피, 양쪽 상처 모두에서 출혈이 많았습니다. 첫번째 일격이 깊은 상처를 주기는 했지만 완전히 숨통을 끊어 놓지 못하자, 다시 한번 찔러서 숨통을 완전히 끊어 놨습니다."

불 의사가 피살자의 가슴에 꽂혀 있었던 종이 자르는 칼을

가리켰다. 가느다란 칼날에 피가 말라붙어 검붉은 색으로 변해
있었다. 그 칼은 불 의사가 시체에서 뽑아 책상 위에 놓아 두었
었다. 한 형사가 조심해서 그것을 집어들고 칼에 회색 가루를
뿌리기 시작했다.

"틀림없습니까?" 존 흄이 재빨리 말했다. "자살의 가능성은
조금도 없습니까?"

"절대로 없소. 두 상처의 각도, 방향으로 봐서 절대로 자살은
아니오. 하지만, 당신들이 봐야 할 다른 것이 있습니다. 아주
흥미로운 것이죠."

그가 책상 옆으로 달려가서 미술품 강의를 하는 교수처럼 시
체를 내려다보고 섰다. 그리고는 아무 감정도 없는 태도로 굳
어지기 시작한 죽은 사람의 오른팔을 들어올렸다. 피부는 창백
했고 팔뚝에 나 있는 긴 털이 더부룩하니 반짝이고 있어서 보
기만 해도 소름이 끼쳤다. 그러나 나는 어느새 그것이 시체임
을 잊고 있었다……

팔뚝에는 두 군데 기묘한 상처가 있었다. 하나는 손목 바로
위에 나 있는 날카롭고 가느다랗게 베인 상처로서, 피가 배어
나온 흔적이 있었다. 또 하나는 그 상처에서 4인치(약 10cm)쯤
위에 있었는데, 어째서 생겼는지는 알 수 없으나 까실까실하게
긁힌 기묘한 상처 자국이었다.

"자아," 검시의가 쾌활하게 말했다. "이 손목 바로 위에 난
상처 말입니다. 이것은 종이 자르는 칼에 베여서 난 상처가 틀
림없습니다. 적어도," 그가 얼른 덧붙였다. "종이 자르는 칼만
큼이나 예리한 것에 베인 상처입니다."

"그럼, 다른 상처는?" 하고 아버지가 이상하다는 듯이 얼굴
을 찌푸리며 물었다.

"그것은 잘 모르겠습니다. 다만 한 가지 분명히 말할 수 있
는 것은, 이 긁힌 상처 자국은 살인 흉기에 의해 난 상처가 아
니라는 것입니다."

내가 입술을 축였다. 어떤 생각이 떠올랐던 것이다. "선생님,

팔뚝의 두 상처가 언제 생긴 것인지, 그 발생 시간은 알 수 있습니까?"

모두가 일제히 나를 날카롭게 돌아보았다. 흄은 무슨 말을 하려다 중단했고 아버지는 생각에 잠겼다. 검시의가 빙그레 웃으며 말했다. "참 좋은 질문을 하셨습니다, 아가씨. 네, 알 수 있습니다. 이 상처 자국은 둘 다 조금 전에 생긴 것입니다. 살인이 일어난 시간과 매우 가깝게, 아니, 살인이 난 시간과 거의 동시에 상처를 입었다고 할 수 있습니다."

피투성이 살인 흉기를 조사하고 있던 형사가 지친 표정으로 몸을 일으키며 보고했다. "칼에는 지문이 없습니다. 까다롭게 됐는데요."

"이것으로 내가 할 일은 모두 끝났습니다." 하고 불 의사가 명랑하게 말했다. "물론 시체 해부를 원하시겠지요? 하지만, 지금까지 내가 한 말에 의문을 품을 만한 점은 아무것도 없을 겁니다. 누가 공중위생국 사람을 불러서 시체를 옮기도록 해주십시오!"

그가 의사의 진료용 가방을 닫았다. 제복을 입은 두 사람이 들어왔다. 한 사람은 무엇을 계속 씹고 있었고 다른 사람은 코를 훌쩍이고 있었다──그의 코는 축축해 보였고 빨갰다. 그때 있었던 일은 지금도 생생하다. 그렇게 냉담하게 시체를 옮기던 모습은 잊을래야 잊을 수가 없다. 나는 그 모습을 안 보려고 몸을 약간 돌렸다…….

두 남자가 책상으로 다가가서 손잡이가 네 개 달린 커다란 바구니 같은 것을 바닥에 내려놓았다. 시체의 겨드랑이 밑으로 손을 넣더니 의자에서 시체를 들어올려 바구니 속에 집어넣고는 뚜껑을 덮은 다음, 허리를 굽혀 손잡이를 쥐고──한 사람은 아직도 껌을 씹고 있었고 다른 사람은 아직도 코를 훌쩍거리고 있었다──그 짐을 들고 나갔다.

나는 숨을 쉬기가 조금 편해졌고 안도의 한숨을 내쉬었다. 내가 책상과 이젠 비어 있는 의자로 다가설 만큼 용기를 낼 수 있었던 것은 그래도 시간이 조금 흐른 뒤였다. 그때서야 나는 경관 옆에서 문 기둥에 기대어 서 있는 제러미 클레이의 키 큰 모습을 발견하고 약간 놀랐다.

"그런데," 가방을 들고 출입문을 향해 빠른 걸음으로 걸어가고 있는 검시의에게 아버지가 말했다. "살해당한 시간은 언제입니까?" 아버지의 눈에는 불만스러운 빛이 담겨 있었다. 이 수사는 엉성하게 진행되고 있어서, 도회지에서 훈련된 아버지의 질서정연한 머리는 하릴없이 서재 안을 어슬렁거리고 있는 케논 서장의 완전한 무관심과, 유쾌한 가락을 휘파람으로 불고 있는 불 의사에게 반항하고 있는 것이라고 나는 생각했다.

"아! 깜박 잊고 있었군요. 사망 시간은 거의 정확하게 알 수 있습니다. 오늘밤 10시 20분입니다. 그래요, 1분도 틀리지 않을 겁니다. 10시 20분……." 의사는 입맛을 쩝쩝 다시더니 고개를 꾸벅 숙이고 문밖으로 사라졌다.

아버지가 투덜거리며 시계를 보았다. 자정에서 5분이 지나 있었다. "더럽게 자신만만하군." 하고 아버지가 중얼거렸다.

존 흄이 초조한 듯 고개를 흔들고서 문 쪽으로 갔다. "그 카마이클이라는 친구를 이리로 보내."

"카마이클이 누굽니까?"

"포셋 상원의원의 비서입니다. 케논 씨 말이, 그가 귀중한 증거를 많이 가지고 있답니다. 어쨌든 곧 알게 되겠지요."

"지문은 좀 찾았소, 케논 씨?" 하고 아버지가 으르렁거렸다. 아버지는 경멸하는 눈초리를 경찰서장에게 보내고 있었다.

케논이 흠칫했다. 그는 눈을 멍하니 굴리며 상아 이쑤시개로 이를 쑤시고 있다가, 이쑤시개를 입에서 빼더니 자기 부하에게 말했다. "지문 찾은 것 있나?"

부하가 고개를 흔들었다. "외부인 지문은 못 찾았습니다. 상원의원과 카마이클의 지문은 많이 있지만요. 어떤 놈의 짓인지는 모르지만 놈은 추리소설을 많이 읽은 녀석입니다. 장갑을 끼고 해치웠습니다."

"범인은 장갑을 끼고 있었습니다." 케논은 이쑤시개를 다시 입에 가져가며 말했다.

"그 친구 어서 데려와!" 존 흄이 문 옆에 서서 고함을 질렀다. 아버지는 어깨를 으쓱하고는 여송연에 불을 붙였다. 아버지는 모든 것이 못마땅한 표정이었다.

무엇이 내 넓적다리 뒤를 세게 누르는 바람에 재빨리 뒤를 돌아다보았더니, 제러미 클레이가 의자를 들고 웃고 있었다.

"앉아요, 탐정 아가씨. 여기에 오래 있을 생각이라면 그 아름다운 다리를 좀 생각해 주셔야죠."

"제발!" 하고 내가 화가 나서 낮게 말했다. 그곳은 경솔하게 장난칠 장소가 아니었다. 그는 그래도 웃으면서 나를 강제로 의자에 앉혔다. 우리를 눈여겨보는 사람은 아무도 없었다. 그래서 어쩔 수 없다는 생각을 하고 의자에 앉기로……그러다가 아버지의 얼굴을 흘끗 쳐다보았다. 아버지는 여송연을 입에서 2인치쯤 앞에 쥔 채 문께를 뚫어지게 보고 있었다.

제3장 검은 상자

한남자가 문 앞에 서서 책상 쪽을 보고 있었다. 조금 전까지
만 해도 죽은 사람이 앉아 있던 의자가 비어 있는 것을 보
고, 그 야윈 얼굴에 놀라움의 표정이 나타나 있었다. 그는 눈길
을 옮기다가 지방검사의 눈길과 마주쳤다. 그 남자는 서글픈
미소를 지으며 인사 대신 고개를 끄덕이고는 방안으로 들어와
서 서재 한가운데에 편안한 자세로 섰다. 키는 내 키만 했으나
떡 벌어진 체격에 근육이 동물의 근육처럼 잘 짜여져 있는 모
습이었다. 그는 어쩐지 비서 타입과는 어울리지를 않았고, 나이
는 40쯤 된 듯했으나 생전 늙지 않을 것 같은 분위기를 갖고
있어서 보는 사람을 당황케 만들었다.

나는 아버지를 다시 보았다. 여송연을 쥔 손은 아까 봤을 때
와 똑같이 움직이지를 않았고, 새로 나타난 그 남자를 뚫어지
게 보고 있는 눈은 커다란 놀라움을 감추지 못하고 있었다.

그리고 이 죽은 사람의 비서도 아버지를 마주보았다. 어쩌면
아버지를 알고 있을지도 모른다는 생각이 들어서 나는 그를 주
의 깊게 살펴보았지만, 겁 없이 아버지를 보고 있는 그의 눈에
는 아무 표정도 없었다. 그는 눈길을 옮겨 나를 보았다. 조금
놀란 것 같았으나 그것은 그저 이처럼 침울한 살인 현장에 여
자가 와 있다는 것을 보고 놀라는 표정에 지나지 않았다.

나는 아버지를 다시 보았다. 아버지는 이제 여송연을 물고
조용히 피우며 다시금 무표정한 얼굴로 돌아가 있었다. 아버지
의 순간적인 놀라움을 알아차린 사람은 아무도 없는 듯싶었다.
하지만, 나는 아버지가 이 카마이클이라는 남자를 전부터 알고
있다는 것을 눈치챘다. 그리고 겉으로는 나타내지 않았으나, 카
마이클 역시 한 순간 놀랐음이 틀림없다고 생각했다. 이렇듯

자제심이 강한 사람은 앞으로 눈여겨보아야 하리라.

"카마이클 씨!" 홈 지방검사가 불쑥 말했다. "케논 서장의 말로는 당신이 무엇인가 우리에게 얘기해 줄 중요한 것을 갖고 있다고 하던데요."

비서가 눈썹을 약간 치켜올렸다. "그 '중요'하다는 말뜻이 어떤 것인가에 달려 있습니다, 홈 씨. 물론 시체는 내가 발견했지만……."

"아, 네, 압니다." 지방검사의 말투는 아주 담담했다. 포셋의 비서……두 사람 사이의 미묘한 관계를 알 것도 같았다. "오늘 밤에 있었던 일을 얘기해 주십시오."

"오늘밤 저녁식사가 끝나고 나서 상원의원이 세 사람의 고용인——요리사와 집사, 그리고 자기의 시종——을 이 서재로 불러들여서 나갔다 오라고 지시했습니다. 그는……."

"그걸 당신이 어떻게 알았지요?" 하고 홈이 날카롭게 물었다.

카마이클이 미소를 지었다. "그야 나도 그 자리에 있었으니까요."

케논이 구부정한 걸음걸이로 앞으로 나섰다. "맞아요, 홈. 내가 고용인들하고 얘기해 봤소. 약 30분 전에 돌아들 왔소. 영화 구경을 하고 왔다더군."

"계속해요, 카마이클 씨."

"고용인들을 내보낸 다음 상원의원이 나도 나갔다 오라고 하더군요. 그래서 그가 지시한 편지를 두세 통 쓰고는 외출했었습니다."

"그런 지시를 받았을 때 조금 이상하지 않습니까?"

비서가 어깨를 으쓱했다. "그렇지 않았습니다." 한 순간 그는 흰 이를 드러내며 웃었다. "그 사람은 이따금……아……비밀로 일을 하곤 했습니다. 그래서 오늘밤에도 우리를 외출시키는 것이 그다지 이상한 일은 아니었습니다. 어쨌든 나는 예정보다 조금 빨리 돌아왔습니다. 돌아와 보니 현관문이 활짝 열려 있었고……."

"잠깐만!" 하고 아버지가 걸걸한 목소리로 말을 가로막았다.

비서의 미소가 잠깐 흔들거리다가 다시 입가에 나타났다. 그는 정중한 태도로 아버지의 질문을 기다리고 있었다. 그의 태도는 완벽했고, 그 점에 중요한 의미가 있다고 나는 생각했다. 한낱 비서에 지나지 않는 사람이 이런 상황 아래에서 취조를 받으면서도 저렇게 자세를 흐트러뜨리지 않을 수가 있을까?

"당신은 저택에서 나갈 때 현관문을 닫았습니까?"

"틀림없이 닫았습니다. 살펴봐서 아시겠지만, 현관문은 닫으면 자동으로 잠기게 되어 있습니다. 그리고 주인과 나 외에 열쇠를 갖고 있는 사람은 고용인들뿐입니다. 그러니 상원의원 자신이 이곳에 온 어떤 사람을 위해 문을 열어 주었겠지요."

"억측은 그만두시오." 하고 홈이 잘라 말했다. "본을 떠서 여벌 열쇠를 만들 수도 있소! 돌아와서 문이 열려 있는 것을 보고, 그 다음에는?"

"이상한 생각이 들었습니다. 그래서 집안으로 뛰어들어왔지요. 상원의원이 책상 앞 의자에 앉은 채로 죽어 있었습니다. 케논 서장이 왔을 때 그대로였습니다. 물론 시체를 발견하자마자 즉시 경찰에 연락했습니다."

"시체에 손대지는 않았겠지요?"

"물론입니다. 손을 안 댔습니다."

"흠……그게 몇 시였지요?"

"10시 반 정각이었습니다. 상원의원이 살해된 것을 알고는 곧 시계를 보았습니다. 그런 하찮은 일도 중요하다는 걸 알고 있었기 때문입니다."

홈이 아버지를 보았다. "흥미롭지 않습니까? 범행 후 10분 뒤에 그가 시체를 발견했다는 얘기가 됩니다……이 집에서 나가는 사람은 보지 못했습니까?"

"아니오. 집으로 돌아올 때는 다른 생각에 깊이 잠겨 있었습니다. 게다가 주위가 캄캄했고요. 범인은 내가 오는 소리를 들고 수풀 뒤에 숨었다가 내가 집안으로 들어간 다음에 달아날 수도 있었을 겁니다."

"그랬을지도 모르죠, 흠." 하고 아버지가 뜻밖의 말을 했다. "그럼, 경찰에 전화를 한 다음에는 어떻게 했습니까, 카마이클 씨?"

"저 문 앞에서 기다렸습니다. 전화를 걸고 10분도 채 안 되어 케논 서장이 오시더군요."

아버지가 육중한 걸음걸이로 서재 문으로 가서 복도를 내다보더니 고개를 끄덕이며 돌아왔다. "그렇다면 당신은 그동안 줄곧 현관문을 지켜보고 있었던 셈이군요. 누군가가 밖으로 나가는 것을 보거나 듣지 못했습니까?"

카마이클이 고개를 세게 저었다. "아무도 나가지 않았고 나가려고 한 사람도 없었습니다. 내가 들어왔을 때 서재의 문이 열려 있었는데, 나는 그것을 닫지 않았습니다. 전화를 걸 때도 문 쪽을 향하고 있었으니까 만일 누군가가 복도를 지나갔다면 내 눈에 띄었을 것입니다. 집안에는 나뿐이었던 것이 틀림없습니다."

"저는 무엇 때문에 그런 것을 물어 보는지……." 하고 홈이 초조하게 말을 시작했다.

물고기 눈을 한 케논이 귀에 거슬리는 바리톤 목소리로 말을 중간에서 가로챘다. "어떤 놈의 짓이건 카마이클이 돌아오기 전에 도망친 겁니다. 우리가 온 뒤로 내빼려는 놈은 없었습니다. 게다가 집안도 샅샅이 뒤져 봤고요."

"다른 출입구는 어땠소?" 하고 아버지가 물었다.

케논이 책상 뒤에 있는 벽난로에 침을 뱉고 대답했다. "소용 없는 짓이오." 빈정거리는 투였다. "현관문말고는 모든 문이 안에서 잠겨 있었소. 창문도 물론."

"이제 그만합시다. 그런 얘기는 시간 낭비일 뿐입니다." 하고 홈이 말했다. 그러더니 책상으로 가서 피가 말라붙어 있는 칼을 집어들었다. "이 칼을 본 적 있습니까?"

"네, 있습니다. 그것은 상원의원의 칼입니다. 그 칼은 늘 책상 위에 놓여 있었지요." 카마이클이 그 칼을 보고 있다가 몸을 약간 돌렸다. "또 물어 볼 것이 있습니까? 속이 좀 이상해서요……."

속이 이상하다고! 이 남자는 세균과 마찬가지로 신경 따위는 갖고 있지도 않은 것 같은데.

지방검사가 칼을 책상 위에 놓았다. "이 사건에 대해서 아는 것이 있습니까? 혹시 도움될 만한 거라도 있을까요?"

비서의 얼굴은 진정으로 슬퍼하는 빛을 띠고 있었다. "전혀 없습니다, 홈 씨. 검사님도 아시리라 믿습니다만, 상원의원께서는 정치 생활중에 많은 적을 만드셨습니다……."

홈이 느릿느릿 말했다. "그게 무슨 뜻이오?"

카마이클이 괴로운 표정을 지었다. "무슨 뜻이냐고요? 말 그대로입니다. 상원의원을 싫어하는 사람이 많다는 것은 검사님도 아시잖습니까! 수십 명의 남자가——아니 남자뿐만이 아니라 여자도 있겠지요——상원의원을 죽이고 싶도록 미워했을 것입니다……."

"알겠소." 하고 홈이 낮게 말했다. "그럼, 지금은 이 정도로 하고, 나가서 기다리시오."

카마이클이 고개를 끄덕이고 미소를 지으며 방에서 나갔다.

아버지가 지방검사를 옆으로 끌고 갔다. 그리고 굵은 목소리로 포셋 상원의원과 친하게 지내던 사람들, 의원의 정치적인 비행 등에 대해 잇따라 질문을 퍼부었다. 카마이클에 대해서도 사건과 관계 없는 이런 것 저런 것을 물어 보고 있었다.

케논 서장은 얼간이 같은 표정으로 천장이며 벽을 바라보면서 여전히 방안을 왔다갔다 하고 있었다.

방 건너에 있는 책상에 나는 넋을 빼앗기고 있었다. 책상에 다가가서 조사를 해보고 싶었다. 실은 카마이클이 심문당하고 있을 때에도 책상을 조사해 보고 싶은 일념뿐이었다. 책상 위에 있는 물건들이 나에게 빨리 와서 조사해 달라고 울고 있는 것처럼 여겨졌다. 어째서 아버지, 지방검사, 그리고 케논 서장이 그 책상 위에 있는 여러 가지 물건들을 온갖 주의를 기울여 면밀히 조사하지 않는지 나는 이해할 수가 없었다.

주위를 둘러보았다. 아무도 보고 있지 않았다.

내가 의자에서 일어나 급히 방을 가로질러 가는 것을 보고 제러미는 빙긋 웃었다. 남자들이 막을까 봐 얼른 책상 위로 몸을 굽혔다.

포셋 상원의원의 시체가 앉혀져 있던 의자 바로 앞 책상 위에는 녹색 압지가 놓여 있었다. 그 압지는 책상을 반쯤 차지하고 있었고, 그 위에 두꺼운 크림빛 편지지가 놓여 있었다. 맨 위의 편지지에는 아무것도 쓰여 있지 않았다. 나는 편지지 묶음을 들춰보다가 기묘한 것을 발견했다.

아까 시체를 보았을 때 상원의원은 몸으로 책상 끝을 누른 채로 죽어 있었다. 가슴의 상처에서 뿜어나온 피가 바지에는 묻어 있지 않았었다. 지금 보니 의자에도 피가 묻어 있지 않았다. 피는 압지 위로 흘렀던 것이다. 편지지 묶음을 집어 들어올려 보니 많은 피가 흘러서 녹색 압지에 스며 있는 것을 알 수 있었다. 그런데 그 핏자국이 기묘했다. 편지지 한쪽 구석 모양을 따라서 압지에 피가 스며 있었던 것이다. 즉, 녹색 압지 위에 불규칙적인 원형을 이룬 거무스름한 핏자국이 배어 있었는데, 편지지 한쪽 면이 놓여 있던 곳에는 직각을 이룬 부분이 더럽혀지지 않은 채 남아 있었다.

틀림없어! 나는 주위를 둘러보았다. 아버지와 홈은 아직도 낮은 소리로 이야기를 하고 있었고 케논 서장도 기계적으로 계속 서재 안을 왔다갔다 하고 있었다. 그러나 제러미와 정복 경찰 여러 명이 무서운 눈으로 나를 쳐다보고 있어서 잠깐 주저했다. 이쯤에서 그만두는 편이 좋지 않을까……하지만, 내 머리에 떠오른 하나의 이론이 조사해 보라고 외치고 있었다. 나는 마음을 정하고, 책상 위에 허리를 굽혀 편지지의 매수를 세기 시작했다. 한 장도 뜯지 않은 새 편지지 묶음일까? 그런 것도 같은데. 그래도 혹시……세어 보니 편지지는 98장이었다. 내 추리가 틀리지 않는다면 몇 장 묶음인지 표지에 쓰여 있을 거야…….

맞아! 내 생각이 맞았어. 표지에는 100장 묶음이라고 쓰여 있었다.

나는 편지지 묶음을 전에 있던 정확한 위치에 다시 놓았다. 내 가슴은 개가 마룻바닥을 꼬리로 치는 것처럼 쿵쿵거리고 있었다. 내가 추리한 이 이론이 아주 중요한 단서가 될지 어떨지는 모른다. 이 시점에서 그것이 어떠한 뜻을 지니고 있는지는 알 수 없으나, 그래도 틀림없이 어떤 점에 대해서는 단서가 될 것이다…….

내 어깨에 아버지가 손을 얹는 것이 느껴졌다. "뭘 기웃거리지, 패티?" 아버지는 무뚝뚝하게 물었으나 내가 지금 막 제자리에 놓은 편지지 묶음을 홀끗 보고는 무슨 생각을 하는지 눈을 가늘게 떴다. 흄 검사가 별 생각 없이 나를 쳐다보다가 피식 웃고는 몸을 돌렸다. 그렇게 생각하는군요, 흄 씨. 여자라고 해서 깔보고 있군요! 나는 이런 생각을 하면서 기회만 있으면 뒤로 나가떨어질 정도로 그를 놀라게 해줘야겠다고 작정했다.

"자아, 그 엉터리 같은 것을 좀 봅시다, 케논 서장." 하고 검사가 기분이 좋은 듯이 말했다. "경감님 의견을 듣고 싶습니다."

케논 서장이 뭐라고 투덜거리고는 참으로 기묘한 물건을 꺼냈다.

그것은 장난감의 일부분 같았다. 장난감 상자같이 생겼는데, 소나무인 듯한 값싸고 부드러운 나무로 만들어져 있었다. 낡아서 바랜 듯한 검은색이 칠해져 있고 귀퉁이는 장식으로 붙인 것인지 조잡한 쇠줄로 묶여 있었다. 트렁크를 본떠서 만든 물건 같았다. 쇠줄은 트렁크 구석을 단단히 붙들고 있는 놋쇠 역할을 하고 있었다. 그래도 왠지 나는 그것이 트렁크를 염두에

두고 만들었다기보다는 마치 무슨 상자를 본따서 만든 것이라는 생각이 들었다. 높이는 3인치(약 8cm)쯤밖에 되지 않았다.

그러나 이 물건의 특징은 그것이 작은 상자의 일부분에 지나지 않는다는 점이었다. 왜냐하면 그 물건의 오른쪽 면에 깨끗하게 자른 톱 자국이 있었기 때문이다. 케논이 손톱 밑에 때가 낀 더러운 손으로 들고 있는 그 물건은 폭이 2인치(약 5cm)쯤 되었다. 나는 재빠르게 계산을 했다. 대체적으로 상자 전체의 길이는 높이와 균형면으로 볼 때 약 6인치(약 15cm)쯤 될 것이다. 이것은 2인치쯤 되니까 전체의 3분의 1이라는 이야기가 된다.

"자아, 이것이 뭔지 알아맞춰 보시죠." 하고 케논이 심술궂게 아버지에게 말했다. "큰 도시의 명탐정께서는 이것이 무엇인 줄 아시오? 홍!"

"어디서 났소?"

"우리가 달려오니 그 책상 위에 버젓이 놓여 있습디다. 편지지 묶음 뒤에서 시체를 향해 말이오."

"이상한 물건이군." 하고 아버지는 중얼거리면서 케논의 손에서 그 물건을 빼앗아 자세히 들여다보았다.

그 뚜껑——뚜껑이라기보다는 잘려져 나가고 남은 나머지 부분 위에 붙어 있는 뚜껑의 일부——은 상자의 몸통에 작은 경첩으로 연결되어 있었다. 상자 안은 비어 있었다. 속은 칠도 안 되어 있었고 얼룩 하나 묻어 있지 않았다.

그리고 아버지가 들고 있는 그 물건의 앞면에는 HE라는 두 개의 금빛 글자가 빛바랜 검은색 위에 정성껏 적혀 있었다.

"도대체 이게 무슨 뜻이지?" 하고 아버지가 나를 망연히 바라보면서 말했다. "HE(그)란 누구를 말하는 걸까?"

"이상하지요?" 작은 수수께끼를 즐기는 사람처럼 흄이 미소를 지으며 말했다.

"물론." 나는 생각에 잠기며 말했다. "이것은 그(HE)를 뜻하는 것은 아닐 거예요."

"왜 그렇게 생각하십니까, 섬 양?"

"제 생각에는, 홈 검사님." 하고 나는 될 수 있는 대로 달콤하게 말했다. "댁처럼 유능한 분이라면 금방 알아차리셨을 거라는 생각이 드는군요. 나 같은 여자도 알 수가 있는데……."

"저는 이것이 중요한 뜻을 갖고 있지는 않다고 봅니다." 하고 검사가 별안간 말했다. 입가에는 미소가 없었다. "케논 서장도 같은 의견입니다. 그렇더라도 단서가 될지도 모르는 것이니만큼 소홀히 할 수는 없지요. 경감님 생각은 어떻습니까?"

"딸애 말이 맞는 것 같습니다." 하고 아버지가 말했다. "이것은 단어의 일부, 즉 어느 단어의 첫 두 글자에 지나지 않을 수도 있습니다. 그런 경우에는 HE(그)라는 말이 되지 않습니다. 어쩌면 무슨 말의 시작인지도 모릅니다."

케논이 경멸하는 듯한 소리를 냈다.

"여기에 지문이 있나 조사해 봤습니까?" 하고 아버지가 물었다.

홈은 고개를 끄덕였으나 표정은 어두웠다. "포셋 의원의 지문말고는 없었습니다."

"책상 위에 있었다……?" 하고 아버지가 중얼거렸다. "카마이클이 오늘 저녁에 집을 나설 때에도 그것이 책상 위에 있었다고 합디까?"

홈이 눈썹을 치켜올렸다. "사실은 중요하다고 생각하지 않아서 물어 보지도 않았습니다. 카마이클을 불러 물어 봅시다."

그가 비서를 불러오게 했다. 비서는 여전히 부드러운 얼굴에 정중하고 의아스러워하는 표정을 지으며 곧 들어왔다. 그는 아버지가 들고 있는 나무 토막에 눈길을 던졌다.

"그걸 찾아내셨군요." 하고 그가 낮게 말했다. "이상한 물건이지요?"

홈은 긴장했다. "그렇게 생각하오? 이것에 대해 아는 것이 있소?"

"조금 이상한 얘기가 있습니다, 홈 씨. 당신이나 케논 서장에게 말씀드릴 기회가 없어서……."

"잠깐만." 하고 아버지가 말끝을 길게 끌면서 말했다. "오늘 밤에 당신이 이 방에서 나갈 때 상원의원 책상 위에 이것이 있었습니까?"

카마이클이 희미한, 그리고 침착한 미소를 지었다. "아니오, 없었습니다."

"그렇다면," 아버지가 말을 계속했다. "이 물건은 포셋이나 범인, 그 두 사람 가운데 누군가가 일부러 책상 위에 꺼내 놓아야 할 만큼 중요했다는 말이 됩니다. 그렇다면 매우 중요한 뜻이 담겨 있다고 생각되지 않습니까, 홈 씨?"

"그 말이 맞는 것 같습니다. 저는 그런 관점에서는 생각해 보지 않았었습니다."

"물론 상원의원이 아무도 없을 때 불쑥 이것이 보고 싶어서 꺼냈다고 볼 수도 있겠지요. 그 경우에는 범인과 이것과는 아무 관계가 없습니다. 하지만, 내 경험에 의하면 오늘밤 같은 특별한 상황에서, 즉 집의 고용인들을 모두 밖으로 내보내야만 하는 특수한 상황에 놓여 있었다면, 그 특수한 상황은 범행과 관계가 있다고 봐야 합니다. 알아서 하시지요. 나는 이 물건에 대해 조사해 볼 필요가 있다고 봅니다."

"결정을 내리기 전에 내 말을 더 들어 보십시오." 하고 카마이클이 조용히 말했다. "그 나무 상자는 지난 몇 주일 동안 상원의원의 책상 속에 들어 있었습니다. 이 서랍 속에요." 그가 책상 둘레를 돌아가서 맨 윗서랍을 열었다. 서랍 속이 어질러져 있었다. "누군가가 책상 속을 뒤졌군요!"

"아니, 그게 무슨 소리요?" 지방검사가 재빨리 물었다.

"포셋 상원의원은 지나치게 깔끔한 분이었습니다. 무엇이든지 정돈되어 있는 것을 좋아했지요. 어제도 이 서랍 속이 정돈되어 있던 것을 나는 우연히 보아서 알고 있습니다. 그런데 서랍 속이 이렇게 엉망으로 흐트러져 있으니, 그분이 이렇게 흐트러뜨렸을 리가 없습니다. 누군가가 이 서랍 속을 뒤진 것이 틀림없어요!"

케논이 부하들에게 호통쳤다. "너희 중 누가 이 책상 속을 뒤졌나?" 모두들 일제히 그런 짓은 하지 않았다고 대답했다. "이상하군." 하고 서장이 중얼거렸다. "내가 책상에는 아무도 손대지 말라고 지시까지 해놨는데. 어떤 녀석이……."

"진정해요." 하고 아버지가 으르렁거렸다. "사건이 진전되고 있어요. 가해자의 소행인 듯싶소. 카마이클 씨, 이 상자의 이면에는 어떤 일이 숨겨져 있습니까? 이 상자가 뜻하는 바는 무엇일까요?"

"경감님, 저도 잘 모릅니다." 비서가 매우 유감스럽다는 듯이 말했다. 아버지와 비서는 표정없는 얼굴로 마주보았다. "그 일은 저도 당신과 마찬가지로 아무것도 모릅니다. 저것이 여기에 온 경로도 이상했습니다. 몇 주일 전에, 아마 약 3주일 전이라고 생각됩니다만, 이것이……아니, 처음부터 얘기하는 것이 좋겠군요."

"간단히 말하시오."

카마이클이 한숨을 쉬었다. "의원께서는 이번 선거가 어려운 싸움이 될 거라고 생각하고 있었습니다. 그래서……."

"그렇게 생각하고 있었다는 말이죠." 흄이 진지한 표정으로 고개를 끄덕였다. "그런데 그 일과 이것이 무슨 관계가 있단 말이오?"

"사실대로 이야기하자면 포셋 의원은 이 지방의 가난한 사람들 편인 척하면——나는 감히 '척하면'이라는 말을 씁니다만——후보자로서 인기가 높아지리라고 생각했던 겁니다. 그래서 그분은 형무소——물론 알곤퀸 형무소 말입니다——의 죄수들이 생산한 물건으로 바자회를 열어서 그 수익금을 틸덴 군의 실업자구제 자금으로 내놓아야겠다고 생각했습니다."

"그 문제는 이 지방 신문 '리즈 이그재미너'지에 자세히 실려 있었소." 하고 흄이 냉담하게 말했다. "쓸데없는 말은 빼고 필요한 말만 하시오. 그래, 이 상자가 바자회와 무슨 관계가 있단 말이오?"

"그래서 의원은 주 형무국과 매그너스 형무소장의 승낙을 얻어 알곤퀸 형무소를 시찰했습니다. 이것은 약 한 달 전의 일입니다. 그분은 사전 선전용으로 전시할 견본 몇 개를 미리 보내 달라고 매그너스 소장에게 부탁했습니다." 카마이클이 말을 중단했다. 그의 눈이 번쩍 빛났다. "그래서 형무소 목공실에서 만든 장난감이 보내져 왔는데, 그 속에 이 작은 물건이 함께 들어 있었습니다."

"그렇게 된 거로군." 하고 아버지가 중얼거렸다. "그런데 그 속에 이것이 끼어 왔다는 걸 당신은 어떻게 알았습니까?"

"제가 그 포장을 뜯었거든요."

"그럼, 이 물건이 인형들 속에 섞여 있었단 말입니까?"

"정확하게 말하면 그렇지 않습니다. 더러운 종이에 싸여 있었는데, 연필로 상원의원 앞이라고 쓰여 있었습니다. 그리고 상원의원에게 보내 온 종이쪽지도 함께 있었습니다."

"쪽지라고!" 홈이 외쳤다. "그것은 대단히 중요한 사항이오! 어째서 여지껏 말하지 않았소? 그 쪽지는 지금 어디 있소? 당신은 그것을 읽어 봤소? 뭐라고 씌어 있었소?"

카마이클이 쓸쓸한 표정을 지었다. "미안합니다, 홈 씨. 하지만, 그 물건이나 쪽지나, 둘 다 상원의원 앞으로 온 것이었기 때문에 뜯어 볼 수가 없었습니다……나는 그것을 받아서 곧 의원께 갖다드렸지요. 그분은 책상 앞에 앉아서 내가 물건들을 하나씩 건네주면 그것을 살펴보았습니다. 상원의원이 뜯어 보라고 할 때까지 그 종이 꾸러미 속에 무엇이 들어 있는지 나는 몰랐습니다. 상원의원의 이름이 종이 위에 적혀 있는 걸 보고 그냥 갖다 드렸을 뿐입니다. 그런데 그는 그 상자를 보고는 얼굴이 죽은 사람처럼 새파랗게 질려서 부들부들 떨리는 손으로 편지를 뜯었습니다. 손이 무척이나 떨리고 있었습니다. 그리고 나더러 나가라고 하더군요. 나머지는 자기가 직접 뜯어 보겠다고 하면서요."

"정말 유감이군." 하고 홈이 화가 난 목소리로 대들듯이 말했다. "그럼, 그 편지가 지금 어디 있는지, 또는 포셋이 찢어 버렸는지 어쨌는지 모른다는 말이오?"

"장난감하고 다른 물건들을 바자 본부에 보낸 다음에야 장난감이 담겨 온 상자 속에 그 이상한 물건이 없다는 것을 알았습니다. 그리고 일주일쯤 지난 어느 날 그 물건이 의원님 책상 제일 윗서랍에 있는 것을 우연히 발견했습니다. 그 편지는 두번 다시 보지 못했고요."

"잠깐만 기다리시오, 카마이클." 하고 홈이 비서의 말을 중지시키고 나서 케논 서장에게 뭐라고 귓속말을 했다. 서장이 귀찮아하는 표정으로 경관 세 명에게 무뚝뚝하게 무언가 명령했다. 경관 하나가 즉시 책상으로 가서 허리를 굽히고 서랍을 모두 뒤지기 시작했다. 다른 두 경관은 방에서 나갔다.

아버지는 무엇을 생각하는지 눈을 가늘게 뜨고 여송연 끝을 바라보고 있었다. "아, 카마이클 씨, 그 꾸러미들은 누가 이리로 갖고 왔습니까? 그 점에 대해서 얘기를 했던가요?"

"글쎄요. 각 분야에서 일하는 모범수들이 날라왔습니다. 물론 제가 처음 보는 사람들이었습니다."

"그럼, 이 점은 기억하십니까? 당신이 그 죄수들에게서 그 꾸러미들을 받았을 때 짐은 모두 꼭 봉해져 있었습니까?"

카마이클이 질문의 의미를 잘 모르겠다는 듯이 눈을 크게 떴다가 대답했다. "아, 무슨 말씀인지 알겠습니다. 당신 생각은 심부름하는 죄수들이 오는 도중에 장난감 상자의 포장을 뜯고 그걸 슬쩍 집어넣었을지도 모른다는 거지요? 저는 그러지 않았을 거라고 생각합니다, 경감님. 포장은 완전히 봉해진 채였으니까요. 만일 뜯었던 흔적이 있었다면 틀림없이 내 눈에 띄었을 겁니다."

"그래요?" 하고 아버지가 입맛을 다시면서 말했다. "잘됐어요. 이것으로 수사의 범위가 좁혀졌군요. 홈 씨, 그래도 이 물건이 중요하지 않다고 하실 겁니까?"

"제가 잘못 생각했습니다." 하고 홈이 순순히 인정했다. 그의 검은 눈에 소년들이 흥분했을 때 나타나는 흥분된 빛이 떠올랐다. "어떻습니까, 섬 양? 당신도 이 물건이 중요하다고 생각하십니까?"

그는 정중하게 웃으며 말했지만 그 말투가 내 속을 부글부글 끓게 만들었다. 또 여자라고 깔보고 있어! 나는 턱을 앞으로 내밀면서 쌀쌀한 어조로 말했다. "홈 씨, 내 생각이야 어떻든 대수롭지 않으실 텐데요?"

"아, 이러지 마십시오. 당신을 화나게 하려고 한 말은 아닙니다. 정말 이 나무 상자를 어떻게 생각하고 계십니까?"

"내 생각은 당신들이 깜깜 장님들이라는 거예요." 하고 나는 쏘아붙였다.

제4장 다섯 번째 편지

그 순간 존 흄은 소리 죽여 웃었고 염치없는 케논은 너털웃음을 터뜨렸고, 제러미까지도 내 말을 듣고 빙그레 웃었다 ……즉 내가 그들을 장님이라고 하자 모두가 웃어넘겼던 것이다.

유감스럽게도 나는 그때 그들의 맹목과 무지함을 뚜렷이 입증할 수 있는 입장에 서 있지 못했다. 그래서 가능한 한 냉정하고 자신 있는 태도로 얼굴을 찌푸리며, 앞으로 언제고 그들이 깜짝 놀라서 입을 쩍 벌리도록 만들고 말겠다고 쓸쓸한 기분으로 나 자신에게 약속했다. 지금 그 당시를 생각해 보면 그것은 말할 수 없을 정도로 유치한 짓이었고 어리석은 짓이었다. 내가 아주 어릴 때 내가 쓸데없는 짓을 하겠다고 고집을 부리면 ──그런 일이 많았다──그 짓을 막는 보모가 미워서 내가 생각할 수 있는 가장 못된 방법으로 그 불쌍한 아줌마를 괴롭히곤 했다. 그러나 지금은 그때와 같은 어린애 심보가 아니라 진정이었고, 귀청을 울리는 그들의 웃음소리를 들으며 마음속 깊은 곳으로부터 우러나오는 화를 삭이려고 무진 애를 쓰면서 책상 쪽으로 몸을 돌렸다.

가엾게도 아버지는 쥐구멍으로라도 숨고 싶어하는 모습이었다. 찌그러진 귓볼까지 새빨갛게 물들이며 나를 무섭게 흘겨보고 있었다.

마음의 동요를 감추기 위해 나는 책상 구석을 살피기 시작했다. 거기에는 겉봉은 붙였지만 아직 우표가 붙어 있지 않은, 타이프라이터로 주소 성명이 타자된 편지가 몇 장 가지런히 쌓여 있었다. 나의 노여움이 가라앉기까지는 시간이 약간 걸렸다. 내가 눈앞을 제대로 볼 때쯤 되자 존 흄이 나를 곤란한 지경에 빠지게 한 것이 미안했던지 카마이클에게 말을 걸었다.

"그래, 맞아요. 그 편지들 말이오. 그 편지에 우리 눈이 끌리게 해주어서 고마워요, 섬 양. 이 편지들을 당신이 타자쳤습니까, 카마이클?"

"어?" 카마이클이 깜짝 놀란 얼굴을 했다. 그는 다른 생각을 하다가 퍼뜩 제정신으로 돌아온 듯했다.

"아, 그 편지들 말입니까? 네, 제가 타자쳤습니다. 오늘 저녁 식사가 끝나고 상원의원이 부르는 것을 받아쓰셨다가 집에서 나가기 전에 타자쳤습니다. 제 사무실은 이 서재에 붙은 작은 방입니다."

"내용 중에 흥미를 끌 만한 것이라도 있었습니까?"

"상원의원 살해범을 찾는 데 도움이 될 만한 내용은 없습니다." 하고 카마이클이 쓸쓸하게 웃었다. "사실, 기다리고 있던 방문자와 관계 있을 성싶은 내용은 없었다고 봅니다. 이것은 내가 타자를 끝내고 그 편지들을 상원의원에게 갖다 드렸을 때 보인 그분의 태도로 미루어 하는 말입니다. 그분은 편지들을 대충 훑어보더니 서명을 하고는 접어서 봉투에 넣은 다음 겉봉을 봉했는데, 이 모든 행동을 건성으로 하는 것 같았습니다. 그러나 손가락은 떨리고 있었습니다. 그때 그분의 머릿속에는 다만 나를 집에서, 그리고 빨리 방에서 내보내고 싶은 기분뿐이었을 거라고 생각합니다."

홈이 고개를 끄덕였다. "타자칠 때 복사지를 끼고 사본도 만들었겠지요? 이렇게 된 이상 완전하게 조사를 하는 것이 좋겠지요, 경감님? 만에 하나 그 편지 내용에서 단서가 될 만한 것이 나올지도 모르니까요."

카마이클이 책상 앞으로 가서 책상 위 한구석에 놓여 있는 철사로 만든 서류 바구니에서 반짝이는 엷은 연분홍빛 종이 몇 장을 꺼냈다. 홈이 이 복사지에 씌어 있는 내용을 대강 읽어 보고 고개를 흔들더니 아버지에게 건네주었다. 아버지와 나는 함께 그걸 보았다.

맨 위의 한 장이 엘러휴 클레이 씨에게 보내는 것임을 발견하고 나는 조금 놀랐다. 아버지도 놀란 듯 내 얼굴을 보았고 나도 아버지를 바라보았다. 그리고는 둘이서 편지를 읽어 내려갔다. 형식대로 받는 사람의 이름이 적혀 있고, 다음과 같은 내용이 쓰여 있었다.

친애하는 엘리

친구로서 작은 정보를 하나 제공하겠소. 이 정보의 내용과 출처를 공개하면 곤란하오. 지금까지와 마찬가지로 당신과 나 사이의 조그마한 비밀로 해둡시다.

다음 해의 새로운 예산에는 틸덴 군에 주립 재판소를 세우기 위해 백만 달러의 자금이 책정된다고 생각해도 좋을 것이오. 아시다시피 지금의 재판소는 오래 된 것으로서 무너지기 직전에 있소. 그래서 우리 몇몇 예산위원회 위원들은 새로운 재판소를 세우기 위한 자금을 통과시키려고 강압적인 수단을 강구하고 있소. 이 조엘 포셋이 출신구의 선거인들을 무시했다는 말이 결코 나오지 않게 할 것이오. 우리 모두는 이 재판소 건설을 위한 자금이 아낌없이 책정되기를 바라고 있소. 대리석도 최고급으로 풍족하게 말입니다.

이 정보가 당신의 '관심'을 끌리라고 생각해서 한마디 드린 겁니다.　　　　　　　　　　　　　　　　당신의 친구 조 포셋

"'친구로서의 정보'라고?" 하고 아버지가 으르렁거렸다. "흄 씨, 이것은 심상치 않은 편지입니다. 당신네들이 그를 못마땅하게 여긴 것도 무리가 아니군요."

아버지는 방 한구석에서 줄담배를 태우면서 돌아가는 일을 지켜보고 있던 제러미에게 조심스러운 눈길을 보내며 목소리를 낮추었다. "편지 내용대로 클레이 씨하고 무슨 관계가 있습니까?"

흄이 쓴웃음을 지었다.

"아니오, 그렇지 않을 겁니다. 죽은 상원의원이 가끔 부리는 잔재주의 하나이겠지요. 엘러휴 클레이 노인은 절대로 결백합니다. 이런 편지에 속아 넘어가지 마십시오. 클레이 씨와 그 으스대던 상원의원은 이 편지에서처럼 '엘리'니 '조'니 하고 부를 만큼 친한 사이가 아닙니다."

"기록을 남기기 위한 수단이라는 말이지요?"

"그런 것 같습니다. 만일 무슨 일이 일어났을 때 이 편지 사본은 클레이 씨 역시 그의 공범자로서 자기 회사의 이익을 얻기 위해 열을 올렸다는 증거가 될 테니까요. 클레이 씨의 공동 경영자의 동생이며, 클레이 씨를 '친구'라고 자칭하는 상원의원은 이 정보를 제공함으로써 과거에도 여러 번 이것과 비슷한 정보를 제공했음을 넌지시 풍기려 했던 것이지요. 만일 이 부정이 세상에 폭로된다면, 클레이 씨 역시 이 일당과 한패로 몰리겠지요."

"어쨌든 저 아들 녀석을 위해서라도 이런 편지가 흘러나가지 않았으니 다행이군. 그래, 이 상원의원이란 사람이 그런 작자였군……다음 편지를 보자꾸나, 패티. 시간이 지날수록 자꾸 새로운 것을 알게 되는구나."

다음 편지 사본은 '리즈 이그재미너'지의 주필에게 보내는 것이었다.

"이 도시에서는 이 신문만이 포셋 일당에게 대항할 배짱을 갖고 있지요." 하고 지방검사가 설명했다.

이 편지는 강압적인 말투로 다음과 같이 쓰여 있었다.

오늘 날짜의 당신네 신문에 실린 비논리적이고도 부당한 사설은 내 정치 행적의 어떤 사실에 대하여 고의적으로 나쁘게 쓰고 있습니다.

나는 그 기사를 취소하라고 요구하는 동시에 당신네 신문이 나의 개인적인 인격에 던지는 비열한 비난이 전혀 사실이 아님을 리즈 및 틸덴 군의 선량한 사람들에게 알리기를 아울러 요구하는 바입니다.

　아버지는 그 종이를 대수롭지 않다는 듯이 옆으로 던지면서
말했다.
　"낡은 수법이군. 패티야, 다음 것을 읽어 보자."
　세 번째의 연분홍빛 종이는 알곤퀸 형무소의 매그너스 소장
에게 보내는 것으로서 짤막한 내용이 쓰여 있었다.

　친애하는 소장님
　알곤퀸 형무소의 내년도 승진에 대한, 주 형무국으로 보내는
내 공식 추천장을 복사하여 동봉하니 보십시오.
　　　　　　　　　　　　　　　　　　　　　　　조엘 포셋

　"하나님 맙소사! 아니, 이 친구가 형무소까지 손을 **뻗쳤단**
말인가 ?"
　아버지가 큰소리로 말했다.
　"이게 뭐하는 짓이야? 이 친구는 정치를 하려는 게 아니라
계꾼들을 모으고 있나?"
　존 흄이 씁쓰레하게 내뱉었다. "자아, 이제는 이 '빈민 옹호
자'가 어떤 작자였는지를 아시겠지요? 이자는 승진을 미끼로
형무소에서까지 표를 얻으려 했습니다. 이자의 추천장이 주 형
무국에서 어느 만큼의 효과를 나타낼 수 있었는지는 모르겠으
나, 전혀 효과가 없다 하더라도 자기가 선거구민 모두에게 똑
같이 은혜를 베푸는 자선가라는 인상을 줄 수가 있었을 것입니
다. 나 원 참, 기가 막혀서."
　아버지가 어깨를 으쓱하고 네 번째 편지 사본을 집어들더니
껄껄 웃었다.
　"불쌍하게 됐군! 똑같은 수법에 당하다니. 패티야, 어서 읽
어 보렴. 굉장한 내용이다."
　나는 이 편지가 아버지의 오랜 친구인 브루노 지사에게 보내

는 것임을 알고 놀랐다. 그리고 만일 지사가 이 뻔뻔스럽고 무례한 편지를 받았다면 뭐라고 말했을까 생각해 보았다.

친애하는 브루노 씨
다가오는 선거에 즈음하여 내가 틸덴 군에서 재선될 가망이 적다고 당신이 선전하고 다닌다는 것을 의회의 두서너 친구에게서 들었습니다.
자, 내 말을 잘 들어 보시오. 만일 틸덴 군에서 흄이 당선된다면──흄의 입후보는 확실합니다──그 정치적 반응은 앞으로 있을 당신 자신의 재선 가능성에 크나큰 영향을 끼칠 것입니다. 틸덴 군은 허드슨 강 유역 일대의 전략적 중심지라는 점을 잊지 마십시오.
나는 당신이 같은 정당에 적을 두고 있는 저명한 상원의원의 인격과 업적에 대해 비방하기 전에 지금 말씀드린 점을 깊이 생각해 보시라고 당신 자신을 위해 충고합니다.
                                                            J 포셋

"너무 감격해서 웃음이 나올 지경이군." 아버지가 편지를 서류 바구니에 던져 넣으며 말했다. "이봐요, 흄, 범인 찾는 일을 중단하고 싶은 생각까지 드는군. 이놈은 칼에 찔려 죽어도 싸⋯⋯아니, 패티, 왜 그러느냐?"
"해결할 문제들이 많아서 그래요." 하고 내가 천천히 말했다. "편지를 복사한 것이 몇 상이었죠, 아버지?"
흄이 날카롭게 나를 쳐다보았다.
"그야 넉 장이지."
"하지만, 책상 위에는 편지가 다섯 통 있어요!"

지방검사가 놀라서 움찔하더니 책상 위에서 타자한 편지 묶음을 낚아채듯 얼른 집어드는 것을 보고 나는 조금 고소한 기분이 들었다.

"섬 양 말이 맞습니다!" 하고 흄이 외쳤다. "카마이클, 이게 어찌된 일이오? 상원의원은 편지를 몇 통 받아쓰라고 했습니까?"

비서도 놀란 표정이었다. "네 통뿐이었습니다, 흄 씨. 지금 읽은 네 통뿐입니다."

흄이 재빠르게 편지들을 한장 한장 살펴본 다음 우리에게 주었다. 엘러휴 클레이 씨에게 보내는 편지가 맨 위에 있었는데 여기저기에 말라붙은 핏자국이 있었다. 두 번째 것은 '리즈 이그재미너'지에 보내는 것으로 구석에 '친전(親展)'이라는 글씨가 타이프되어 있었고 짙은 밑줄이 그어져 있었다. 세 번째 봉투는 형무소장에게 보내는 것으로, 양쪽 구석에 종이 클립으로 눌린 자국이 있었다. 그리고 오른쪽 아래 구석에 (알곤퀸 형무소 승진에 관한 서류. 정리 번호 245)라고 씌어 있었다. 브루노 지사에게 보내는 편지는 상원의원의 개인용 푸른 봉랍(封蠟)으로 두 곳이 봉인되어 있었고, 이것 역시 '친전'이라는 글씨에 굵은 밑줄이 그어져 있었다.

다섯 번째 편지——복사되지 않은 편지——를 검사는 눈을 크게 뜨고 휘파람이라도 불듯이 입술을 삐죽 내민 채 한참 동안 들여다보고 있었다.

"패니 카이저라! 바람이 그렇게 불고 있단 말이지?" 검사는 이렇게 말하고 우리에게 가까이 오라고 손짓했다. 겉봉은 타자로 친 것이 아니었다. 이름, 번지, 그리고 '뉴욕 주 리즈 시'라는 글자가 검은 잉크로 거칠게 씌어 있었다.

"패니 카이저가 누구요?" 하고 아버지가 물었다.

"이 동네에 사는 유명한 시민 중의 하나입니다."

지방검사가 무슨 다른 생각에 잠겨 있는 듯한 어조로 대답하며 편지 봉투를 뜯었다. 내 눈에 케논 서장이 움찔하는 것이 보였다. 그가 급히 우리 쪽으로 왔고, 수상한 여자에 대한 얘기가 화제에 올랐을 때 흔히 남자들이 보이는 음탕한 표정을 지으며 둘레에 서 있던 두세 명의 경관들이 서로 눈을 찡긋거리고 있었다.

편지의 내용도 겉봉처럼 펜으로 쓰여 있었는데 역시 거친 필체였다. 홈이 소리내어 읽으려고 하다가 첫마디에서 중단하고 내 눈이 미치지 않는 곳의 누구에게인지 잠깐 눈길을 보내더니 그 다음은 혼자서 눈으로 읽었다. 그의 눈이 빛나고 있었다. 마침내 그는 케논과 아버지와 나를 옆으로 부르더니 다른 사람들에게 등을 돌리고, 우리들에게 소리내어 읽지 말고 눈으로 읽으라고 고개를 저어 주의를 준 다음 편지를 건네주었다.

편지에는 인사말이 없었다. 처음부터 용건이 적혀 있었고 서명도 없었다.

전화를 C에게 도청당하고 있는 듯하니 걸지 말기 바란다. 어제 타협한 대로 당신 의견에 따라 계획을 변경하겠다고 아이러에게 편지로 알려 줄 작정이다.

침착하게 처신하고 입을 열지 말도록. 아직은 진 것이 아니니까. 그리고 메이지를 이곳으로 보내 주기 바란다. 친구 H를 위한 좋은 생각이 떠올랐다.

"포셋의 필적입니까?" 하고 아버지가 물었다.

"틀림없습니다. 이것에 대해 어떻게 생각하십니까?"

"C라," 하고 케논이 중얼거렸다. "설마 저 친구를 두고 하는 ……?" 그는 방 저쪽에서 제러미 클레이와 조용히 이야기하고 있는 카마이클을 그 물고기같이 흐리멍덩한 눈으로 바라보았다.

"그렇더라도 나는 놀라지 않을 거요." 하고 홈이 중얼거렸다. "그래, 그렇게 된 것이로군. 나도 저 비서란 친구에게 좀 수상쩍은 데가 있다고 생각은 하고 있었지."

그가 문께에 있는 형사 한 사람에게 고갯짓을 했다. 형사가 따분하다는 듯이 터벅터벅 걸어왔다.

"두세 사람 데리고 가서 온 집안의 배선을 조사해 보게." 홈이 낮은 소리로 말했다. "전화 배선 말일세. 빨리 가서 조사해."

형사가 고개를 끄덕이고는 여전히 느릿느릿한 걸음으로 물러갔다.

"흄 씨," 하고 내가 물었다. "이 메이지란 누구지요?"

흄이 말하기 곤란한 듯 입을 비틀었다. "이 메이지란 어느 분야에 매우 재능이 있는 젊은 여자가 틀림없습니다."

"알았어요. 그런데 도대체 왜 말을 확실하게 해주지 않죠, 흄 씨? 나도 이제는 어른인데요. 여기에서 '친구 H'라고 한 것은 바로 당신을 가리킨 말이 아닌가요?"

흄이 어깨를 으쓱했다. "그런 것 같습니다. 나의 관대한 정적 (政敵)은 이 존 흄이라는 사람이 스스로 말하고 있는 것만큼 도덕심이 강한 사람이 아니라는 것을 여자를 써서 모함하려 했던 것 같습니다. 이 메이지라는 여자를 미끼로 쓰려고 했던 것이 틀림없어요. 이런 일은 전에도 있었습니다. 만일 내가 거기에 말려들었더라면 여러 여자들이 내가 호색가라고 증언하게 되었을지도 모르죠."

"말을 아주 멋지게 하시는군요, 흄 씨. 결혼하셨나요?"

그가 미소를 지었다. "그 말씀은 내 아내 자리를 원한다는 뜻입니까?"

바로 그때 전화 배선을 살피러 갔던 형사가 돌아왔기 때문에 나는 흄의 질문에 대답해야 하는 난처한 입장을 면하게 되었다.

"배선에는 이상이 없습니다. 이 방말고는 이상이 없습니다. 이 방도 조사를……."

"잠깐." 흄이 다급하게 가로막고 목소리를 크게 해서 불렀다. "카마이클 씨!" 카마이클이 이쪽을 보았다. "지금은 용건이 없으니 나가서 기다려 주시오."

카마이클이 태연하고 침착하게 방에서 나갔다. 형사가 즉시 책상에서 전화기로 이어진 전화선을 살폈다. 그리고는 한참 동안 전화기를 조사했다.

"별로 이상은 없는 것 같습니다만 확실하지는 않습니다. 전

화국 사람을 불러다가 전문적인 조사를 시켜 보는 것이 좋을
것 같은데요."

홈이 고개를 끄덕였다. 그것을 보고 내가 말했다. "문제가 하
나 더 있어요, 홈 씨. 그 편지들을 전부 뜯어 보는 것이 어떨까
요? 편지하고 이 복사된 것하고 일치하지 않을 가능성도 조금
은 있잖아요?"

홈이 그 맑은 눈으로 나를 보고 웃으며 편지를 다시 집어들
었다. 그러나 내용은 우리가 읽은 것과 똑같았다. 지방검사는
알곤퀸 형무소로 보내는 편지와 동봉된 종이에 특히 관심이 있
는 것 같았다. 그 종이는 편지에 클립으로 끼워져 있었는데 거
기에는 승진을 추천하는 몇 명의 이름이 적혀 있었다. 홈이 눈
살을 찌푸리며 그 명단을 들여다보더니 옆으로 내던졌다.

"별것 아니네요. 아가씨의 육감이 틀린 것 같군요."

지방검사가 전화기를 들어 전화하는 것을 보면서 나는 깊은
생각에 잠겼다.

"전화 안내입니까? 지방검사 홈입니다. 패니 카이저의 집 전
화번호를 알려 주십시오……감사합니다."

그가 전화를 다시 걸었다. 그는 신호가 가는 동안 수화기를
들고 기다렸다. 계속되는 신호음 소리가 우리 귀에까지 들려왔
다.

"아무도 받지를 않는군, 흐음." 그가 전화를 끊고 말했다.
"우리가 제일 먼저 할 일은 패니 카이저를 심문하는 거야." 그
는 얼굴에 소년 같은, 그러나 냉혹한 표정을 띠고 있었다.

나는 책상 쪽으로 조금 더 다가섰다. 책상에서 2피트쯤 떨어
진 곳, 죽은 사람이 앉았던 의자에서 손을 뻗으면 미치는 거리
에 티 테이블이 있었다. 그 테이블 위에는 전기 주전자와 쟁반
에 담긴 커피 잔이 한 벌 있었다. 호기심에서 나는 주전자를 만
져 보았다. 아직 따뜻했다. 찻잔 속을 들여다보니 밑바닥에 탁
한 커피 찌꺼기가 가라앉아 있었다.

내 추리가 머릿속에서 고개를 점점 더 높이 쳐들었다. 만일

내 생각이 맞는다면…….

　나는 눈에 승리의 빛을 띠면서 몸을 돌렸다. 흄 지방검사가 화가 난 눈으로 나를 보고 있었다. 그 눈빛은 나를 꾸짖거나 뭔가를 묻고 싶은 듯했으나, 바로 그때 수사 방향을 완전히 바꾸어 놓은 일이 일어났다.

제5장 여섯 번째 편지

내 생각이 옳았는가 틀렸는가 하는 것을 판단하는 일은 조금 미루어야 했다.

복도에서 말소리와 발걸음 소리가 들리더니 잠시 뒤 문 가에 있던 경감들이 마치 황족이라도 맞이한 듯이 몸을 굽히면서 물러섰다. 말소리가 끊어지자, 나는 이 제복 입은 군센 사람들을 쩔쩔매게 할 수 있는 위대한 인물이 과연 누구일까 궁금해지기 시작했다.

그러나 잠시 뒤에 문 가에 모습을 나타낸 사람은 겉으로 보아서는 굉장한 사람으로는 보이지 않았다. 그 사람은 완전히 벗겨져서 분홍빛이 나는 대머리의 작은 노인이었는데, 인자한 할아버지처럼 동그스름한 붉은 볼을 갖고 있었으며 배가 불룩 나와 있었다. 입은 옷도 헐렁했으며 굉장히 낡은 것이었다.

그러나 나는 그의 눈을 보고 그에 대한 첫인상을 바꿨다. 이 사람은 어느 모임에 갖다 놓아도 특출나 보일 사람이었다. 눈썹 밑에 째져 있는 두 구멍은 두 개의 얼음 조각이었다. 엄하기 그지없는 무자비하고 사악한 눈이었다. 그 눈은 교활하기만 한 것이 아니라 전능한 악마의 눈이었다. 더구나 붉은 뺨과 핑크빛 대머리를 싸딱이고 있어 더욱 험악하게 보였다.

내가 정말로 놀란 것은 존 흄 지방검사——혁신적인 정치가이며 사람들을 이끄는 지도자, 야만스런 골리앗(성경에 나오는 키 2m 50cm를 넘는 거인)에게 불에 달구어 깨끗해진 돌을 던진 다윗과 같은 지방검사——가 서재를 급히 가로질러가서 반갑고 존경스럽다는 표정을 역력히 드러내며 노인의 살찐 손을 감싸쥐는 것을 보았기 때문이었다. 검사는 지금 연극을 하고 있는 것인가? 저 노인의 차갑고 가혹한 눈매를 보고도 저렇게 반가워

할 수가 있을까? 어쩌면 그의 젊음과 힘과 정의감도 저 노인의 웃음만큼이나 가식적인 것일지도 몰라……나는 아버지를 흘끗 보았으나 그 못생기고 정직하고 사랑스러운 아버지의 얼굴에는 검사를 못마땅하게 생각하는 기색은 없었다.

"소식을 막 들었네." 하고 노인이 어린애 같은 목소리로 말했다. "무서운 일이야, 존, 아주 무서운 일이라고. 소식을 듣자마자 달려왔어. 무슨 진전은 있나?"

"아무것도 없습니다." 하고 흄이 부끄러워하면서 말했다. 그가 새로 온 사람을 우리가 있는 쪽으로 데리고 왔다. "섬 양, 나의 정치적 생명을 손에 쥐고 계시는 루퍼스 코튼 씨입니다. 그리고, 루퍼스, 이쪽은 뉴욕 경찰국에서 근무했던 섬 경감입니다."

루퍼스 코튼 씨가 고개를 까딱하고는 웃으며 내 손을 잡았다. "아, 이거 생각지도 못했던 영광입니다, 아가씨." 그의 살찐 뺨이 밑으로 처졌다. 그가 덧붙였다. "무서운 일입니다, 이 사건은." 그는 내 손을 잡은 채 아버지 쪽으로 몸을 돌렸다. 나는 무례한 행동이 되지 않도록 조심하면서 손을 뺐지만 그는 내가 손을 뺀 것조차 모르는 듯했다. "아, 이분이 그 유명한 섬 경감님이시군요. 얘기 많이 들었습니다, 암, 듣고말고. 내 친구인 버비지 경찰국장과——아마 당신이 근무할 때 그가 국장이었지요?——곧잘 당신 얘기를 하곤 했습니다."

"아하, 그러셨습니까?" 아버지가 좋아서 어쩔 줄 몰라했다. "당신이 흄 씨를 밀어 주신다고요. 저도 선생님 명성은 들었습니다, 코튼 씨."

"그렇습니다." 하고 루퍼스 코튼이 째지는 소리를 냈다. "존은 틸덴 군의 차기 상원의원이 될 것이오. 미약하나마 내 작은 힘으로 도와주려고 노력하고 있습니다. 그런데 이런 일이……. 무서운 일입니다, 무서운 일." 그의 입은 늙은 암탉처럼 꼬꼬댁거리고 있었으나 악마의 눈 같은 차가운 눈은 조금도 흔들리지 않았다. "자, 그럼 잠깐 실례하겠습니다." 그리고 아직도 얼굴에 엷은 웃음을 머금은 채 나를 돌아보며 말했다. "아가씨께도 실례하겠습니다. 존하고 좀 할 얘기가 있어서. 내가 말한 대로 무서운 일이 일어났어요. 정치적인 상황에 아주 중대한 영향을 끼치게 될지도 모릅니다……." 그리고 아직도 입으로는 무슨 말을 지껄이며 젊은 지방검사를 저쪽으로 데리고 가서 머리를 맞대고 진지하게 이야기를 했다.

말은 주로 흄이 하고 있었으나 때때로 코튼은 날카롭게 고개를 저으면서도 눈은 흄의 얼굴에 못박고 있었다……나는 이 젊은 정치 기사(騎士)에 대한 생각을 고쳤다. 아까도 그런 생각을 했었으나 지금은 더욱 강력하게 포셋 상원의원의 죽음이야말로 흄, 코튼, 그리고 그들이 속한 정당에 말할 수 없는 행운을 안겨 주었다는 생각이 들었다. 이 사건은 죽은 상원의원의 참 모습을 밖으로 나타내게 해서 이 젊은 혁신적 입후보자를 당선시키는 데 큰 영향을 끼칠 것이다. 혼란 속에서 포셋 의원이 속한 정당에서 새로운 후보를 내세우기란 곤란할 뿐 아니라 누가 입후보한다 하더라도 선거인들의 비난을 견디기 어려울 테니까 말이다.

그때 아버지가 내게 신호를 보내고 있는 것을 발견하고 나는 아버지 옆으로 재빨리 다가갔다. 아버지가 무엇을 찾은 것이었다…….

나는 그런 일이 있을 것을 벌써 깨달았어야만 했다. 그리고 지금 아버지가 하고 있는 일을 보고 나 자신을 책망했다. "페이션스 섬, 넌 참으로 멍청하구나!"

아버지는 책상 뒤에 있는 벽난로 앞에 무릎을 꿇고 무엇인가를 열심히 조사하고 있었다. 한 형사가 낮은 목소리로 뭐라고 말하고 있었고, 카메라를 든 사람이 한쪽 끝에 서서 줄곧 플래시를 터뜨리며 벽난로 속을 촬영하고 있었다. 파란 불이 번쩍하면서 펑 하고 플래시 터지는 소리가 들렸으며, 서재 안에 연기가 자욱했다. 사진을 찍는 남자가 아버지를 옆으로 비키게 하고 벽난로 앞에 깔려 있는 양탄자 끝의 가운데, 즉 벽난로 바로 앞에 있는 것을 찍었다. 무엇일까 하고 보았더니 거기에는 남자의 왼쪽 신발 앞쪽 끝 자국이 뚜렷이 나 있었다. 벽난로의 재가 방안에 조금 흩어져 있었는데, 누군가가 그것을 모르고 밟았던 것이다……. 사진을 찍은 남자가 투덜거리면서 도구를 챙기기 시작했다. 그의 일이 끝난 모양이었다. 서재의 다른 부분이며 죽은 사람의 사진은 우리가 오기 전에 이미 찍었다고 아까 누군가가 말했으니, 이것이 사진사의 마지막 일이었다.

그러나 아버지의 관심을 끈 것은 양탄자 위의 발자국이 아니라 벽난로 바닥이었다. 거기에는 별로 색다른 점이 없는 것 같았다——분명히 그날 저녁에 태운 것으로 여겨지는 검은 재가 있었고, 그 위에 아주 뚜렷이 구분되는 약간 더 밝은 빛깔의 재가 얹혀 있었으며, 그 밝은 재 위에도 조금 희미하긴 하나 어렴풋이 발자국이 나 있었다.

"이것을 어떻게 생각하니, 패티?" 내가 어깨너머로 넘겨다보자 아버지가 물었다. "무엇으로 보이니?"

"남자의 오른쪽 신발 자국이군요."

"맞아." 아버지가 일어섰다. "하지만, 그것뿐만이 아냐. 발자국이 나 있는 재의 위층과 그 밑에 있는 층의 빛깔이 다르다는 게 뚜렷이 보이지? 서로 다른 것을 태웠기 때문이야. 얼마 전에 태우고 발로 뭉개 버렸어. 도대체 누가 무엇을 태웠을까?"

나도 떠오르는 바가 있었으나 아무 말도 하지 않았다.

"자아, 이 다른 발자국 말인데," 하고 아버지가 양탄자를 내려다보면서 말했다. "이것은 발가락 쪽의 자국인데 이것으로 그때의 상황을 쉽게 알 수 있어. 그 사람은 벽난로 정면에 서 있었던 거야. 그때 왼발 끝이 이 양탄자 위에 있던 재를 밟아서 발자국이 난 것이지. 그런 자세로 그 사람은 벽난로 안에서 무언가를 태운 다음 오른발로 뭉개 버렸어……내 말이 맞소?" 하고 아버지가 사진사에게 으르렁거렸다. 사진사는 고개를 끄덕였다. 아버지는 다시 무릎을 꿇고 좀더 밝은 빛깔의 재를 주의 깊게 들쑤시기 시작했다.

"이것 좀 봐!" 하고 아버지가 소리치며 의기양양하게 일어섰다. 손에는 아주 작은 종이 조각이 쥐어져 있었다.

그것은 두꺼운 크림빛 종이로 불에 타다가 남은 찌꺼기가 분명했다. 아버지가 그 종이를 조금 찢어 성냥으로 불을 붙였다. 손톱 밑의 때만큼이나 작은 것이었으나 그 재는 틀림없이 난로 속에 있는 밝은 빛깔의 재와 같은 색이었다.

"이것은 그렇게 된 일인데." 아버지가 머리를 긁적거리며 말했다. "이 빌어먹을 것은 어디 있던 거지? 아, 미안하다, 패티, 상소리를 해서······."

"책상 위에 있던 편지지예요." 하고 내가 조용히 말했다. "금방 알겠더군요, 아버지. 한 묶음으로 묶여 나온 편지지이지만 상원의원이 쓰고 있던 편지지는 아주 고급품이었어요."

"그래! 네 말이 맞다!" 아버지가 책상 옆으로 달려갔다. 벽난로에서 꺼낸 타다 남은 종이 조각과 책상 위의 편지지를 비교해 보니 과연 내 말대로 그 종이 조각은 책상 위의 편지지철에서 뜯은 종이임을 알 수 있었다.

아버지가 불만스러운 듯 투덜댔다. "그렇긴 해도 이건 아무 단서가 될 수 없어. 이것을 언제 태웠는지도 모르잖아? 범인이 오기 몇 시간 전에 태웠는지도 모르고, 또 포셋 의원 자신이 태웠는지도······잠깐!" 아버지가 다시 벽난로로 가서 재를 들쑤셨다. 그리고 또 무엇인가를 찾아냈다——이번에는 잿속에서 은처럼 반짝이는 풀먹인 긴 실 한 가닥을 집어올렸던 것이다. "맞아, 이것으로 확인됐어. 편지지 접착포의 일부분이야. 편지지에 달라붙어 있다가 종이만 타고 이것은 타지 않았던 거지. 하지만, 아직도······."

아버지가 찾아낸 것을 홈과 루퍼스 코튼에게 보여 주었다. 그들이 의논하고 있는 틈을 타서 나는 내 생각대로 조사를 시작했다. 책상 밑을 들여다보니 내가 찾고 있는 물건, 즉 쓰레기통이 있었다. 그 속에는 아무것도 없었다. 다음에는 책상 서랍

들을 뒤져 보았으나 내가 찾고자 하는 것——다른 편지지철, 새것이건 쓰다 남은 것이건——은 없었다. 그래서 나는 서재에서 살짝 빠져나와 카마이클을 찾았다. 그는 응접실에서 태평스럽게 신문을 읽고 있었는데 근처에서 형사 하나가 무관심한 척하면서 그를 감시하고 있었다.

"카마이클 씨, 상원의원의 책상 위에 있는 편지지철 말인데요——이 집안의 편지지철은 그것 하나뿐입니까?" 하고 내가 물었다.

그가 깜짝 놀라 신문을 움켜쥐며 일어섰다. "네? 뭐라고요? 편지지철이오? 네, 그거 한 권뿐인데요. 더 있었지만 전부 썼습니다."

"마지막 한 권은 언제 다 썼지요?"

"이틀 전입니다. 철 뒤에 있던 두꺼운 종이는 내가 직접 버렸습니다."

나는 골똘히 생각을 하면서 서재로 돌아왔다. 너무나 많은 가능성이 있어서 머리가 어지러울 지경이었다. 그러나 뒷받침할 만한 증거가 부족했다. 다른 증거라는 것은 과연 있는 것일까? 지금 내가 생각하고 있는 것을 과연 증명할 수 있을까?

나는 생각하던 것을 갑자기 멈췄다.

그때까지 살인자며, 경관이며 우리를 포함해서 여러 사람들이 들락날락거린 그 서재 문 앞에 놀랄 만한 사람이 불쑥 나타났다. 망령(亡靈)이 아닌가 하는 생각마저 드는 사람이었는데, 함께 들어온 형사가 그 여자의 팔을 꽉 움켜쥔 채 무섭게 얼굴을 찌푸리고 있었다.

그 여자는 키가 몹시 크고 어깨폭이 넓은, 당당한 체격을 가진 여자였다. 나는 대뜸 그 여자가 47세쯤 되었을 거라고 생각했는데, 이것은 내 머리가 명석한 탓이 아니라 그녀가 나이를 감추려고 애쓰지 않았기 때문에 쉽게 알 수 있었다. 남자처럼 험상궂은 얼굴에는 분이나 볼연지를 전혀 바르지 않았고, 두툼

하고 넓은 윗입술에 난 꽤 많은 수염도 표백제로 탈색하지 않
고 있었다. 섬뜩한 빨강머리에는 부인용 양품점이 아니라 신사
용 옷 가게에서 산 것이 틀림없는 펠트 모자를 쓰고 있었다. 그
여자의 복장에서는 여성다운 점을 하나도 찾을 수가 없었다.
옷은 완전한 남성 스타일이었다. 더블 양복 상의에 직선적인
스커트, 육중하고 넓은 창이 달린 신발, 목까지 올려 채운 흰
단추, 느슨하게 맨 남자 넥타이……그 여자는 지독한 복장을
하고 있다. 내가 보고 놀란 것은 셔츠마저 남자처럼 풀을 빳
빳이 먹였고, 윗도리 소매 끝에 삐죽이 나온 커프스에는 아름
다운 줄무늬 세공의 커다란 금속제 커프스 단추가 반짝이고 있
다는 점이었다.

이러한 이상한 옷차림말고도 그녀에게는 무언가 사람의 눈
을 끄는 데가 있었다. 눈이 마치 다이아몬드처럼 날카롭게 빛
을 뿜고 있었다. 말할 때의 목소리는 매우 깊고 부드러웠으며
약간 쉰 듯했으나 불쾌하게 들리지는 않았다. 그리고 이토록
기묘한 모습을 하고 있으면서도 상당히 두뇌의 움직임이 빠른
——비록 학식은 없었으나 선천적으로 머리가 좋은——사람임
을 알 수 있었다.

나는 그녀가 패니 카이저일 것이라고 확신했다.

케논이 꿈에서 깨어나서 외쳤다. "여어, 패니!" 그것은 남자
끼리 인사할 때의 말투였으므로, 나는 눈을 크게 떴다. 이 여자
는 도대체 어떤 여자일까?

"어어, 케논! 어째서 나를 붙잡는 거지? 여기서 무슨 일이라
도 있었나?" 그녀의 목소리가 크게 울려 나왔다.

그녀는 한 사람도 빠짐없이 머릿속에 새겨 넣을 듯이 우리를
날카롭게 둘러보았다——흄에게는 그저 고개를 끄덕했고, 제
러미에게는 관심조차 보이지 않고 지나쳤으며, 아버지를 보고
는 잠시 생각에 잠겼다. 그리고 나를 보고는 놀란 듯 오랫동안
눈길을 떼지 않았다. 이윽고 사람들에 대한 관찰을 끝내자 그
녀가 지방검사의 눈을 들여다보며 말했다.

"왜들 이래? 전부 벙어리가 됐소? 무슨 밤샘들이라도 하고 있는 거요? 조엘 포셋은 어디 있소? 누구든 말 좀 해요!"

"잘 왔어요, 패니." 하고 흄이 급히 대답했다. "당신에게 할 말이 있어요. 찾아갈 필요가 없게 됐군요……들어와요, 자, 어서 들어와요!"

그녀가 천천히 '생각하는 사람' 조각상처럼 무거운 걸음걸이로 안으로 들어왔다. 그리고 들어오면서 큰 가슴 주머니에 커다란 손가락을 넣어 역시 크고 굵은 여송연을 한 대 꺼내더니 깊은 생각에 잠기며 커다란 입술로 물었다. 케논이 얼른 앞으로 나아가 불을 붙여 주었다. 그녀는 한꺼번에 굉장한 연기를 혹 뿜어내더니 커다란 흰 이빨로 여송연을 깨물며 곁눈질로 책상을 흘끔 보았다.

"어떻게 된 거요?" 그녀는 화난 목소리로 말하며 책상에 기대어 섰다. "상원의원 나리가 어떻게라도 됐소?"

"모르고 있었습니까?" 하고 흄이 조용히 말했다.

여송연 끝이 반원을 그리며 천천히 위로 올라갔다. "내가?" 여송연 끝이 밑으로 내려왔다. "내가 어떻게 알아."

흄이 그녀를 데리고 들어온 형사에게 몸을 돌렸다. "어떻게 된 거야, 파이크?"

형사가 미소를 지었다. "이 여자가 아주 당당하게 들어왔습니다. 그런데 문 앞에까지 와서는 경찰들이 있고 불이 환하게 켜진 것을 보고는 좀 놀라는 표정이었습니다. 그리고 무슨 일이 있느냐고 묻기에 안으로 들어가면 알게 될 것이고 검사님이 찾고 계신다고 말하고 데리고 들어왔습니다.

"달아나려고 하지는 않던가?"

"정신차려요, 흄." 패니 카이저가 말했다. "내가 왜 도망을 가? 그리고 무슨 일인지 설명 좀 해봐요."

"알았어." 하고 흄이 형사에게 말하자 형사가 방에서 나갔다. "그럼, 패니, 오늘밤 여기에 왜 왔는지 그 이유를 말해 봐요."

"그게 당신하고 무슨 상관이야?"

"상원의원을 만나러 온 게 아닌가?"

그녀가 여송연을 가볍게 두드려 담뱃재를 털었다. "아니, 그럼 내가 대통령이라도 만나려고 여기 온 줄 아시나? 그리고 사람을 만나려는 것이 법률에 어긋나기라도 한단 말이야?"

"그럴 리가 있나." 흄이 미소를 지었다. "수상적은 데가 있기는 하지만 말이야. 그러니까, 당신은 당신 친구 상원의원에게 무슨 일이 일어났는지 모른다는 말이지?"

그녀가 화가 나서 눈을 번뜩이며 입에서 여송연을 잡아뻈다. "이거 왜 이래? 물론 무슨 일이 있었는지 내가 어떻게 알아! 내가 알면 왜 묻겠어? 무슨 장난질이야!"

"그 장난은 말이오, 패니," 하고 흄이 친근한 어조로 말했다. "상원의원께서 오늘밤에 이 땅을 떠나셨다는 말이오."

"잠깐, 흄 검사." 하고 케논이 이빨을 가는 듯한 소리로 말했다. "패니는 정말로 모른단……."

"그래, 그가 죽었다는 말이지?" 하고 패니 카이저가 천천히 말했다. "그렇게 됐군. 인생이란 왔다가 가는 거라더니……그가 훌쩍 가버렸다는 말이지?"

그녀는 놀란 기색을 조금도 보이려 하지 않았다. 그러나 그 커다란 턱의 근육이 당겨지고 눈이 가늘어지는 것을 나는 보았다.

"아니오, 패니. 그냥 훌쩍 떠난 것이 아니오."

그녀가 태연히 여송연을 피우고 있었다. "저런! 그럼, 자살했나?"

"아니, 살해당했소."

그녀가 또, "저런!" 하고 말했다. 나는 그녀가 태연한 척하고는 있으나 사실은 그가 살해당했다는 사실에 대해 마음의 준비를 하고 그 말이 나오기를 기다리고 있었으며, 어쩌면 그 말이 정말 나올까 봐 겁을 먹고 있었을지도 모른다고 생각했다.

"그러니, 패니," 하고 지방검사가 명랑하게 말을 계속했다. "우리가 왜 이러는지 알겠지요? 포셋과 오늘밤에 만날 약속이 되어 있었소?"

"이 사건이 당신 입장을 곤란하게 해놨군, 흠……. 약속?" 그녀가 마음이 다른 곳에 가 있는 듯, 그러나 여전히 큰소리로 말했다. "아냐, 약속 따위는 없었어. 내가 그저 들른 거야. 그는 모르고 있었어……." 그녀가 갑자기 무슨 결심이나 한 듯 어깨를 으쓱하더니 뒤를 돌아다보지도 않고 어깨너머로 여송연을 벽난로 속으로 던졌다. 이 행동으로 보아서 이 여자는 포셋 의원의 서재를 구석구석까지 잘 알고 있는 것이다. 아버지의 얼굴이 더더욱 무표정하게 변했다. 아버지 역시 그 여자가 하는 행동의 의미를 알아차렸던 것이다.

"내 말 좀 들어 봐, 젊은이." 하고 그녀가 성난 목소리로 말했다. "당신이 무슨 생각을 하고 있는지 다 알아. 당신은 괜찮은 젊은이야. 그렇지만 나를 속일 수는 없어. 내가 살인에 관계가 있다면 이렇게 어슬렁어슬렁 이곳으로 왔겠어? 나를 건드리지 마, 젊은이. 나는 돌아가겠어."

그녀가 성큼성큼 문 쪽으로 걸어갔다.

"잠깐만, 패니." 하고 흄이 그 자리에서 꼼짝도 않은 채 말했다. 그녀가 멈춰섰다. "왜 그렇게 성급하오? 나는 당신에게 혐의를 두고 있다는 말은 하지도 않았는데. 나는 다만 한 가지 알고 싶은 것이 있어서 그래요. 오늘밤 포셋에게 무슨 용건이 있어서 왔소?"

"나를 성가시게 하지 말아." 하고 그녀가 위협적인 목소리로 말했다.

"당신은 바보같이 굴고 있소, 패니."

"내 말 잘 들어, 젊은이." 그녀가 말을 잠깐 끊고 아주 보기 흉한 미소를 지었다. 그리고 뒤에서 일그러진 웃음을 볼에 머금고 돌부처처럼 서 있는 루퍼스 코튼에게 우습다는 듯한 눈길을 흘끗 보냈다. "나는 사업상 아는 사람이 많아. 내 말 알아듣겠어? 이 동네 유지들 중에 내가 아는 사람이 얼마나 많은지 알면 당신은 아마 깜짝 놀랄 거야. 나를 모함하기 전에 그 점을 생각해 보시지, 흄. 만일 내게 이상한 짓을 한다면, 내 고객이라는 사실이 퍼지는 것을 싫어하는 사람들이 당신을 짓이겨 버릴 거야. 바로 이렇게!" 그녀가 양탄자를 힘차게 뭉갰다.

흄이 얼굴이 빨개져서 몸을 돌렸다가 다시 그녀를 향해 돌아서서 그녀에게 보내는 포셋 의원의 편지를 그녀의 매부리코 밑에 들이댔다. 책상 위에 있던 그 다섯 번째 편지였다.

그녀가 눈썹 하나 까딱하지 않고 그 짧은 편지를 읽었다. 그러나 나는 그 태연한 척하고 있는 표정 뒤에 숨은 두려움을 느낄 수 있었다. 틀림없이 상원의원의 글씨체인 그 편지는 내용이 비밀스러웠을 뿐만 아니라 아주 친숙한 말투로 되어 있어서 웃어 넘긴다든가 위압적으로 퉁겨 버릴 수가 없는 것이었다.

"이 편지는 어떻게 된 거요?" 하고 흄이 차갑게 말했다. "메이지가 누구지? 상원의원이 도청당하는 것을 이토록 두려워하고 있던 비밀 전화란 무엇을 말하는 거요? 그리고 이 '친구 H'란 누구요?"

"당신이 내게 말해 주지 그래." 그녀의 눈이 차갑게 얼어붙어 있었다. "당신도 글을 읽을 줄 알잖아?"

케논이 우스꽝스러우리만큼 근심스러운 얼굴로 앞으로 나섰다. 그는 흄을 옆으로 데리고 가서 긴장된 낮은 목소리로 뭐라고 말했다. 나는 흄이 상원의원의 편지를 패니 카이저에게 보인 것이 작전상 실수라는 것을 깨달았다. 그녀는 무기로 쓸 수 있는 정보를 손에 넣은 것이다. 그녀는 냉혹한 결의와 심상치 않은 태도를 뚜렷이 드러내고 있었다. 그것은 겁에 질린 태도가 아니라 나중에 골칫거리가 될 수 있는 태도였다……그리고 케논이 귀에 거슬리는 목소리로 항의하는 것을 흄이 듣고 있는 동안, 그녀는 고개를 쳐들고 숨을 깊이 들이마신 다음, 루퍼스 코튼에게 차가운 눈길을 보내더니 양 눈썹 사이에 기묘한 주름을 잡으며 서재에서 나갔다.

흄은 그녀를 나가도록 내버려두었다. 그는 화가 나 있었으나 어쩐지 체념한 듯한 태도였다. 그가 케논에게 무뚝뚝하게 고개를 끄덕여 보이고는 아버지에게 몸을 돌렸다.

"그녀를 잡아 둘 수가 없군요." 하고 홈이 낮게 말했다. "그러나 감시는 해야겠습니다."

"대단한 여자군." 하고 아버지가 느릿하게 빈정댔다. "뭐하는 여자요?"

지방검사가 목소리를 낮추어 말하자 아버지의 숱이 많은 눈썹이 올라갔다. "그런 여자군!" 하는 아버지의 말소리가 들렸다. "내가 진작 알아차렸어야 하는 건데. 전에도 저런 부류의 여자를 만난 적이 있지. 다루기 힘든 사람들이야."

"내게도 좀 알려 주시죠." 하고 내가 홈에게 쌀쌀맞게 말했다. "저 여자가 주노 여신(결혼의 여신)은 아니겠지요?"

홈이 머리를 흔들었고 아버지는 씁쓸한 미소를 지었다. "그런 일은 네가 알 게 못 된다, 패티. 이제 그만 클레이 댁으로 돌아가는 것이 어떠냐? 클레이 청년이 데려다 줄……."

"싫어요!" 하고 내가 화를 내며 말했다. "나라고 해서 그런 것을……나도 21살이 넘었으니 어른이에요, 사랑하는 아빠. 그 여자가 그렇게 큰소리칠 비밀이란 뭘까요? 성적 매력은 아닐 테고."

"애야, 그런 소리를 함부로 하다니."

나는 다루기가 조금 더 쉬울 듯싶은 제러미에게 다가갔다. 그녀의 정체와 리즈에서 그녀가 쥐고 있는 부정한 권력을 제러미는 알고 있으리라고 나는 확신하고 있었다. 불쌍한 제러미는 입장이 곤란해져서 어쩔 줄 몰라하며 화제를 다른 것으로 바꾸려고 쩔쩔맸다.

"사실은," 그는 내 눈을 피하면서 결국에는 입을 열었다. "그 여자는 이른바 '악의 여왕'이야."

"그렇군요!" 하고 나는 성이 나서 짧게 소리쳤다. "세상에, 낡아빠지고 어리석은 구닥다리 같으니라고! 아버지는 나를 수녀원에서 갓 나온 백합처럼 대하고. 그래, 마담 카이저라는 말이지요? 그런데 모두가 왜 저 여자를 두려워하죠?"

"저어……케논은 말야," 그는 모르겠다는 듯 어깨를 으쓱했다. "그 여자가 운영하는 매춘 조직의 일부야. 그녀의 조직을 보호해 주고 돈을 받아먹고 있을 거야."

"그리고 그 여자는 루퍼스 코튼의 약점도 휘어잡고 있죠?"

그의 얼굴이 벽돌처럼 빨개졌다. "이봐, 패트……그걸 내가 어떻게 알아?"

"당신은 구제불능이야!" 내가 입술을 난폭하게 깨물었다. "끔찍한 여자야! 그 여자와 고귀하신 상원의원이 함께 짜고 일을 하고 있었다는 말이지요?"

"소문에는 그래." 제러미가 온순하게 말했다. "자아, 돌아가지, 패티. 여기는 당신이 있을 곳이 못 돼."

"당신 할머니가 있을 곳도 못 돼!" 하고 내가 소리쳤다. "그러고도 남자라고 큰소리쳐요? 바지를 입었으니 위신을 세우겠다고……싫어요. 나는 여기 있겠어요……그리고 그 못생긴 할망구, 내 손에 걸리기만 해봐라."

그리고는 맑은 하늘에서 벼락이 치듯이 중대한 일이 일어났다. 그때까지만 해도 수사가 몇 시간 동안이나 진행되었으나, 나중에 포셋 살인사건의 핵심 인물이 될 그 불쌍한 남자에게 혐의를 둘 만한 낌새는 전혀 없었다. 만일 그 편지가 발견되지 않았더라면 어떻게 되었을까? 어쨌거나 별로 큰 차이는 없었을 것이다. 그 남자와 포셋 의원의 관계는 필연적으로 밝혀졌을 것이고 그 다음으로 일어난 일들이 그저 약간 달라졌을 뿐이었겠지. 그러나 그가 도망칠 시간만 있었더라도…….

한 형사가 꾸깃꾸깃하게 구겨진 종이 한 장을 머리 위로 쳐들고 흔들면서 다급하게 서재로 달려들어왔다.

"홈 검사님! 중요한 걸 찾았습니다! 그 나무 상자 토막과 함께 온 편지를 2층 상원의원 침실 금고 속에서 찾았습니다!"

마치 물에 빠진 사람이 구명대를 낚아채듯이 홈이 그 종이를 낚아챘다. 우리 모두 홈의 주위를 빙 둘러쌌다. 케논의 게으른 모습——그 사람은 진화론의 산 증거였다. 나는 그의 캠브리아기(紀) 때의 선조가 바다 밑에서 게으르게 뒹굴고 있는 것을 상상할 수 있었다——까지도 긴장된 빛을 나타내었고, 그가 숨을 들이마시자 붉은 뺨이 파르르 떨렸다.

방안은 쥐죽은듯이 고요했다.

홈이 천천히 읽어 내려가기 시작했다.

친애하는 상원의원 포셋에게

톱으로 자른 작은 장난감을 보고 생각나는 게 없나? 그날 형무소 목공실에서 너는 나를 알아보지 못했지만 나는 너를 알아봤어. 나쁜 새끼! 이 에어런 다우에게는 행운이었지. 내 말 잘 들어라, 악당아. 나는 곧 석방된다. 바깥 세상에 나가는 날 전화하겠다. 그리고 그날 밤에 너는, 네놈은 네 집에서 5만 달러라는 돈을 내게 주어야 해, 상원의원 나리. 너 같은 놈이 어떻게 출세를 했는지……내 말대로 하지 않으면 경찰에게 그 사실을……그 사실이 뭔지 너는 알 거다. 순순히 돈을 내놓지 않으면 이 에어런 다우가 지껄일 거야. 수작부리지 마.

에어런 다우

인쇄체의 글씨로 한자 한자 애써서 쓴 편지, 절망에 빠진 비천한 사나이가 비열한 말을 늘어놓은, 더러운 손자국을 묻혀 놓은 오자투성이의 지저분한 편지——그 편지를 보고 나는 몸을 부르르 떨었다. 그리고 갑자기 차가운 검은 그림자가 그 방을 뒤덮었다. 그것은 언덕 위에 있는 형무소의 그림자였다.

홈의 꼭 다문 입이 무자비한 선으로 그어졌고 딱딱한 미소가 코끝을 약간 치켜올렸다.

"자아, 이것이야말로," 홈이 그 종이쪽지를 지갑에 넣으면서 천천히 말했다. "사건의 진전이라고 말할 수 있겠군. 나머지는 ……나머지는……." 그가 적당한 말을 못 찾고 말꼬리를 흐렸다. 나는 불안해지기 시작했다. 만일 무슨 일이 생긴다면…….

"조급하게 굴지 말아요, 흄." 하고 아버지가 조용히 말했다.

"저를 믿어 주십시오, 경감님."

지방검사가 전화기 쪽으로 갔다. "교환, 알곤퀸 형무소의 매그너스 소장을 대주시오……소장님입니까? 지방검사 흄입니다. 이런 밤중에 잠을 깨워서 죄송합니다. 뉴스는 이미 들으셨겠지요?……사실은 포셋 상원의원이 오늘밤 늦게 살해당했습니다……네, 그렇습니다. 아뇨, 제 말을 들어 보십시오, 소장님. 에어런 다우라는 이름에 대해 아는 것이 있습니까?"

우리는 숨을 죽이고 기다렸다. 흄은 전화기의 송화구를 가슴에 댄 채 물끄러미 벽난로를 바라보고 있었다.

5분 동안 누구 하나 꼼짝하지 않고 있었다.

지방검사의 눈이 날카로워졌다. 그가 전화를 들더니 고개를 끄덕이면서 말했다. "우리가 지금 곧 가겠습니다, 매그너스 소장." 그는 수화기를 다시 내려놓았다.

"어떻게 됐소?" 하고 케논이 목쉰 소리로 물었다.

흄이 미소를 지었다. "매그너스가 조사해 봤는데, 목공실에서 일하던 에어런 다우라는 죄수가 오늘 오후에 석방되었다고 합니다."

제6장 에어런 다우의 등장

그전까지만 해도 나는 머리 위 어딘가에 희미하게 드리워진 그림자를 느끼고 있을 뿐이었다. 마치 꿈속에서 아득하게 보이는 것처럼. 어떤 사실들이 내 머릿속에서 서로 충돌하고 있었고, 그 소리는 곧 닥쳐올 재난을 예감하지 못하도록 흐려 놓고 있었다. 그러나 이제는 누가 뒤에서 칼로 콱 찌르는 것을 느끼듯 갑자기 눈앞이 밝아지면서 모든 것을 볼 수 있었다. 에 어런 다우……그 이름 자체는 나에게 아무 뜻이 없었다. 이름 이야 존 스미스, 또는 크누트 소렌슨이라고 해도 좋았다. 나는 여지껏 에어런 다우라는 이름을 들어 보지도 못했고 그 사람을 본 적도 없었다. 그런데도——그것을 영적이라고 하든 육감이 라고 하든, 반쯤 불타 버린 자료에서 얻은 잠재의식의 결론이 라고 부르든——이 동물, 이 전과자, 이 비뚤어진 사회의 희생 자가 지금 우리를 뒤덮고 있는 현실적이고 생생한 그림자의 말 할 수 없이 더 무서운 희생물이 될 것이라는 것을 마치 나는 예언할 수 있는 힘이라도 갖고 있는 것처럼 꿰뚫어볼 수 있었 다.

사소하게 일어났던 작은 일들은 지금 기억나지 않는다. 불완 전하고 희미해 보이는 생각들로 내 머리는 깨지는 듯했으며, 가슴이 아프도록 심장이 세게 뛰고 있었다. 편안하고 믿음직한 아버지가 옆에 있었으나 나는 나 자신이 무력하게 느껴져서, 함께 갔으면 하는 아쉬운 표정으로 햄릿 성에서 우리를 전송하 던 그 위대한 노인이 이곳에 있으면 얼마나 좋을까 하는 생각 을 어렴풋하게 하고 있었다.

흄 지방검사와 루퍼스 코튼이 다시 낮은 소리로 의논했다. 그리고 갑자기 케논이 힘을 내어서 돌아다니며 그 귀에 거슬리는 목소리로 명령을 내렸다. 케논은 감옥에서 갓 나와 방어 능력도 없는 불쌍한 사람을 잡아 넣을 수 있을 것이라는 하찮은 생각으로 힘이 솟은 것 같았다. 계속되는 통화, 크게 명령하는 소리, 감옥에서 나온 지 몇 시간도 안 되는 이 특징 없는 에어런 다우를 다시 알곤퀸 형무소에 집어넣기 위해서 뒤쫓는 사냥개들을 생각하고 나는 몸서리를 쳤다.

제러미 클레이가 든든한 팔로 나를 부축하여 밖으로 데리고 나가 자동차에 태워 준 일이며, 상쾌한 밤공기를 가슴 가득 들이마셨을 때의 기쁨 등을 나는 아직도 기억하고 있다. 지방검사는 제러미와 나란히 앉았고 아버지와 나는 뒷좌석에 앉았다. 자동차는 힘차게 달렸다. 나는 머릿속이 어지러웠고, 아버지는 깊은 침묵에 빠져 있었으며, 흄은 앞에 나타나는 어두운 길을 의기양양하게 바라보고 있었고, 제러미는 입을 굳게 다문 채 핸들을 쥐고 있었다.

자동차를 타고 그 가파른 길을 올라가는 동안은 꿈을 꾸고 있는 것 같았다. 짙은 안개 속에서와 같이 그때의 기억이 가물거릴 뿐이다.

그리고 악몽을 꿀 때 주위의 어둠 속에서 튀어나오는 사람 잡아먹는 괴물처럼 우리에게 덮쳐 온 것은……알곤퀸 형무소였다.

나는 돌과 철로 지은 생명이 없는 것이 살아서 사람을 해칠 것 같은 분위기를 자아낼 수 있으리라는 생각은 그때까지 꿈에서도 한 적이 없었다. 아주 어릴 적에는 귀신이 나오는 음침한 저택, 폐허가 된 고성(古城), 망령이 들끓는 교회 등에 관련된 오싹한 얘기들을 들으면 무서워서 몸을 떨곤 하던 일은 있었다. 그러나 수년 동안 여행을 하면서 유럽의 폐허들을 방문할 때도 사람이 지은 건축물에서 공포를 느낀 적은 없었다……그런데 제러미가 그 거대한 철문 앞에서 자동차의 경적을 울리고 있을 때 나는 불현듯 건물에 대한 공포가 어떤 것인지 알았다. 형무소는 온통 깊은 암흑에 싸여 있었다. 달은 이미 오래 전에 기울었고 흐느껴 우는 듯한 바람 소리가 들리고 있었다. 높이 솟아 있는 담 너머에서는 사람의 소리라고는 전혀 들려오지 않았다. 형무소 가까운 주위에도 불빛 하나 없었다. 나는 좌석에 몸을 웅크리면서 아버지의 손을 더듬었다. 아버지가 재빠르게 내 손을 쥐며——상상력이라고는 조금도 없는 나의 사랑하는 아버지!——낮은 목소리로 말했다. "왜 그러니, 패티?" 나는 오로지 정직하기만 한 아버지의 목소리를 듣고 곧 현실로 돌아왔다. 머릿속에 있던 악마가 달아났다. 나는 애를 써서 악몽 같은 기분을 털어 버렸다.

덜컹 하는 큰소리가 나더니 갑자기 문이 열렸다. 제러미가 안으로 차를 몰고 들어갔다. 눈부시게 밝은 헤드라이트로 거무스름한 제복을 입고 모난 차양이 달린 모자를 쓴 남자들이 총을 들고 서 있는 것이 보였다.

"흄 지방검사입니다!" 하고 제러미가 큰소리로 외쳤다.

"라이트를 끄시오!" 하는 탁한 소리가 들렸다. 제러미가 시키는 대로 헤드라이트를 끄자, 간수들이 우리 얼굴을 하나하나 손전등으로 비추었다. 의심하는 눈초리는 아니었고, 그렇다고 친절하지도 않은 사무적인 눈으로 우리 얼굴을 찬찬히 살펴보았다.

"이상한 사람은 없소. 나는 흄이고, 이 사람들은 내 친구들이오." 하고 흄이 급히 말했다.

"매그너스 소장님께서 기다리고 계십니다, 흄 씨." 아까와 똑같은 목소리였으나 조금 부드러운 어조였다. "하지만, 이분들은 밖에서 기다려야 합니다."

"이 사람들은 내가 보증하겠소." 하고 흄이 말한 뒤에 제러미에게 낮게 말했다. "자네와 섬 양은 밖에서 기다리는 편이 좋겠네, 클레이."

흄이 자동차에서 내렸다. 제러미는 미처 결단을 내리지 못한 태도였으나 돌처럼 냉혹한 얼굴로 총을 쥐고 있는 남자들에게 질렸는지 말없이 고개를 끄덕이더니 좌석에 깊숙이 몸을 파묻었다. 아버지가 콘크리트 건물을 향해 움직이자 나는 뒤를 따랐다. 한 무리의 간수들 사이를 지나 형무소 앞뜰에 이르는 동안 아버지도 지방검사도 내가 따라가는 것을 알지 못했다. 간수들은 나도 당연히 들어갈 사람인 줄 알았는지 아무 말도 하지 않았다. 조금 뒤에 흄이 뒤돌아보고 내가 다소곳이 따라오는 것을 알고는 할 수 없다는 듯이 어깨를 으쓱하더니 성큼성큼 걸어갔다.

우리들은 넓은 장소에 이르렀다. 얼마나 넓은지는 어두워서 알 수가 없었다. 몇 발자국을 더 걸어가자 커다란 철문이 나타났는데, 푸른 제복을 입은 간수가 서둘러 문을 열어 주었다. 그곳이 행정 건물인 듯했다. 쥐죽은듯이 고요하고 사람의 그림자도 없었다. 감방이 아닌 사무실인 이곳의 벽면까지도 공포를 속삭이며, 무서워서 떨고 있는 나를 비웃는 듯했다.

나는 헛발을 디뎌 비틀거리며 아버지와 지방검사 뒤를 따라 돌층계를 올라가서 건물 깊숙한 곳으로 들어갔다. 이윽고 우리가 흔히 볼 수 있는 평범한 문 앞에 다다랐다. 문에는 '매그너스 소장'이라고 쓰여 있었다.

흄이 노크를 하자 날카로운 눈을 한 사복을 입은 남자가 문을 열었다. 옷이 헝클어져 있는 것으로 보아 자다가 일어나서 옷을 급히 입은 모양이었다. 사무원이나 비서쯤 되는, 또 하나의 형무소 인종인 그 남자가 웃지도 않고 인정머리도 없는 표정으로 불만스러운 소리를 내더니 커다란 응접실을 지나 또 하나의 문 앞으로 우리를 안내했다. 그는 문을 열고 옆으로 비켜섰는데, 내가 그 앞을 지나갈 때 마음에 들지 않는다는 치기운 눈길로 나를 바라보고 있었다.

그 일과는 관계도 없는 일이지만, 여기까지 오는 도중에 본 모든 창문에는 쇠창살이 끼워져 있었다는 생각이 번뜩 들었다.

산뜻하고 조용한 방에서 우리를 맞이하려고 일어선 사람은 은행가처럼 보였다. 수수한 잿빛 양복을 입고 넥타이를 서둘러

매었는지 조금 비뚤어져 있었으나 다른 점에서는 어디 하나 나무랄 데 없이 단정했다. 오랜 세월 동안 비참한 사람들과 얼굴을 맞대온 사람이 흔히 그렇듯이 엄하고 신중하고 세파에 젖은 얼굴이었으며, 언제나 위험 속에서 살아온 사람이 갖는 경계하는 눈초리를 하고 있었다. 머리카락은 희고 숱이 적었으며 옷은 약간 헐렁하게 몸에 걸쳐져 있었다.

"안녕하십니까, 소장님?" 하고 지방검사가 낮게 말했다. "이 새벽에 잠을 깨워 드려서 죄송합니다. 살인사건이 뭐 시간을 정해 놓고 일어나나요? 하하⋯⋯자아, 들어가시죠, 경감님. 아가씨도."

매그너스 소장이 미소를 약간 지으면서 손짓으로 의자를 가리키며 앉기를 권했다.

"이렇게 여러 사람이 올 줄은 몰랐습니다."

"사실 섬 양은⋯⋯아, 참 인사하시죠, 섬 양, 경감님, 이쪽은 매그너스 소장님이십니다. 섬 양은 탐정 일에 상당히 능숙하답니다. 그리고 섬 경감님은 이 분야의 전문가이시지요."

"그렇군요." 하고 소장이 말했다. "어쨌거나, 잘 오셨습니다." 소장의 표정이 깊이 생각하는 모습으로 바뀌었다. "그래, 포셋 상원의원이 당했다고요? 사람의 운명이란 정말 알 수 없는 것이로군요, 홈 씨."

"당해도 싸지요." 하고 홈이 조용히 말했다.

우리가 앉자마자 아버지가 갑작스레 말했다. "맞아, 이제 생각이 나는군! 소장님, 약 15년 전에 경찰과 관계가 있는 일을 하고 계시지 않았습니까? 뉴욕 주 북부 어디에선가 근무하시지 않았습니까?"

매그너스가 눈을 크게 뜨더니 미소를 지었다. "아, 나도 이제 생각이 납니다⋯⋯그래요, 버팔로에 있었지요. 당신이 그 유명한 섬 경감이십니까? 경감님, 만나서 반갑습니다. 퇴직하시지 않았던가요?"

그리고 두 사람은 계속해서 추억담을 나누었다. 나는 쑤시는 목덜미를 의자 등에 기대고 조용히 눈을 감았다. 알곤퀸 형무소——이 안에는 1,000명, 아니 3,000명쯤 되는 사람들이 피곤한 몸을 겨우 뻗을 수 있는 좁은 감방에서 잠을 자고 있거나 잠을 청하고 있겠지. 그리고 그 바깥 복도에서는 제복을 입은 다른 사람들이 거닐고 있겠지. 감방 밖 지붕 위에는 하늘과 밤 공기가 있을 테고, 숲속에서는 나뭇가지들이 바스락 소리를 내면서 흔들리고 있겠지. 햄릿 성에서는 병들고 나이 많은 노인이 자고 있을 테고, 형무소 철문 앞에는 제러미가 부루퉁해서 앉아 있겠지. 리즈 시 시체안치소에는 별것도 아닌 권력이라는 것을 갖고 있었던 칼 맞은 남자의 시체가 차가운 철판 위에 뻗어 있을 것이고……. 그런데 아버지나 그밖의 사람들은 왜 기다리고 있는 거지? 에어런 다우 이야기는 왜들 안 하고 있지? 그때 문이 삐걱거리는 소리가 나서 눈을 떴다. 날카로운 눈매를 가진 아까 그 직원이 문께에 서 있었다. "뮤어 신부님이 오셨습니다, 소장님."

"들어오시라고 해."

잠시 뒤에 불그레한 얼굴에 도수 높은 안경을 쓴, 미라같이 쭈글쭈글하게 주름진 키 작은 백발 노인이 들어왔다. 그토록 정답고 그토록 온화한 얼굴을 나는 그때까지 본 적이 없었다. 근심과 고뇌에 잠긴 그 표정도 내부에서 비쳐 나오는 고귀함을 덮을 수는 없었다. 이 늙은 신부는 본능적으로 이끌리지 않을 수 없는 사람이었다. 저런 성자 같은 인물이라면 제아무리 악독한 죄수들의 단단한 껍질 속에서라도 좋은 마음을 끌어낼 수 있겠지.

신부는 이러한 예사롭지 않은 시간에 낯선 사람들이 형무소장의 사무실에 와 있는 것을 보고 놀라서, 오른손에는 손때가 묻어서 반짝반짝 빛나는 작은 기도서를 꼭 쥐고 낡은 검은색 신부복을 여미며 근시의 눈을 깜박였다.

"어서 오십시오, 신부님." 하고 매그너스 소장이 정다운 목소리로 말했다. "소개해 드릴 분들이 있습니다." 소장이 우리를 소개했다.

"반가워요, 만나서 반가워요." 하고 신부가 정중하고 깍듯한 어조로 말했으나 정신은 다른 데에 가 있는 듯했다. 신부의 눈이 내게로 향했다. "안녕하세요, 아가씨."

그리고 나서 그는 소장이 앉은 책상 쪽으로 급히 다가가더니 큰소리로 외쳤다. "끔찍한 일입니다, 매그너스 씨! 나는 도저히 믿을 수가 없어요!"

"진정하세요, 신부님." 하고 소장이 상냥한 목소리로 말했다. "그들은 다시 삐뚤어지기 쉽습니다. 앉으세요. 우리들이 사건을 검토해 볼 참이었습니다."

"그렇지만, 에어런," 뮤어 신부가 떨리는 목소리로 말했다. "에어런은 좋은 사람이었어요. 참으로 성실한 사람이었다고요."

"자아, 좀 참으세요, 신부님. 흄 씨, 내 설명을 빨리 듣고 싶으시겠지만 조금만 참아 주십시오. 그 사람의 완전한 기록을 보여 드릴 테니까요."

소장이 책상 위의 벨을 누르자 아까 그 직원이 나타났다. "다우의 기록을 갖고 오게. 에어런 다우 말이야. 오늘 오후에 석방된 죄수일세."

서기가 방에서 나갔다가 잠시 뒤에 한 장의 커다란 푸른 카드를 가지고 나타났다.

"자아, 이것입니다. 에어런 다우. 죄수 번호 83532. 수감될 때 나이 47세."

"몇 년이나 복역했습니까?" 하고 아버지가 물었다.

"12년하고 몇 달입니다……키 5피트 6인치(약 *168cm*). 몸무게 122파운드(약 *55kg*). 푸른 눈. 머리는 희끗희끗하고 왼쪽 가슴에 반원형의 상처 자국……."

소장이 무슨 생각을 하는 표정으로 고개를 들었다.

"하지만, 여기서 12년간 복역하는 동안 많이 달라졌습니다. 머리카락은 거의 다 빠졌고 몸도 많이 쇠약해졌습니다……지금은 나이가 60살 가까이 되었을 겁니다."

"죄목은 뭐였습니까?" 하고 지방검사가 물었다.

"살인이었습니다. 뉴욕의 대리 판사로부터 15년 형을 언도받았습니다. 뉴욕 부둣가 술집에서 어떤 남자를 죽였답니다. 싸구려 술을 마시고 형편없이 취해서 날뛰다가 죽인 모양입니다. 검찰 조사에 의하면 피해자와는 서로 모르는 사이였다고 합니다."

"전과는 있었습니까?" 하고 아버지가 물었다.

매그너스 소장이 카드를 훑어보았다.

"알아낼 수가 없었습니다. 다우의 전력(前歷) 자체를 하나도 찾아낼 수가 없었습니다. 다우라는 이름도 본명은 아닌 듯합니다."

나는 에어런 다우라는 사람을 눈앞에 그려 보았다. 조금씩 윤곽이 눈앞에 떠올랐으나 완전히 그려 낼 수는 없었다. 어느 부분인가가 잘못 그려지고 있었다. "소장님, 이 다우라는 사람의 복역 태도는 어땠지요? 개심의 가능성이 없는 사람이었습니까?"

매그너스가 미소를 지었다.

"아가씨가 매우 적절한 질문을 하셨군요. 아닙니다. 섬 양, 그는 모범수였습니다. 우리 분류 방법에 의하면 A급이었습니다. 모든 죄수는 죄수복으로 갈아입고 수용 기간을 거쳐 석탄을 쌓는 수습 기간을 지낸 다음 정규 죄수 작업반에 배치됩니다. 그 다음부터는 성적에 따라 여러 가지 특권을 누릴 수 있지요. 정규 작업에 종사하면서부터는 형무소라는 작은 사회── 여기는 거의 하나의 도시를 형성하고 있습니다──에서 어떤 신분을 갖게 되느냐 하는 것은 전적으로 본인의 노력에 달렸습니다. 만일 죄수가 문제를 일으키지 않고, 명령에 잘 따르고, 규칙을 잘 지키면 사회가 그들에게서 빼앗아 간 자존심을 어느 정도는 회복할 수가 있습니다. 에어런 다우는 형무소 풍기계 간수장에게 한 번도 폐를 끼친 적이 없었습니다. 그래서 A 클래스로 올라가 특권도 누리게 되었고 모범수로서 30개월이나 감형을 받았습니다."

뮤어 신부가 깊고 부드러운 눈으로 나를 보았다. "아가씨, 에어린은 남을 해칠 줄 모르는 사람이었어요. 나는 그를 잘 알고 있어요. 나와 같은 종파는 아니었지만 종교도 갖게 되었지요. 그 사람이 그런 끔찍한 일을 저지를 수는……."

"그는 전에 이미 한 사람을 죽였습니다." 하고 흄이 무뚝뚝하게 말했다. "전례가 있었단 말입니다."

"그건 그렇고, 12년 전에 뉴욕에서 그가 살인을 했을 때 어떤 방법을 썼습니까? 칼로 찔렀나요?" 하고 아버지가 물었다.

매그너스 소장은 고개를 저었다.

"술이 가득 담겨 있는 위스키 병으로 머리를 때렸습니다. 뇌진탕으로 죽었지요."

"그런 건 알아서 뭐하시게요?" 하고 지방검사가 초조한 듯 물었다. "다우에 대해서 그밖에 아는 것이 있습니까?"

"거의 없습니다. 물론 형기가 길면 길수록 흉악범이라는 건 다 아는 사실이고……." 매그너스가 파란 카드를 다시 살폈다. "아아, 있습니다! 인상 확인에 중요할지도 모르겠군요. 들어온 지 2년 만에 사고가 일어나서 오른쪽 눈을 실명했고 오른팔이 마비되었습니다. 끔찍한 사고였지만 선반 작업중 자신의 부주의로 일어난 사고였습니다."

"저런, 그러면 애꾸눈이겠군요?" 하고 흄이 소리쳤다. "이것은 중요한 점입니다. 중요한 걸 가르쳐 주셨습니다, 소장님."

매그너스 소장이 한숨을 쉬었다. "우리는 물론 그 사실을 감추었습니다. 그런 일들이 밖으로 새어나가서 좋을 건 없으니까요. 얼마 전에도 형무소에서 죄수들을 병자로 보지 않고 짐승처럼 취급한다 해서 문제가 된 적이 있었지요. 사회에서는 —— 전부는 아니지만 꽤 많은 사람들이 —— 형무소를 제정 러시아의 시베리아 유배지 같다고 보고 있고, 우리는 그런 인상을 없애려고 많은 노력을 하고 있습니다. 그래서 에어린이 사고를 당했을 때……."

"대단히 흥미롭군요." 하고 어련하시겠느냐는 듯 지방검사가 중얼거렸다.

"그렇습니다." 하고 말하며 매그너스가 의자에 몸을 기대며 말했다. 기분이 약간 상한 듯했다. "어쨌든 얼마 동안 그는 우리의 고민거리였지요. 오른손잡이였던 그가 오른팔이 마비되었으니 배치국에서는 다른 손을 쓰는 다른 직종을 그에게 찾아주어야만 했습니다. 그런데다가 그는 교육도 제대로 받지를 못했거든요. 그래서 쓰는 것은 인쇄체로밖에 쓸 수 없었고, 그것마저도 어린아이처럼 서툴렀습니다. 지능도 아주 낮았습니다. 사고가 있었던 당시 그는 목공반에서 선반공으로 일하고 있었습니다. 결국 배치국에서도 별다른 방법이 없었으므로 그를 다시 목공반으로 돌려보냈지요. 그런데 이 기록에 의하면 오른손이 마비되었는데도 목공 일을 상당히 잘했던 것 같습니다……이런 사실이 이번 사건과 아무런 관계가 없다고 생각하시겠지요. 그리고 실제로 관계도 없을 겁니다. 그래도 그에 관한 것은 빠짐없이 말씀드리고 싶습니다. 그리고 그래야만 할 이유도 있고요."

"그게 무슨 말씀이죠?" 흄이 몸을 세우며 날카롭게 물었다.

매그너스가 이맛살을 찌푸렸다.

"이제 곧 아시게 될 겁니다……들어 보십시오. 다우는 일가친척이나 친구가 없었습니다……없는 것 같았습니다. 왜냐하면 알곤퀸에서 지낸 12년 동안 그에게 온 편지는 한 통도 없었고, 그가 보낸 일도 없었거든요. 외부에서 찾아온 방문객도 없었습니다."

"이상하군." 아버지가 턱에 있는 푸른 면도 자국을 어루만지며 말했다.

"이상하죠? 더럽게 놀랄 만한 일입니다. 아이고, 미안합니다, 섬 양."

"사과하실 필요없습니다." 하고 나는 힘없이 말했다. 나는 '더럽게'라든가 '제기랄' 같은 말이 나올 때마다 사과하는 소리를 듣는 데 진력이 나 있었다.

"내가 어째서 놀랄 만한 일이라고 하느냐 하면," 하고 매그너스 소장이 말을 계속했다. "내가 그 오랜 세월 동안을 형무소에서 근무했지만 다우처럼 바깥 세상과 완전히 격리되어 사는 죄수는 본 적이 없기 때문입니다. 그가 살았는지 죽었는지 관심을 갖고 있는 사람이 이 담 밖에는 아무도 없는 것 같았습니다. 이것은 주목할 만한 일입니다. 아무리 흉악한 죄수라도 대개는 생각해 주는 사람이 있지요——어머니라든가, 누이라든가, 애인이라든가. 그런데 다우는 바깥 세상과 연락이 없었을 뿐만 아니라 첫해에 다른 신입 죄수들과 함께 얼마 동안 도로 공사에 배치되었을 때말고는 바로 어제까지도, 형무소 울타리를 넘은 적이라고는 단 한 번도 없었습니다. 나가려면 얼마든지 나갈 수 있었는데도 말입니다! 모범수가 되면 형무소 바깥에서 하는 여러 가지 일에 참가할 수가 있습니다. 다우가 올바른 행동을 했던 것은 그가 사회 복지에 대한 욕망을 갖고 있었기 때문이 아니라 원래가 도덕심이 강한 사람이었기 때문이라는 생각이 듭니다. 그는 너무 지쳤거나, 모든 일에 무관심했거나, 패배 의식이 강해서 나쁜 짓을 할 기력조차 없었을지도 모릅니다."

"그 얘기를 들으니 공갈범은 아닌 것 같군요." 하고 아버지가 말했다. "살인범은 더더구나 아니고."

"그렇고말고요!" 하고 신부가 힘주어 말했다. "저 역시 그렇게 생각하고 있습니다, 경감님. 여러분께 말씀드리지만……."

"죄송합니다. 이래 가지고는 진전이 영 없겠습니다." 하고 지방검사가 잘라 말했다. 나는 그 말을 꿈결에 듣고 있었다. 몇백 명의 운명이 걸려 있는 이 이상한 성전(聖殿)에 앉아 있는 내 머릿속에서는 번쩍번쩍 빛나는 것이 있었다. 지금이야말로 내가 알고 있는 것, 가장 엄한 논리가 지시하는 것을 말할 때라고 생각했다. 나는 말을 하려고 입을 반쯤 열었다가 다시 다물고 말았다. 이러한 자질구레한 일들이 과연 내가 생각하고 있는 의미를 포함하고 있을까? 나는 흄의 날카로운 소년 같은 얼굴을 쳐다보았다. 그리고 아직은 아무 말도 하지 않는 편이 좋겠다는 마음의 경고에 따르기로 했다. 이 흄을 납득시키려면 이론 이상의 것이 필요하리라. 아직 시간은 많다……

"그럼, 오늘 여러분을 일부러 오시게 해서 들려 드리고자 하는 작은 이야기를 이제 해드리겠습니다." 하고 푸른 카드를 책상 위에 놓으며 소장이 말했다.

"좋습니다!" 하고 흄이 딱 부러지게 말했다. "어서 들려주십시오."

"여러분께서 이해해 주셔야 할 점은," 하고 매그너스가 진지하게 말했다. "다우에 대한 나의 관심이 그가 죄수 신분에서 벗어났다 해서 사라진 것이 아니라는 점입니다. 우리는 죄수가 석방되고 난 다음에도 그 뒤의 행적을 관찰합니다. 왜냐하면 많은 죄수들이 결국에는 다시 이곳으로 돌아오기 때문입니다. 요즘은 30% 정도가 돌아옵니다. 그래서 형무 행정도 형벌을 주는 쪽이 아니라 다시는 죄를 짓지 않게 하는 범죄 예방 쪽으로 가고 있습니다. 그렇긴 해도 나로서는 사실에서 눈을 돌릴 수가 없습니다. 그래서 이 이야기를 해야 한다는 의무감을 느끼게 되었던 것입니다."

뮤어 신부의 얼굴은 고통으로 하얗게 변해 있었고 손가락 마디가 툭 튀어나올 만큼 기도서를 꼭 쥐고 있었다.

"3주일 전에 포셋 상원의원이 나를 찾아와서 이 형무소의 어떤 죄수에 대해서 조심스러운 질문을 했습니다."

"오, 주여!" 신부가 신음하듯 말했다.

"그 죄수란 말할 나위도 없이 에어런 다우였습니다."

흄의 눈이 빛을 발하고 있었다.

"포셋이 무엇 때문에 왔지요? 다우에 관해 무엇을 알고 싶어하던가요?"

매그너스가 한숨을 쉬었다.

"그것이 말입니다, 상원의원은 다우의 기록과 사진을 보여 달라고 요구하는 것이었습니다. 대개는 그런 요청을 받아들이지 않습니다만, 다우는 곧 출옥하게 되어 있고 뭐니뭐니 해도 포셋이라면 이 지방의 유력자가 아닙니까?"

소장이 얼굴을 찌푸렸다.

"나는 사진과 기록부를 보여 주었지요. 그 사진은 12년 전 다우가 형무소에 들어올 때 찍은 것이었습니다. 그것을 보고 상원의원은 침을 꿀꺽 삼키며 안절부절못했습니다. 간단히 말해서, 포셋 의원은 놀랄 만한 요구를 해왔습니다. 다우를 앞으로 2~3개월 동안만 더 묶어 두라는 것이었습니다! '묶어 두라'는 말은 그때 그가 한 말 그대로입니다. 여러분은 이 일을 어떻게 생각하십니까?"

흄이 두 손을 비볐다. 내게는 그 동작이 아주 불쾌하게 느껴졌다.

"의미심장하군요, 소장님! 계속하세요."

"그러한 불가능한 요구를 해오는 사람의 뻔뻔스러움에 질리기는 했습니다만," 소장이 어금니를 꽉 깨물면서 말을 계속했다. "이 문제는 조심해서 다루어야 할 필요가 있다고 생각했습니다. 나는 흥미를 느꼈지요. 어떤 죄수와 일반인과의 관계, 특히 그 일반인이 평판 나쁜 포셋인지라 나는 조사를 해야 할 의무를 느꼈습니다. 그래서 나는 그의 요구에 대한 대답은 하지 않고 어째서 에어런 다우를 묶어 두라고 하는지에 대해 물었지요."

"그가 이유를 말하던가요?" 아버지가 두 눈썹을 모으면서 물었다.

"처음에는 말하지 않았지요. 마치 새로 들어온 죄수가 감자술을 마신 것처럼 벌벌 떨며 땀을 흘리고 있었습니다. 하지만, 결국은 털어놓더군요. 다우가 그를 협박하고 있다는 거였습니다."

"그것은 우리도 알고 있습니다." 하고 흄이 나직이 말했다.

"나는 믿어지지 않았으나 내색하지는 않았습니다. 그런데 그게 사실이라고요? 어쨌든 나는 그런 말을 믿을 수가 없었으므로 다우가 어떤 방법으로 상원의원에게 연락을 취했느냐고 물었습니다. 이곳에서는 우편물이나 외부와의 접촉을 엄중하게 검열하고 있거든요."

"형무소에서 만든 장난감 꾸러미 속에 넣어서 편지와 톱으로 자른 장난감 상자의 일부를 보냈습니다." 하고 지방검사가 설명했다.

"그랬었군요." 매그너스 소장이 입을 삐죽이 내밀며 생각에 잠겼다.

"당장 그 구멍을 막아야겠군요. 그런 구멍을 이용하면 어려운 일도 아니겠군요……하지만, 그때 나는 그 일에 무척 흥미를 갖고 있었습니다. 왜냐하면 형무소 안과 바깥 사이의 비밀 통신은 우리가 가장 골치를 썩이고 있는 문제 가운데 하나이고, 나는 오래 전부터 그런 구멍이 어디엔가 있으리라는 의심을 하고 있었기 때문입니다. 아무튼 포셋은 다우가 어떻게 자기와 접촉했는지는 말하려 하지 않더군요. 그래서 나도 그 점은 따지지 않았습니다."

나는 입술을 축였다. 입술이 바싹 말라 있었다. "포셋은 이 다우라는 사람이 실제로 자기의 약점을 쥐고 있음을 인정하던가요?"

"그럴 리가 있겠습니까! 그는 다우가 터무니없는 말을 지어 냈다고 했습니다. 흔해 빠진 거짓말이지요. 물론 나는 그의 말을 믿지 않았습니다. 왜냐하면 다우가 어떤 모함을 하고 있든, 자기가 결백하다면 그토록 당황해 할 리가 없으니까요. 여기에 대해 그는, 다우의 말이 엉터리이긴 하나 그런 말이 세상에 퍼지면 상원의원으로 재선될 가능성이 완전히 없어지지는 않는다 해도 굉장히 위태로워질 우려가 있기 때문이라고 변명하려 들더군요."

"상원의원으로 재선될 가능성이 위태로워진다고?" 하고 홈이 험상궂게 말했다. "그에게는 처음부터 재선될 가능성이 없었습니다. 하지만, 이런 얘기는 지금 문제삼을 것이 못 되지요. 다우가 쥐고 있는 약점이라는 것이 진짜라는 점은 내기를 해도 좋습니다."

매그너스가 어깨를 으쓱했다.

"저도 그렇게 생각했습니다. 그렇지만 저는 그때 묘한 입장에 놓였습니다. 상원의원 말만 듣고 다우를 처벌할 수는 없다고 말했지요. 물론 상원의원께서 꼭 그를 묶어 두어야겠다면 그 '지어낸 말'이 어떤 것인지 설명해 달라고 했습니다……그는 A 클래스의 죄수를 묶어 두라고 말했을 때만큼이나 몹시도 당황하더군요. 그 얘기가 퍼지는 것을 원치 않는다는 것이었습니다. 그리고는 만일 2~3개월 동안 다우를 독방에 가두어 주면 나를 정치적으로 '도와주겠다'는 뜻을 넌지시 비치더군요."

매그너스가 흉하게 웃었다.

"우리의 만남은 낡은 멜로드라마의 한 장면으로 발전했습니다. 출세나 금전을 미끼로 공무원을 포섭하려는 대본 말입니다. 이 형무소 안에는 어떤 권력도 파고 들어올 수가 없습니다. 나는 옳지 못한 일을 싫어하는 사람으로 알려져 있습니다. 그래서 포셋에게도 그 점을 확인시켜 주었지요. 결국 그는 별수없다는 것을 알고 돌아갔습니다."

"겁을 내는 것 같던가요?" 하고 아버지가 으르렁거렸다.

"겁을 잔뜩 집어먹고 어찌할 바를 몰라 하는 태도였습니다. 물론 나도 그대로 가만히 있지는 않았지요. 포셋이 돌아가자마자 에어런 다우를 불렀습니다. 그는 상원의원을 공갈한 적이 없다고 시치미를 떼더군요. 포셋이 내막을 털어놓지 않으니 나로서도 더 이상 다그칠 수가 없었지요. 그래서 만일 그가 공갈 비슷한 짓이라도 했다는 것이 사실로 밝혀지면 가석방을 취소하고 지금까지의 특권을 모두 빼앗아 버리겠다고 다우에게 경고하는 것으로 그쳤습니다."

"그것뿐입니까?" 홈이 물었다.

"거의 전부입니다. 오늘 아침——아니, 어제 아침이라고 해야겠지요——포셋이 전화를 했더군요. 그 '지어낸 말'이 세상에 퍼지게 하느니보다는 다우에게 돈을 주어 침묵을 사기로 했으니 그 일은 없었던 걸로 잊어 달라고요."

"그거 좀 이상하군요." 하고 아버지가 생각에 잠기며 말했다. "나쁜 냄새가 납니다. 포셋답지 않은데요. 전화한 사람이 틀림없이 포셋이었습니까?"

"틀림없습니다. 저도 이상했습니다. 공갈하는 녀석에게 돈을 주겠다는 말을 무엇 때문에 일부러 나에게 했는지 이해가 되지 않았거든요."

"정말로 납득이 안 가는군요." 지방검사가 눈살을 찌푸렸다. "당신은 다우를 어제 석방할 것이라고 포셋에게 말해 주었습니까?"

"아뇨. 그쪽에서 묻지 않길래 굳이 얘기하지는 않았습니다."

"그 전화에 대해서," 아버지가 두 다리를 포개면서 느릿느릿 말했다. "그 전화에 대해 문득 어떤 생각이 떠오르는군요. 포셋 상원의원은 가엾은 에어런 다우에게 양다리를 걸친 함정을 파놓았던 것이 틀림없습니다."

"무슨 말씀이신지요?" 하고 소장이 흥미 있다는 듯이 물었다.

아버지가 싱긋 웃었다.

"소장님, 그는 발자취를 남기려 했던 것입니다. 알리바이를 준비했던 겁니다. 흠, 내기를 걸어도 좋아요. 포셋 의원은 은행에서 5만 달러를 틀림없이 인출했습니다. 그는 협박에 못 이겨 돈까지 준비해 놓았다. 아주 순진한 척한 거지요. 그런데 말썽이 생겨서 그만……."

"무슨 말씀인지 모르겠는데요." 지방검사가 날카롭게 말했다.

"이봐요, 포셋은 다우를 살해하려 했던 거요! 죽이고 난 뒤에 문제가 생기면, 다우에게 주려고 은행에서 돈을 찾아 놓기까지 했다고 소장에게 전화한 사실을 알리바이로 쓸 생각이었다는 말입니다. 돈을 주려고 하니까 다우가 말썽을 부렸다, 서로 싸우던 중에 다우가 죽었다, 이렇게 꾸며댈 생각이었던 거요. 포셋은 어지간히 아픈 곳을 다우에게 약점으로 잡혔던 것 같소. 다우가 멋대로 돌아다니게 해두는 것보다 위험하더라도 차라리 없애버리는 편이 낫다고 생각할 정도였으니."

"가능한 얘기입니다."

하고 홈이 골똘히 생각에 빠져서 중얼거렸다.

"과연 있음직한 얘깁니다! 그런데 계획이 어긋나서 자기가 도리어 죽임을 당했다, 그런 말이군요. 흠……."

"내 말 좀 들어 봐요." 하고 뮤어 신부가 소리쳤다. "에어런 다우는 그 사람이 피를 흘린 것과는 아무런 관계가 없어요! 이 사건 뒤에는 어떤 무서운 악마의 손이 뻗쳐 있어요, 홈 씨. 그러나 하나님께서는 결백한 그가 고통을 받도록 놔두지는 않으실 겁니다. 그렇게 어려운 생을 살아온 불쌍한 사람에게……."

아버지가 말했다. "소장님, 아까 홈 검사가 말하기를 포셋 앞으로 편지와 작은 상자 토막이 이 형무소에서 왔다고 했습니다. 목공반에서 측면에 금색으로 글씨가 쓰여 있는 작은 나무 상자를 만든 적이 있나요?"

"알아봅시다." 매그너스가 구내 전화로 교환수를 불렀다. 그리고 누군가가 침대에서 일어나 나오기를 기다리는지 잠시 잠자코 있었다. 이윽고 그가 수화기를 놓더니 고개를 저었다. "목공반에서는 그런 것을 만든 적이 없답니다, 경감님. 사실 우리 목공반은 생긴 지 얼마 안 됩니다. 다우와 다른 두 명의 죄수가 조각 기술이 있는 것을 알고, 사실상 그들을 위해 목공반을 만들었으니까요."

아버지가 이상하지 않느냐는 눈길을 지방검사에게 보내자 홈이 얼른 대답했다. "알고 있습니다. 그 상자 토막에 어떤 뜻이 담겨 있는지 철저히 규명해야 한다는 의견에는 나도 동의합니다."

그러나 나는 그가 살인 동기와 관계가 있는 그 상자 토막을 그다지 중요하게 여기고 있지 않음을 알았다. 그가 소장의 전화에 손을 뻗었다. "전화를 써도 좋겠습니까?……경감님, 다우가 쪽지에 쓴 5만 달러의 요구에 대한 당신의 예감이 맞는지 알아보겠습니다."

소장이 눈을 껌벅거렸다.

"다우가 잡고 있던 포셋의 약점은 대단히 심각한 것이었나 봅니다. 5만 달러라니!"

"포셋의 은행 거래를 급히 조사하라고 형사를 보냈는데, 어떻게 되었는지 알아보겠습니다."

검사가 형무소 교환수에게 전화번호를 댔다.

"여보세요, 뮬카헤이인가? 나 흄이야. 뭣 좀 알아냈나?" 그가 입술 양 끝을 당겼다. "수고했어! 이제부터는 패니 카이저 쪽을 조사해 봐. 그녀와 상원의원 사이에 금전상 연관이 있는지 알아보라고."

흄이 전화를 끊고 퉁명스럽게 말했다. "말씀하신 대로입니다, 경감님. 포셋은 어제 오후에 유가증권과 소액권으로 5만 달러를 찾아갔답니다. 어제 오후였으니까 포셋이 살해당한 것은 돈을 찾아간 바로 그날 밤이 됩니다."

"하지만, 아무래도 이상합니다."

아버지가 얼굴을 찌푸리고 반박했다.

"공갈범이 돈을 받고도 돈을 준 사람을 죽이다니 조금 이치에 맞지 않는다는 생각이 들지 않습니까?"

"그래요, 그 말이 맞아요." 하고 뮤어 신부가 힘을 주어 말했다. "그것이 대단히 중요한 점입니다."

지방검사가 어깨를 으쓱했다.

"그러나 싸움이 붙었다면? 흉기가 포셋의 종이 자르는 칼이었다는 점을 잊지 말아 주십시오. 그것은 계획적인 살인이 아니었다는 증거입니다. 만일 처음부터 죽일 생각이었다면 흉기를 가지고 갔을 것입니다. 포셋이 돈을 주고서 트집을 잡았거나, 돈을 주지 않으려고 하다가 덤벼들어서 싸움이 일어났다. 싸우는 도중에 다우의 손에 그 칼이 잡혔다——그래서 일이 생겼는지 모르지요."

"홈 씨, 이렇게 생각할 수도 있지 않을까요?" 하고 내가 부드럽게 말했다. "범인은 처음부터 흉기를 가지고 갔으나 손쉬운 곳에 종이 자르는 칼이 있었기 때문에 그것을 썼을지도 모른다고 말예요."

존 홈이 불쾌한 표정을 짓고 쌀쌀맞게 말했다. "그것은 좀 석연치 않은 가정(假定)입니다, 섬 양."

매그너스 소장과 뮤어 신부가 깜짝 놀라서 고개를 끄덕였다. 여자인 주제에 그런 어려운 해석을 해서 놀랐다는 표정이었다.

그때 매그너스 소장 책상 위의 전화 벨이 울렸다. 소장이 수화기를 들었다. "홈 씨, 당신에게 온 전화입니다. 누군지 몹시 흥분하고 있군요."

지방검사가 의자에서 벌떡 일어나 수화기를 낚아챘다……그가 수화기를 놓고 우리 쪽으로 몸을 돌렸을 때 나는 가슴이 철렁 내려앉았다. 그의 얼굴 표정으로 보아 무엇인가 결정적인 일이 일어났음을 나는 알 수 있었다. 그의 눈은 기쁨으로 반짝이고 있었다.

"케논 서장에게서 온 전화입니다." 그가 천천히 말했다. "에어런 다우를 마을 건너 숲속에서 격투 끝에 체포했답니다."

잠시 동안 모두들 입을 다물고 있었다. 신부의 가냘픈 신음 소리만이 들렸다.

"놈은 곤드레만드레 술에 취해서 거의 제정신이 아니었다고 합니다."

홈의 목소리가 커졌다.

"물론 이것으로 사건은 끝난 셈이지요. 소장님, 고맙습니다. 아마도 법정에서 증언을 해주셔야……."

"잠깐만, 홈." 하고 아버지가 조용히 말했다. "케논이 다우의 몸에서 그 돈을 발견했다고 합디까?"

"어……아닙니다. 하지만, 그것은 대수로운 일이 아닙니다.

어디다 묻어 두었을지도 모르니까요. 중요한 것은 포셋 살해범을 체포했다는 사실입니다!"

나는 일어서서 장갑을 벗기 시작했다. "홈 씨, 정말 범인을 체포한 것일까요?"

홈이 나를 뚫어지게 바라보았다. "말씀하시는 뜻을 잘 모르겠군요……."

"당신은 모든 것을 잘 모르고 계시지 않나요? 그렇지요, 홈 씨?"

"도대체……그게 무슨 뜻입니까?"

내가 입술연지를 꺼냈다.

"에어런 다우는," 나는 입술을 오므렸다. "포셋을 죽인 범인이 아닙니다." 그리고 한쪽 장갑을 벗고 거울에 입술을 비춰 보며 말했다. "게다가 나는 그것을 증명할 수 있어요!"

제7장 올가미를 죄다

"**패**티!" 그 다음날 아침에 아버지가 말했다. "이 동네에서 어쩐지 좋지 못한 냄새가 나는구나."

"아하, 아버지도 구린내를 맡으셨군요."

"네가 그런 식으로 말을 하지 않았으면 좋겠다." 하고 아버지가 투덜댔다.

"숙녀답지 못하잖아. 그리고 왜 나한테도 털어놓지 않는 거냐?……네가 흄을 못마땅하게 생각하고 있는 것은 알지만…… 내게까지? 다우에게 죄가 없다는 것을 어떻게 알지? 어떻게 그토록 딱 잘라 말할 수가 있느냔 말이다?"

나는 움찔했다. 사실 내가 경솔했던 것이다. 솔직히 말해서 나는 아직 그 말을 증명할 수가 없었다. 한 가지 빠진 것이 있다는 것만 알 뿐이다. 그것만 알아낸다면 그들의 눈을 뜨게 할 수가 있을 텐데…….

"아직은 증명할 수가 없어요."

"흠! 그런데 우스운 것은 나 역시 다우가 포셋을 죽였다고는 생각지 않는다는 거야."

"오, 나의 못생긴 사랑하는 아버지!"

나는 아버지에게 달려들어 키스를 했다.

"그가 범인이 아니라는 것을 저는 알아요. 그는 40살 먹은 곰보 처녀처럼 결백해요. 그는 그 천벌을 받을 상원의원이라는 사람을 죽이지 않았어요."

나는 길을 따라 멀어져 가고 있는 제러미의 넓은 등을 바라보았다. 그 불쌍한 청년은 오늘 아침부터 다시 일꾼들과 함께 일을 하러 갔다가 저녁식사 때가 되어서야 더러운──그래도 정직한──먼지를 뒤집어쓰고 돌아오게 되어 있었다.

"그런데 아버지는 왜 다우가 결백하다고 믿으세요?"

"얘야, 이게 뭐냐?" 하고 아버지가 못마땅하다는 듯이 말했다. "애비를 가르치겠다는 거냐? 그리고 그런 말을 함부로 하는 것이 아니다. 무죄를 증명한다고? 내 말 잘 들어라, 패티. 너는 좀더 신중하게 행동해야 해. 남들이 너를 보고 뭐라고 할런지……."

"아버지는 제가 부끄러우시죠?"

"패티, 그런 말이 아니라……."

"아버지는 제가 쓸데없이 자꾸 끼여든다고 생각하시죠? 그리고 저 같은 애는 양털에 싸서 어느 구석에 고이 간직해 두어야 한다고 생각하시죠?"

"얘야……."

"아버지는 지금이 아직도 바지저고리를 입던 시대라고 생각하시죠? 여자란 투표를 해서는 안 되고, 담배를 피워서도 안 되고, 천한 말을 써도 안 되고, 남자 친구를 사귀어도 안 되고, 한바탕 신나게 놀아서도 안 된다고 생각하시죠? 그리고 또 산아제한이란 것은 악마가 생각해 낸 소치라고 믿고 계시죠?"

"패티!" 아버지가 눈살을 찌푸리고 일어서며 말했다. "아버지에게 그런 식으로 말하는 게 아니다."

그리고 나서 아버지는 엘러휴 클레이의 훌륭한 식민지풍 저택 안으로 사라졌다. 10분 뒤에 아버지는 다시 돌아와 내 담배에 불을 붙여 준 다음 아까 일을 사과하고는 어찌할 바를 몰라 쩔쩔매고 있었다. 불쌍한 아버지! 그분은 여자를 이해할 수가 없었던 것이다.

그 뒤 우리는 시내로 나갔다.

그날 아침 ── 살인이 일어나고 우리가 알곤퀸 형무소에서 기묘한 회의를 열었던 다음날인 토요일 아침 ── 에 제러미의 부친과 아버지가 의논해서 우리는 그대로 클레이 저택에 손님으로 머무르기로 했다. 아버지는 그 전날 밤에 흄과 그외의 사람들과 헤어질 때 아버지의 직책과 지난날의 경력에 대해서 다른 사람들에게는 입을 다물어 주기 바란다고 주의를 주었다. 엄청난 이익을 얻을 수 있는 대리석 계약을 요술부리듯 잇따라 주선해 오는 포셋 의사에 대한 아버지의 조사가 포셋 상원의원 살해사건과 어떤 관계를 갖고 있음을 아버지와 엘러휴 클레이 씨는 느끼고 있었다. 아버지는 자기 신분을 밝히지 않고 조용히 조사하고 싶었던 것이다. 아버지가 계속 머물러 있기로 결정한 것은 나로서는 대단히 중요한 일이었다. 왜냐하면 흄과 그의 부하들이 하나님의 계시를 받지 않는 한, 불쌍한 에어런 다우가 생명에 위협을 받게 되리라는 것을 나는 알고 있었기 때문이었다.

불쌍한 다우가 술에 잔뜩 취해서 체포된 다음부터 아버지와 나는 우선 두 가지에 관심을 가졌다. 하나는 만일 에어런 다우가 할말이 있다면 그의 말을 들어 보아야 한다는 것과, 또 한 가지는 신기루 같은 인물인 포셋 의사를 만나서 이야기해 보아야 한다는 것이었다. 토요일 아침까지도 의사의 행방을 알 수 없었으므로 우리는 우선 첫번째 생각에 온 힘을 기울이기로 했다.

큰 석조 건물인 리즈 시청 안에 있는 흄 지방검사 전용 사무실을 찾아가자 곧 안으로 안내되었다. 흄은 매우 기분이 좋은 것 같았다. 그는 내가 보기에도 역겨울 만큼 활동적이고, 바쁘고, 친절하고, 눈에 생기가 돌고, 의기양양해 하고 있었다.

"안녕하십니까, 안녕하십니까!" 그가 두 손바닥을 비비며 말했다.

"오늘 아침은 기분이 어떻습니까, 아가씨? 아직도 우리가 죄 없는 사람을 처벌하려 한다고 생각하십니까? 아직도 그의 무죄를 증명할 수 있다고 생각하십니까?"

"더더욱 그렇게 생각하고 있어요, 흄 씨." 권하는 의자와 담배를 받아들면서 내가 대답했다.

"흠……좋습니다. 직접 판단하게끔 해드려야겠군요. 빌!" 흄이 바깥 사무실에 있는 누군가를 불렀다. "군 구치소에 연락해서 다우를 데리고 오도록 해주게."

"다우를 신문했습니까?" 하고 아버지가 물었다.

"물론입니다. 당신들을 만족스럽게 해드리겠습니다." 그는
하나님과 승리가 자기 편이 틀림없다는 투로 말했다. 우리의
적대적인 태도에 대해서 너그러운 자세를 보이고 있기는 했으
나 흄이 에어런 다우를 카인(성경에 나오는 인류 최초의 살인자로서
자기 동생을 죽임)과 같은 죄인이라고 생각하고 있는 것만은 틀림
없었다. 나는 흄의 정직하고 고집스러운 얼굴을 한번 보고 그
의 생각을 바꾸게 하는 것은 어렵겠다고 생각했다. 나의 이론
은 처음부터 끝까지 논리라는 옷을 입고 있었으나, 그는 증거
라는 갑옷이 아니면 입지를 않을 사람이었다.

힘세게 생긴 형사 두 명이 에어런 다우를 데리고 왔는데, 그
런 조심스러움은 조금도 필요치 않았다. 왜냐하면 이 전과자는
어깨폭이 좁고 키가 작은데다 말라빠진 쇠약한 늙은이였기 때
문이다. 그를 데리고 온 형사 한 사람이 한 손만 가지고도 그의
등뼈를 부러뜨릴 수 있을 것 같았다. 나는 그때까지 그 남자의
모습을 나름대로 상상하고 있었으나, 그에 대한 매그너스 소장
의 묘사도 가련한 그의 참모습을 충분히 그려냈다고 할 수는
없었다.

그는 갸름하고 턱이 뾰족한, 도끼 모양의 작은 얼굴을 갖고
있었다── 몹시 야위고 주름살투성이였으며, 피부색은 잿빛인
데다 아주 무식해 보였고 생기가 없었다. 그 얼굴이 지금은 공
포와 절망으로 일그러져 있었다. 잔인하고 우둔한 케논과 지나
친 의무감에 열중해 있는 흄말고는 누구의 마음이든 움직이게
할 만한 얼굴이었다. 찌그러지고 공포에 질린 이 인간 조각이
무죄라는 것은 맑은 날에 태양을 볼 수 있는 것처럼 뻔한 일이
었다. 그의 그 결백한 모습 자체가 그를 죄인으로 보이게 했고,
그 흉포한 사람들만이 인간의 기본적인 반응을 보지 못하고 있
었다. 조엘 포셋 상원의원의 살해범은 냉정하고 연기력이 뛰어
난 놈이라는 것은 범죄의 내용으로 보아 틀림없는 사실이었다.

그렇지만 이 애처로운 사람은…….

"앉아요, 다우."

홈이 그런대로 부드럽게 말했다. 다우가 푸른 외눈에 공포와 희망이 섞인 빛을 띠고 시키는 대로 했다. 눈알이 있을 자리에는 오른쪽 눈꺼풀만이 있었고, 그의 오른팔은——그것을 보고 나는 몸을 떨었다——쓸모없이 축 늘어져 있었지만 이상하게도 기분나쁜 느낌을 주지는 않았다. 오히려 더욱 무력하게 보이게만 했다. 그의 모습에는 형무소의 낙인이 찍혀 있는 것 같았다. 주위 환경 때문에 더욱더 그렇게 보였다. 교활하게 흘끔흘끔 처다보는 눈길, 원숭이처럼 흔드는 머리, 번질거리는 피부색, 질질 끌며 걷는 발걸음 등…….

"네, 선생님. 네, 홈 검사님." 그가 귀에 거슬리는 새된 소리로 말했다. 마치 충실한 개가 아양을 떨며 주인의 명령에 따르는 듯했다. 그의 말투조차 선고받은 죄수의 말투였다. 굳은 입술 끝으로 말을 하는 것이었다. 그가 느닷없이 그 애꾸눈으로 나를 바라보는 바람에 나는 숨을 멈추었다. 그 자리에 내가 있는 것을 보고 이상하다고 느끼면서도 그 자리에 내가 있는 것이 자기에게 도움이 될 것인가 그렇지 않은가 저울질하는 듯싶었다.

아버지가 조용히 일어서자 그는 표정이 가득 담긴 눈으로 관심을 갖고 자기에게 희망을 달라고 구걸하는 듯 아버지를 쳐다보았다.

"다우!" 하고 홈이 말했다. "이분은 당신을 도우려는 분이오. 당신과 이야기하려고 뉴욕에서 일부러 오셨소."

그러나 그런 식으로 사실을 과장해서 말할 필요는 전혀 없다고 나는 생각했다.

에어런 다우의 호소하던 눈이 갑자기 의혹의 빛을 띠었다. "네, 검사님." 그의 몸이 의자에서 더 쭈그러드는 듯했다. "하지만, 나는 아무 짓도 안 했습니다, 홈 검사님. 나는 그를 죽이지 않았습니다."

아버지가 지방검사에게 눈짓을 하자 흄이 고개를 끄덕이며 앉았다. 나는 흥미를 느끼며 지켜보았다. 나는 아버지가 심문하는 광경을 한 번도 본 적이 없었다. 경찰관으로서 발휘하는 아버지의 솜씨는 그때까지 내게는 전설에 지나지 않았다. 소문으로 듣던 바와 같이 아버지가 뛰어난 재능의 소유자라는 것을 나는 곧 알 수 있었다. 에어런 다우의 믿음을 얻기 위해 취한 아버지의 접근 방법은 나에게 아버지의 새로운 모습을 보여 주었다. 세련되지는 못했으나 아버지는 날카로운 심리학자였다.

"다우, 나를 좀 보시오."

적당한 위엄을 섞어 소탈한 어조로 아버지가 말했다. 가련한 그 사람은 긴장해서 아버지를 보았다. 두 사람은 잠시 동안 말없이 서로를 마주보고 있었다.

"내가 누군지 알고 있소?"

다우가 입술을 핥으며 말했다. "아, 아닙니다, 선생님."

"나는 뉴욕 경찰국의 섬 경감이오."

"오!" 그 전과자가 놀라며 몹시 경계하는 빛을 나타냈다. 흰 머리카락이 듬성듬성 남아 있는 작은 머리를 옆으로 줄곧 내저으며 우리와 눈이 마주치는 것을 피하고 있었다. 경계하면서도 희망을 갈구하고, 우리에게 달려올 듯하면서도 달아날 듯한 모습이었다.

"나에 대한 얘기를 들은 모양이군." 하고 아버지가 말을 계속했다.

"저어······."

다우의 마음은 무슨 말이든 하면 안 된다는 경계심과 말하고 싶다는 욕망 사이에서 싸우고 있었다.

"깜빵 안에서 절도범으로 들어온 녀석을 만났지요. 녀석 말이 사형당할 뻔한 걸 경감님께서 살려 주셨다고요."

"알곤퀸 감옥 안에서?"

"응······네, 선생님."

"그렇다면 그 녀석은 휴스턴 거리의 갱 일당인 샘 레비였겠군."

아버지가 옛날을 회상하고 미소를 지었다.

"좋은 녀석이었는데. 악당들에게 휩쓸렸다가 배신당했지. 자아, 털어놔 봐요, 다우. 샘이 나에 대해 뭐라고 했소?"

다우는 의자에서 안절부절못하고 있었다. "그건 왜 물어 보시지요?"

"그저 물어 보는 거요. 제기랄, 그렇게까지 해줬는데 새미 녀석이 내 험담을 한 모양이군……."

"험담이라니오!" 음흉하게 곁눈질을 하며 다우가 소리쳤다. "경감님은 공평한 사람이라고 했는걸요."

"그래, 그 녀석이 그렇게 말했단 말이지요?" 하고 아버지가 굵은 목소리로 말했다. "그 녀석이 그래야 옳지. 하여튼 내가 죄없는 사람을 벌받도록 하는 사람이 아니라는 것은 알겠죠? 사람을 때려서 거짓 자백을 시키는 사람이 아니란 말이오."

"그, 그런 것 같습니다, 경감님."

"좋아요! 그렇다면 우리는 서로를 이해하고 있는 셈이오."

아버지는 의자에 앉아서 편안한 자세로 두 다리를 포갰다.

"이봐요, 다우, 여기 계시는 흄 검사는 당신이 포셋 상원의원을 죽였다고 생각하고 있소. 나는 지금 솔직하게 말하고 있는 거요. 이건 거짓말이 아니오. 당신은 지금 아주 위험한 입장에 놓여 있는 거요."

남자의 눈이 다시금 공포로 가득 찼다. 그가 흄에게로 눈망울을 굴렸고 흄은 얼굴을 약간 붉히며 노여운 눈초리로 아버지를 보았다.

"나는 말이오, 당신이 포셋을 죽였다고 생각하지 않아요. 내 딸도 마찬가지고—— 여기 있는 이 아름다운 아가씨 말이오, 다우. 이 아가씨도 당신이 결백하다고 믿고 있소."

"그래요?" 다우는 고개를 수그린 채 나직이 말했다.

"그러면 어째서 내가 당신이 포셋을 죽이지 않았다고 생각하는지 알겠소, 다우?"

그의 침울한 얼굴이 호기심과 희망으로 밝아지며 아버지를 정면으로 바라보았다.

"모르겠는데요, 경감님. 나는 내가 죽이지 않았다는 것밖에 모릅니다. 왜 그렇게 생각하시지요?" 하고 이번에는 다우가 또렷하게 대답했다.

"내가 그 이유를 말해 드리지."

아버지가 커다란 손을 뼈가 앙상하게 드러난 그 노인의 작은 무릎 위에 얹었다. 그 무릎은 떨리고 있었다.

"나는 인간을 알고 있기 때문이오. 나는 살인자가 어떤 인간인지 압니다. 그야 당신이 12년 전에 싸우다가 우연히 술취한 사람을 죽이긴 했지만, 당신 같은 사람은 결코 사람을 죽이지 못해요."

"그 말이 맞습니다, 경감님!"

"당신은 칼을 쓰지는 않겠지요, 설혹 누구를 죽인다고 해도."

"그런 것을 쓰다니요!" 그가 가는 목에 푸른 핏줄을 세우며 외쳤다. "저는 아닙니다! 저는 칼을 쓰지 않는다고요!"

"그렇고말고요. 그러니 그 점에 있어서는 서로가 확실하오. 자, 당신은 포셋 상원의원을 죽이지 않았다고 말하고 있고, 나도 그 말을 믿소. 그런데 누군가가 그를 죽였소. 대체 누가 죽였을까요?"

그가 야위었으나 근육질의 왼손을 꼭 쥐었다. "저는 모릅니다, 맹세합니다, 경감님. 저는 모함당했습니다. 누가 내게 죄를 뒤집어씌우고 있어요."

"물론 당신은 억울하게 죄를 뒤집어쓰고 있소. 당신, 포셋을 잘 알지요?"

다우가 의자에서 벌떡 일어났다. "알고말고요. 그 나쁜 협잡꾼 놈!" 그러나 그는 엉겁결에 아버지의 꾐에 넘어가 불리한 자백을 했다고 생각했는지 공포의 빛을 얼굴에 드러내고 갑자기 입을 다물며 아버지를 노려보았다. 그 표정이 아버지를 너무나 증오하고 있는 듯해서 내가 섬이라는 성을 갖고 있는 것이 부끄러울 지경이었다.

아버지는 뜻하지 않은 사태에 놀랄 만큼 기술적으로 대처하는 재능을 보였다. 아버지는 섭섭하다는 표정을 지었다.

"당신은 나를 오해하고 있소, 다우." 하고 아버지가 언짢아하며 말했다. "당신은 내가 자백을 받아내기 위해 속임수를 썼다고 생각하고 있소. 그러나 절대로 그렇지 않소. 그 점에 있어서는 지방검사가 확증을 잡고 있다오. 당신이 포셋에게 보낸 편지를 포셋의 집에서 찾아냈거든. 알겠소?"

늙은 전과자는 뭐라고 중얼거리더니 얌전해졌다. 그리고는 온 신경을 아버지의 얼굴에 집중시켰다. 나는 이 사람의 얼굴을 보고 몸을 떨었다. 의혹과 희망과 공포가 뒤섞인 그 천박스럽고 뾰족한 얼굴은 그 뒤에도 며칠 동안 내 머릿속에서 사라지지 않았다. 나는 흠을 보았다. 그는 아무 흥미도 없다는 표정을 하고 있었다. 나중에 안 일이지만 경찰과 지방검사의 심문을 처음에 받았을 때 에어런 다우는 그 편지를 들이대어도 고집스럽게 편지에 관한 것은 아무 말도 안 했다는 것이었다. 그것이 다우의 단단한 껍질을 깨기 위해 아버지가 발휘한 본능적인 기교를 더 돋보이게 했다.

"알았습니다, 경감님, 알았어요." 하고 다우가 중얼거렸다.

"좋소." 하고 아버지가 한시름놓으며 말했다. "당신이 솔직하게 말하지 않으면 우리가 도와줄 수가 없으니까. 자, 언제부터 포셋 상원의원을 알게 되었지요?"

그 남자는 불쌍하게도 다시 입술을 핥았다. "저는, 저어…… 아주 오래 전부터입니다."

"당신에게 몹쓸 짓을 했소?"

"대답하지 않겠습니다, 경감님."

"그래, 좋아요." 아버지가 공격의 방향을 바꾸었다. 다우가 어떤 점에 대해서는 절대로 입을 열지 않는다는 것을 나보다 먼저 알아차린 것이었다. "하지만, 당신은 알곤퀸 형무소에서 포셋에게 연락을 했지요?"

침묵이 흘렀다. 한참 뒤에 그가 대답했다. "네, 경감님. 그랬습니다."

"톱으로 자른 상자의 일부를 편지와 함께 장난감 꾸러미 속에 넣어 보냈지요?"

"저어……그랬지요."

아무리 좋은 조건을 제시한다 해도 다우가 사실 전체를 말하지는 않을 것이라는 것을 모두들 알 수 있었다. 상자 얘기가 나오자 다우는 갑자기 낙관적인 생각을 하게 되었는지, 그 찌그러진 얼굴에 미소가 떠올랐고 애꾸눈에는 교활한 빛이 감돌았다. 아버지도 그것을 보았으나 실망의 빛을 겉으로 나타내지는 않았다.

"그것은 그저 신호에 지나지 않았습니다." 다우가 새된 소리로 말했다. "나라는 사람이 있다는 신호였죠."

"그래요? 당신 편지에는 당신이 출감하는 날 상원의원에게 전화를 걸겠다는 내용이 있던데, 전화를 걸었소?"

"네, 전화를 했습니다."

"포셋과 직접 통화했나요?"

"했지요, 그놈하고 통화했고말고." 다우가 사납게 대답하다가 곧 자기 자신을 억눌렀다. "그놈이 전화를 받았습니다. 암, 전화를 받았지."

"그럼, 어젯밤에 만나기로 약속을 했겠군요."

크게 뜬 그의 눈에 또다시 의혹의 빛이 떠올랐다. "저어……그렇습니다."

"몇 시에 만나기로 약속했지요?"

"종이 여섯 번 칠 때지요. 11시라는 말입니다."

"그래, 당신은 약속대로 갔습니까?"

"아뇨, 가지 않았습니다, 경감님. 맹세해요!"

다우의 입에서 말이 쏟아져 나왔다.

"나는 12년 동안이나 갇혀 있었으니 한 끝 잡은 녀석들하고는 다르지요. 12년이란 진절머리가 나도록 긴 세월입니다. 그래서 목을 축이고 싶었지요. 오랫동안 감자물밖에 마시지 못해서 진짜 술맛이 어떤 건지 잊었거든요."

아버지는 나중에 한끝이 죄수들의 은어로서 징역 1년을 뜻하는 말이라는 것을 알았다. 감자물이란 나중에 매그너스 소장이 내게 일러준 것인데, 술에 굶주린 죄수들이 감자 껍질이며 그밖의 야채 찌꺼기로 담근 제대로 발효되지 않은 불량 양조주라는 것을 알았다.

다우가 말을 계속했다.

"그래서 말입니다, 경감님, 나는 석방되자마자 부리나케 술집으로 달려갔습니다. 시내 셰낭고 거리와 스미스 거리 모퉁이에 있는 술집입니다. 그 술집 바텐더에게 물어 보십시오, 경감님. 내 알리바이를 대줄 것입니다."

아버지가 이마에 주름을 잡았다. "그 말이 사실이오, 홈? 알아보았습니까?"

홈이 미소를 지었다.

"물론입니다. 경감님, 아까도 말했듯이 나는 절대로 죄없는 사람을 잡아넣지는 않습니다. 그 술집 주인은 다우가 그 집에 들렀다는 것을 인정하긴 했으나 어젯밤 8시쯤 그곳에서 나갔다고 말했습니다. 그러므로 포셋이 10시 20분에 살해됐으니 알리바이가 성립되지 않습니다."

"저는 술에 취했었습니다." 하고 다우가 중얼거렸다. "오랜만에 술을 마셨더니 금방 술기운이 돌았습니다. 술집에서 나오고 난 뒤에 무엇을 했는지는 생각나지 않습니다. 여기저기를 그냥 돌아다녔습니다. 11시쯤 되니까 술이 거의 다 깼습니다."

다우가 몸을 움츠리며 굶주린 고양이처럼 두세 번 입술을 핥았다.

"계속하시오." 하고 아버지가 부드럽게 말했다. "그래, 포셋의 집으로 갔소?"

다우가 고뇌의 빛을 띠며 크게 말했다. "그래요. 하지만, 안으로 들어가지는 않았습니다. 들어가지 않았다고요! 불이 훤히 켜져 있고 경관과 형사들이 쫙 깔려 있는 걸 보고 내가 포셋에게 속았다는 걸 금방 알았죠. 뭔가 계략이 숨어 있다고 생각했어요. 그래서 나는 도망쳤습니다. 쏜살같이 숲속으로 도망쳤다고요……그런데 뒤쫓아와서 잡혔습니다. 그렇지만 나는 그를 죽이지 않았어요. 하늘에 맹세해요!"

아버지가 일어서서 초조하게 방안을 서성거렸다. 나는 한숨을 쉬었다. 지방검사 홈의 얼굴에 의기양양한 미소가 떠오른 것으로도 알 수 있듯이 형세는 좋지 않았다. 법률 지식이 없는 나로서도 이 남자가 꼼짝못할 만큼 큰 소용돌이 속에 휘말려 들어갔음을 알 수 있었다. 이 사람은 뒷받침할 만한 증거가 하나도 없는 전과자인 자신의 증언만으로 이와 같이 압도적인 상황 증거와 맞서야만 하는 것이다.

"그렇다면 5만 달러는 받지 않았단 말이지요?"

"5만 달러라니오!" 죄수가 째지는 목소리로 소리쳤다. "나는 본 일조차 없어요. 정말입니다!"

"알았소, 다우." 아버지가 굵은 목소리로 말했다. "우리가 할 수 있는 데까지 노력해 보겠소."

홈이 두 형사에게 신호했다. "이자를 구치소로 데려가게."

형사들이 다우에게 더 말할 틈도 주지 않고 밖으로 거칠게 밀어냈다.

우리가 큰 기대를 걸고 있던 용의자와의 회담은 아무런 새로운 사실도 덧붙여 주지 못했다. 다우는 기소 배심 심사를 받기 위해 리즈에 있는 군 구치소에 구류중이었고, 그 기소를 막기 위해 우리가 할 수 있는 일이란 아무것도 없었다. 우리가 떠나기 전에 홈이 한 말을 듣고, 정치가들이 하는 짓을 잘 알고 있는 아버지는 다우가 순식간에 정의의 희생 양이 되리라는 것을 알았다. 뉴욕에서는 재판 사건이 많아 대부분의 형사 소송은 준비하는 데만도 몇 달이 걸린다. 그러나 이 북부에서는 사건의 수도 적을 뿐만 아니라 지방검사가 자신의 정치적인 이점을 고려해서 사건이 재빨리 처리되기를 바라고 있으니 에어런 다우가 놀랄 만큼 짧은 시간 내에 기소되고 심의되어 유죄 판결을 받을 것은 틀림없었다.

"시민들은 이 사건이 빨리 해결되기를 바라고 있습니다." 하고 흄이 말했다.

"웃기는 얘기군요." 아버지가 명랑하게 말했다. "지방검사 나리께서는 가슴에 달 훈장 하나를 더 원하고 있고, 포셋 일당은 피를 원하고 있고. 참, 그런데 포셋 의사는 어디 있소? 어디 있는지 알아냈소?"

"이봐요, 경감님."

흄이 성이 나서 얼굴을 벌겋게 붉히며 대들었다.

"당신의 말투가 마음에 안 듭니다. 아까도 말했지만, 나는 다우가 정말로 유죄라고 믿습니다. 상황 증거가 너무나 압도적입니다. 나는 사실을 믿을 뿐 논리 같은 것은 소용이 없다고 생각합니다. 그리고 내가 이 사건을 정치적으로 이용하려고 한다는 당신의 말은……."

"흥분하지 말아요." 하고 아버지가 냉담하게 말했다. "당신이 정직하다는 것은 알아요. 그러나 당신은 한치 앞도 모르면서 이 좋은 기회를 놓치지 않으려고 지나치게 서두르고 있어요. 당신의 입장으로는 그렇게 하는 것도 무리는 아닐 테지. 그러나, 흄 씨, 아무리 보아도 이 사건은 모든 것이 지나치게 잘 들어맞고 있어요. 모든 증거가 이토록 뚜렷하게 하나의 용의자를 가리키고 있는 경우는 그리 흔치 않습니다. 그리고 심리적으로도 틀려먹었어요. 그 불쌍한 늙은이는 범인으로 보이지 않는다 이 말이오. 그건 그렇고, 아이러 포셋 문제는 어떻게 되었습니까?"

"아직 찾아내지 못했습니다." 하고 흄이 낮게 말했다.

"경감님, 당신이 다우에 대해 그런 식으로 생각하고 계신다니 유감입니다. 사실이 눈앞에 빤히 보이는데 무엇 때문에 그렇게 번거로운 해석을 하십니까? 그 작은 나무 상자 토막에 대한 해석과——그 상자도 그곳에 있었다는 것 때문에 그렇지 그리 대단한 뜻을 지니고 있는 것은 아닐 겁니다——자질구레한 점 몇 가지를 빼고는 수사가 종결되었습니다."

"그럴까요?" 하고 아버지가 말했다. "그렇다면 이제 그만 가 보겠습니다."

그리고 우리는 몹시 풀이 죽어서 언덕 위의 클레이 저택으로 돌아왔다.

아버지는 일요일을 채석장에서 엘러휴 클레이 씨와 함께 장부와 기록들을 조사하며 성과 없는 하루를 보내고 있었고, 나는 내 방에 틀어박혀서 제러미가 투덜거리는 것도 아랑곳하지 않고 사건을 되씹어 보며 담배만 피워대고 있었다. 나는 파자마 바람으로 침대 위에 드러누워 있었다. 햇빛이 드러난 발목을 따뜻하게 비치고 있었으나, 햇빛도 다우가 처해 있는 끔찍한 입장과, 그것에 아무런 도움도 줄 수 없는 나의 무력함을 절망적으로 탓하고 있는 내 마음은 따뜻하게 감싸 주지 못했다. 내 추리를 한조각 한조각 되씹어 보니 이론상으로는 더할 나위 없이 단단했지만 다우의 결백을 증명할 만한 법적인 증거는 털끝만큼도 없었다. 그들은 물적 증거 없이는 절대로 믿지 않을 것이다…….

제러미가 내 침실 문을 노크했다. "좀 봐줘, 패트. 같이 말 타러 가자고."

"저리 가요, 철부지 양반."

"날씨가 참 좋아, 패티! 대상이며 니뭇잎들, 그리고 모든 것들이 더할 나위 없이 근사해. 나 좀 들어가게 해줘."

"뭐라고요! 파자마만 입고 있는데 젊은 남자를 맞으라는 말이에요?"

"이러지 마. 할 얘기가 있어."

"이상한 짓 안 한다고 약속하겠어요?"

"약속 같은 것은 못해. 그렇지만 들여보내 줘."

"하는 수 없군요."

나는 한숨을 쉬었다.

"문은 열려 있어요, 제러미. 연약한 여자라고 해서 자기 마음대로 하려고 하는 데야 막을 수가 없지요."

그가 들어와서 침대 끝에 앉았다. 햇빛이 그의 곱슬머리 위에서 보기 좋게 춤추고 있었다.

"아버지의 꼬마 신사님, 오늘 야채는 먹었나요?"

"바보같이! 장난 그만하고 내 말 좀 들어 봐, 패트. 얘기할 것이 있어."

"얘기하세요. 입은 건강하게 잘 움직이고 있는 것 같은데."

그가 내 손을 잡았다. "이 더러운 사건에서 왜 손을 떼지 않지?"

나는 생각에 잠겨 천장으로 담배 연기를 뿜어올렸다. "이제는 개인적인 문제에까지 간섭하는군요. 나는 제러미를 이해할 수가 없어. 결백한 사람이 사형당할 위기에 처해 있다는 걸 이해 못해요?"

"그 문제는 그런 일을 가장 잘 처리할 수 있는 자격 있는 사람들에게 맡겨 놔요."

"제러미 클레이!" 하고 내가 화가 나서 말했다.

"그 말은 내가 여지껏 들어 본 말 중에서 가장 얼빠진 소리예요. 누가 가장 자격이 있다는 거예요? 흄? 사람좋은 청년이긴 하지만 자기 위신 세우기에만 너무 빠져 있어서 한치 앞도 못 보는 사람이에요. 케논? 바보 얼간이에다가 타락까지 했어요. 그 두 사람들이 리즈 시의 법이라는 사람들이에요. 그 두 사람 사이에서 가엾은 다우가 무죄로 풀려날 가망성은 눈곱만큼도 없어요."

"당신 아버지도 계시잖아?" 하고 그가 심술궂게 말했다.

"아, 아버지는 제대로 방향을 잡고 있어요. 하지만, 도움을 받아서 나쁠 것은 없지요……그리고 제발 내 손 좀 그만 주물러요, 클레이 씨. 불쌍한 내 손이 닳아 없어지겠어요."

그가 내게 가까이 다가왔다.

"페이션스! 나는……."

"바로 그것이," 내가 침대에서 몸을 일으켜 세우면서 말했다.

"당신이 이 방에서 나가야 한다는 신호예요. 젊은 남자가 이상하게 몸이 달아오르고 눈빛이 이상해져서 그런 말을 하는 것은……."

그가 나가자 나는 한숨을 쉬었다. 제러미는 아주 훌륭한 젊은이이긴 했지만 상황 증거의 바닷속으로부터 에어런 다우를 구해 내는 데는 아무 쓸모가 없는 사람이었다.

그리고 나서 드루리 레인 노인을 생각하자 기분이 조금 좋아졌다. 만일 모든 노력이 수포로 돌아간다면…….

제8장 구원의 손길

이 사건의 이모저모를 되새겨 보니 피해자의 형인 포셋 의사의 수수께끼 같은 실종은 그때 내 머릿속에 아주 크게 자리잡고 있었다. 흄은 이런저런 실수를 저지른 것은 젖혀놓는다고 쳐도 포셋 의사의 기묘한 실종을 너무 가볍게 여기고 있는 것 같다고 나는 생각했다. 나는 그 교활하고 영리한 신사를 맞아 어떠한 작전으로 나아갈 것인지 이미 계획을 세워놓고 있었다. 그런데도 아직 그가 모습을 나타내지 않고 있었으므로 나는 더욱더 흥미를 느끼면서도 짜증이 났다.

어쩌면 나는 그 문제에 신경을 너무 많이 쓰고 있었는지도 모른다. 포셋 의사가 마침내 눈앞에 나타났을 때 나는 흄 지방 검사가 그때까지 그가 어디 있었는지에 신경을 별로 쓰지 않았던 것이 당연하다고 생각했다. 그러나 나는 이 남자를 가볍게 보아서는 안 되겠다고 느꼈다. 그리고 그와 만나고 나서 얼마 되지 않아, 나도 엘러휴 클레이 씨의 의혹에는 틀림없이 근거가 있다는 아버지의 생각에 찬성하게 되었다. 포셋 의사가 모습을 나타낸 것은 월요일 밤, 즉 에어런 다우와 가진 불만족스러운 만남이 끝난 날로부터 이틀 뒤였다. 월요일은 별다른 일도 없이 지나가서 아버지는 실망한 듯 클레이 씨에게 이 사건의 조사도 이제는 포기해야 할 것 같다고 말했다. 모든 조사가 막다른 벽에 부딪히고 만 것이다. 포셋 의사의 부정을 증명할 만한 서류나 기록은 아무것도 없었다. 아버지는 좋은 결과를 얻을 수 있을 듯한 몇 가지 추측을 세워 조사를 해보았으나 결과는 언제나 실망뿐이었다.

포셋 의사가 돌아왔다는 소식을 처음으로 들은 것은 월요일 점심때 엘러휴 클레이 씨를 통해서였다.

"나의 공동 경영자가 돌아왔습니다." 하고 클레이 씨가 흥분해서 아버지에게 말했다. "오늘 아침에 나타났습니다."

"뭐요!" 하고 아버지가 외쳤다. "그런데 어째서 그 원숭이 같은 케논이나 홈이 내게 알리지 않았을까? 언제 그 소식을 들으셨습니까?"

"조금 전입니다. 그래서 서둘러서 집으로 왔습니다. 포셋이 리즈에서 내게 전화를 했더군요."

"뭐라고 하던가요? 살인사건은 어떻게 받아들이던가요? 지금까지 어디에 가 있었다던가요?"

클레이 씨가 피곤한 듯한 미소를 지으며 머리를 저었다. "모르겠습니다. 이번 사건으로 충격을 받은 모양입니다. 홈의 사무실에서 전화를 거는 중이라고 하더군요."

"그 친구를 만나야겠습니다." 하고 아버지가 으르렁거렸다. "지금 어디 있습니까?"

"곧 만날 수 있습니다. 오늘밤 여러 가지 일을 얘기하러 이리로 오겠답니다. 당신의 정체는 밝히지 않고 우리 집에 손님이 와 계시다는 말만 해두었습니다."

저녁식사를 끝내고 얼마 뒤에 이 화제의 인물이 클레이 저택에 나타났다. 아버지의 빈정거리는 표현에 의하면, 그는 '국민의 세금 덩어리'인 아름다운 리무진 차를 타고 왔다. 운전사는 권투 선수 출신인 듯 귀도 코도 찌그러진 성질이 거칠어 보이는 사람이었다. 첫눈에 나는 그가 자동차 운전을 할 뿐만 아니라 포셋을 호위하는 일도 맡고 있음을 알았다.

포셋 의사는 키가 크고 얼굴빛이 창백한 사람으로, 용모는 살해당한 동생과 아주 비슷했다. 그는 튼튼해 보이는 누런 이빨과 말이 울 때 내는 것 같은 웃음소리, 그리고 끝이 뾰족한 검은 턱수염을 기르고 있었다. 그는 마른 담배 냄새와 소독약 냄새를 풍기고 있었는데, 정치와 의학을 뒤섞은 듯한 그 냄새는 흥미롭기는 했으나 불쾌해서 그의 매력을 반감시켰다. 살해당한 사람의 형답게 상원의원보다 나이가 더 들어 보였다. 그에게는 어딘지 혐오감을 느끼게 하는 데가 있었다. 이러한 타입의 남자가 작은 고장의 전제 군주가 된다는 것은 과연 있음 직한 일이리라.

엘러휴 클레이 씨의 소개를 받고 그가 나를 유심히 바라보았을 때 나는 한 가지 사실을 확신했다. 그것은 설혹 온 세상의 금을 다 준다 해도 결코 이 남자와 단둘이 있어서는 안 된다는 것이었다. 그는 혀 끝으로 입술을 핥는 흉한 버릇을 가지고 있었다. 나는 불쾌한 경험을 통해 알고 있는데, 그것은 틀림없이 남자들이 어떤 생각을 하고 있다는 증거였다. 포셋 의사는 제 아무리 교활한 여자라 하더라도 쉽사리 다룰 수 있는 남자가 아니었다. 그리고 그는 온갖 수단을 이용하여 체면도 부끄러움도 없이 강제로 밀고 나가는 그런 남자임에 틀림없었다.

나는 나 스스로에게 말했다. "페이션스 섬, 조심해야 해. 네 계획을 바꾸어야겠어."

마치 X-레이로 꿰뚫어보듯 나를 관찰하고 난 뒤 그는 다른 사람들 쪽으로 눈길을 돌려 다시금 동생의 죽음에 놀라고 있는 형의 표정으로 돌아갔다. 실제로 그는 약간 초췌해 보였다. 클레이 씨가 간단히 섬 씨라고만 소개한 아버지를 수상쩍은 듯 바라보았으나 내가 있어서 마음을 놓은 모양이었다. 그 다음부터는 주로 클레이 씨와 말을 했다.

"흄 씨와 케논 씨한테서 이야기를 듣고 정말 놀랐습니다." 그가 뾰족한 수염을 잡아당기며 말했다. "클레이 씨, 이 사건이 나에게 얼마나 큰 충격을 주었는지 당신은 아마 상상도 못할 것입니다. 살인이라니! 그런 야만스러운……."

"물론 그러시겠죠." 하고 클레이 씨가 중얼거렸다.

"그러면 오늘 아침에 돌아오셨을 때까지 아무것도 모르고 계셨겠군요."

"아무것도 몰랐습니다. 지난 주에 떠나기 전에 당신에게 행선지를 말했더라면 좋았을 것을. 그렇지만 이런 일이 생기리라고는……사실은 여기를 떠난 뒤로는 죽 문명세계와 완전히 동떨어진 곳에 있었습니다. 신문도 보지를 않았으니까요. 그러니 상상도 못하……이 다우라는 놈……틀림없이 미치광이일 겁니다!"

"그럼, 당신은 다우를 모르십니까?" 하고 아버지가 조심스럽게 물었다.

"물론이지요. 생판 모르는 사람입니다. 홈이 동생 책상 위에 있던 편지를 보여 주더군요. 그러니까……."

그가 급히 입술을 깨물었다. 그의 눈이 번개처럼 움직였다. 실수를 했다고 느꼈던 것이다.

"내 말은 2층 조엘의 침실 금고에서 찾아낸 편지 말입니다. 나는 정말 놀랐습니다. 공갈을 하다니! 믿을 수가 없더군요. 믿을 수가 없었습니다. 무엇인가 터무니없는 착오가 있었음에 틀림없습니다."

그렇다면 이 남자도 역시 패니 카이저를 알고 있구나! 그 편지……그의 마음은 다우가 연필로 갈겨쓴 편지가 아니라 그 이상한 여자에게 쓴 동생의 편지에 대한 생각으로 가득 차 있는 것이다. 그리고 지금 느끼고 있는 그의 감정이 모두 거짓만은 아니라고 나는 생각했다. 그의 모든 말이 물론 본심에서 우러나오는 것은 아니겠지만 마음속으로는 무언가를 고민하고 있는 것이 확실했다. 신변에 위험을 느끼고 겁을 내고 있는 눈치였다.

"정말 큰 충격을 받으셨겠어요, 포셋 선생님." 하고 나는 부드럽게 말했다. "선생님의 기분을 알 수 있을 것 같아요. 살인이라니……."

내가 소름이 끼친다는 듯 몸을 떨었다. 그가 내게로 다시 눈길을 돌려 찬찬히 바라보았는데, 이번에는 개인적인 흥미를 느낀다는 눈길이었다. 그가 낡은 멜로물에 나오는 콧수염을 기른 악당처럼 입술을 다시 핥았다.

"고마워요, 아가씨." 그가 깊고 낮은 목소리로 말했다.

아버지가 초조한 듯 자세를 고쳤다.

"이 다우라는 사람 말이오," 하고 아버지는 굵은 목소리로 말했다. "동생분의 무슨 약점을 잡고 있었나 봅니다."

유령에게 괴로움을 당하고 있는 듯한 표정이 되살아나며 포셋 의사는 내 존재 따위는 잊어버렸다. 그렇다면 유령이란 리즈 구치소에 있는 그 말라빠진 늙은 죄수임에 틀림없다. 패니 카이저 문제는 이것과는 또 다른 것이다. 포셋 의사는 어째서 다우를 두려워하고 있는 것일까? 그 비참한 남자가 대체 어떤 힘을 갖고 있다는 말인가?

"홈은 대단히 열심이더군요." 클레이 씨가 눈을 가늘게 뜨고 여송연 끝을 바라보며 말했다.

포셋 의사는 지방검사에 대한 이야기는 하고 싶지 않다는 듯이 손을 흔들었다.

"아, 네, 물론 그렇겠지요. 그 사람은 나를 괴롭히지 않습니다. 좋은 사람이지요. 하지만, 정치적인 신념에는 조금 잘못이 있습니다. 사람이 남의 비극을 이용하려는 근성을 갖고 있다는 건 지독한 일이지요. 신문에 쓰여 있는 대로일 겁니다. 그는 내 동생이 살해당한 것을 정치적으로 이용하려 하고 있어요. 아무래도 살인사건이 선거보다 흔히 일어나는 일이기는 하지만 ……그러나 그런 것은 아무래도 좋습니다. 중요한 문제는 이 끔찍스러운 범죄입니다."

"홈 씨는 다우의 범행이 틀림없다고 생각하고 있나 봅니다." 아버지가 남에게서 들은 이야기라는 투로 말했다.

의사가 눈을 부라리며 아버지를 보았다. "당연하지요! 아니, 그가 범인이라는 데에 의문이라도 있습니까?"

아버지가 어깨를 으쓱했다. "여러 가지 얘기가 나돌고 있습니다. 나는 잘 모르지만, 일부 시민들은 그 가엾은 친구가 함정에 빠졌다고 생각하는 것 같소."

"그렇습니까?" 그가 눈살을 찌푸리며 다시 입술을 깨물었다. "그런 생각은 해보지 않았습니다. 물론 나는 정의가 이루어져야 한다고 주장하는 사람입니다만, 동시에 우리는 얄팍한 직감 때문에 정의가 방해를 당하도록 놓아 두어서도 안 되지요."

나는 소리를 지르고 싶었다. 이 남자는 꼭두각시를 다루는 사람이 외우는 대사처럼 허풍스러운 말을 늘어놓고 있다. "그런 소문이 어디서 나왔는지 조사해 봐야겠군. 흄과 의논도 해야겠고……."

나는 묻고 싶은 것이 많았으나 아버지의 눈빛이 물어 보지 못하게 말렸다. 아버지의 눈은 나를 보고 앞으로 나서지 말고 뒤에서 잠자코 있으라고 말하고 있었다.

"자아, 그럼, 이만 실례하겠습니다, 클레이 씨, 그리고 섬 양."

포셋 의사가 일어서며 말했다. 그리고는 아쉬워하듯 나를 찬찬히 바라보았다.

"아가씨를 다시 뵙는 영광을 갖고 싶군요……둘이서만 말입니다."

그가 나직이 말하며 애무하듯 내 손을 꼭 쥐었다.

"이렇게 떠나는 것을 이해해 주시겠지요." 그의 목소리가 다시 커졌다. "너무나 큰 충격이었습니다. 돌아가 봐야 합니다. 산더미처럼 일이 밀려 있어서요……클레이, 내일 오전중에 채석장으로 갈 테니 그때 차분히 얘기를 합시다."

그의 차가 요란한 소리를 내며 사라지자 엘러휴 클레이 씨가 아버지에게 말했다. "자, 경감님, 내 공동 경영자를 어떻게 생각하십니까?"

"악당이로군요."

클레이 씨가 한숨을 쉬었다.

"나는 내 의심이 사실이 아니기를 바라고 있었습니다. 그선 그렇고, 오늘밤에 무엇하러 여기에 왔는지 모르겠군요. 아까 전화로는 뭔가 의논할 일이 있다고 해놓고 지금은 내일 얘기하자고 하니."

"그가 오늘 여기에 온 이유는 이렇습니다." 하고 아버지가 잘라 말했다. "어디에선가——아마 흄의 사무실에서였을 겁니다——내가 이곳에 와 있는 진짜 이유를 냄새맡았기 때문입니다."

"정말로 그렇게 생각하십니까?" 클레이 씨가 중얼거렸다.

"네. 그는 내가 어떤 인물인지 알아보기 위해서 온 것입니다. 그저 단순한 호기심에서였겠지만."

"그렇다면 좋지 않은데요, 경감님."

"이젠 더더욱 나빠질 겁니다." 하고 아버지가 언짢은 표정으로 말했다. "나는 그의 배짱이 맘에 들지 않는군요. 도무지 마음에 안 듭니다."

나는 그날 밤 기분나쁜 괴물들이 침대에 기어 올라오는 꿈을 꾸었다. 그 괴물들은 저마다 끝이 뾰족한 턱수염을 달고 말처럼 이빨을 드러내며 웃고 있었다. 나는 아침이 되어서야 비로서 안도의 숨을 쉬었다.

아침식사를 끝내고 아버지와 나는 즉시 리즈에 있는 지방검사 사무실로 갔다.

"여보시오." 인사도 나누기 전에 아버지가 다짜고짜 말을 꺼냈다. "당신이 포셋에게 내 정체를 알려 주었소?"

홈의 눈이 둥그레졌다.

"제가요? 그럴 리가 있습니까. 그럼, 당신이 누군지 그 사람이 알고 있다는 말입니까?"

"내 말 좀 들어 보시오. 그는 모든 걸 알고 있어요. 그는 어젯밤에 클레이 씨 집에 왔었는데, 나를 바라보는 눈초리로 보아 비밀이 새어나간 것이 틀림없소."

"홈……케논 짓인 것 같군요."

"케논도 포셋한테 돈을 받아먹고 있습니까?"

지방검사가 어깨를 으쓱했다. "나는 그런 말을 비공식적으로라도 해서는 안 된다는 걸 너무나 잘 아는 법률가입니다. 하지만, 추측은 자유니까요, 경감님."

"아버지, 너무 심술궂게 굴지 마세요." 하고 내가 상냥하게 말했다.

"홈 씨, 어제 여기서 무슨 일이 있었지요? 당국의 비밀을 털어놓으셔도 상관없다면 가르쳐 주세요."

"별로 이렇다 할 일은 없었습니다, 아가씨. 포셋 의사는 동생이 살해당해서 큰 충격을 받았고, 그 사실을 전혀 모르고 있었다고 말하더군요. 대강 그런 얘기였지 수사에 도움이 될 만한 말은 한마디도 없었습니다."

"주말을 어디에서 보냈다는 말도 하지 않던가요?"

"예, 말하지 않길래 나도 캐묻지 않았습니다."

내가 아버지에게 짓궂은 눈길을 보냈다. "여자하고 재미본 모양이죠, 아빠?"

"그런 말을 하면 못써, 패티!"

"그 사람과 나는 심하게 다투었습니다." 하고 홈이 심각한 표정으로 말했다. "그 뒤로 사람을 붙여 놓았지요. 그는 어제 여기서 나가자 곧 그의 패거리인 악당 변호사들과 비밀 회의를 했습니다. 무언가 좋지 못한 일을 꾸미고 있는 게 틀림없습니다. 상원의원이 죽었기 때문에 생긴 피해를 서둘러 틀어막아야만 했겠지요……."

"홈, 미안하지만, 나는 당신이나 그의 정치적 분쟁에 끼여들어 열을 올릴 수는 없소. 그보다도 그 나무 상자에 대해서는 아는 것이 있다던가요?"

"모른다고 했습니다."

"다우와는 만났습니까?"

홈이 잠시 동안 말을 멈추었다. "네, 대단히 흥미롭더군요. 하지만," 홈이 급히 말을 이었다. "다우에 대한 혐의를 없앤다거나 약하게 할 만한 일은 없었습니다. 오히려 혐의를 더하게 했습니다."

"어떤 일이 있었는데요?"

"다우를 만나게 해주려고 의사를 구치소로 데리고 갔습니다."

"그래서요?"

"그랬더니 우리의 존경하는 포셋 의사는 한사코 모른다고 했습니다. 하지만, 그는 다우를 분명히 알고 있었습니다."

홈이 책상을 꽝 하고 쳤다.

"서로 아는 사이인 것이 틀림없어요. 두 사람 사이에 무엇인가가 번득였습니다. 마치 서로 짜고 모르는 척하기라도 하는 듯이 행동했습니다. 내가 보기에 그들은 어떤 일에 대하여 침묵을 지키는 것이 서로에게 유리하다고 여기는 것 같았습니다."

"홈 씨, 당신답지 않게 형이상학적인 것에 열을 올리시는 것 같군요." 하고 내가 중얼거렸다.

홈이 멋적은 표정이 되었다. "보통때라면 그러지 않습니다. 어쨌든, 포셋은 다우를 증오하고 있었습니다. 그저 알고 있는 정도가 아니라 증오하고 있었단 말입니다. 그뿐만 아니라 다우를 두려워하고 있었어요……한편 다우 쪽에서는 의사와 잠깐 만난 것이 희망을 준 듯했습니다. 이상하죠? 실제로 건방져 보이기까지 했으니까요."

"어째서 그랬는지는 잘 모르겠지만……." 하고 아버지가 불만스럽게 말했다. "그건 그렇고, 검시의의 시체 부검에서 뭐 좀 알아낸 것이 있습니까?"

"새로운 것은 없습니다. 사건이 일어난 날 밤 진단했던 대로입니다."

"패니 카이저는 요새 어떻습니까?"

"관심이 있으신가요?"

"물론 관심이 있지요. 그 여자는 뭔가를 알고 있으니까."

"패니에 대해서는," 홈이 의자에 등을 기대며 말했다. "나도 생각하는 바가 있습니다. 그 여자 역시 입을 꼭 다물고 있어서 아무것도 알아낼 수가 없지만, 언제고 깜짝 놀라 자빠지게 해 줄 작정입니다."

"상원의원의 서류들을 들쑤셔 보겠다는 말씀이지요?"

"글쎄요."

"열심히 들쑤셔 보시오, 젊은이. 대통령이 될지도 모르니까."

아버지가 일어섰다.

"그만 가자, 패티."

"한 가지 물어 볼 것이 있어요." 하고 내가 천천히 말했다.
홈은 머리 뒤에 깍지를 끼고 웃는 눈으로 나를 바라보았다.

"홈 씨, 범행의 세밀한 부분까지 검토해 보셨나요?"

"무슨 뜻입니까, 섬 양?"

"예를 들면 벽난로 앞에 있던 발자국 말인데요, 포셋 상원의
원의 슬리퍼나 구두하고 맞춰 보셨나요?"

"아, 물론이지요! 상원의원의 것은 아니었습니다. 슬리퍼는
너무 넓었고 구두는 너무 컸습니다."

내가 안도의 숨을 쉬었다.

"그러면 다우의 신발은요? 다우의 신발도 조사해 보셨나
요?"

홈이 어깨를 으쓱했다.

"섬 양, 우리는 모든 것을 조사했습니다. 그러나 그 신발 자
국이 그다지 뚜렷하지 않았다는 점도 기억해 주십시오. 그 자
국은 다우의 발자국이라고 생각할 수도 있습니다."

내가 장갑을 꼈다.

"아버지, 가요. 이러다가는 말싸움이 벌어지겠어요. 홈 씨,
그 융단 위와 난로 속의 발자국 두 개가 만일 다우의 것이라면
나는 큰길 한가운데에서 당신의 모자를 먹겠어요. 아주 기꺼이
말이에요."

에어런 다우의 수수께끼 같은 사건을 검토해 보면 대체적으
로 세 개의 발선 난계로 나눌 수 있다. 그때 나는 사건이 어느
방향으로 진행되어 가고 있는지 알 수가 없었으나, 우리들은
첫단계의 종말을 향해 상상도 할 수 없을 만큼 빨리 다가가고
있었다.

지금 돌이켜 보니 그것을 예측하지 못했기 때문에 놀랐다고
는 말할 수가 없다. 실제로는 그렇게 될 것을 무의식적으로 예
상하고 있었던 것이다.

살해당한 사람의 서재에 다들 모여 있었던 첫날 밤 이후로 나는 아버지에게 카마이클에 대해 물어 볼 작정이었다. 이미 말했듯이 카마이클이 서재에 처음 들어왔을 때 아버지는 무척이나 놀라워했었다. 그리고 카마이클 쪽에서도 아버지가 누구인지 틀림없이 알고 있는 눈치였다. 어째서 그 뒤에 카마이클에 대한 것을 아버지에게 물어 보지 않았는지 모르겠다. 아마도 잇따라 일어난 일들 때문에 잊고 있었으리라. 그러나 이제 와서 알게 된 것이지만 카마이클과 그의 정체는 아버지에게 처음부터 중대한 의미를 지니고 있었다. 아버지는 이 비서를, 아버지의 표현에 의하면 으뜸패로 간직하고 있었던 것이다. 때가 되기만을 기다리며……

사건이 일어나고 며칠이 지나자 카마이클에 대한 생각이 내 앞에 뚜렷이 다시 떠올랐다. 그때는 모든 일이 절망스러웠고 화가 날 정도로 혼탁할 때였다. 제러미는 내 발치에 앉아 장난을 치고 있었고——우리는 베란다에 앉아 있었는데 그가 내 발목을 만지며 발목이 날씬하다면서 허풍스럽게 열심히 칭찬을 하고 있던 것이 기억난다——아버지는 전화를 받기 위해 엘러휴 클레이 씨의 서재에 가 있었다. 아버지가 몹시 흥분한 모습으로 돌아와서 내 발목을 잡고 있는 제러미로부터 나를 떼어내어 옆으로 데리고 갔다.

"애야, 굉장한 뉴스가 있다!" 하고 아버지가 속삭였다. "지금 카마이클에게서 전화가 왔어!"

그 순간 카마이클에 대한 생각이 떠올랐다.

"어머나! 그 사람에 대한 것을 아버지에게 물어 보려고 전부터 벼르고 있었어요. 그 사람은 대체 누구죠?"

"지금은 얘기할 시간이 없어. 빨리 리즈 교외로 가서 그 사람을 만나야 해. 로드하우스라는 여관에서 만나자는 전화였어. 너도 빨리 채비를 해라."

우리는 엉터리 핑계를 대고——아버지가 옛 친구의 초대를 받았다고 둘러댔던 것 같다——클레이 씨의 자동차를 빌려 타고 카마이클을 만나러 클레이 저택을 떠났다. 우리는 여러 번 길을 잘못 들고 난 뒤에야 올바른 길로 접어들었는데, 그때 아버지와 나는 궁금한 나머지 몹시 흥분하고 있었다.

"카마이클이," 하고 아버지가 핸들을 쥔 채 말했다. "정부 관리란 걸 알면 너는 놀랄 테지."

내가 눈을 크게 떴다. "정말 놀랍군요. 그렇다면 비밀 정보원인가요?"

아버지가 낮게 웃었다.

"워싱턴 법무부 소속의 연방 수사관이란다. 법무부에서도 가장 유능한 수사관 가운데 한 사람이지. 그가 포셋의 서재에 들어왔을 때 나는 그를 대뜸 알아보았지만, 다른 사람들에게 그의 정체를 알리고 싶지 않았어. 그가 비서로 가장하고 있는 이상 그의 정체가 탄로나면 고맙다는 소리는 듣지 못할 것 같아서."

로드하우스는 국도에서 조금 떨어진 곳에 있었다. 시간이 아직 일러서인지 여관에는 손님들이 그다지 많지 않았다. 아버지는 꽤 교묘한 방법으로 방을 구했다. 단둘이서 식사할 수 있는 방을 달라고 했더니, 지배인은 잘 알았다고 말하며 능글맞은 웃음을 띠었다. 그의 태도로 보아하니 그는 우리를 남의 눈에 띄지 않는 으슥한 여관에 출입하는 남녀 한 쌍으로 보고 있는 것 같았다. 그곳에서는 머리가 희끗희끗한 늙은이가 딸 같은 젊은 여자를 데리고 와도 세상이 그러니까 하고 눈감아 주고 있는 모양이었다.

우리는 조용한 방으로 안내되었고, 아버지가 싱글거리며 말했다.

"패티, 너에게 나쁜 짓을 하려는 것은 아니니 안심해라."

그때 카마이클이 조용히 들어와서 문을 잠갔다. 그리고 보이가 노크를 하자, 아버지가 거칠게 쏘아붙였다.

"꺼져."

그런 일에 익숙한 보이가 낄낄거리며 떠나는 소리가 나자 카마이클과 아버지는 반갑게 악수를 했다. 그리고는 카마이클이 나에게 고개를 숙여 인사를 하며 말했다.

"아가씨의 표정을 보니 아버지께서 내가 누구라는 걸 이미 설명하신 것 같군요."

"당신이 바로 기마경찰, 그러니까 비밀 정보원인 카마이클 씨였군요. 스릴 있어요!" 하고 내가 큰소리로 말했다. "당신 같은 분은 오펜하임(영국의 탐정 소설가)의 소설 속에서나 존재하고 있는 줄 알았는데."

"우리는 이렇게 실제로 존재하고 있습니다." 그가 서글프게 말했다. "그렇지만 소설 속에서처럼 그렇게 재미있는 생활은 못 되지요. 경감님, 시간이 별로 없습니다. 한 시간 허락을 얻어 나왔거든요."

그의 모습에는 여지껏 볼 수 없었던 어떤 새로운 힘, 자신감이 있어 보였고 그보다는 더욱 위험하게 보였다. 내 속에 있는 낭만적인 성격이 고개를 들었으나 그의 작달막한 체구를 보니 한숨이 나왔다. 저 사람이 제러미 클레이 같은 멋진 체격만 갖고 있었더라면!

"어째서 좀더 빨리 연락을 하지 않았소?" 하고 아버지가 나무라듯이 말했다. "당신에게서 전화가 걸려 오기만을 얼마나 기다렸는데."

"그럴 수가 없었습니다."

그가 발소리도 내지 않고 동물 같은 걸음걸이로 가볍게 방안을 왔다갔다 했다.

"죽 감시당하고 있었습니다. 처음에는 패니 카이저가 보낸 듯한 어떤 여자에게 감시당했고, 그 다음에는 포셋 의사에게 감시당했습니다. 경감님, 아직 내 정체가 탄로나진 않았지만 머지않아 들통이 날 것 같습니다. 들통이 나는 것을 될 수 있는 대로 오래 끌 작정입니다만……자아, 내 얘기를 들어 보십시오."

어떤 얘기가 나오려나 나는 마음을 졸였다.

"말해 보시오." 하고 아버지가 말했다.

카마이클이 조용한 어조로 설명하기 시작했다. 그는 오래 전부터 포셋 상원의원과 틸덴 군 정치인들의 뒤를 조사해 오고 있었다. 그들은 모두 연방 정부의 소득세 부정 용의자들이었다.

카마이클은 조금씩 그 일당의 내부로 교묘하게 파고들어갔다. 그는 포셋 상원의원의 비서가 된 뒤로는──아마도 그때까지 일하던 비서가 쫓겨나도록 그가 교묘하게 손을 썼을 것이다──포셋 일당의 탈세에 관한 증거 문서를 조금씩 수집해 오고 있었다.

"아이러도?"

"그럼요."

상원의원이 패니 카이저에게 보내려고 쓴 편지 속의 C는 카마이클을 가리킨 것이 틀림없었다. 그는 상원의원 집 밖의 전화선에 지선을 연결하여 도청하고 있었다. 그러나 지금은 그 도청선이 발각되었고, 살인사건이 일어난 뒤에는 여지껏 몸을 사리고 있었던 것이다.

"패니 카이저란 어떤 사람이죠, 카마이클 씨?" 하고 내가 물었다.

"틸덴 군의 온갖 부도덕한 장사라면 전부 손을 대고 있는 여자입니다. 포셋 일당과 손을 잡고 일하고 있지요. 그들의 보호를 받으며 장사를 하고 그 대가로 많은 돈을 치르고 있습니다. 홈이 곧 그것을 모두 적발할 것이고, 그러면 그 악당들도 끝장이 나겠지요."

카마이클은 포셋 의사를 문어같이 사악한 인물이라고 했다. 건방진 동생 상원의원의 배후 조징자로서, 정직한 엘리휴 클레이 씨를 이용하여 부수적인 부정을 저질러서 이득을 보고 있었다. 카마이클은 어떻게 틸덴 군과 리즈 시의 대리석 계약이 클레이 씨 모르게 클레이 상회와 체결되고 있는가 하는 많은 정보를 아버지에게 이야기했고, 아버지는 그것을 꼼꼼히 노트에 적었다.

"그러나 당신에게 말씀드리려고 오늘 여기에 온 것은 그보다

더 중요한 일이 있기 때문입니다." 하고 카마이클이 힘차게 말했다. "내가 상원의원의 신변을 정리한다는 구실로 포셋 저택에 머무르고 있는 동안에 당신에게 말하는 것이 좋겠다는 생각이 들어서⋯⋯실은 그 살인사건에 관한 매우 흥미로운 사실을 알고 있습니다!"

아버지도 나도 놀라서 눈이 휘둥그레졌다.

"누가 죽였는지 아세요?" 하고 내가 외쳤다.

"그건 모릅니다. 그러나 나만이 알고 있는 어떤 사실이 있습니다. 홈에게는 얘기를 못하고 있습니다. 왜냐하면 그 사실을 어떻게 알아냈는지 설명을 하려면 내 정체를 밝혀야 하는데, 아직 내가 누구라는 걸 밝히고 싶지 않거든요."

나는 몸을 펴고 자세를 고쳐 앉았다. 카마이클이 알고 있다는 사실이 내가 찾고 있던 사건의 마무리 열쇠, 즉 최후의 중요한 단서일까?

"나는 몇 달 동안 상원의원을 감시하고 있었습니다. 그 살인이 일어난 날 밤, 그가 나에게 외출을 하라고 할 때 나는 미심쩍은 생각이 들었습니다. 아무래도 수상하다는 생각이 들어 외출을 하지 않고 무슨 일이 일어나는가 지켜봐야겠다고 결심했지요. 그래서 입구의 돌층계를 내려와 정원 구석의 나무 그늘에 숨어 있습니다. 그때가 9시 45분이었는데 그 뒤 15분 동안 아무도 오지 않았습니다⋯⋯."

"잠깐만요, 카마이클 씨." 나는 몹시 흥분해서 외쳤다. "그렇다면 9시 45분부터 10시까지 줄곧 현관문을 지켜보고 계셨단 말씀인가요?"

"그것뿐만이 아닙니다. 내가 집안으로 들어갔을 때, 즉 10시 30분까지 지켜봤습니다. 이야기를 계속하게 놔 두십시오."

나는 만세! 하고 소리치고 싶었다.

카마이클이 이야기를 계속했다——10시가 되자 눈 밑까지 얼굴을 가린 한 남자가 바삐 걸어오더니 돌층계를 올라가서 현관의 초인종을 눌렀다. 상원의원이 몸소 나와서 그를 안으로

들여보내 주었다. 카마이클은 우유빛 현관문 유리에 비친 포셋
상원의원의 어렴풋한 모습을 보았다. 그 이외에는 아무도 들어
가지 않았다. 그리고 10시 25분에 그 얼굴을 가린 사나이가 혼
자서 나왔다. 카마이클은 이상하게 여기면서 5분을 더 기다렸
다. 10시 30분에 그는 집안으로 들어가서 의자에 앉은 채로 죽
어 있는 포셋을 발견했다. 유감스럽게도 카마이클은 그 방문자
의 인상에 대해서는 아무것도 설명할 수가 없었다. 그 남자는
눈 언저리까지 가리고 있었고 주위는 코를 베어 가도 모를 만
큼 깜깜했으니 말이다. 카마이클은 그 방문객이 에어런 다우였
을 수도 있다고 말했다.

나는 그 생각을 초조하게 뭉개 버렸다. 시간, 시간! 시간이
무엇보다도 중요해.

"카마이클 씨!" 나는 긴장된 목소리로 말했다. "당신이 집에
서 나왔다가 다시 집안으로 들어갈 때까지 현관문에서 한 순간
도 눈을 떼지 않고 틀림없이 지켜보셨다는 말씀이시죠? 그리
고 그 얼굴을 가린 사람 외에는 아무도 드나들지 않았다는 것
도 틀림없죠?"

그는 기분이 나쁜 모양이었다.

"섬 양, 내게 자신이 없었으면 이런 이야기를 하지도 않았을
겁니다."

"들어간 사람과 나온 사람이 틀림없이 같은 사람이었죠?"

"틀림없습니다."

나는 숨을 깊이 들이마셨다. 한 가지만 더 알아내면 내 이론
은 완벽했다.

"당신이 서재에 들어가서 상원의원이 살해당한 것을 발견했
을 때, 당신은 벽난로 앞을 발로 디뎠나요?"

"아뇨."

우리는 서로의 정체에 대하여 입을 다물고 있기로 하고 헤어
졌다. 클레이 저택으로 돌아올 때 내 입술은 흥분으로 바짝 말

라 있었다. 추리가 너무나 잘 들어맞고 간결해서 나 자신도 두려워질 지경이었다……나는 자동차의 불빛으로 아버지의 얼굴을 흘끗 보았다. 아버지는 입을 굳게 다물고 있었고 눈은 걱정스러운 빛을 띠고 있었다.

"아버지." 하고 나는 나직이 말했다. "나는 알았어요."

"뭐라고?"

"나는 에어런 다우에게 죄가 없다는 것을 증명할 수 있어요."

차가 몹시 흔들렸다. 자동차를 올바른 방향으로 다시 돌리면서 아버지가 중얼거렸다.

"또 시작이군! 카마이클이 한 말을 듣고 다우의 무죄를 증명할 수 있단 말이니?"

"그렇지는 않아요. 그러나 그 사람이 한 말 중에 내 이론에 결여되어 있던 작은 문제를 해결해 주는 것이 있었어요. 이제는 잘 깎인 다이아몬드처럼 안이 훤히 들여다보여요."

아버지는 한참 동안 말없이 운전만 했다. "실제적인 증거가 있단 말이니?"

나는 고개를 저었다. 그것이 처음부터 나를 괴롭힌 문제였다. "법정에 내놓을 만한 증거는 하나도 없어요." 하고 내가 슬픈 목소리로 말했다.

아버지가 불만스러운 듯이 말했다.

"어쨌든 설명해 보렴."

내가 아버지에게 설명했다. 바람이 우리 귓전을 스치며 울리는 가운데 나는 10분 동안 열심히 이야기했다. 아버지는 내 이야기가 끝날 때까지 한마디도 하지 않다가 내 설명이 끝나자 고개를 끄덕이고 나직이 말했다.

"좋구나. 아주 훌륭하다. 마치 드루리 레인 씨의 기막힌 추리를 듣는 것 같구나. 하지만……."

나는 실망했다. 가엾은 아버지는 내 설명을 믿어야 할지 믿지 말아야 할지 결정을 못하고 있었다.

"애야," 아버지가 한숨을 쉬었다. "내게는 너무 어렵구나. 네 추리가 어떤지 나는 잘 모르겠다, 패티."

아버지가 핸들을 잡은 손에 힘을 주었다. "우리, 여행이라도 떠날까?"

나는 깜짝 놀랐다. "어머나, 아버지! 지금 당장에요?"

아버지가 빙그레 웃었다.

"내일 아침에 말이다. 그 노인한테 가서 의논하는 것이 좋을 것 같아서 그런다."

"아버지! 좀더 자세히 말씀해 주세요. 누구를 만나러 간다는 말씀이에요?"

"그야 레인 씨지. 네 추리의 어딘가에 잘못이 있다면 틀림없이 레인 씨가 지적해 주실 거다. 어쨌든 여기에서는 할 일도 별로 없으니까."

이렇게 해서 결정이 내려졌다. 다음날 아침에 아버지는 정보의 출처는 밝히지 않은 채 포셋 의사의 부정에 관한 모든 사실을 엘러휴 클레이 씨에게 알려 주고 우리가 돌아올 때까지 아무런 행동도 취하지 말라고 충고했다.

그리고 우리는 출발했으나 그다지 큰 희망을 걸지는 않았다.

제9장 논리학 강의

햄릿 성은 초록빛 융단을 깔아 놓은 듯한 잔디 위에 푸르디 푸른 하늘을 천장으로 하고 수천 마리의 새들이 연주하는 음악을 벽으로 삼아 호화스럽게 앉아 있었다. 초현대적인 문화 교육을 받은 나는 낙원 같은 대지의 단순한 아름다움에 빠져 감상적인 한숨을 짓는 조용한 젊은 여성과는 거리가 먼 사람이 었다. 그러나 이 낙원의 감미로움과 생기가 온몸으로 퍼져 오 는 것을 느끼고 매연과 철조물에 익숙해져 있던 나는 크게 숨 을 들이마셨다.

드루리 레인 씨는 햇빛을 받으며 연초록빛 작은 언덕 위에 간디 모양으로 앉아 있었다. 그는 얼굴을 약간 찡그리고 있었 는데, 믿을 수 없을 만큼 괴물 같은 그 퀘이시 노인의 손에서 약을 한 숟가락 잔뜩 받아먹고 있는 중이었다. 퀘이시 노인은 걱정으로 얼굴을 찌푸리고 있었다. 레인 씨는 그 끈적끈적한 약을 삼키고는 얼굴을 찡그리더니 맨살 위에 걸친 목면 가운을 여몄다. 70이라는 나이에 비해서 상체는 단단해 보였으나 지독 하게 야위었다. 그는 분명 건강이 좋지 않은 것이다.

이윽고 레인 씨는 눈을 들어 우리를 보았다.

"섬 경감님!" 그가 얼굴을 빛내며 외쳤다. "그리고, 페이션 스 양! 세상에, 이런 일이……이 손님들이 자네가 주는 약보다 낫군, 캘리밴."

레인 씨가 벌떡 일어나서 우리 손을 반갑게 꼭 쥐었다. 눈빛 이 빛나면서 흥분하여, 마치 국민학생처럼 떠들어대면서 진심 으로 우리를 환영해 주었다. 그는 퀘이시 노인에게 얼음으로 차게 한 음료수를 가져오게 하고 나를 발치에 앉게 했다.

"페이션스!" 그는 근엄하게 나를 보면서 말했다. "아가씨야

말로 천국의 숨결입니다. 무엇이 당신과 경감님을 이곳으로 오게끔 했을까요? 내게는 더할 나위 없이 고마운 선물입니다만."

"많이 편찮으셨군요?" 아버지가 근심스러운 눈길로 물었다.

"한심한 상태랍니다. 한꺼번에 늙어 버렸어요. 의학책에 나오는 병이란 병에는 전부 걸린 것 같아요. 그건 그렇고, 당신들의 얘기를 듣고 싶군요. 어떻게 되었습니까? 조사는 잘 되어가고 있습니까? 그 악당 포셋 의사를 철창 속에 집어넣었습니까?"

아버지와 나는 어이없어하며 서로를 마주보았다. "신문을 읽지 않으셨나요?" 하고 내가 물었다.

"네?" 그는 웃음을 거두고 우리를 날카롭게 바라보았다. "아니오, 머리를 흥분시킬 수 있는 것은 의사가 전부 금하는 바람에……보아하니 무슨 뜻밖의 일이 생긴 것 같군요."

아버지가 조엘 포셋 상원의원 살해사건에 대해 설명했다. '살해'라는 말을 듣자마자 노신사의 날카로운 눈은 반짝거렸고 볼에는 핏기가 돌았다. 자기도 모르게 그는 목면 가운을 벗어 던지고 숨을 크게 들이마셨다. 그는 아버지에게서 내게로 눈길을 옮기며 매우 날카로운 질문을 던져댔다.

"흠……." 얘기를 다 듣고 나더니 그가 말을 시작했다. "흥미롭군요. 대단히 흥미로워요. 그런데 어째서 현장을 내버려두고 여기로 오셨지요? 페이션스, 당신답지 않군요. 수사를 중단하다니. 당신은 사냥개처럼 일단 물면 끝까지 놓지 않고 몰아붙이리라고 생각했는데."

"아, 애는 아직도 물고 있는 중입니다." 하고 아버지가 불만스러운 듯이 말했다. "사실은, 레인 씨, 우리는 벽에 부딪쳤습니다. 패티에게는 패티의 생각이 있습니다……어쩌면 그렇게도 당신하고 똑같은지! 우리에게는 당신의 조언이 필요합니다."

"기꺼이 도와 드리지요." 레인 씨가 쓸쓸하게 말했다. "내 조언이 도움이 된다면 말입니다. 요즈음은 나도 별로 쓸모가 없어서요." 이때 샌드위치와 마실 것을 한상 차려서 퀘이시 노인이 꿍꿍거리며 들고 왔다. 우리들이 정신없이 먹고 있는 모습을 보며 레인 씨는 초조하게 기다리고 있었다.

우리가 식사를 끝내자마자 레인 씨가 말했다. "사건의 처음부터 하나도 빼놓지 말고 설명해 주십시오."

"설명해 드려라, 패티." 아버지가 한숨을 쉬며 말했다. "세상에! 이거야말로 역사의 수레바퀴 같군요. 기억나십니까? 언제였더라……11년 전인가요? 브루노하고 내가 롱스트리트 살인 사건(X의 비극 참조)을 얘기하러 여기에 처음 온 것이? 오랜 세월이 흘렀습니다, 레인 씨."

"찬란했던 과거를 공공연히 일깨워 주시는군요." 하고 노신사가 중얼거렸다. "말해 봐요, 페이션스 양. 아가씨의 입술에서 한시라도 눈을 떼지 않을 테니까. 그리고 하나도 빼놓지 말고 말해 줘요."

그래서 나는 포셋 상원의원 살해 사건을 길게 설명했다. 일어난 일, 온갖 사실, 모든 등장인물에 대한 인상을 외과의사가 수술하는 것처럼 세밀하게 이야기했다. 레인 씨는 내 입술의 움직임을 읽으며 마치 부처처럼 조용하게 앉아 있었다. 그리고 이따금 내 설명 중에서 중요한 것을 발견한 듯 그 날카로운 눈을 번득이며 가볍게 고개를 끄덕였다.

나는 시간의 흐름에 따라 이야기를 해나가 바로 어제 여관에서 카마이클에게서 들은 증언까지 얘기함으로써 이야기를 끝맺었다. 설명이 끝나자 레인 씨는 고개를 크게 끄덕이고 빙그레 웃더니 따뜻한 잔디 위에 벌렁 드러누웠다.

그가 그렇게 아무런 표정 없이 푸른 하늘을 바라보고 있는 동안 아버지와 나는 말없이 앉아 있었다. 나는 눈을 감고 한숨을 쉬었다. 레인 씨는 어떤 판단을 내릴까? 사건 분석에 있어 혹시 빠뜨린 점은 없었는가? 수없이 되풀이하여 생각했으므로 이제는 머릿속에 깊이 새겨져 있는 내 이론을 레인 씨는 과연 이야기해 보라고 할 것인가?

나는 눈을 떴다. 레인 씨는 다시 일어나 앉아 있었다.

"에어런 다우는," 그는 낭랑한 목소리로 힘 안 들이고 말했다. "무죄군요."

"만세!" 하고 내가 외쳤다. "어때요, 아버지? 아버지의 딸을 지금은 어떻게 생각하세요?"

"나도 그에게 죄가 있다고 말한 적은 없다. 내 마음에 걸리는 것은 네가 그런 결론에 이르게 된 경로란 말이다." 아버지가 태양을 향해 눈을 두 번 깜박거리고는 레인 씨에게로 눈길을 돌렸다. "당신은 어째서 그렇게 생각하시지요?"

"그렇다면 당신들도 같은 결론을 내렸다는 말이군요." 하고 레인 씨가 나직하게 말했다. "아가씨는 새뮤얼 존슨이 말한 시(詩)의 정의(定義)를 생각나게 합니다. 그가 말하기를, 시의 본질은 발명이다——경이(驚異)를 만들어내는 발명이라고 했습니다. 아가씨는 가장 놀라운 시요, 페이션스."

"선생님," 하고 내가 열을 올리며 말했다. "그 말씀이야말로 여자를 이해하는 멋진 분만이 하실 수 있는 말씀입니다."

"만일 내가 조금만 더 젊었더라면……. 자, 어째서 에어런 다우에게 죄가 없다는 결론을 내리게 되었는지 설명해 봐요."

나는 그의 발치에 앉아 내 주장을 털어놓기 시작했다.

"포셋 상원의원의 오른팔에는 두 개의 기묘한 찰과상이 있었어요. 하나는 손목 바로 위에 있는 칼에 베인 상처였고 또 하나는 거기에서 4인치쯤 위에 있는 상처였는데, 검시의인 불 의사의 검증에 의하면 칼에 베인 상처가 아니라고 합니다. 뿐만 아니라 불 의사는 이 상처들이 우리가 시체를 발견하기 조금 전, 거의 같은 시간에 생긴 것이라고 말했습니다. 이러한 증언은 범행이 바로 조금 전에 이루어졌다는 사실과 시간이 꼭 들어맞으므로, 두 개의 상처는 범행중에 생긴 것이라고 생각해도 좋을 것 같습니다."

"설명을 아주 잘하는군요." 노신사가 나직이 말했다. "맞아요, 그 생각은 틀림이 없습니다. 어서 계속해 봐요."

"그 생각이 제 마음을 처음부터 사로잡았어요. 두 개의 다른 상처 자국——각기 다른 원인에 의해 생긴 두 개의 상처 자국——이 어떻게 동시에 생길 수 있느냐 하는 점입니다. 생각해 보면 매우 기묘한 일이지요. 저는 의심이 대단히 많은 여자예요, 레인 씨. 그래서 이 점을 즉시 밝혀야겠다고 생각했습니다."

레인 씨가 이를 드러내고 활짝 웃었다. "당신이 1만 마일 안에 있을 때는, 페이션스, 나는 절대로 살인을 하지 말아야겠군요. 날카로운 사고력입니다. 그래, 어떤 결론에 도달했지요?"

"칼에 베인 상처는 쉽게 설명할 수 있었어요. 책상 뒤에 있는 의자에 앉아 있던 시체의 위치로 보아, 범행이 어떤 식으로 이루어졌는지 재구성해 보는 것은 간단합니다. 범인은 책상 앞, 또는 한쪽으로 조금 비켜서서 피해자와 마주서 있었던 것이 틀림없어요. 범인은 책상 위에 있던 종이 자르는 칼을 집어들어 피해자를 찔렀겠지요. 그랬다면 무슨 일이 일어났을까요? 상원의원은 그 일격을 피하려고 본능적으로 오른팔을 들어올렸을 겁니다. 그래서 칼은 그 손목을 스치며 날카로운 찰과상을 입힌 거지요. 사실로 미루어 보아 저로서는 그렇게밖에 생각할 수가 없어요."

"사진을 보는 듯하군요, 페이션스. 훌륭해요. 그 다음은? 또 다른 상처는?"

"막 말씀드리려던 참이었는데, 그 상처는 칼에 베인 상처가 아니었습니다. 적어도 손목에 날카로운 상처 자국을 남긴 그 칼에 베인 상처는 아니에요. 왜냐하면 그 상처는……뭐라고 할까, 보풀이 인, 무엇에 긁힌 상처였거든요. 그리고 이 제2의 상처는 칼이 상원의원의 손목을 벨 때 동시에 난 상처입니다. 이 상처는 칼로 베인 상처보다 4인치쯤 위쪽에 나 있었어요." 나는 깊이 숨을 들이마셨다. "그렇다면 그 상처는 범인이 들고 있던 칼에서 4인치쯤 떨어져 있는, 범인 자신의 팔에 붙어 있던 날카롭지 않은 어떤 딱딱한 물체에 의해 생긴 상처일 것입니다."

"훌륭한 추리로군요."

"다시 말해서 제2의 상처를 설명하려면 범인의 팔에 붙어 있는 무언가를 찾아야만 합니다. 그렇다면 손에 쥔 칼에서 4인치쯤 떨어져 있는, 범인 자신의 팔에 붙어 있던 것은 무엇이었을까요?"

노신사가 고개를 기운차게 끄덕였다. "당신의 결론은, 페이션스?"

"여자의 팔찌예요!" 하고 나는 의기양양하게 외쳤다. "보석이 박혔거나 줄무늬 세공을 한 금속 팔찌예요. 그것이 칼이 손목을 스칠 때, 동시에 포셋의 드러난 팔을 긁었던 거예요──포셋은 셔츠만 입은 채로 소맷자락을 걷어올리고 있었던 것을 기억하세요."

아버지가 낮게 신음 소리를 냈고 레인 씨가 미소를 지었다. "역시 날카로운 추리요. 하지만, 너무 한정시키고 있군요. 그래서 포셋 의원 살해범은 여자라는 말인가요? 그러나 반드시 그렇다고만은 할 수 없어요. 남자의 팔에 붙어 있는 것 중에서도, 칼을 들어올렸을 때 여자 팔에 낀 팔찌의 위치와 같은 곳에 있는 무언가 있을 텐데……."

나는 바보스럽게 눈을 크게 떴다. 내가 저지른 첫 실수인가? 머릿속에서 여러 가지 생각이 들끓었다. "아아, 남자의 커프스 단추를 말씀하시는 건가요? 네, 그래요. 저도 그것을 생각하지 않은 것은 아녜요. 그러나 어쩐지 여자의 팔찌가 더 잘 들어맞는다고 직감적으로 느꼈어요."

레인 씨가 고개를 저었다. "위험해요, 페이션스. 그런 식으로 추리해서는 안 됩니다. 엄밀한 이론적인 가능성만을 좇아야 해요……여기서 우리는 범인이 남자일 수도 있고 여자일 수도 있다는 지점에 도달한 셈이군요." 레인 씨는 희미한 미소를 떠었다. "여러 가지 상황을 완전히 이해하지 못한 데서 온 결과겠지요. 영국의 시인인 알렉산더 포프가 말하기를 '조화는 일치되지 않을 수 있어도 이해는 일치할 수 있다'고 했거든요. 혹시 알아요, 우리의 생각이 일치할지? 어쨌든 계속해요, 페이션스 양. 당신은 나를 매혹시키고 있어요."

"자아, 범인이 남자든 여자든, 한 가지만은 확실합니다. 범인은 포셋 상원의원을 찌를 때 왼손을 썼다는 점이에요."

"어째서 그렇다고 단정하지요, 아가씨?"

"간단한 추리로 알 수 있지요. 칼로 입은 상처는 상원의원의 오른쪽 손목에 나 있었고 커프스 단추로 입은 상처는 거기에서 4인치쯤 위에 있었어요. 다시 말해서 커프스 단추로 난 상처는 칼에 의한 상처의 왼쪽에 있었다는 말이 됩니다. 여기까지는 뚜렷하지요? 만일 범인이 오른손으로 칼을 휘둘렀다면 커프스 단추로 입은 상처는 칼로 입은 상처의 오른쪽에 나타나 있어야 합니다. 이것은 간단한 실험으로 알 수 있습니다. 다시 말해서 오른손으로 칼을 쥐었다면 커프스 단추 상처는 칼 상처 오른쪽에 반드시 나게 되고, 왼손으로 칼을 잡고 있었다면 반드시 왼쪽에 나게 되어 있어요. 그런데 사실은 어떻게 되어 있지요? 커프스 상처는 칼 상처의 왼쪽에 나 있었거든요. 그러므로 나는 범인이 왼손으로 찔렀다고 결론을 내렸습니다. 혹시 물구나무서기를 하고 오른손으로 찔렀다면 이야기가 달라지지만, 그것은 말도 안 되는 얘기고요."

"경감님," 하고 노신사가 온화하게 말했다. "당신은 이런 따님을 두신 것을 자랑스럽게 여기셔야겠습니다." 그가 나에게 웃음을 보내며 낮게 말했다. "그와 같은 명석한 추리를 하다니 나는 다만 계속 놀랄 뿐입니다. 페이션스, 당신은……저어, 보석 같은 존재예요. 계속해요."

"여기까지는 내 설명이 옳다고 생각하세요, 레인 씨?"

"당신 이론의 철석 같은 필연성 앞에 나는 굴복할 뿐입니다." 하고 노신사가 말하며 낮게 웃었다. "지금까지는 완벽해요. 그러나 조심하세요, 아가씨. 한 가지 매우 중요한 점을 빠뜨리고 있으니까."

"빠뜨린 것이 아녜요." 하고 내가 반박했다. "죄송해요. 제 말은 아직 얘기가 거기까지 이르지 못해서 설명을 못했을 뿐이라는 겁니다……에어런 다우는 약 12년 전에 알곤퀸 형무소에 수용될 당시 오른손잡이였습니다──이것은 매그너스 소장이 들려준 얘기예요. 이 점을 지적하신 거죠?"

"그래요. 아가씨가 그 점을 어떻게 해석하는지 궁금하군요."

"제 생각은 이래요. 다우는 알곤퀸에 들어온 지 2년 뒤에 사고로 오른팔이 마비되었어요. 그 때문에 그는 왼팔 쓰는 법을 배웠습니다. 말하자면 그 뒤 10년 간 다우는 왼손잡이였던 셈이지요."

아버지가 앉음새를 고쳤다. "문제는 바로 여기에 있습니다." 하고 아버지가 흥분하여 말했다. "이 점이 내가 자신없어 했던 부분입니다, 레인 씨."

"당신이 무엇을 문제삼고 있는지 알 것 같습니다." 하고 노신사가 말했다. "계속하세요, 페이션스 양."

"저에게는 그 문제라는 것이 문제가 될 수 없습니다. 아주 뚜렷하니까요." 하고 내가 단호하게 말했다. "제 견해를 뒷받침하고 있는 것이 상식과 관찰일 뿐 학문적인 근거가 없음은 인정하지만, 틀림없이 덱스트럴러티(오른손잡이)와 시니스트럴러티(왼손잡이)──그게 적절한 어휘인지는 모르겠어요──는 팔과 마찬가지로 다리에도 작용한다는 게 제 생각입니다."

"제대로 된 우리 나라 말을 써라." 하고 아버지가 화가 난 듯 말했다. "그런 말은 어디서 배웠니?"

"아버지도 참! 제 말은 선천적인 오른손잡이는 발도 오른발을 주로 쓰고, 왼손잡이는 왼발을 주로 쓴다는 거예요. 저는 오른손잡이거든요. 그래서 주로 오른발을 써서 무엇인가를 해요. 제가 관찰한 바에 의하면 다른 사람들도 마찬가지였어요. 이 가설이 틀렸을까요, 레인 씨?"

"나는 그런 문제에는 아무런 권위가 없습니다. 하지만, 그 점에 대해서는 의학계에서도 틀림없이 아가씨의 생각을 지지하리라고 생각합니다. 그 다음은?"

"그 점을 인정해 주신다면, 저는 이렇게 생각해요. 에어런 다우의 경우처럼 오른손잡이였던 사람이 오른손을 못 쓰고 왼손만 쓰게 된다면, 즉 왼손잡이가 된다면 그 사람은 발도 왼발잡이가 될 것이라는 얘기지요. 물론 두 발이 전부 성하다 할지라도 말이에요. 이 점이 아버지가 문제삼고 계시는 부분이죠. 그렇지만 제 이론이 타당하다고 보지 않으세요?"

레인 씨가 눈살을 찌푸렸다. "페이션스 양, 생리적인 사실에 이론이 언제나 적용된다고 할 수는 없습니다." 나는 낙심했다. 만일 여기에서 어긋나면 내 이론은 전체가 무너지고 만다.

"그러나,"——레인 씨의 이 말에 나는 다시 희망을 품었다——"아가씨의 설명 중에 도움이 될 만한 다른 사실이 하나 있습니다. 그것은 에어런 다우의 오른쪽 눈도 오른팔이 마비된 것과 동시에 보지 못하게 되었다는 사실입니다."

"그게 어떤 작용을 한다는 말씀입니까?" 하고 아버지가 이상하다는 듯 물었다.

"그렇다면 사정이 매우 달라지지요, 경감님. 몇 년 전에 나는 어떤 일 때문에 그 문제에 대하여 그 방면의 권위자에게 의논한 적이 있습니다. 브링커 사건을 기억하고 계십니까? 오른손잡이냐 왼손잡이냐가 크게 문제되었던 그 사건 말입니다." 아버지가 고개를 끄덕였다. "그때 내가 의논했던 그 권위자의 말에 의하면 왼손잡이냐 오른손잡이냐에 대한 이론 중 의학 전문가들에게 가장 널리 인정받고 있는 것은 시력설(視力說)이라고 합니다. 그 시력설에 의하면 유년기의 자발적 행동은, 내 기억이 틀리지 않는다면, 모두 시각에 의존하고 있다는 것입니다. 또한 사람의 눈, 손, 발, 말, 쓰는 것 등에 관련된 신경은 뇌의 같은 영역에서 비롯된다고 합니다——그 영역을 무엇이라고 했는지 정확한 의학 용어는 잊어버렸습니다만.

우리 인간이 지닌 두 개의 눈은 각각 한 개의 단위를 이루고 있으며, 제각기의 눈에 비친 영상은 따로 분리되고 구분되어 의식에 도달합니다. 우리 눈의 이러한 특징은 총을 조준할 때를 생각하면 간단합니다. 그런데 조준할 때 어느쪽 눈을 사용하느냐 하는 것은 그 사람이 오른손잡이냐 혹은 왼손잡이냐에 따라 결정됩니다. 만일 조준하는 눈의 시력을 잃으면 조준 능력은 다른 쪽 눈으로 옮겨가게 되죠."

"말씀하시는 뜻을 알겠어요." 하고 내가 천천히 말했다. "다시 말해서 시력설에 의하면 오른손잡이는 오른쪽 눈으로 조준한다는 말씀이지요? 그러다가 오른쪽 눈이 보이지 않게 되면 왼쪽 눈을 써야 하므로 조준이 왼쪽 눈으로 옮겨가고, 그와 동시에 손도 왼손잡이가 되게끔 생리적인 변화를 일으킨다는 말씀이시죠?"

"대체로 그런 뜻입니다. 물론 내가 알기로는 습관이라든가 다른 요소가 영향을 주기도 합니다. 그러나 다우는 지난 10년 동안 왼쪽 눈과 왼팔만을 써 왔습니다. 이런 경우에는 습관이나 신경 교대(交代)에 의하여 발도 왼발을 쓰게 되었다고 생각할 수 있습니다."

"어휴!" 하고 내가 말했다. "생각지도 못했던 행운이군요! 잘못된 사실에서 올바른 해답을 얻었군요……여기에서, 과거 10년 동안 에어린 다우가 왼손잡이였고 다리도 왼발잡이였다는 사실이 틀림없다면, 우리는 증거상으로 뚜렷한 모순을 발견하게 됩니다."

"아가씨는 조금 전에 범인은 왼손을 썼을 것이라고 했어요. 그렇다면 다우의 경우와 딱 들어맞습니다. 그런데 모순이라니 무엇입니까?" 하고 레인 씨가 기운을 북돋아 주듯 물었다.

나는 떨리는 손으로 담배에 불을 붙였다. "그 점을 다른 각도에서 설명하겠어요. 제가 아까 한 설명 중에 벽난로 속 재 위에 발자국——오른발 자국이 나 있었다는 것을 기억하실 거예요. 다른 사실들로 미루어 보아, 그 오른발 자국은 누군가가 거기서 무엇인가를 태우고 발로 밟아 껐기 때문에 생겼음을 우리는 알 수 있습니다. 그리고 발로 밟는다는 것은——누구든지 이것을 부정하면 머리카락을 전부 뽑아 버리겠어요!——순전히 무의식적인 행동입니다."

"의심할 여지가 없지요."

"누구나 무엇인가를 발로 밟을 때는 많이 쓰는 발로 밟게 되죠. 그야 때로는 어쩔 수 없어서 늘 오른발을 쓰던 사람이 왼발로 밟는 경우도 있겠지요. 그러나 그 벽난로 안의 재를 밟은 사람의 경우는 달라요. 왜냐하면 제가 말씀드렸듯이 벽난로 앞의 융단 위에 왼발 끝자국이 나 있었으니까요. 벽난로에서 무엇인가를 태우고 밟은 그 발자국 바로 앞에 왼발 자국이 나 있었지요. 그것은 그가 아무런 불편 없이 어느쪽 발이건 마음대로 쓸수 있었던 위치에 있었음을 뜻합니다. 이런 경우에는 늘 쓰던 쪽의 발로 밟는 것이 당연하죠. 그런데 그 사람은 어느쪽 발로 밟아서 불을 껐지요? 오른쪽 발이에요. 그렇다면 그는 오른발잡이고 따라서 오른손잡이라는 결론이 나옵니다!"

아버지가 무슨 말을 중얼거렸다. 노신사는 깊이 한숨을 쉬며 말했다. "그것이 무엇과 모순이 된다는 말이지요?"

"말하자면, 칼을 휘두른 사람은 왼손을 썼는데, 재를 발로 뭉갠 사람은 오른손잡이라는 말이 되지요. 다시 말해서 이 사건에는 두 사람이 관계하고 있는 것처럼 보입니다. 즉 살인을 한 왼손잡이와 종이를 태우고 발로 밟은 오른손잡이 두 사람 말이에요."

"그렇다면 어디가 잘못됐다는 거지요, 아가씨?" 하고 노신사가 정다운 어조로 물었다. "아가씨 말대로 두 사람이 있었다, 그래서 어디가 틀렸다는 거지요?"

나는 놀라서 눈을 크게 떴다. "설마 진심으로 하시는 말씀은 아니겠지요?"

그가 껄껄 웃었다. "뭘 말입니까?"

"농담이시군요! 얘기를 계속하겠어요. 그렇다면 이상과 같은 결론이 에어런 다우에게는 어떤 영향을 미치겠습니까? 다우가 이 사건과 어떤 관계에 있는지, 그가 종이를 태우고 그것을 발로 밟아 끈 인물이 아니라는 것만은 확실해요. 왜냐하면 그가 그 인물이었다면, 이미 증명했듯이 왼발로 밟았을 테니까요. 그런데 실제로는 오른발로 밟은 자국이 있었거든요.

좋아요. 그럼, 그 종이가 태워진 시간은 언제였을까요? 책상 위의 편지지철은 새것이었습니다——편지지 두 장만이 모자랐어요. 포셋 상원의원의 목숨을 빼앗은 상처에서 나온 피는 그가 앉아 있던 책상 위로 뿜어 나왔지요. 책상 위 압지에 커다란 핏자국이 직각 모양을 이루고 있었거든요. 그 직각 모양은 압지 위에 얹혀 있던 편지지철의 모서리 자국이었습니다. 그런데 우리가 봤을 때 그 편지지 묶음 맨 위에 있던 편지지는 새하얀 채 피가 묻어 있지 않았어요. 이런 일이 어떻게 가능하지요? 만일 맨 위의 편지지가 상원의원이 살해당할 때에도 맨 위에 있었다면, 그 편지지철 밑에 있었던 압지에 핏자국이 있었으니 편지지에도 피가 뿌려져 있어야만 할 것입니다. 따라서 편지지철 맨 위에 있는 깨끗한 종이는 상원의원의 상처에서 피가 뿜어나올 때에 맨 위에 있던 편지지가 아니라는 말이 되지요. 다시 말해서 그 편지지 위에 피묻은 다른 편지지가 한 장 더 있었는데, 우리가 발견했을 때에는 그 종이가 묶음에서 뜯기어져서 그 밑에 있던 깨끗한 편지지가 맨 위에 놓이게 된 것입니다."

"바로 그래요."

"우리는 없어진 편지지 두 장 가운데 한 장이 어떻게 되었다는 것은 알고 있습니다. 그것은 패니 카이저에게 보내려고 한 봉투 속에 들어 있던 것으로서 살해당하기 전에 포셋 자신이 사용했습니다. 나머지 한 장은 행방을 알 수 없었는데——그 한 장이야말로 편지지철 맨 위에 있다가 피묻은 채 뜯기어 나간 편지지, 벽난로 속에서 태워진 것을 아버지가 발견하고 책상 위의 편지지와 똑같다는 것을 확인한, 바로 그 편지지입니다.

그런데 그 없어진 편지지에 피가 묻어 있었다면 그것은 살인이 일어난 다음에 뜯었을 것입니다. 왜냐하면 피는 살인 때문에 생겼으니까요. 따라서 그 편지지는 살인 뒤에 태워졌을 것이고, 발로 밟은 것도 살해한 뒤였을 것입니다. 그렇다면 누가 그것을 태웠을까요? 살인범이 태웠을까요? 만일 살인범이 그것을 태우고 밟았다면 다우는 내가 아까 설명한 바와 같이 태우지도 않았고 밟지도 않았으니 살인범이 아니라는 말이 됩니다."

"잠깐만, 잠깐만!" 하고 노신사가 낮게 소리쳤다. "너무 서두르지 말아요, 페이션스 양. 당신은 살인범과 밟은 사람을 동일인물로 가정하고 있는데, 실제로 증명할 수 있어요? 그것을 증명할 방법이 있는데."

"하나님 맙소사!" 아버지는 신음하듯 뇌까리며 침울한 표정으로 발 끝을 내려다보고 있었다.

"증명이오? 할 수 있지요! 말씀하신 대로 살인범과 재를 밟은 사람이 각각 다른 사람이라고 가정해 보겠습니다. 검시의인 불 의사에 의하면 살인은 10시 20분에 일어났다고 합니다. 카마이클은 집 밖에서 10시 15분 전부터 10시 30분까지 지켜보고 있었는데 그 동안에 오직 한 사람이 집안으로 들어갔다가 같은 사람이 나오는 것을 목격했다고 했습니다. 게다가 온 집안을 경관들이 조사하여 아무도 숨어 있지 않다는 것도 밝혀냈어요. 카마이클이 시체를 발견했을 때부터 경찰이 도착했을 때까지 아무도 집에서 나간 사람이 없었던 겁니다. 카마이클이 줄곧 보고 있던 현관문 외의 다른 출입구를 통해서 나간 사람도 없었답니다. 다른 출입문이나 창문은 모두 안으로 잠겨 있었으니까요……." 아버지가 다시 신음 소리를 냈다. "참으로 멋지지 않아요, 레인 씨? 왜냐하면 이 사실은 이 사건에 두 사람이 관련된 것이 아니라 처음부터 끝까지 오직 한 사람만이 관련되어 있었다는 얘기가 되고, 따라서 오직 한 사람만이 그 죽음의 방에서 살인을 하고, 편지지를 태우고 그것을 발로 밟았다는 얘기가 되기 때문이지요. 하지만, 에어런 다우는 아까 설명했듯이 종이를 태워 발로 밟은 사람이 아닙니다. 그러므로 에어런 다우는 제가 10년 전에 결백했던 것처럼 결백해요!"

여기까지 말하고 나는 한숨을 돌렸다. 레인 씨의 칭찬을 받고 싶기도 했고 피곤하기도 했기 때문이다.

레인 씨가 약간 슬픈 표정을 지었다. "경감님, 내가 사회에서 얼마나 쓸모없는 인간이 되었는가를 이제 알았습니다. 당신은 분명 셜록 홈즈를 낳으셨어요. 그리고 미약하긴 하나 지금까지 사회에 이바지해 온 내 역할을 앗아가 버리고 말았습니다. 아가씨, 대단히 훌륭한 분석이었습니다. 당신이 옳아요——적어도 지금까지의 설명은."

"맙소사!" 하고 아버지가 일어서며 외쳤다. "아니, 아직도 뭐가 더 있다는 말씀입니까?"

"아직 상당히 많습니다, 경감님. 더욱 중요한 것이 남아 있습니다."

"제가 자연스럽게 나오는 결론을 아직 내리지 않았다는 말씀이신가요?" 하고 나는 열심히 말했다. "물론 이런 점은 남았지요——만일 다우에게 죄가 없다면 누군가가 그를 모함하고 있다는 것 말입니다."

"그래서요?"

"그리고 그를 함정에 빠뜨리고 있는 다우의 네메시스(복수의 여신)는 오른손잡이예요. 그는 다우를 살인범으로 모함하기 위해서 다우가 왼손잡이라는 사실과 들어맞도록 칼로 찌를 때 왼손을 썼습니다. 그러나 무의식적으로 오른발을 쓴 것으로 보아 그는 오른손잡이였던 거예요."

"흠, 내가 하고자 했던 말은 그것이 아니었어요. 더욱더 놀랄만한 추리를 할 수 있는 다른 사실을 아가씨는 미저 보시 못한 채 지나치고 있거나 생각하지 않고 있어요."

아버지는 포기했다는 듯이 두 손을 들어올렸다. 내가 얌전하게 말했다. "그런가요?"

그러자 레인 씨가 나에게 날카로운 눈길을 던졌다. 우리의 눈길이 한 순간 부딪쳤다. 그러자 레인 씨가 빙그레 웃으며 말했다. "아가씨도 그 생각을 했군요, 그렇지요?"

그가 생각에 잠겼고 나는 풀잎을 만지작거렸다. 말을 해야 하나……?

"내 말도 들어 봐라!" 하고 아버지가 으르렁거렸다. "나도 한 가지 어려운 질문을 하마. 지금 막 머리에 떠오른 것인데, 대답해 보아라, 패티. 어떻게 융단 위에 왼발 자국을 남긴 사람과 벽난로 속에 오른발 자국을 남긴 사람이 같은 사람이라고 단정할 수 있지? 그야 나도 같은 인물일 거라고 인정을 하기는 해. 그래도 그것을 증명할 수 없다면 네 훌륭한 이론도 물거품에 지나지 않아."

"설명해 드려요, 페이션스 양." 레인 씨가 상냥하게 말했다.

나는 한숨을 쉬었다. "가엾은 아버지! 몹시 혼란스러워하고 계시는군요. 이 사건에는 오직 한 사람만이 관련되어 있다는 걸 조금 전에 제가 설명해 드렸지요? 제가 카마이클 씨에게 벽난로 앞 융단을 밟았느냐고 물었을 때 그가 밟지 않았다고 하지 않던가요? 그리고 그 발자국은 포셋 상원의원의 것이 아니라고 홈 씨가 가르쳐 주지 않던가요? 그렇다면 죽이고, 태우고, 밟은 사람 아니면 누가 그 발자국을 남겼겠어요?"

"알았다, 알았어! 그러면 이제부터는 어떻게 하지?"

레인 씨가 눈썹을 치켜올렸다. "경감님, 그거야 뻔하지 않습니까?"

"뭐가 뻔하다는 말씀입니까?"

"우리가 취할 행동의 방향 말입니다. 당장 리즈에 가서 다우를 만나야지요."

나는 얼굴을 찌푸렸다. 나는 레인 씨가 왜 다우를 만나야 한다고 하는지 알 수가 없었다. 아버지는 완전히 갈피를 못 잡고 있었다. "다우를 만나요? 도대체 무엇 때문에요? 그 불쌍한 사람을 만나면 몸이 오싹해지기만 한다고요."

"그렇지만 그것이 무엇보다도 중요합니다." 레인 씨가 일어서서 윗도리를 어깨에 걸쳤다. "재판 전에 당신은 다우를 꼭 만나야만 합니다……." 레인 씨가 갑자기 깊은 생각에 잠기더니 눈을 반짝였다. "그렇고말고! 경감님, 다시 생각해 보니 내가 직접 이 사건에 뛰어드는 것도 재미있을 것 같습니다. 그런데 제가 끼어들 여지가 있을까요? 혹시 당신의 친구 존 흄 씨가 나를 리즈에서 쫓아내지는 않을까요?"

나는, "만세!" 하고 외쳤고 아버지도 진심으로 기뻐했다. "아주 좋은 생각이십니다. 패티를 무시하는 건 아니지만 이 문제에 직접 관여하시겠다니 마음이 든든해집니다."

"하지만, 왜 다우를 만나려고 하시지요?" 하고 내가 물었다.

"페이션스 양, 우리는 어떤 사실에서 훌륭하고 나무랄 데 없는 이론을 끌어냈어요." 레인 씨가 드러난 팔을 뻗어 아버지의 어깨너머로 내 손을 잡았다. "이제 이론을 끌어내는 것은 그만두고 직접 어떤 실험을 해봅시다." 그가 눈살을 찌푸리며 말을 이었다. "그러나 여전히 깊은 숲속에서 빠져 나올 수는 없을 겁니다."

"그게 무슨 뜻이지요?"

노신사가 조용히 말했다. "누가 정말로 포셋 상원의원을 죽였는지 일주일 전과 마찬가지로 아직 모르고 있으니까요!"

제10장 감방에서 한 실험

햄릿 성에서 우리는 믿을 수 없을 만큼 괴물 같은 캘리밴 퀘이시 노인을 만났었다. 또한 우리는 아기 천사처럼 벙글벙글 웃고 있는데다가 아주 재간이 뛰어난 손을 가진 폴스태프 (셰익스피어의 희곡에 나오는 허풍선이 뚱보 기사)의 극진한 대접을 받았다. 그는 레인 씨의 집사와 하인들을 총괄하는 우두머리였다. 그리고 이제는 붉은 머리에 항상 웃고 있는, 레인 씨가 드로미오라고 부르기를 고집하는 운전기사가 모는 레인 씨의 번쩍거리는 리무진을 타고 그 넓은 햄릿 성을 떠났다. 드로미오의 운전 솜씨는 극치에 달해 있어 그가 훌륭한 법률가처럼 교묘하게, 그리고 발레의 남자 주인공처럼 경쾌하게 운전하는 자동차를 타고 북쪽으로 가는 여행은 아름다움 그 자체였으며, 그 즐거움이 영원히 계속되었으면 싶었다.

내가 특히 즐거웠던 것은 가끔 낮게 웃으며 낭랑한 목소리로 아버지와 도란도란 얘기하는 드루리 레인 씨 때문이었다. 나는 두 사람 사이에 끼어 여행의 대부분을 그들이 옛날을 회상하며 나누는 이야기, 특히 노신사의 연극 배우 시절의 추억담을 꿈꾸듯이 들으며 만족스러운 마음으로 편히 앉아 있었다. 시간이 지남에 따라 나는 그 노신사를 점점 더 좋아하게 되었고, 그의 매력의 비밀을 알게 되었다. 그는 언제나 근엄하면서도 부드러운 재치를 갖고 있었으며, 그가 하는 말은 논쟁을 하거나 물어볼 필요도 없는 틀림없는 말이었고, 무엇보다도 그가 하는 이야기는 재미있었다. 그는 인생을 대부분의 사람들보다 풍요롭게 보냈고, 그 생애는 독창적인 교분으로 꽉 차 있었다. 그의 연극 배우 시절의 황금기에는 알 만한 가치가 있는 사람들이라면 모두 친하게 사귀고 있었다……전체적으로 대단히 매혹적인 인물이었다.

여행하는 데 있어 좋은 동반자가 있다는 것은 좋은 마차만큼이나 좋다더니, 나에게는 좋은 동반자와 좋은 자동차가 있어 시간이 흐르는 것도 잊을 지경이었다. 시간이 얼마나 빨리 갔는지! 햄릿 장을 방금 떠난 것 같았는데, 벌써 우리는 한쪽에는 강물이 반짝이며 흐르고 있고 멀지 않은 곳에 리즈 시와 알곤퀸 형무소가 있는 계곡으로 내려가고 있었다. 그러자 이 여행의 끝에는 죽음이 기다리고 있을지도 모른다는 생각으로 몸이 떨렸다. 에어런 다우의 뾰족하고 작은 얼굴이 언덕 위의 아지랑이 속에서 가물거리고 있었고, 햄릿 성을 떠난 뒤 처음으로 나는 우울한 생각에 빠졌다. 우리는 여행하는 동안 에어런 다우 사건은 한구석에 처박아 놓고 언급조차 하지 않았으며, 그의 이름을 입밖에도 내지 않았기 때문에 얼마 동안 나는 어두운 우리의 임무를 잊고 있었다. 지금 그 생각이 들자, 우리에게 과연 그 가엾고 보잘것없는 목숨을 전기 의자로부터 구할 능력이 있을까, 우리는 희망이 전혀 없는 자비의 사명을 완수하기 위해 여행을 하고 있는 것은 아닐까 하고 걱정이 되었다.

리즈 시를 향해 고속도로를 달릴 때 개인적인 이야기는 중단되었고, 우리들은 모두 일이 허사로 끝나지나 않을까 하는 불안감에 사로잡혀 오랫동안 말들이 없었다.

이윽고 아버지가 말했다. "패티, 우리는 거리의 호텔에 묵는 편이 나을 것 같다. 다시 클레이 댁에 신세를 질 수는 없잖겠니?"

"아버지 좋을 대로 하세요." 하고 내가 힘없이 대답했다.

"무슨 소리!" 하고 노신사가 말했다. "그렇게 하시면 안 됩니다. 나도 당신들과 같이 일하게 됐으니 작전 계획에 대해서는 발언권이 있다고 생각합니다. 경감님, 당신과 따님은 조금 더 클레이 댁에 신세를 지는 편이 좋을 겁니다."

"어째서요?" 아버지가 항의했다.

"여러 가지 이유 때문입니다. 그 이유들은 각각 그 자체로서는 중요하지 않지만, 그것들을 종합할 경우 작전상 그렇게 하는 것이 좋습니다."

"우리는 다시 포셋 의사를 조사하기 위해 돌아왔다고 이야기할 수 있겠지요." 내가 한숨을 쉬며 말했다.

"그 말은 사실이지." 하고 아버지가 생각에 잠기며 말했다. "그 악당 건이 아직 끝난 것은 아니니까……그럼, 당신은 어떻게 하시겠습니까? 당신도 거기에서……내 말은……."

"아닙니다." 하고 노신사가 미소를 지으며 말했다. "저까지 클레이 씨를 귀찮게 할 수는 없습니다. 다른 생각이 있소……. 뮤어 신부는 어디에 살지요?"

"형무소 담 밖의 조그만 집에서 혼자 살고 계시지요." 내가 대답했다. "그렇죠, 아버지?"

"그래. 그것도 좋은 생각이군요. 신부님을 알고 계신다고 하셨지요?"

"잘 알고 있습니다. 좋은 분이지요. 호텔 비용도 절약할 겸 오랜만에 옛날 친구를 찾아봐야겠습니다." 그가 낮게 웃었다. "두 분도 같이 가시지요. 드로미오에게 클레이 댁까지 모셔다 드리도록 하겠습니다."

아버지는 운전사에게 길을 가르쳐 주었고, 우리는 시내를 끼고 돌아서 언덕 위에 있는 커다란 잿빛 형무소 건물을 향해 언덕길을 올라갔다. 우리는 클레이 저택 앞을 지나서 이윽고 형무소 정문에서 100야드(약 90m)도 안 되는 곳에 있는 뮤어 신부 댁에 이르렀다. 그 집은 담쟁이덩굴에 둘러싸인 조그만 건물로 집 돌벽에는 철이른 장미꽃이 군데군데 피어 있었다. 베란다에는 커다란 흔들의자가 사람이 앉기를 기다리고 있었다.

드로미오가 크게 경적을 울렸다. 레인 씨가 집을 향해 보도를 걸어가자 현관문이 열렸다. 문 앞에 신부복을 아무렇게나 걸친 뮤어 신부가 모습을 나타냈다. 온화한 얼굴을 딱할 만큼 찌푸리면서 도수 높은 안경을 통하여 누가 찾아왔는지 보려고 애썼다.

　손님이 누구인지 알아차리자 뮤어 신부의 얼굴에 크게 놀란 빛이 떠오르더니 차츰 기쁜 표정으로 바뀌었다. "드루리 레인 씨가 아닙니까!" 신부가 크게 외치며 레인 씨의 손을 덥석 잡았다. "내 눈을 믿을 수가 없군요! 어떻게 여기까지? 참으로 반갑습니다. 자아, 어서 안으로 들어갑시다. 어서요."

　낮은 목소리로 말하는 레인 씨의 대답은 우리에게 들리지 않았다. 얼마 동안을 신부가 빠르게 계속 말하고 있더니, 이윽고 자동차에 있는 우리를 발견하자 신부복 자락을 걷어올리며 빠른 걸음으로 다가왔다.

　"방문해 주셔서 영광입니다. 사실은 제가……." 신부의 쭈글쭈글한 작은 얼굴이 환하게 웃고 있었다. "들어가시지요. 지금 레인 씨에게 여기에서 묵으시라고 설득하고 있는 참입니다……리즈에 용건이 있어 오셨다기에……들어가십시다. 차라도 한잔 드시지요. 자아, 어서……."

　내가 그 말에 대답을 하려고 할 때 레인 씨가 현관에서 고개를 세게 내젓는 것이 보였다.

　"대단히 죄송합니다." 아버지가 뭐라고 대꾸하기 전에 내가 재빨리 말했다. "클레이 씨 댁에 가기로 한 시간에 늦어서요. 우리는 그곳에 묵고 있어요. 친절하신 말씀은 고맙습니다만 다음 기회로 미뤄야겠어요, 신부님."

　드로미오가 무거운 여행 가방 두 개를 차에서 현관까지 날라다 놓고 레인 씨에게 웃으며 인사하고는 우리를 태운 채 언덕을 내려갔다. 우리가 마지막으로 뒤돌아보았을 때 레인 씨의 키 큰 모습이 뮤어 신부보다 앞장서서 집안으로 사라지고 있었고, 뮤어 신부는 섭섭한 듯 우리를 뒤돌아보고 있었다.

　우리가 다시금 클레이 댁의 손님이 되는 데에는 아무 문제가 없었다. 실제로 우리가 차를 타고 저택에 닿았을 때 마사라는 나이 먹은 가정부말고는 아무도 없었고, 그녀는 우리를 손님으로 맞아들이는 것을 당연한 일로 생각하는 듯했다. 그래서 우리는 전에 쓰던 방을 자연스럽게 다시 차지하게 되었다. 한 시간쯤 뒤에 제러미와 그의 아버지가 점심식사를 하기 위해 채석장에서 돌아왔을 때 우리는 태연히 베란다에서 그들을 기다리고 있었다――내심 약간 불안했으나 태연한 척하고 있었다. 그러나 클레이 씨는 우리를 진정으로 따뜻하게 맞아 주었고, 제러미는 나를 보자 입을 쩍 벌리고 눈을 동그랗게 뜬 채 바라보고 있었다. 나를 즐거운 추억을 남기고 사라진, 다시는 만날 수 없는 여자 유령쯤으로 생각하고 있었던 모양이다. 제러미는 마음의 평정을 찾은 뒤 무엇보다도 먼저 나를 몰아세워 저택 뒤에 있는 수풀에 싸인 조그만 정자로 데리고 가서 대리석 가루가 잔뜩 묻은 얼굴로 내게 키스하려고 했다. 그의 능숙한 포옹에서 빠져나오며 그의 입술이 나의 왼쪽 귓볼에 가볍게 스쳤을 때 나는 옛 보금자리로 돌아온 듯한 느낌이 들었다.

그날 오후에 요란한 자동차 경적 소리가 베란다에서 졸고 있던 우리를 깨웠고, 눈을 떠보니 레인 씨의 기다란 자동차가 차도를 미끄러져 들어오고 있었다. 드로미오는 핸들을 잡은 채미소를 지었고, 레인 씨는 뒷좌석에서 우리에게 손을 흔들었다.

소개가 끝나자 레인 씨가 말했다. "경감님, 나는 리즈 구치소에 갇혀 있는 그 가엾은 사람에게 매우 흥미를 갖고 있습니다." 마치 어디에선가 에어런 다우의 소문을 듣고 지나가는 말로 물어 본다는 투였다.

아버지가 태연하게 장단을 맞추었다. "신부님이 그 사람에 대한 얘기를 하신 모양이군요. 슬픈 사건입니다. 시내에 가실 생각이십니까? 가는 길에 사건을 알아볼까요?"

어째서 레인 씨가 이 사건에 깊은 관심을 갖고 있는 것을 나타내려 하지 않을까 하고 나는 이상하게 생각했다. 설마 저 분이 의심하는 사람이……. 나는 클레이 부자를 보았다. 엘러휴 클레이 씨는 노신사의 유명한 풍채를 보고 다만 기뻐할 따름이었고 제러미는 멍하니 바라보고만 있었다. 나는 레인 씨가 유명한 사람이라는 것을 그제서야 생각해 냈다. 그분의 자연스럽고 개의치 않는 태도는 그가 사람들의 존경에 익숙해져 있음을 나타내고 있었다.

"그렇습니다. 뮤어 신부님 말씀이 나도 뭔가 도와드릴 수 있을지도 모른다고 하시더군요. 그 가엾은 사람을 만나보고 싶습니다. 손 좀 써 주시겠습니까, 경감님? 지방검사와 접촉이 많으시다고 들었습니다."

"다우를 만나게 해드리지요. 패티, 너도 함께 가자. 그럼, 클레이 씨, 실례합니다."

우리는 가능한 한 예의를 차려서 클레이 씨에게 인사를 하고 2분 뒤에는 자동차 안에 레인 씨와 나란히 앉아 시내로 향하고 있었다.

"당신이 이곳에 오신 목적을 어째서 클레이 부자에게 감추셨지요?" 하고 아버지가 물었다.

"특별한 이유는 없습니다." 레인 씨는 흐릿하게 대답했다. "그저 되도록이면 사람들에게 덜 알려졌으면 해서요. 범인에게 경계심을 불러일으키고 싶지 않습니다……그 사람이 엘러휴 클레이 씨였군요. 양심적인 사람인 것 같습니다. 조금이라도 부정한 냄새가 풍기는 일에는 겁을 먹고 피하겠지만 일단 정당한 거래라고 생각하면 사정없이 이득을 찾는 사업가의 전형이라고나 할까요."

"레인 씨," 하고 나는 힐난하는 조로 말했다. "선생님은 지금 아무렇게나 말하고 계시지만 다른 무슨 이유가 있으시죠?"

레인 씨가 소리내어 웃었다. "아가씨, 당신은 나를 지나치게 교활하게 생각하고 있어요. 내 뜻은 말 그대로입니다. 나에게는 모든 것이 생소할 뿐이어서 결전장으로 나가기 전에 모든 사정을 잘 살펴 두어야겠다고 생각했을 따름입니다."

존 홈은 사무실에 있었다.

"당신이 드루리 레인 씨로군요." 우리가 레인 씨를 소개하자 홈이 말했다. "대단한 영광입니다. 어릴 적에 선생님은 제 우상이었습니다. 그런데 여기에는 무슨 용건으로 오셨습니까?"

"늙은이의 호기심이지요." 하고 레인 씨가 빙그레 웃으며 말했다. "저는 참견하는 데 명수랍니다, 홈 씨. 이제는 연극계에서는 고물이 되다 보니 쓸데없이 남의 일에 참견을 해서 골칫거리 노릇이나 하고 있습니다……에어런 다우를 꼭 만나보고 싶은데요."

"아하!" 홈이 아버지와 내게 재빨리 눈길을 보내며 말했다. "경감님과 섬 양이 원군을 모시고 오셨군요. 네, 좋습니다. 전에도 여러 번 말을 했지만, 레인 씨, 저는 검사이지 사형집행인이 아닙니다. 저는 다우가 살인범이라고 믿고 있습니다. 하지만, 만일 당신들이 그렇지 않다는 것을 증명해 주신다면 기꺼이 피고를 기소 취하하겠습니다."

"어련하시겠습니까." 하고 레인 씨가 냉담하게 말했다. "언제 다우를 만나게 해주시겠습니까?"

"지금 당장에라도 만나게 해드리지요. 이리로 데리고 오도록 하겠습니다."

"아닙니다, 아녜요!" 하고 노신사가 재빨리 말했다. "그렇게까지 해서 일을 방해하고 싶지 않습니다, 홈 씨. 허락해 주신다면 우리가 구치소로 가서 만나겠습니다."

"좋도록 하십시오." 지방검사가 어깨를 으쓱하더니 지시서를 써 주었다. 그 지시서를 갖고 우리는 홈의 사무실에서 나와 그곳에서 돌을 던지면 닿을 만한 거리에 있는 구치소로 갔다. 그리고 한 간수의 안내를 받아 양쪽에 쇠창살이 달린 감방이 늘어서 있는 어두컴컴한 복도를 지나 에어런 다우가 있는 독방으로 향했다.

언젠가 비엔나에서 한 유명한 젊은 외과의사의 안내로 새로 지은 병원을 방문한 적이 있었다. 우리가 수술실에서 나오는데 그 앞 긴 의자에 앉아 있던 볼품없게 생긴 남자가 일어서서 의사를 바라보았다. 그 사람과 친한 누가 그 병원에 입원해 있는지, 그 사람은 나를 안내한 의사가 그 환자의 수술실에서 나온 의사임을 잘 알고 있다는 듯이 우리를 쳐다보았다. 그때 그 가엾은 사람의 얼굴 표정을 잊을 수가 없다. 보통때에는 그저 평범했을 얼굴이 겁과 실낱 같은 희망이 뒤범벅이 되어 이상한 표정으로 변해 있던 모습……

감방 문이 열리는 소리에 고개를 들고 서 있는 우리를 본 에어런 다우의 얼굴은 바로 그 표정과 똑같은 모습으로 변했다. 흄 지방검사가 며칠 전에 말한, 포셋 의사를 만났을 때 보여 주었다던 건방진 모습은 어떻게 된 것일까? 그 모습은 자기에게 죄가 없음을 굳게 믿고 있는 용의자의 얼굴이 아니었다. 우리들을 보고 그 공포와 고뇌로 짓눌린 얼굴에 순간적으로 나타났던 희망의 빛도 더할 나위 없이 가냘픈 것이었다. 그것은 막다른 골목으로 쫓긴 짐승이 도망갈 구멍을 겨우 냄새 맡고 혹시나 하고 있는 듯한 얼굴 표정이었다. 그의 뾰족한 작은 얼굴은 마치 숯으로 그린 그림을 손으로 문질러서 더럽혀 놓은 것처럼 지저분했고, 눈은 잠을 설친 듯 공허함 속에서 번지르르하게 충혈되어 빛나고 있었다. 면도를 하지 않아서 수염이 텁수룩했고 옷은 더러웠다. 참으로 가엾은 모습이었다. 그 모습을 보고 내 가슴은 미어지는 듯했다. 나는 레인 씨를 흘끗 쳐다보았다. 레인 씨도 침통한 표정이었다.

간수가 무뚝뚝한 얼굴로 감방 문을 열고 우리에게 들어가라고 손짓을 하고는 뒤에서 문을 쾅 닫더니 열쇠를 돌려 잠가 버렸다.

"안녕……안녕하십니까?" 에어런 다우가 긴장한 모습으로 헐어빠진 침대 가에 꼿꼿이 앉은 채 째지는 목소리로 말했다.

"잘 있었소, 다우?" 하고 아버지가 애써서 쾌활하게 말했다. "당신을 만나보고 싶어하시는 분을 모시고 왔소. 이분은 드루리 레인 씨인데 당신과 얘기를 하고 싶어합니다."

"오!" 다우는 그 한마디만 하고 아무 말 없이 뼈다귀라도 얻어먹을까 하고 기다리는 개처럼 레인 씨를 바라보았다.

"안녕하시오, 다우." 노신사가 부드럽게 말하며 고개를 돌려 복도 쪽을 날카롭게 쳐다보았다. 간수는 팔짱을 끼고 감방 반대편 벽에 기대서서 졸고 있었다. "물어 볼 것이 조금 있는데 대답해 주겠소?"

"네, 레인 씨, 무엇이든지요." 다우가 쉰 목소리로 말했다.

나는 속이 약간 메스꺼워 거친 감방 벽에 기대섰다. 아버지는 두 주먹을 주머니에 찌르고는 화가 난 듯 뭐라고 중얼거리고 있었다. 레인 씨는 자연스러운 어조로 별뜻도 없는 질문을 다우에게 던지고 있었다. 그 질문들은 우리가 답을 이미 알고 있거나 다우가 답을 절대로 안 할 질문들이었다. 나는 몸을 똑바로 폈다. 이건 뭐지? 노인은 무슨 생각을 하고 있는 거지? 이 기분나쁜 방문의 목적은 뭐지?

레인 씨와 다우는 서로 상대방과 친해지려는 듯 낮은 소리로 말을 하고 있었으나 진전이 없는 것 같았다. 아버지는 어떻게 돌아가고 있는 것인지 몰라서 안절부절못하고 이쪽에서 저쪽 벽으로 왔다갔다 하고 있었다.

그러고 있는데 그 일이 일어났다. 다우가 투덜투덜 불평을 한참 늘어놓고 있는데 노신사가 연필 한 자루를 주머니에서 뽑더니 놀랍게도 그것을 힘차게 다우를 향해 던졌다. 마치 다우를 침대에 연필로 꽂아 놓으려고 하는 듯한 동작이었다.

나는 놀라서 소리를 질렀고 아버지도 놀라서 상소리를 퍼부으며 이 늙은이가 갑자기 돌아버렸나 하는 얼굴로 레인 씨를 바라보았다. 그러나 레인 씨는 뚜렷한 목적이 있는 눈으로 죄수를 보고 있었기 때문에 나도 노신사가 한 행동의 의미를 알게 되었다……왜냐하면 다우는 입을 쩍 벌린 채 날아오는 연필을 피하려고 정신없이 왼팔을 들어올렸던 것이다. 그의 쓸모없는 오른팔은 옷소매 안에서 축 늘어져 있을 뿐이었다.

"무슨 짓입니까?" 하고 다우가 침대에서 몸을 움츠리며 비명을 질렀다. "나를……나를……."

"신경쓰지 말아요." 하고 레인 씨가 중얼거렸다. "나는 가끔 이런 짓을 하니까. 하지만, 해를 끼칠 생각은 정말이지 조금도 없소. 나를 좀 도와주겠소, 다우?"

아버지가 마음을 놓고 웃으면서 감방 벽에 기대섰다.

"도와줘요?" 하고 죄수가 떨리는 목소리로 말했다.

"그렇소." 하고 말하고 노신사가 허리를 굽혀 돌로 된 감방 바닥에서 연필을 주워서 지우개가 달린 끝을 다우에게 내밀었다. "이것으로 나를 찔러 보시오."

'찔러 보라'는 말을 듣고 다우의 축축한 눈에 이해의 빛이 비쳤다. 그가 왼손으로 연필을 잡고 꺼리듯이 레인 씨를 어설프게 찔렀다.

"하!" 하고 레인 씨가 만족스럽게 외치며 뒤로 물러섰다. "훌륭하게 찔렀소. 경감님, 종이 가지신 것 혹시 있습니까?"

다우는 어리둥절해서 연필을 돌려주었고, 아버지는 으르렁거리는 목소리로 말했다. "종이요? 뭘 하시려고요?"

"그것도 내 정신착란의 하나라고 생각하십시오." 하고 레인 씨가 낮게 웃으며 말했다. "자아, 어서요, 경감님. 더 둔해지신 것 같군요!"

아버지가 투덜거리며 수첩을 주었다. 노신사는 수첩에서 아무것도 적혀 있지 않은 종이 한 장을 뜯었다.

"자아, 그럼, 다우." 레인 씨가 주머니에 손을 넣어 뭔가를 찾으며 말했다. "우리가 당신에게 해를 끼치려는 것은 아니라는 걸 알았겠지요?"

"네, 하라는 대로 하겠습니다."

"그렇게 해주면 고맙겠소." 레인 씨가 작은 성냥갑을 끼내어 성냥을 그어 침착하게 종이에 불을 붙였다. 종이가 활활 타기 시작하자 무심히 불 붙은 종이를 바닥에 떨어뜨리고 무슨 생각에 잠겨 두세 발자국 뒤로 물러섰다.

"무슨 짓이오?" 하고 죄수가 소리쳤다. "감방에 불을 지를 셈입니까?" 그가 침대에서 벌떡 일어나 불에 타고 있는 종이를 미친 듯이 왼발로 밟고 재가 완전히 가루가 될 때까지 발로 뭉갰다.

"이것으로 검사측 배심원들도 납득시킬 수가 있다는 생각이 드는군요, 페이션스 양." 레인 씨는 이렇게 말하며 약간 미소를 지었다. "경감님, 이제는 믿으시겠습니까?"

아버지가 얼굴을 찌푸렸다. "내 눈으로 직접 보지 않았다면 믿지 않았을 것입니다. 죽을 때까지 배운다더니 그 말이 맞는 것 같습니다."

나는 마음이 놓이며 웃음이 저절로 솟구쳐 올라왔다. "어머, 아버지. 정말로 생각을 바꾸시는 거예요! 에어런 다우, 당신은 운이 좋은 사람이에요."

"그렇지만 나는 뭐가……." 다우는 뭐가 어떻게 돌아가는지 몰라서 말을 꺼냈다.

레인 씨가 다우의 지저분한 어깨를 두드렸다. "용기를 내요, 다우. 당신을 구해 줄 수 있을 것 같소."

아버지가 간수를 불렀다. 간수가 복도를 가로질러 와서 감방의 문을 열고 우리를 내보내 주었다. 다우는 쇠창살에 매달려서 목을 길게 뽑고 우리의 뒷모습을 열심히 바라보고 있었다.

그러나 차가운 복도에 발걸음을 내딛는 순간 불길한 예감이 들었다. 왜냐하면 우리 뒤에서 열쇠를 쩔꺽거리며 따라오고 있는 간수의 험상궂은 얼굴에 아주 기묘한 표정이 떠올라 있었기 때문이다.

나는 그저 내 기분 탓이려니 하면서 스스로를 달래 보았지만 그 표정은 불길하게만 여겨졌다. 지금 생각해 보니 그때 복도에서 감방을 향해 벽에 기대어 서 있던 간수가 정말로 졸고 있었는지는 알 수 없는 일이라는 생각이 들었다. 흥! 제가 감방에서 있었던 일을 보았다고 해서 무슨 해가 될라고? 나는 레인 씨를 흘끗 쳐다보았다. 레인 씨는 어떤 생각에 몰두하여 성큼 성큼 걸어가고 있었다. 나는 레인 씨가 간수의 얼굴에 떠올라 있는 표정을 보지 못했구나 하고 생각했다.

우리는 흄 지방검사 사무실로 돌아왔다. 이번에는 대기실에서 30분쯤 기다려야만 했다. 그 동안 레인 씨는 눈을 감고 앉아 반쯤은 졸고 있었다. 그래서 비서가 와서 들어가도 좋다고 말했을 때 아버지가 레인 씨의 어깨에 손을 얹어 깨워야만 했다. 레인 씨는 미안하다고 사과의 말을 중얼거리며 즉시 일어섰다. 나는 레인 씨가 내가 생각치 못한 무슨 일을 그 동안 깊이 생각하고 있었다고 여겼다.

우리가 사무실에 들어가서 의자에 앉자 흄이 궁금하다는 듯 물었다. "자아, 레인 씨, 다우를 만나보시고 어떤 생각이 드셨습니까?"

"내가 길 건너에 있는 훌륭한 당신네 군 구치소로 가기 전까지는, 흄 씨." 하고 노신사가 부드럽게 말했다. "다우가 결백하다는 생각뿐이었지만, 지금은 그가 포셋 상원의원의 살인범이 아니라는 것을 확신하고 있습니다."

흄이 눈썹을 치켜올렸다. "당신들에게 놀랐습니다. 처음에는 섬 양이 그러더니 다음에는 경감님이 그러셨습니다. 그런데 이번에는 당신이군요. 나에게는 무서운 강적들이십니다. 대체 어째서 다우가 무죄라고 생각하시는지 말씀해 주시겠습니까?"

"페이션스 양, 아직도 흄 씨에게 그 논리학 강의를 하지 않았나요?" 하고 레인 씨가 물었다.

"들으려 하지 않아서 못했어요." 하고 나는 불평했다.

"흄 씨, 당신이 편견 없이 들을 생각이시라면 앞으로 잠깐 동안만 그렇게 해주십시오. 이 사건에 대해 당신이 알고 있는 것은 모두 잊어버리십시오. 그러면 섬 양이 어째서 우리 세 사람이 다우가 결백하다고 생각하는지를 말해 줄 것입니다."

그리하여 나는 불과 사흘 동안에 세 번째로 다시 한번 이번에는 흄을 위해 내 이론을 설명했다. 설명을 하기도 전에 나는 저다지도 고집스러운 입매를 가진 야망에 피가 끓는 사람은 이 이론에 굴복하지 않을 것이라고 마음 깊이 느끼고는 있었지만 하는 수 없었다. 내가 사실로부터 얻어낸 나의 이론을 설명하

는 동안——카마이클의 증언도 이름을 밝히지 않고 얘기했다
——홈은 예의바르게 앉아 나의 설명을 진지하게 듣고 있었고
여러 번 눈을 반짝이며 감탄스럽다는 듯이 고개를 끄덕였다.
그러나 나의 설명이 끝나자 그는 고개를 저었다.

"섬 양, 여자로서 그러한 추리를 하셨다니 참으로 훌륭하십
니다. 아니, 남자라도 그렇게 훌륭하게는 못할 것입니다. 그러
나 저로서는 믿기가 어렵습니다. 무엇보다도 배심원들이 그 분
석을 이해한다 하더라도 믿지를 않을 것입니다. 다음에는 그
이론에는 중대한 결함이……."

"결함이라고요?" 레인 씨가 의아한 표정을 지었다. "장미에
는 가시가 있고, 은처럼 반짝이는 샘에도 진흙이 있으며 모든
사람에게는 결점이 있다고 셰익스피어는 그의 소네트에서 말
했습니다. 그러나, 홈 씨, 해명을 할 수 있을지 없을지는 모르
겠습니다만 그 결함을 하나하나 지적해 주시겠습니까? 어떤
결함이 있지요?"

"우선 오른발 왼발 하는 그 믿기 어려운 이론부터 살펴봅시
다. 오른팔과 오른쪽 눈의 기능을 잃은 사람이 시간이 흐르고
나면 발도 왼발잡이가 된다고 단정할 수는 없습니다. 그것은
탁상공론이에요. 의학적 신빙성에 의심이 갑니다. 그리고 그 점
이 성립되지 않으면 섬 양의 이론 전체가 무너지고 맙니다, 레
인 씨."

"그것 보십시오." 하고 아버지가 기가 차다는 듯이 말하며
두 손을 쳐들었다.

"그 점이 성립되지 않는다고요?" 하고 노신사가 말했다. "천
만에요. 그 점이야말로 내가 절대로 확실하다고 믿고 있는 점
입니다!"

홈이 미소를 지었다. "설마, 레인 씨, 진정으로 그런 말을 하
시는 것은 아니겠지요? 비록 그것이 일반론으로는 사실이라고
하더라도……."

"우리가 방금 다우를 만나고 왔다는 것을 잊으셨군요." 하고

레인 씨가 낮게 말했다.

지방검사가 입을 꽉 다물었다. "그랬군요! 그곳에 간 목적이……."

"홈 씨, 우리는 일반론을 전개했습니다. 우리는 다우와 같은 특수한 입장에 있는 사람은 오른발잡이도 왼발잡이로 변한다고 말하고 있는 겁니다. 그러나 당신 말대로 원리원칙만 가지고는 어떤 특수한 경우라면 증명할 수 없을 수도 있습니다." 레인 씨는 희미한 미소를 지으며 말을 끊었다. "그래서 우리는 그 특수한 경우를 증명했던 것입니다. 그것을 증명하는 것이 내가 리즈에 온 주된 목적이었습니다. 에어런 다우는 무의식적인 행동을 할 경우 오른발이 아니라 왼발을 쓴다는 것을 실증하기 위해서였지요."

"그래, 다우가 왼발을 썼습니까?"

"그렇습니다. 내가 그에게 연필을 던졌더니 그는 그것을 피하려고 왼손을 들어 얼굴을 가렸습니다. 그 다음에는 그 연필로 나를 찔러 보라고 시켰더니 그는 역시 왼손으로 나를 찌르려 했습니다. 여기까지는 그가 지금은 왼손잡이가 되었고 오른손은 전혀 쓰지 못한다는 것을 확인하기 위해서였습니다. 그 다음에 내가 종이에 불을 붙였더니 그는 놀라서 엉겁결에 그 불을 왼발로 밟아 뭉개 버리더군요. 홈 씨, 이것은 실제적인 틀림없는 증거가 되겠지요?"

지방검사는 아무 말도 하지 않고 있었다. 마음속으로 그 문제와 씨우고 있다, 그것도 매우 괴로운 싸움을 하고 있는 것이라고 나는 생각했다. 그의 눈썹 사이에 깊은 주름이 잡혔다. "조금 더 생각해 보아야 하겠습니다." 하고 그가 중얼거렸다. "저로서는 도저히……믿을 수가 없어요. 그런……그런……." 그는 답답한 듯 책상을 손바닥으로 쳤다. "나에게는 그것이 증거가 될 수 없어요! 그것은 너무 잘 들어맞고, 너무나 잘 짜여져 있고, 또 너무나 상황증거적입니다. 그가 결백하다는 것을 증명하기에는……그렇지, 구체성이 모자랍니다."

166

노신사의 눈이 얼음처럼 차가워졌다. "홈 씨, 우리의 법률제도는 피고가 유죄라고 증명되기 전까지는 무죄로 다루고 있소. 무죄로 증명될 때까지 유죄로 취급하는 건 아니겠지요!"

"그리고 저도, 홈 씨," 하고 내가 더 참지를 못하고 성을 냈다. "당신을 공평한 분이라고 생각하고 있었어요!"

"패티!" 하고 아버지가 조용히 나무랐다.

홈의 얼굴이 빨개졌다. "조금 더 생각해 보겠습니다. 그럼, 실례하겠습니다……. 일이 산더미처럼 밀려 있어서……."

우리는 어색하게 작별을 하고 말없이 거리로 나왔다.

우리가 자동차에 올라타고 드로미오가 차를 몰기 시작하자 아버지가 분통을 터뜨렸다. "지금까지 고집스러운 돌대가리를 많이 만났지만 저런 애송이는 처음이야!"

레인 씨는 말없이 드로미오의 붉은 목덜미를 바라보며 골똘히 생각에 잠겨 있었다. "페이션스 양, 아무래도 실패한 것 같아요. 당신의 노력도 모두 허사가 되었다는 생각이 듭니다." 하고 그가 슬픈 어조로 말했다.

"그게 무슨 말씀이세요?" 하고 나는 불안해져서 물었다.

"젊은 홈의 불타는 출세욕이 그의 정의감을 짓누를 것 같습니다. 그리고 아까 그곳에서 얘기하던 중 한 가지 생각이 떠올랐습니다. 우리가 아주 중대한 실수를 했어요. 홈이 마구잡이로 나온다면 우리는 지고 말 겁니다……."

"실수라니오?" 하고 나는 놀라서 외쳤다. "진담이 아니시겠지요, 선생님? 우리가 무슨 실수를 했단 말이에요?"

"우리가 아니에요, 아가씨. 내가 실수를 했어요." 그가 말을 중단하고 잠자코 있다가 물었다. "다우의 변호사는 누굽니까? 그 불쌍한 친구는 변호사도 없나요?"

"마크 커리어라는 이 고장 변호사입니다." 하고 아버지가 낮게 말했다. "클레이가 오늘 그에 대한 얘기를 해주더군요. 그가 왜 이 사건을 맡았는지 모르겠습니다. 혹시 다우가 유죄임을 믿고 어딘가에 5만 달러를 숨겨 두었다는 생각으로 어떻게든

돈의 행방을 찾아내서 빼앗을 생각이라면 모를까."

"그래요? 그의 사무실은 어딥니까?"

"재판소 옆의 스코하리 빌딩에 있습니다."

레인 씨가 운전대 뒤의 칸막이 유리를 두드렸다. "드로미오, 차를 돌려서 시내로 다시 가세. 재판소 옆 건물이야."

마크 커리어는 매우 뚱뚱하고 머리가 훌렁 벗겨진 빈틈없어 보이는 중년 신사였다. 그는 우리가 들어섰는데도 일하는 시늉 조차 하지 않았다. 그는 회전의자에 앉아 다리를 책상 위에 얹은 채 자기 몸만큼이나 굵은 여송연을 태우면서 벽에 걸린 윌리엄 블랙스톤 경(영국의 저명한 법률학자)의 먼지 묻은 초상화를 열심히 쳐다보고 있었다.

우리가 자기 소개를 하자 그가 게으르게 말했다. "아아, 네, 바로 찾아뵙고 싶었던 분들이군요. 일어서지 않는 것을 용서하십시오. 몸이 뚱뚱해서요. 지금은 휴식중입니다……흠 얘기로는, 섬 양, 당신이 다우 사건에 대해 뭔가 중대한 것을 파악하고 계시다던데요."

"그가 언제 그 말을 하던가요?" 하고 레인 씨가 날카롭게 물었다.

"지금 막 전화로 알려 주더군요. 무척이나 친절하지요?" 커리어는 날카로운 작은 눈으로 우리를 훑어보았다. "제게도 가르쳐 주지 않으시겠습니까? 이 사건을 처리하려면 무슨 도움이든 진부 받아야 하니까."

"여보시오, 커리어." 하고 아버지가 말했다. "당신에 대해서 우리는 아무것도 모릅니다. 왜 이 사건을 맡았소?"

변호사가 살찐 부엉이 같은 미소를 띠었다. "묘한 질문이군요, 경감님. 어째서 그런 것을 물으시죠?"

두 사람이 침착하게 서로 바라보다가, "뭐, 그저." 하고 아버지가 어깨를 으쓱하며 말했다. "하지만, 이것만은 가르쳐 주시오. 사건을 맡은 이유가 그저 경험을 쌓기 위해서요, 아니면 다우의 결백을 믿기 때문이오?"

커리어가 천천히 말했다. "다우는 유죄입니다."

우리는 서로 얼굴을 마주 쳐다보았다. 아버지가 우울한 목소리로 말했다. "패티, 설명해 드려라."

그래서 나는 이미 백 번도 더 되풀이한 듯한 다우 사건의 사실에 의한 분석을 힘없이 다시 설명했다. 마크 커리어는 내 설명을 눈도 깜박이지 않고 고개를 꼿꼿이 세운 채, 웃지도 않고 마치 관심도 없는 양 듣고 있었다. 그러나 나의 얘기가 끝나자 그는 머리를 저었다——존 홈이 그랬던 것과 똑같이.

"훌륭합니다. 하지만, 소용없습니다, 섬 양. 그렇게 어려운 얘기를 이 고장의 시골뜨기 배심원들이 알아들을 것 같습니까?"

"그 어려운 얘기를 배심원들에게 납득시키는 것이 변호사로서 당신이 할 일이 아니오?" 하고 아버지가 화가 나서 말했다.

"커리어 씨." 하고 노신사가 부드럽게 말했다. "배심원 문제는 잠시 제쳐놓고 당신 자신은 어떻게 생각하십니까?"

"내가 어떻게 생각하는 것이 문제가 될까요, 레인 씨?" 변호사가 군함이 연막을 피우듯이 담배 연기를 훅 뿜어냈다. "나는 물론 최선을 다할 겁니다. 그러나 오늘 당신들이 다우의 감방에서 한 짓이 그 바보 같은 녀석의 목숨을 빼앗아 갈지도 모른다는 생각을 해보셨습니까?"

"말씀이 심하시군요, 커리어 씨. 무슨 뜻인지 설명을 해주시지요." 내가 이렇게 말하고 나서 레인 씨를 보니 그는 의자에 몸을 움츠리고 앉아 눈에 짙은 고통의 빛을 띠고 있었다.

"당신들의 행동은 바로 검사가 바라고 있던 것이었습니다." 하고 커리어가 말했다. "피고와 무슨 실험을 할 때에는 증인이 있어야 한다는 걸 몰랐단 말입니까?"

"그렇지만 우리가 바로 증인이잖아요!" 하고 내가 외쳤다.

아버지는 고개를 흔들었고 커리어는 미소를 지었다. "홈은 당신들이 다우가 무죄라는 선입관을 갖고 있다고 쉽게 배심원들이 믿게끔 할 겁니다. 당신들이 다우가 무죄라고 하도 떠벌리고 다녔으니 하는 말입니다."

"무슨 말인지 요점을 설명해 보시오." 하고 아버지가 화를 내며 말했고, 레인 씨는 몸을 더욱 움츠렸다.

"좋습니다. 말씀드리지요. 당신들이 무슨 짓을 했는지 아십니까? 흄은 당신들이 다우가 법정에서 할 쇼를 미리 연습시켰다고 할 것입니다!"

그 구치소의 간수 녀석이다! 하고 나는 생각했다. 그제서야 비로서 나는 내 예감이 사실에 기인하고 있었다는 것을 알았다. 나는 레인 씨로부터 눈을 돌렸다. 레인 씨는 보기에도 딱하리만큼 풀이 죽어 꼼짝하지 않고 의자에 앉아 있었다.

"내가 염려하고 있던 대로입니다." 이윽고 레인 씨가 말했다. "흄 사무실에서 그 생각이 나더군요. 내 실수였고, 그 실수에 대해서는 변명의 여지가 없습니다." 그의 놀랄 만큼 맑던 눈이 흐려져 있었다. 레인 씨는 별안간 단도직입적으로 말했다. "좋습니다, 커리어 씨. 이런 파국을 가져오게 한 것은 나의 어리석음 때문이니 내가 할 수 있는 오직 하나의 방법으로, 즉 돈으로 파국을 고쳐 보겠습니다. 당신의 변호료는 얼마입니까?"

커리어가 눈을 깜박이더니 천천히 말했다. "내가 이 사건을 맡은 것은 그 가엾은 사람이 불쌍해서……."

"그러시겠지요. 하지만, 당신의 변호료를 말씀해 주십시오, 커리어 씨. 돈이 있으면 당신의 그 영웅적인 동정심이 더욱 많아질 테니까요."

노신사가 주머니에서 수표책을 꺼내 만년필로 쓸 자세를 취했다. 한 순간 아버지의 무거운 숨소리만이 들렸다. 이윽고 커리어가 손을 펴서 손가락 끝을 서로 맞대며 기절할 만큼 큰 금액을 댔다. 아버지의 입도 딱 벌어졌다.

그러나 레인 씨는 아무 말도 않고 수표에 액수를 적고 나서 그것을 변호사 앞에 놓았다. "경비를 아끼지 마십시오. 내가 전부 지불하겠습니다."

커리어가 빙그레 웃으며 책상 위에 놓여 있는 수표를 곁눈질
해 볼 때 통통하게 살찐 콧구멍이 약간 벌름거렸다. "레인 씨,
그만한 변호 착수금이라면 어떤 흉악범이라도 변호하겠습니다."

그는 수표를 자기만큼이나 통통한 지갑 속에 조심스럽게 집
어넣었다. "우선 할 일은 그 왼발 오른발 문제에 대한 전문가
를 구하는 일입니다."

"그래요! 내 생각은……."

두 사람의 대화가 계속되었지만, 내게는 꿈결에 듣는 것처럼
소음이 웅웅거릴 뿐이었다. 내 귀에 확실하게 들린 것은 기적
이 일어나지 않으면 그 어리석은 에어런 다우는 죽을 것이라는
사실을 알리는 종소리였다.

제11장 재 판

그후 몇 주일 동안 나는 깊은 실의의 구렁텅이로 점점 더 빠져 들어갔다. 보이는 것이라고는 그 구렁텅이 위에 난 작은 틈새뿐이었고, 그 틈을 통해 들어오는 빛도 흐릿하고 음울한 것이었다. 에어런 다우는 죽게 되는구나 하는 생각이 들었고, 그 생각이 다른 모든 생각들을 마비시켰다. 나는 차라리 죽는 편이 낫겠다고 생각하며 망령처럼 클레이 저택 안을 서성거렸다. 제러미에게도 나는 우울한 상대였다. 나는 주위 사람들의 움직임에 아무런 관심도 갖지 않게 되었다. 아버지는 레인 씨와 늘 같이 있었고, 두 사람은 마크 커리어와 상의하고 또 상의했다.

에어런 다우의 재판 날짜가 결정되자 노신사는 재판에 대비해서 온 힘을 기울이고 있는 듯했다. 나와 두세 번 만났을 때도 입을 심각하게 꼭 다물고 있었고 말도 없었다. 그는 바닥이 날 줄 모르는 그의 자금력(資金力)을 마크 커리어에게 쏟아붓고 있었다. 그는 온 리즈 시를 이리저리 뛰어다니며 법정에서 피고를 실험할 때 돕기로 한 그 고장의 의사들과 상의했다. 지방검사 사무실을 덮고 있는 침묵의 장막을 꿰뚫고 적의 동태를 알아내려고도 했으나 소용이 없었다. 그러다가 마침내 뉴욕에 전보를 쳐서 자기의 주치의 마티니 박사에게 재판을 위해 북부로 와달라고 했다.

레인 씨와 아버지에게는 이렇듯 할 일이 있었으나 아무 일도 하지 않고 기다리고 있어야만 하는 나는 참으로 괴로웠다. 나는 여러 번 에어런 다우를 만나보려고 애썼으나 쇠창살이 굳게 닫혀 있어 구치소의 대합실 너머로는 갈 수가 없었다. 커리어와 함께라면 만날 수도 있었다. 커리어는 다우를 물론 만날 수가 있었다. 그는 커리어의 고객이니 말이다. 그러나 나는 어쩐지 그렇게 하고 싶지 않았다. 이 리즈의 변호사에게 어쩐지 처음부터 호감을 가질 수가 없었다. 그와 함께 피고를 만난다는 것은 아무래도 마음이 내키지 않았다.

이리하여 시간은 느릿느릿 지나갔고, 마침내 그날이 왔다. 신문사의 특파원, 거리의 군중, 행상인들, 복잡한 호텔에서 묵고 있던 손님들, 게다가 자극받은 시민들이 법석을 떠는 가운데 재판의 팡파르가 울렸다. 처음부터 재판은 극적인 가락을 띠고 있었고, 차츰 진행됨에 따라 변호인측과 검사측이 예상외로 심한 공방전을 벌여 다우에게 도움을 주기보다는 해를 끼쳤다. 조금은 양심의 가책을 받았는지, 아니면 확고한 자신이 없었기 때문인지 홈은 자신이 직접 나서지 않고 자기 아래에 있는 스위트 검사보에게 재판을 맡기는 손쉬운 방법을 택했다. 스위트와 커리어는 재판장석 앞에 자리를 차지하자마자 마치 늑대처럼 상대방의 숨통을 물어뜯기 시작했다. 재판장에서 싸우는 것으로 보아서는 서로가 숙명적인 원수 사이인 것처럼 보였다. 너무나 험한 말로 서로를 비방하는 바람에 재판장이 꼴사나운 행위에 대하여 여러 번 엄중한 주의를 주었다.

그리고 나는 또한 이 재판이 얼마나 절망적인 것인지를 알았다. 배심원 명부에서 배심원을 한 사람씩 선출할 때마다 커리어가 기계적으로 어김없이 반대하여 배심원 선출에만도 사흘이 걸렸다. 그 지루한 절차가 진행되는 동안 나는 피고석에 앉아 있는 비참한 작은 노인을 애써서 보지 않으려 했다. 그는 재판관을 뚫어지게 바라보기도 하고, 스위트와 그 보좌관들을 증오에 가득 찬 눈길로 노려보면서 무언가 혼자 중얼거렸고, 2~3분마다 두리번거리며 자기에게 친절한 얼굴을 찾는 것 같았다. 나도, 내 옆에 아무 말도 하지 않고 앉아 있는 노신사도 다우가 누구의 얼굴을 찾고 있는지 알고 있었다. 그 말없이 희망을 찾고 있는 듯 두리번거리는 모습에 내 가슴은 미어지는 듯했으며 노신사의 침통한 얼굴에 패인 주름은 더 깊어졌다.

우리는 신문기자석 바로 뒤의 좋은 위치에 한 덩어리가 되어 앉아 있었다. 엘러휴 클레이 씨와 제러미도 우리와 함께였다. 그리고 통로 저쪽 좌석에 아이러 포셋 의사가 앉아 짧은 턱수염을 어루만지며 사람들의 동정을 얻기 위해 크게 한숨을 내쉬고 있었다. 또 그 뒷자리에는 남자 같은 패니 카이저의 모습도 보였다. 그녀는 남의 시선을 끌지 않으려고 애를 쓰고 있는 듯 꼼짝하지 않고 조용히 앉아 있었다. 뮤어 신부는 매그너스 소장과 함께 뒷좌석 한구석에 앉아 있었고, 카마이클이 왼쪽 조금 떨어진 곳에 앉아 있는 모습도 보였다.

변호인측과 검사측이 모두 동의한 마지막 배심원이 선정되고, 배심원들이 선서를 마치고 자리에 앉자 우리는 재판의 진행을 보기 위해 편안한 자세를 취했다. 오래 기다릴 필요가 없었다. 지방검사보 스위트가 상황 증거의 그물을 피고의 주위에 펼치기 시작하자 우리는 재판의 방향이 어느쪽으로 기우는지를 알았다. 범죄의 표면적인 사실을 확인하기 위해 증인들이 불려나온 뒤에——케논 서장, 불 검시관과 그외의 사람들이 일반적인 증언을 했다——카마이클이 증언대에 불려나왔다. 카마이클이 진지하고 공손한 태도로 증언대에 섰으므로 스위트는 그를 다루기 쉽겠다고 생각한 모양이었다. 그러나 곧 카마이클이 다루기 쉽기는커녕 상당히 만만치 않은 증인이라는 사실이 드러났다. 내가 돌아보니 포셋 의사가 험악하게 얼굴을 찌푸리고 있었다. 카마이클은 거침없이 명료하게 증언하여 비서의 역할을 나무랄 데 없이 해냈다. 그는 스위트 검사에게 좀더 명확하게 질문을 해달라고 여러 번 요청했으므로, 재판이 본격적인 단계에 오르기도 전에 스위트의 신경이 거칠어지기 시작했……카마이클의 증언중에 그 잘라진 나무 상자와 '에어런 다우'라고 서명된 연필로 쓴 편지가 증거물로 제출되었다.

그 다음에 매그너스 소장이 증언대에 올랐는데, 포셋 상원의원이 알곤퀸 형무소를 방문한 일에 대해 증언하라는 요청을 받았다. 이 증언의 대부분은 마크 커리어의 심한 반대를 받아 기록에서 삭제되었으나, 이 삭제된 부분도 삭제되지 않고 기록에 오른 부분과 마찬가지로 배심원들의 마음에 깊이 새겨진 것이 틀림없다……왜냐하면 배심원 대다수가 머리가 희끗희끗한 부유한 농장주이거나 상인들이었기 때문이었다.

그 따분한 재판은 며칠이나 계속되었다. 그리고 스위트가 논고를 끝마쳤을 때에는 피고의 유죄를 증명코자 하는 검찰측의 임무가 너무나 잘 완수되었음을 알 수 있었다. 전체의 분위기로 보아, 또한 옳다고 끄덕이고 있는 신문기자들의 고갯짓과 배심원들의 불안하고 긴장된 모습에서 그것을 느낄 수 있었다.

마크 커리어는 재판정에서 느껴지는 이러한 패배의 분위기에도 별로 동요하지 않는 것 같았다. 그는 침착하게 일을 진행시켰다. 나는 그가 무슨 계획을 세우고 있는지 곧 알았다. 그와 아버지와 레인 씨는 변호를 잘할 수 있는 단 하나의 방법은 우리 이론의 근거가 되는 증언상의 사실을 아무런 술책도 쓰지 않고 그대로 제출하여 배심원들에게 그 본질적인 결론을 펼쳐 보이는 일이라고 판단하고 있었다. 커리어가 배심원들을 조심해서 선정하였다는 것도 나는 알 수 있었다. 누구든 지능이 모자란 듯싶으면 무슨 핑계를 대서든 제외시켜 배심원들의 지적 수준을 끌어올려 놓았던 것이다.

커리어 변호사는 우리 이론의 토대가 될 돌을 하나하나 깔아 나갔다. 그가 카마이클을 증인으로 불렀다. 카마이클은 여기서 비로소 살인이 일어났던 날 밤 현관문을 지켜보고 있었다는 사실, 누군지 알 수 없는 복면의 사나이가 찾아왔던 사실, 살인이 일어난 시각에는 오직 한 사람만이 저택을 드나들었다는 사실을 증언했다. 스위트 검사보는 카마이클의 증언에서 트집을 잡으려고 심술궂은 반대 심문을 했다. 카마이클의 정체를 드러낼 만한 답변을 해야 하는 것이 아닌가 하고 나는 가슴을 졸였으나, 카마이클은 조용하게 비서로서의 지위를 잃는 것이 두려워서 지금까지 이 말을 하지 않았다고 답변하여 죽은 포셋 상원의원의 비밀을 염탐하는 자기 본연의 임무를 교묘하게 감추었다. 내가 포셋 의사를 돌아다보니 박사의 얼굴이 소나기 구름처럼 험악했다. 나는 정부를 위한 카마이클의 비밀 조사가 곧 중단될 운명에 놓였음을 깨달았다.

이 엉터리 같은 재판은 계속되었다. 불 검시관, 케논 서장, 아버지, 이 고장의 경찰관 중의 전문인들……내 이론이 근거를 두고 있는 사실들이 조금씩 나타났다. 그리고 커리어는 이러한 사실들을 교묘히 기록에 올린 다음 마침내 에어런 다우를 증언대에 세웠다.

그는 보기에도 처참한 모습이었다. 거의 반죽음이 될 정도로 겁을 먹고, 입술을 축이며 들릴락말락한 낮은 목소리로 선서한 다음 증인석에 웅크리고 앉아 몸을 흔들면서 애꾸눈을 두리번거렸다. 커리어가 즉시 심문을 시작했다. 나는 다우가 어떻게 하라는 지시를 받은 것을 금방 알았다. 심문과 응답은 10년 전의 사고에 대한 것으로만 한정되어, 나중에 지방검사보의 반대 심문에서 피고에게 불리한 증언을 피고로부터 끌어낼 만한 실마리를 주지 않도록 계획되어 있었던 것이다. 커리어가 질문을 할 때마다 스위트 검사보가 큰소리로 이의를 신청했으나, 커리어가 침착하게 이러한 질문은 변호인측 변호 계획에 필요한 질문이라고 하여 검사의 이의는 재판장에 의해 기각되었다.

"재판장님, 그리고 배심원 여러분, 나는 포셋 상원의원을 살해한 사람은 오른손잡이인데 피고는 왼손잡이라는 것을 입증하겠습니다." 하고 커리어가 침착한 목소리로 말했다.

승리냐 패배냐 하는 것은 오직 이 점에 걸려 있었다. 배심원들은 우리 쪽 의학계 전문인들의 의견을 받아들일 것인가? 스위트는 반박할 준비가 되어 있을까? 나는 스위트 검사의 혈색 나쁜 얼굴을 보고 가슴이 철렁했다. 그는 마치 사냥꾼처럼 이 순간을 조급하게 기다리고 있었다……

모든 것이 끝나고 싸움터의 연기도 사라졌을 때 나는 멍청히 앉아 있었다. 우리 전문가들! 그들은 모든 것을 분간할 수 없게 만들어 버렸다. 레인 씨의 주치의인 유명한 의사마저도 배심원들을 납득시키지 못했다. 왜냐하면 스위트 역시 전문가들을 내세워 오른손잡이가 왼손잡이로 변했을 경우 다리도 역시 왼발잡이가 된다는 이론에 의문을 품는 의견을 제시했기 때문이었다. 길고 지루했던 의사들의 논쟁은 결론적으로 말하면 교착 상태에 빠져버린 것이다. 한 사람이 증언을 하면 그 다음 증인이 부정하는 식이었다. 불쌍한 배심원들은 어느쪽 의견이 옳은지 알 수 없게 되어 버렸다.

일격, 또 일격, 철퇴가 내려졌다. 마크 커리어가 우리의 추리를 주의 깊게 간결화시켜서 설명한 것은 훌륭했으나 스위트 검사의 반박이 그것을 뭉개 버렸다. 절망에 빠진 커리어 변호사는 레인 씨와 나, 그리고 아버지를 증인으로 내세워 다우의 독방에서 있었던 실험에 대한 증언을 시킴으로써 전문가들이 실패한 왼발잡이 이론을 입증하려고 했다. 스위트 검사가 거칠게 우리들을 반대심문했다. 그가 우리 증언을 뒤섞고 난 뒤에 원고측 재심사 허가를 받고 또 한 사람의 증인을 내세웠다. 그는 구치소의 그 인상 나쁜 간수였다. 그는 우리가 다우의 발 동작에 관하여 미리 연습시켰다고 고의적으로 우리를 비난했다. 커리어는 숱이 적은 머리칼을 쥐어뜯으며 큰소리로 반박을 했고 스위트 검사를 물어뜯을 기세였으나 타격은 이미 가해진 뒤였고, 배심원들은 검사측 주장이 옳다는 듯이 의자에 등을 기대었다……나는 멍해져서 앉아 있었다. 내 눈에 들어온 것은 피고석에 앉아서 다우가 여러 사람에게 보여 준 그의 태도뿐이었다. 이러한 일이 일어나고 있는 지루한 시간 동안 다우는 자기 살을 꼬집기도 하고 몸을 주먹으로 치기도 하고 다리를 왼발, 오른발 교대로 구르기도 하고——온몸을 뒤틀다가 숨이 차서 헉헉거리며 겁에 질려 미친 사람처럼 굴다가, 이러한 고통을 참느니 차라리 유죄 판결을 받는 것이 낫겠다는 몸짓을 하고 있었다. 모든 것이 침울하고 불확실한 분위기를 더해 가고만 있었다.

재판 마지막 날 커리어가 총괄변론을 했고, 우리는 패배가 결정적임을 알았다. 커리어는 용감히 싸웠지만 패했고, 패한 것을 그는 알고 있었다. 그럼에도 불구하고 그는 강인한 면을 보여 주었다. 그 나름대로 그는 명예를 지킬 줄 아는 사람이었고, 거대한 변호료의 대가를 치르기 위해 최선을 다했다.

"나는 여러분에게 말씀드립니다." 하고 그가 별로 관심을 보이지 않고 있다가 깜짝 놀란 배심원들에게 큰소리로 말했다. "만일 여러분께서 이 사람을 전기 의자에 앉힌다면 여러분은 정의나 의학에 대해 최악의 타격을 가하고야 말 것입니다! 검찰측에 의하여 교묘하게, 그러나 잘못 만들어진 피고의 죄상은 운명적으로 이 불쌍한 사람에게 씌워진 편리한 상황 증거의 얇은 막에 지나지 않습니다. 여러분은 전문가들이 피고라면 그 불붙은 종이를 본능적으로 왼발로 밟아 껐을 거라는 증언을 하는 것을 들었습니다. 여러분은 살인범이 오른발로 그 불을 껐다는 것을 알고 있습니다. 게다가 그날 밤 범행 시간에 그 방에 있던 사람은 한 사람뿐이었다는 것도 여러분은 알고 있습니다. 그런데도 어떻게 피고가 결백하다는 사실을 의심할 수 있겠습니까? 스위트 검사는 교묘히 사건을 이끌어 갔습니다. 교활하다고 할 수 있을 정도입니다. 그러나 검사측이 반박할 증인을 제아무리 많이 내세우더라도 피고측의 주(主) 증인인 뉴욕의 고명하신 마티니 박사의 개인적인 권위와 직업적인 명성, 그리고 최고의 특수 지식을 배격할 수는 없을 것입니다!

배심원 여러분, 나는 여러분께 감히 말씀드립니다. 표면적인 증거가 피고에게 제아무리 불리하게 보이고, 검사측이 세아무리 교활하게 변호인측에서 피고에게 미리 연습을 시켰다는 관념을 배심원 여러분의 마음 깊이 심어 주었다 하더라도, 여러분이 이 가엾고 불쌍한 사나이를, 그가 생리적으로 도저히 범할 수 없었던 범죄 때문에 전기 의자에 앉아 죽게끔 하는 짓은 양심이 있으면 하지 못하리라 믿습니다!"

배심원들은 6시간 반 동안이나 토론한 끝에 에어런 다우가 기소된 범죄에 대하여 유죄라고 판결했다.

증거에 몇 가지 의문이 있음을 감안하여 배심원들은 재판장에게 형벌을 참작해 주기를 바란다고 권고했다.

그리고 열흘 뒤에 에어런 다우는 종신형을 선고받았다.

제12장 여 파

마크 커리어는 항소했으나 기각되었다. 에어런 다우는 체격
이 좋은 치안관 대리에 의해 수갑이 채워져서 죽기나 해
야 법적으로 끝날 형벌을 받기 위해 알곤퀸 형무소로 보내졌다.

우리는 뮤어 신부를 통해 그의 최근 소식을 접하고 있었다.
다우는 알곤퀸 형무소에서 다시 복역하게 되었으나, 관례대로
하나에서 열까지 신입자와 똑같은 취급을 받았다. 전에 한 번
복역한 일이 있는데도 불구하고 또다시 그 지긋지긋한 형무소
규정의 온 과정을 밟아야만 하는 것이었다. 그리하여 얼마쯤이
나마 명예를 회복해서 그 비참한 특권을 얻고, 자기의 복역 성
적과 간수들의 동정심에 따라 그 구제받을 길 없는 사람들의
냉혹한 사회에서 죽을 때까지라도 유익한 사람이 되고자 노력
해야만 했다.

며칠이 지나고 몇 주일이 지나갔다. 그러나 드루리 레인 씨
의 얼굴에 새겨진 침통한 고뇌의 표정은 조금도 밝아지지 않았
다. 나는 그의 끈질김에 놀랐다. 그는 햄릿 성으로 돌아가려 하
지 않고 고집스럽게 뮤어 신부 댁에 머물러 있었다. 낮에는 그
집의 작은 뜰에서 일광욕을 했고, 이따금 밤에는 뮤어 신부와
매그너스 소장과 의논을 했다. 이러한 밤에는 매그너스 소장이
대답해 주는 한은 언제까지나 에어런 다우에 관한 질문을 하는
것이었다.

노신사가 무언가 일어나기를 기다리고 있다는 것을 나는 벌
써부터 알고 있었다. 그러나 그가 정말 희망이 있다고 보고 기
다리고 있는 것인지, 아니면 다우에게 너무나 미안하다고 생각
해서 리즈에 머물고 있는 것인지 나로서는 판단할 수가 없었다.
어쨌든 아버지와 나도 레인 씨를 저버릴 수가 없어서 계속 리

즈에 머물러 있었다.

사건과는 그다지 관계가 없는 일들만이 계속 일어나고 있었다. 포셋 상원의원의 사망에다 반대파 신문이 포셋 일당의 부정에 대하여 폭로하는 바람에 포셋 의사의 정치적 지위가 위태롭게 되었다. 존 홈은 포셋 살해사건이 얼마쯤 석연치 않은 점이 있기는 해도 일단 자기의 승리로 끝났으므로 이번에는 상원의원으로 진출하기 위해 정면으로 공격을 시작했다. 그의 공격은 상대방의 추문을 들추어내는 양상을 띠었으나, 상대방의 됨됨이로 봐서 그렇게 해도 괜찮다고 정신적인 핑계를 대고 있는 것이 분명했다. 죽은 상원의원의 인품과 업적에 대해 아주 추악한 소문들이 새어나와 퍼지기 시작했다. 매일같이 새로운 내용의 소문이 퍼졌다. 홈과 루퍼스 코튼이 포셋 의원 살인사건을 수사하다가 입수한 추악한 정보를 선거인들에게 퍼뜨리고 있음이 틀림없었고, 그것은 상대방에게 상당히 심한 타격을 주고 있었다.

그러나 포셋 의사는 그리 쉽사리 패배를 인정할 인물이 아니었다. 그의 성공의 비결이었던 선천적으로 이어받은 정치적 재능이 그가 홈을 향해 취한 반격에 잘 나타나 있었다. 생각이 얕은 정치가였다면 홈의 심한 비난에 대하여 마구 더러운 욕으로 응수했을 것이다. 그러나 포셋 의사는 그렇지 않았다. 그는 온갖 험담에 대하여 위엄 있는 침묵을 지켰다.

그의 유일한 대응은 상원의원 후보로 엘러휴 클레이 씨를 내세우는 일이었다.

우리는 계속해서 클레이 댁에 신세를 지고 있었으므로, 나는 그 기묘한 선거전의 양상이 진행되는 것을 볼 수 있었다. 엘러휴 클레이 씨는 굉장히 부유한 재산가였음에도 불구하고 틸덴 군에서는 좋은 평판을 얻고 있었다. 그는 자선가인데다 견실한 기업체들의 지도자 역할을 하고 있었고, 리즈 상공회의소의 유력자 가운데 한 사람이었으며 노동자들에게는 사람좋은 고용주이기도 했다──포셋 의사의 입장에서 본다면 혁신을 부르 짖는 존 홈과 대항할 수 있는 이상적인 후보자였다.

그러한 의도를 우리가 처음 안 것은 어느 날 밤 포셋 의사가 클레이 저택으로 와서 엘러휴 클레이 씨와 밀담을 하고 난 다음이었다. 그들은 방문을 닫고 단둘이서 두 시간이나 이야기를 나누었다. 이윽고 두 사람이 방에서 나와 포셋 의사가 여느때와 마찬가지로 온화하고 사근사근하게 인사를 하고 떠나자, 엘러휴 클레이 씨는 얼굴을 약간 찌푸리고 있었으나, 차라리 개운한 표정을 하고 있었다.

"저 친구가 내게서 뭘 원하고 있는지 당신들은 상상할 수도 없을 것입니다." 하고 클레이 씨가 믿을 수 없는 일이라서 자기도 놀랍다는 투로 말했다.

"당신에게 자기의 정치적 들러리가 되어 달라고 말했겠지요." 하고 이따금 날카로운 면을 보이는 아버지가 느릿하게 말했다.

클레이 씨가 놀라서 눈을 크게 떴다.

"어떻게 아셨습니까?"

"뻔하지 않습니까?" 하고 아버지가 퉁명스럽게 말했다. "저 사람처럼 간교한 악당이 생각하는 것이란 그런 게 아니고 뭐겠습니까. 그래, 어떻게 해달라고 하던가요?"

"이번 상원의원 선거에 그의 당 후보로 나서 달라는 겁니다."

"당신은 그의 정당에 속해 있습니까?"

클레이가 얼굴을 붉혔다. "그의 정당 당론이 옳다고 생각하고 있지요……."

"아버지!" 하고 제러미가 외쳤다. "아니, 그런 잉티리하고 손을 잡자는 생각은 아니시겠지요?"

"아, 물론 아니지." 하고 클레이 씨가 급히 말했다. "물론 난 거절했다. 하지만, 이번만은 진심으로 하는 말 같더라. 그는 당이 요구하는 사람은 정의감에 불타는 정직한 사람……저어, 그러니까……나 같은 사람이라고 하더구나."

"그렇다면 나가 보시지요." 하고 아버지가 말했다.

우리 모두는 놀라서 아버지의 얼굴을 쳐다보았다.

"당연하지 않습니까?"

아버지가 기세 좋게 여송연을 씹으며 껄껄 웃었다.

"불은 불로 싸워야 합니다, 클레이 씨. 마침 잘됐습니다. 입후보를 수락하십시오!"

"그렇지만, 경감님……." 하고 제러미가 어이없다는 듯이 말했다.

"자네는 빠지게, 젊은이." 아버지는 미소를 지었다. "자네 부친께서 상원의원이 되는 것이 싫은가? 내 말을 들어 보시오, 클레이 씨. 당신의 공동 경영자라는 친구의 비행을 조심해서 조사해 봐야 아무 소용이 없다는 것을 당신이나 나나 이미 잘 알고 있습니다. 그 친구는 너무 약아요. 좋습니다, 그에게 협력하는 겁니다. 그의 제안을 받아들여 그와 한패가 되는 겁니다, 아시겠습니까? 그렇게 하면 증거가 될 만한 서류를 손에 넣게 될지도 모르죠. 그런 약아빠진 놈들은 일이 잘된다 싶으면 이따금 실수를 하는 수도 있으니까요. 그리고 선거 전에 어떤 증거를 잡을 수만 있다면 마지막에 가서 입후보를 취소하고 그의 비행을 폭로할 수도 있지 않겠습니까?"

"저는 싫습니다." 하고 제러미가 중얼거렸다.

"글쎄요……." 클레이 씨가 마음이 편치 않은 듯 눈살을 찌푸렸다.

"그것은……저는 잘 모르겠는데요, 경감님. 어쩐지 너무 비겁한 행동이라는 생각이 드는군요. 저는……."

"물론 그러기 위해서는 용기가 필요합니다." 하고 아버지가 꿈을 꾸듯 말했다. "그러나 그들 일당의 부정을 폭로함으로써 당신은 당신 자신과 이 고장에 좋은 일을 하는 것입니다. 시민의 영웅이 되십시오!"

"흠……." 클레이 씨의 눈이 빛나기 시작했다. "그런 식으로는 생각해 보지 못했습니다. 경감님 말씀이 옳을지도 모르지요. 아니, 당신 말씀이 틀림없이 옳습니다. 한번 해보겠습니다. 지금 당장 전화를 해서 입후보하기로 생각을 바꾸었다고 연락하겠습니다."

나는 반대한다고 말하려다가 입을 다물었다. 말해야 무슨 소용이 있지? 나는 어둠속에서 머리를 저었다. 나는 아버지의 계략이 성공하리라고 별로 믿지 않았다. 그 턱수염을 기른 야심 많은 의사는 아버지의 의도를 꿰뚫어보고 있는 거야. 아버지가 이곳에 온 목적이 클레이 대리석 상사의 경리 장부와 서류들을 조사하기 위한 것이었다는 사실을 알고 있는 거야. 상원의원에 입후보하라고 클레이 씨에게 권유하면 클레이 씨는 거절할 것이고, 그러면 아버지가 수락하라고 말할 것이라는 것도 알고 있는 거야.

내가 이렇게 생각하는 것이 어쩌면 너무 민감한 반응일지도 모른다. 그러나 우리가 이곳에 오자마자 클레이 대리석 상사와 포셋 의사 사이에서 나던 부정의 냄새가 싹 가셨다는 것은 분명 심상치 않은 일이다. 그 사람은 지금 몸을 사리고 있는 것이다. 그는 또한 클레이 씨를 그들 일당의 입후자를 만듦으로써 그 정직한 클레이 씨에게 오명을 씌우고, 어쩌면 그보다도 클레이 씨가 어떤 부정한 일을 했다고 모함하여 클레이 씨의 입을 효과적으로 막으려고 하는지도 모른다.

그러나 이러한 생각들은 확실한 근거가 있는 것이 아니라 다만 나의 의심일 뿐, 아버지께서 어련히 잘 알아서 하시겠나 싶어 나는 아무 말도 않고 있었다.

"그것은 포셋의 더러운 술수 중 하나예요!" 클레이 씨가 집으로 들어가려고 일어서자 제러미가 소리쳤다. "경감님, 그건 대단히 좋지 않은 조언입니다."

"제러미!" 하고 클레이 씨가 나무랐다.

"죄송해요, 아버지. 그러나 할말은 해야겠습니다. 아버지께서 그들 패거리와 손을 잡으시면 나중에 오물을 뒤집어쓰실 거예요."

"결정은 내게 맡기면 되잖니?"

"좋아요, 그러죠."

제러미가 벌떡 일어섰다.

"아버지께서 손수 파는 무덤이니 알아서 하세요." 하고 그가 험악하게 말했다. "나중에 일이 터지면 왜 진작 막지 않았느냐고 원망하지 마시고요."

그는 집안으로 들어갔다.

다음날 아침 식사 때 내 접시 위에 편지가 놓여 있었다. 엘러휴 클레이 씨의 얼굴이 좀 창백해 보였다. 제러미는 짤막한 편지에서 채석장에서 다시 일을 시작했다고 씁쓸한 투로 쓰고 있었다. 아버지가 정치하느라고 바쁠 테니 집안일은 자기가 맡아처리해야 한다는 것이었다. 불쌍한 제러미! 그는 저녁에 돌아와 식사하는 동안에도 내내 말이 없었고 심각한 표정을 짓고 있었다. 그리고 그 뒤로 여러 날 동안 사기를 북돋아 줄 사람이 절실히 필요한 나에게 그는 좋은 상대가 되어 주지 못했다. 나는 시인들이 '그것을 잃음은 곧 젊음이 죽는 것'이라고 노래한, 피부의 신선도를 잃어가고 있었다. 나는 혹시 흰 머리칼이라도 생기지 않았나 해서 거울 앞에 서 있기까지 했다. 그리고 약간 희게 변한 머리칼을 한 가닥 발견하고는 침대에 쓰러져서 에어런 다우도, 제러미도, 리즈도, 미국도 몰랐더라면 얼마나 좋았을까 하고 생각했다.

에어런 다우에 대한 재판과 판결이 끝나자 그 결과 하나가 우리 신변 가까이에 나타났다. 그때까지 우리는 카마이클과 계속 연락을 계속하고 있었고 그는 포셋 의사에 대한 유익한 자료를 제공해 주고 있었다. 그러나 이 연방 수사관이 지나치게 파고 들어간 탓인지, 아니면 포셋 의사의 날카로운 눈이 그의 정체를 꿰뚫어본 탓인지, 또는 재판소에서 한 그의 증언이 고용주에게 의혹을 품게 한 탓인지——아니면 이러한 세 가지 원인이 겹친 탓인지는 모르나, 어쨌든 카마이클은 느닷없이 해고당했다. 포셋 의사는 그를 해고한 이유를 말하지 않았다. 카마이클은 어느 날 아침 가방을 들고 우울한 얼굴로 클레이 씨 저택에 나타나 이제 워싱턴으로 돌아갈 참이라고 말했다.

"일을 아직 절반밖에 못했는데 말입니다." 하고 그가 투덜거렸다.

"앞으로 2~3주일만 더 있으면 그들 일당의 악행을 빠짐없이 밝혀낼 수가 있는데 이렇게 됐습니다. 지금 상태에서는 불충분한 서류상의 증거로 소송하는 수밖에 없습니다. 그래도 은행 거래의 귀중한 자료며 지불한 영수증의 훌륭한 복사 사진, 당신의 팔만큼이나 긴 유령 거래인 명단을 입수했습니다."

헤어질 때 카마이클은 이러한 자료를 워싱턴의 상사에게 제출하면 연방 정부에서 틸덴 군의 정치 깡패 일당을 처벌하기 위한 법적조치를 취할 것이라고 장담했다. 그가 떠나가 버리자 아버지나 나나 현재로서는 포셋 의사가 승리했다고 느꼈다. 적의 아성에서 우리의 스파이가 밀려났다는 것은 말하자면 보급로가 끊어진 것과도 같은 타격이었다.

나는 더할 나위 없이 우울한 기분으로 이 슬픈 정세에 대하여 곰곰이 생각했다. 아버지는 퉁명스럽기만 했고, 엘러휴 클레이 씨는 선거 운동으로 매우 바빴으며, 제러미는 목숨이 달아나건 손발이 떨어져 나가건 상관할 바 아니라는 듯이 아버지의 채석장에서 다이너마이트를 폭파시키고 있었다. 그때 어떤 생각이 내 머리에 언뜻 떠올랐다. 카마이클이 가버리고 없는 지금 누군가가 그 역할을 대신해야만 한다. 그것을 내가 해서 안 될 것도 없지 않은가.

생각하면 할수록 좋은 생각이라고 여겨졌다. 포셋 의사는 아버지가 무엇 때문에 리즈에 와 있는지 이미 눈치챘을 것이다. 그러나 그가 본래 여자를 좋아한다는 사실과 나의 천진스러운 모습을 연결해 볼 때 지금까지 많은 흉악한 악당들이 여자가 던진 먹이에 걸려들었듯이 그 역시 나의 유혹에 빠져들리라.

그래서 나는 아버지 모르게 이 턱수염의 신사와 친해지도록 애썼다. 내가 취한 첫 행동은 그와 거리에서 마주치는 일이었다──물론 절대로 우연인 것처럼.

"여어, 섬 양 아닙니까!" 마치 미술품 감식가처럼 나를 이리 저리 뜯어보며 포셋 의사가 반갑게 소리쳤다──나는 이때를 대비해서 여느때보다 몸단장을 잘해서 나의 아름다운 점이 돋 보이도록 미리 준비하고 있었다.

"이렇게 만날 줄은 생각지도 못했는데 정말 반갑습니다. 전 부터 한번 찾아뵌다고 생각하고 있었습니다만."

"그런데 왜 안 찾아오셨죠?" 하고 나는 아양을 떨며 말했다.

"아……제가 게으름을 좀 피웠지요."

그는 미소를 지으며 혀 끝으로 입술을 핥았다.

"그렇지만 이 기회에 그 보상을 해야겠군요. 저와 점심을 같 이하시는 겁니다, 아가씨."

나는 수줍어하는 듯한 태도를 보였다. "포셋 선생님! 대단히 강압적인 분이시군요, 그렇지요?"

그가 눈을 번뜩이며 턱수염을 쓸었다.

"그래요, 난 당신이 생각하지 못할 정도로 강압적인 사람입 니다."

그는 낮게, 아주 친근한 목소리로 말하며 내 팔을 부드럽게 죄었다. "여기에 내 차가 있습니다. 타시지요."

그래서 내가 할 수 없다는 듯이 한숨을 쉬자 그는 내가 차에 타는 것을 거들었다. 그리고는 내 뒤를 따라 서둘러 올라타며 그 험상궂은 운전기사 루이스에게 눈을 찡긋해 보였다. 우리는 로드하우스 앞에서 내렸다──몇 주일 전에 아버지와 내가 카 마이클을 만난 바로 그 여관이었다──여관 지배인이 나를 알 아보고 야비한 웃음을 띠며 우리를 어느 방으로 안내했다.

빅토리아 시대를 배경으로 쓴 소설의 여주인공처럼 순결을 지키기 위해 싸워야 할 것이라고 예상하고 있었기 때문에, 나 는 기분좋은 실망을 맛봐야만 했다. 그는 깍듯이 예의를 지켜 서 나를 대했다. 나를 만만치 않은 젊고 신선한 먹이로 보고 너 무 조급히 굴다가 놓치지 않으려는 수작인 듯했다. 고급 포도

주가 곁들여진 훌륭한 점심을 대접했고 식탁 너머로 내 손을 잠깐 잡았을 뿐, 무례한 말은 하지도 않았고 그의 차로 나를 바래다 주기까지 했다.

나는 바람기 있는 여자처럼 시기를 기다렸다. 그의 호색가다운 점을 내가 잘못 본 것은 아니었다. 그로부터 며칠이 지난 어느 날 밤 그가 나를 연극에 초대하고 싶다면서 전화를 걸어 왔다. 시내에 상설극장 비슷한 것이 있는데, 그곳에서 '캔디다'를 공연한다면서 내가 그걸 보고 싶어할 것 같아 전화를 걸었다는 것이었다. 나는 '캔디다'를 대여섯 번이나 보았으나——여자를 유혹하려는 남자들은 이 버나드 쇼의 연극을 보는 것을 정사의 프롤로그쯤으로 생각하는 것 같았다——애교를 떨며 말했다. "선생님, 그 연극을 얼마나 보고 싶어했는지 몰라요. 아주 대담한 내용이 많다고 들었어요!"(이 말은 실없는 소리였던 것이, 그 연극 내용은 요즈음 연극에 비하면 아주 점잖은 축에 들었다.) 그는 내 말을 듣고 기분이 좋은 듯 껄껄 웃더니 다음날 저녁에 데리러 오겠다고 말했다.

연극은 그런대로 괜찮았고 동반자도 나무랄 데 없었다. 여럿이 함께 갔었는데, 포셋 의사는 그림자처럼 내 옆에 붙어 있었다. 그리고 한참 뒤에 아무렇지도 않은 투로 연극이 끝나면 '모두 함께' 자기 집에 가서 칵테일을 들자고 말했다. 하! 드디어 시작이야, 페이션스.

나는 난처한 표정을 지었다.

"가도 괜찮을까요? 저는……."

그가 유쾌하게 웃었다. "괜찮느냐니요. 아버님께서는 절대로 뭐라고 하지 않으실 테니까, 아가씨……."

나는 할 수 없다는 듯 한숨을 쉬며 대단히 나쁜 짓을 저지르려는 순진한 여학생 같은 태도로 그의 제안을 받아들였다.

그날 밤 위험한 일이 없었던 것은 아니었다. 함께 떠났던 사람들은 아주 편리하게도 도중에서 하나둘 사라지고, 이윽고 포셋 의사의 커다랗고 침울한 집에 도착했을 때에는 기적처럼 의

사와 나 두 사람뿐이었다. 그가 현관문을 열어 주어 지난번에
왔을 때에는 시체가 앉아 있던 그 집안으로 들어서자마자 나는
어떤 불안감에 사로잡혔다. 나는 뒤따라 들어오는 살아 있는
포셋 의사보다 앞에 기다리고 있을 것 같은 죽은 사람이 더 무
서웠다. 죽은 상원의원의 서재 앞을 지나가며 가구의 위치가
완전히 바뀌어 살인 당시의 흔적이 없어진 것을 보고 나는 마
음이 가라앉았다.

그러나 나는 그의 집에까지 따라감으로써 그의 욕정만 불러
일으켰을 뿐, 내가 바라던 수확을 얻을 수는 없었다. 그는 내게
술을 자꾸 먹였다. 그러나 나는 대학 시절에 술을 많이 마시고
도 정신을 똑바로 차릴 수 있는 사람만이 가입할 자격이 있는
서클에 가입한 경험도 있었기 때문에, 내가 일부러 술에 취한
척했는데도 불구하고 나의 술 실력에 그는 놀란 모양이었다.
시간이 지남에 따라 내 남자 친구는 지금까지 보였던 신사다운
태도를 버리고 본성을 드러냈다. 그는 나를 긴 의자에 앉히고
참으로 훌륭한 솜씨로 나의 사랑을 요구하기 시작했다. 그의
욕정의 밥이 되지 않도록 하면서도 나의 참 목적을 알아차리지
못하도록 하기 위해서는 무용가 같은 날렵함과 드루리 레인 씨
같은 연기력을 발휘해야만 했다. 그의 포옹에서 벗어나기란 참
으로 힘겨운 일이었다. 그러나 그의 공세를 물리치면서도 그가
나를 단념하지 않게 만든 것은 자랑할 만한 일이었다. 다음 기
회에……라고 그는 생각하는 듯했다. 그는 곧 성공하겠지 하고
생각하는 데서 절반 이상의 재미를 느끼는 사람 같았다.

이렇게 해서 성벽을 뚫어 놓은 나는 복병들을 키워 나갔다.
포셋의 덫으로 내가 찾아가는 횟수는 그의 사랑의 강도에 비례
하여 잦아졌다. 이러한 위험한 생활은 에어런 다우가 알곤퀸
형무소에서 복역하기 시작한 뒤로 한 달쯤 계속되었다. 그리고
이 위험 속에는 아버지의 미심쩍어하는 질문과 내가 자기 것인
양 짜증내는 제러미의 질투도 포함되어 있었다. 제러미는 내가
시내에서 어떤 사람과 친구가 되었다고 설명해도 만족하지 않

고 나의 뒤를 미행하는 것이었다. 나는 미행을 떨쳐 버리기 위해서 물속의 뱀장어처럼 살살 빠져 다녀야만 했다.

마침내 기다리고 있던 일이 일어난 것은 수요일 밤이었다고 기억된다. 나는 약속 시간보다 조금 일찍 포셋 저택으로 갔다. 그리고 아래층 진찰실 바로 옆에 있는 의사의 연구실로 들어갔다. 그때 그는 무엇을 바라보고 있었다. 그것은 기묘한 모양을 하고 있었는데 의사의 책상 위에 놓여 있었다. 그는 나를 보더니 낮게 욕지거리를 하고, 미소를 지으면서 그 물건을 급히 책상 맨 윗서랍에 집어넣었다. 나는 놀라움을 겉으로 나타내지 않으려고 필사적인 노력을 해야만 했다. 그가 들여다보고 있던 물건은——아니, 그럴 리가 없어! 하지만, 나는 그것을 이 눈으로 똑똑히 보았다. 마침내 올 것이 온 것이다. 믿을 수 없으나 마침내 온 것이다.

그날 밤 그 집에서 나왔을 때 나는 흥분으로 떨고 있었다. 그도 사랑 놀음을 마지못해 하고 있는 듯했기 때문에 나는 여느 때처럼 그를 거절하느라고 애먹지 않아도 되었다. 왜? 그의 마음은 책상 맨 윗서랍 속에 있는 그 물건에 대한 생각으로 가득차 있었던 것이다.

그래서 나는 자동차가 기다리고 있는 곳으로 가지 않고 집 옆으로 돌아가 포셋 의사의 연구실 창 밑으로 살금살금 다가갔다. 여태까지 나는 나의 목적——그 목적이란 그것을 소유하고 있는 사람을 파멸시킬 만한 증거 서류를 손에 넣는 일이다——을 달성하지 못하고 있었으나, 이것이야말로 내가 꿈도 꾸지 못했던 참으로 귀중한 수확임에 틀림없었다. 서류를 찾는 것은 어려울 것이다. 그러나 이것은 서류보다도 훨씬 중요한 것이라는 생각에 나는 숨이 막힐 지경이었고, 가슴이 너무나 세게 뛰고 있어서 내 심장이 뛰는 소리가 벽을 통해 포셋 의사에게 들리면 어쩌나 걱정될 정도였다.

나는 옷자락을 무릎 위로 걷어올리고 연구실 안이 보일 만한 위치까지 담쟁이덩굴을 타고 올라갔다. 다행스럽게도 달이 없는 밤이어서 나는 하나님에게 감사했다. 그리고 연구실 창 너머로 포셋 의사가 책상 앞에 앉아서 하고 있는 짓을 보았을 때 나는 만세를 부르고 싶었다. 내가 생각했던 대로였다! 내가 사라지자 그는 부리나케 그 서랍 속의 물건을 보기 위해 책상 앞에 앉았던 것이다. 지금 그는 책상 앞에 앉아 격정으로 야윈 얼굴을 험악하게 찌푸리고, 뾰족한 턱수염을 위협하듯 앞으로 내밀고 손으로 그 물건을 마치 으깨 버리기라도 하려는 듯 힘껏 움켜쥐고 있었다. 그런데 저것이 뭐지? 편지? 아니, 종이 조각이다! 그것은 그가 앉은 책상 위에 있었다. 그는 그것을 거칠게 집어들고 험상궂은 얼굴로 읽었다. 그 표정이 너무나 끔찍했기 때문에, 나는 놀라서 균형을 잃고 죽은 사람조차도 깨울 수 있을 만큼 요란한 소리를 내며 자갈 위로 떨어졌다.

포셋 의사가 번개처럼 재빠르게 의자에서 일어나 창가로 달려온 것이 틀림없다. 자갈 위에 주저앉아서 제일 처음 보게 된 것은 창으로 내려다보고 있는 그의 모습이었으니까 말이다. 나는 너무나도 무서워 꼼짝할 수가 없었다. 그의 얼굴은 주위를 에워싸고 있는 캄캄한 밤처럼 험악했다. 그는 입을 비틀어 무서운 미소를 띠면서 큰소리가 나게 창문을 들어올렸다. 공포가 나에게 힘을 주었다. 나는 벌떡 일어나 바람처럼 정원을 가로질렀다. 그가 자갈 위로 뛰어내려 내 뒤를 쫓아오는 소리가 희미하게 들렸다.

"루이스! 저 여자를 잡아, 루이스!"

그가 외치자 어둠 속에서 그의 운전사가 나타나 히죽히죽 웃으며 고릴라 같은 두 팔을 뻗었다. 내가 반쯤 정신을 잃고 그의 팔에 쓰러지자 그는 나를 우악스럽게 붙잡았다. 포셋 의사가 숨을 헐떡거리며 달려와 팔을 어찌나 세게 움켜쥐었던지 나는 비명을 질렀다.

"결국은 너도 스파이였다는 말이지!" 그가 낮은 소리로 말하며 자기 자신을 납득시키려는 듯 내 얼굴을 뚫어지게 바라보았다. "이 건방진 계집애."

그는 운전사를 보며 퉁명스럽게 말했다. "꺼져, 루이스."

"알았어요." 운전사는 여전히 히죽히죽 웃으며 어둠 속으로 사라졌다.

나는 공포로 온몸이 얼어붙는 것 같았다. 포셋의 손아귀 속에서 몸은 움츠러들고, 정신이 아득해지며 구토증을 느꼈다. 그는 나를 거칠게 흔들며 더러운 욕을 마구 퍼부었다. 나는 그의 눈을 얼핏 보았다. 눈이 격심한 노여움으로 번쩍번쩍 빛나고 있었다. 그것은 살인자의 눈이었……

그 다음에 어떻게 되었는지는 잘 생각나지 않는다. 내가 몸을 뒤틀어 그의 손에서 빠져나왔는지, 아니면 그가 나를 놓아 주었는지. 어쨌든 그 다음에 정신을 차리고 보니 나는 야회복 자락에 걸리며 쏜살같이 어두운 길을 달리고 있었고 포셋 의사가 잡았던 자리는 단근질을 당한 듯 뜨거웠다.

한참 동안 달리다가 나는 멈추어 서서 거무스름한 나무 둥치에 기대어 뜨겁게 달아오른 얼굴을 바람에 식혔다. 치욕감과 안도감이 뒤섞인 쓰디쓴 눈물이 흘러내렸다. 아버지가 견딜 수 없이 그리워졌다. 탐정 일은 지긋지긋하다! 나는 두 뺨에 흐르는 눈물을 닦고 콧물을 들이마셨다. 나는 난롯가에 앉아 뜨개질이나 하고 있어야 하는 건데……그때 한 대의 자동차가 내 쪽을 향해 천천히 달려오는 소리가 들렸다.

나는 숨을 죽이고 다시 나무 뒤로 몸을 움츠렸다. 온몸이 다시금 공포로 굳어졌다. 포셋 의사가 내 숨통을 끊어놓으려고 뒤쫓아오는 것일까? 자동차 헤드라이트가 길모퉁이를 돌아 내 시야에 들어왔다. 차가 아주 천천히 다가오고 있었다. 운전하는 사람이 어떻게 할까 망설이고 있기라도 한 듯이……나는 히스테리컬한 웃음을 터뜨리고 미친 여자처럼 두 팔을 흔들면서 길로 뛰어나갔다.

"제러미! 오오, 제러미! 나 여기 있어요!"

이때만큼은 젊고 충실한 연인들을 만든 조물주께 무한한 감사를 드렸다. 제러미는 자동차에서 뛰어내려 나를 끌어안았고, 인간다운 정다움이 깃든 얼굴을 보는 것이 기쁜 나머지 나는 그가 입을 맞추는 대로 가만히 내버려두었다. 그는 내 눈물을 닦아 주고 거의 안다시피 해서 차에 태워 자기 옆에 앉혔다.

그 역시 몹시 겁을 먹고 있었기 때문에 내게 아무것도 묻지 않았고, 그래서 더욱 고마웠다. 그날 밤 그는 나를 미행했던 모양이다. 그는 내가 포셋 의사의 저택으로 들어가는 것을 보고 내가 나올 때까지 줄곧 길에서 기다리고 있었다. 정원 쪽에서 어떤 소동이 일어나는 소리가 희미하게 들려 부리나케 차도를 달려갔더니 내 모습은 보이지 않고 포셋 의사가 집안으로 들어가고 있었다는 것이다.

"그래서 어떻게 했어요, 제러미?" 나는 몸을 떨며 그의 건장한 어깨에 몸을 기대었다.

그는 오른손을 핸들에서 떼고 손가락 관절을 입으로 빨다가 아픈 듯 얼굴을 찡그렸다. "한 대 먹였지." 하고 그가 짧게 말했다. "재수 좀 있으라고. 그러자 또 한 놈이——나타나서 운전사였나 봐——한바탕했지. 별것 아니었어. 내가 운이 좋았어. 짐승 같은 놈이더군."

"그치도 한 방 먹였어, 자기?"

"자식, 유리 턱이었어." 제러미가 짧게 말했다. 그리고 나를 찾았다는 반가움에서 벗어나, 평소의 모습으로 되돌아가 위풍당당하게 나를 무시하면서 우울한 표정으로 앞만 보고 있었다.

"제러미……."

"왜?"

"어떻게 된 일인지 알고 싶지 않아요?"

"누가, 내가? 내가 그런 말을 들을 자격이나 있어? 포셋 같은 녀석하고 어울리다가 다치는 것은 당신이 알아서 할 일이야, 패트. 내가 바보라서 끼여든 거라고. 내 꼴 좀 봐!"

"나는 당신이 멋지다고 생각해요."

그는 아무 말도 하지 않았다. 그래서 나는 한숨을 쉬고 앞을

바라보며 언덕 위에 있는 뮤어 신부 댁으로 차를 몰아 달라고
부탁했다. 나는 불현듯 좀더 원숙한 사람의 지혜가 필요하다는
생각이 들었고, 드루리 레인 씨의 정답고 분별 있는 얼굴이 보
고 싶었다. 내가 목격한 일······그분은 흥미를 느낄 거야. 그분
은 이런 일이 일어날 것을 바라고 여지껏 리즈에 머물고 있었
음이 분명해.

제러미가 차를 뮤어 신부 댁의 작은 문과 장미꽃이 만발한
돌담벽 앞에 세웠을 때 그 집은 캄캄했다.

"아무도 없는 것 같군." 하고 제러미가 퉁명스럽게 말했다.

"어머나, 정말! 하지만, 확인이라도 해보죠."

나는 피로한 몸을 이끌고 차에서 내려 현관으로 올라가서 초
인종을 눌렀다. 그러자 놀랍게도 안에서 불이 켜지더니 키 작
은 노부인이 희끗희끗한 머리를 내밀었다.

"어서 오세요. 뮤어 신부님을 찾아오셨나요?" 하고 그녀가
말했다.

"아니에요. 드루리 레인 씨는 안 계신가요?"

"안 계시는데요, 아가씨." 하고 그녀는 침울한 표정으로 나직
이 말했다. "레인 씨도 신부님과 함께 형무소에 가셨어요, 아가
씨. 나는 크로셋이라고 해요. 이런 일이 있을 때마다 와서 신부
님을 돌봐드리고 있어요. 신부님께서는······."

"형무소라니!" 하고 내가 외쳤다. "이렇게 늦은 밤에요? 무
엇 때문에요?"

노부인이 한숨을 쉬었다.

"오늘밤 형무소 안 '죽음의 집'에서 사형집행이 있어요, 아가
씨. 뉴욕의 갱이래요. 스칼지라나, 뭐, 그런 외국 이름이에요.
뮤어 신부님은 최후의 의식을 거행하러 가셨고 레인 씨도 입회
인으로서 함께 가셨어요. 레인 씨가 사형집행을 한번 보고 싶
다고 하셔서 매그너스 소장이 초대하셨답니다."

"그래요?" 나는 어떻게 할까 망설이다가 물었다. "안에 들어

가서 기다려도 되겠어요?"

"섬 양이시지요?"

"네."

그녀의 늙은 얼굴이 밝아졌다. "그렇다면 어서 들어오세요, 섬 양. 신사 친구분도 함께 들어오세요. 사형집행은," 그녀가 목소리를 낮추었다. "대개는 밤 11시에 이루어져요. 그래서 나도 그 시간이 되면 혼자 있기가 무서워요."

그 여자가 힘없는 미소를 지었다. "형무소에서는 시간을 매우 엄격히 지킨답니다."

나는 좋은 의미로 하는 말이라도 사형집행 같은 얘기는 들을 기분이 아니어서 제러미를 불러 함께 뮤어 신부의 작고 검소한 거실로 들어갔다. 크로셋 부인은 우리와 이야기를 하고 싶어서 두세 번 말을 걸다가 체념했는지 한숨을 쉬며 방에서 나갔다. 제러미는 활활 타고 있는 난롯불만 바라보고 있었고, 나는 제러미를 우울하게 바라보고 있었다.

이렇게 30분쯤 앉아 있자 현관문이 큰소리를 내며 닫히는 소리가 났고, 조금 뒤에 뮤어 신부가 레인 씨와 함께 비틀거리며 거실로 들어왔다. 늙은 신부의 얼굴은 고뇌의 빛으로 가득 차 있었고, 핏기가 없었으며 진땀이 배어나와 있었다. 그는 통통한 작은 손으로 여느때와 같이 반짝거리는 새 기도서를 꼭 쥐고 있었다. 레인 씨의 눈은 유리알같이 표정이 없었고, 지옥 속을 잠깐 들여다본 사람처럼 멍청하게 몸을 꼿꼿이 세우고 있었다.

뮤어 신부는 얼빠진 사람처럼 우리에게 머리를 끄덕여 보이며 팔걸이의자에 앉았고, 레인 씨는 방을 질러와서 내 손을 잡았다.

"안녕하시오, 클레이……그리고, 페이션스 양." 그의 목소리는 낮았고 고통이 전해져 왔다. "무슨 일로 왔지요?"

"선생님, 아주 무서운 뉴스가 있어요!" 하고 내가 외쳤다.

레인 씨가 희미하게 우울한 미소를 지었다.

"무섭다고? 지금 내가 보고 온 것보다 더 무서운……나는 방금 인간이 죽는 것을 보고 왔어요. 죽는 것을! 사람이 죽는다는 게 그렇게 간단하다니 믿을 수가 없어요. 얼마나 간단하고, 얼마나 잔혹하고, 얼마나 무참한 것인지 믿을 수가 없을 정도랍니다." 그가 몸서리를 치더니 크게 숨을 들이마시고 내 옆에 있는 안락의자에 앉았다. "그 뉴스라는 게, 페이션스, 뭡니까?"

나는 그의 손을 구명대에 매달리듯 꼭 잡았다. "포셋 의사가 그 나무 상자의 또 한 조각을 받았어요!"

제13장 어떤 남자의 죽음

몇주일이 지난 다음에 나는 한 남자가 그날 밤에 어떻게 죽었다는 얘기를 들었다. 나에게는 그 사람이 아무런 의미도 없었고 다우 사건에 관계된 다른 누구에게도 그 사람은 아무런 의미가 없었다. 다우하고도, 포셋 형제하고도, 패니 카이저하고도 전혀 관계가 없는 사람이었다. 그럼에도 불구하고 쓸모없는 생애를 보냈고 비참하게 죽어간 사나이가 죽으면서 다우, 포셋 형제, 그리고 패니 카이저뿐만 아니라 다른 사람들에게도 영향을 끼칠 일을 한 것이다. 다시 말해서 그의 죽음으로써, 발견되지 않고 어둠 속에 영원히 묻혀 있을 뻔한 어떤 사실이 밝혀지고 해명되었던 것이다.

노신사가 이야기한 바에 의하면 뮤어 신부 댁에서 아무 일도 하지 않고 헛되이 시기를 기다리고 있을 때 스칼지라는 남자의 사형집행이 다가왔다는 말을 들었다고 한다. 그는 폭력으로 살고 폭력 때문에 죽은 잘못 태어난 악당의 한 사람으로, 그의 죽음이 인류 전체에 도움이 된 그런 남자였다. 레인 씨는 할 일이 없어 답답하기도 했고, 평화스러운 일생을 보내 온 온화한 사람으로서 궁금하기도 해서 그전 주부터 매그너스 소장에게 사형집행에 입회시켜 달라고 부탁했던 것이다.

소장과 레인 씨는 사형에 관한 일반론을 얘기하고 있었는데, 레인 씨는 그 방면에 있어서는 문외한이었다. "형무소 안의 규율은 언제나 엄격합니다." 소장이 설명했다. "엄격하지 않으면 운영해 나갈 수가 없기 때문이지요. 더군다나 사형집행을 할 때에는 가혹하다고 할 정도로 엄해집니다. 사형수의 방은 격리되어 있습니다. 그러나 지하 조직망이 있어 상상외로 빠르게 소식이 전해집니다. 그리고 당연한 일입니다만, 다른 죄수들은

'죽음의 집'——보통 그렇게 부릅니다——에서 일어나는 모든 일에 마음을 쏟게 됩니다. 그러므로 우리는 사형집행이 예정되고 나면 특별히 단속을 강화해야만 합니다. 짧은 기간이긴 해도 형무소 전체가 심한 히스테리 상태에 빠지기 때문이지요. 그런 기간 동안에는 무슨 일이 일어날지 모르거든요. 우리로서는 만전의 주의를 기울여야만 합니다."

"댁의 직업이 부럽지가 않군요."

"부럽다니요." 매그너스 소장이 한숨을 쉬었다. "아무튼 나는 늘 같은 간수가 사형집행을 하도록 규정짓고 있습니다. 혹시 간수 가운데 누군가가 병이라도 나서 출석을 못하게 되면 물론 다른 간수가 대신 참석하게 되지요. 하지만, 아직까지는 그럴 필요가 없었습니다.

"그래야만 하는 이유라도?" 레인 씨가 궁금해서 물었다.

"왜냐하면," 소장의 목소리가 엄격해졌다. "나는 사형집행 시에는 사형집행에 익숙해진 경험자를 원하기 때문입니다. 무슨 일이 일어날지 알 수 없으니까요. 그래서 정규적으로 야간에 근무하는 사람 속에서 골라낸 일곱 명의 간수가 언제나 그 처참한 임무를 맡습니다. 그밖에 형무소 소속 의사도 이 일을 맡습니다만 늘 같은 두 사람이지요. 실제로," 소장이 자랑스러운 목소리로 말했다. "내 입으로 말하기는 뭣합니다만, 우리는 사형집행을 하나의 정밀한 과학으로까지 끌어올렸습니다. 우리 형무소에서는 아직까지 한 번도 문제가 일어난 적이 없습니다. 간수들은 조심해서 뽑은 사람들인데다가 규율이 아주 엄격하거든요. 규율이 엄격하다는 한 예로, 주간 근무자를 야간에 근무하게 하는 일은 절대 없습니다. 사형집행시에 각자가 맡은 일이 항상 정해져 있어 비상 사태가 일어날 경우 어떻게 대처해야 하는지 모두들 잘 알고 있지요." 소장이 레인 씨를 날카롭게 바라보았다. "그래, 스칼지의 사형집행을 보고 싶으시다고요?"

노신사가 고개를 끄덕였다.

"진심으로 원하십니까? 그건 기분 좋은 일이 아닙니다. 그리고 스칼지는 웃으며 죽을 녀석도 아니고요."

"경험이 되겠지요." 하고 노신사가 말했다.

"경험이야 되겠지요." 하고 소장이 냉담하게 말했다. "그러시다면 좋습니다. 법률에 의하면 형무소장은, 건실한 12명의 성년 시민을——물론 모든 면에서 형무소와 관계가 없는 사람이어야지요——사형집행 입회인으로 참석시킬 수가 있습니다. 그런 경험을 꼭 하고 싶으시다면 입회인으로 초대하겠습니다. 그러나 그것은 끔찍스런 경험입니다. 결코 빈말이 아닙니다."

"정말 끔찍스럽답니다." 하고 뮤어 신부가 걱정스럽게 말했다. "나는 지금까지 사형집행에 헤아릴 수 없을 만큼 많이 참석했습니다만, 아직도 그 비인간적인 일에 익숙해질 수가 없습니다."

매그너스 소장이 어깨를 으쓱했다. "우리들도 늘 같은 반응을 일으킵니다. 어떤 때는 과연 사형 제도가 있어야 할까 하고 생각을 하기도 합니다. 사실 따지고 보면 비록 흉악한 사람의 목숨이라도 남의 목숨을 빼앗는 책임을 진다는 것은 괴로운 일입니다."

"그러나 당신에게 그 책임이 있는 것은 아니지요." 하고 노신사가 지적했다. "따지고 보면 그 책임은 주 당국에 있는 셈입니다."

"그래도 신호는 내가 해야 하고 집행인은 스위치를 넣습니다. 문제가 다르지요. 전에 내가 알고 있던 어떤 지사는 사형집행이 있는 날 밤에는 언제나 관저에서 피신을 했습니다. 태연히 있을 수가 없었기 때문입니다……아무튼 알겠습니다, 레인 씨. 조치를 취하겠습니다."

이상과 같은 경위로 내가 포셋 의사의 저택에서 큰 모험을 한 수요일 밤에 레인 씨는 뮤어 신부와 함께 형무소의 높은 돌담 속에 들어가 있었던 것이다. 뮤어 신부는 사형수를 돌보는 일 때문에 아침부터 형무소에 가 있었으므로 레인 씨는 밤 11

시 조금 전에 혼자서 형무소로 들어가 간수의 안내를 받아 처형실, 다시 말해서 '죽음의 집'으로 갔다. 그 '죽음의 집'은 건물에 둘러싸인 네모난 안뜰 한구석에 따로 떨어져 있는 기다랗고 낮은 건물로, 그곳은 형무소 안에 있는 또 하나의 형무소 같았다. 그 건물의 이상하고 섬뜩한 분위기에 압도당한 레인 씨는 처형실 안에 들어가서야 정신을 차렸다. 처형실은 음침하고 텅 빈 방으로 교회의 의자 같은 벤치 두 개와 그리고……전기 의자가 놓여 있었다.

레인 씨의 눈이 즉시 그 육중하고 딱딱하며 모나고 보기 흉하게 생긴 죽음의 무기에 못박힌 것은 당연했다. 레인 씨는 그것이 자기가 상상했던 만큼 크지 않고 무서운 느낌도 들지 않는 것을 보고 약간 놀라워했다. 의자의 등과 팔걸이와 다리 부분에는 가죽 끈이 축 늘어져 있었다. 의자 등 윗부분에 미식 축구 선수가 머리에 쓰는 헬멧 비슷한 기묘한 철제 장치가 있었다. 그때에는 이러한 모든 것이 해롭지 않게 보였고 너무나 기괴하게 보여 현실에 존재하는 것으로 여겨지지 않을 정도였다.

레인 씨가 주위를 둘러보았다. 그는 딱딱한 두 개의 벤치 중 하나에 앉아 있었고 다른 11명의 입회인들도 모두 이미 자리에 앉아 있었다. 모두가 나이 지긋한 남자들로서 핏기 없는 얼굴로 안절부절못하고 있었고, 아무도 말을 하지 않았다. 그런데 두 번째 벤치에 앉아 있는 사람들 중에 루퍼스 코튼이 있는 것을 보고 레인 씨는 정말로 놀랐다. 그 작은 노정객은 얼굴이 창백해져서 생기가 없는 눈으로 앞에 있는 전기의자를 계속 바라보고 있었다. 마음이 약간 불안해진 드루리 레인 씨는 몸을 의자 등받이에 기대고 주위를 둘러보았다.

방 한쪽에 작은 문이 있었다. 그것이 영안실로 통하는 문이라는 것을 레인 씨는 알고 있었다. 주 당국은 사형수가 살아나는 일이 생길까 봐, 사형수가 법적으로 죽었다고 의사가 선언을 하면 즉시 시체를 영안실로 옮겨서 시체 해부를 함으로써 기적적으로 붙어 있는 생명의 불꽃이 눈곱만큼이라도 있다면 그것을 효과적으로 꺼버리리라.

벤치와 마주보이는 쪽에 또 하나의 문이 있었다. 그것은 쇠 못이 박힌 작은 녹색 문으로서, 죽음을 선고받은 사나이가 이 땅에서 마지막 여행을 하는 복도와 통해 있는 문이라는 것도 레인 씨는 알고 있었다.

그 문이 열리고 엄격한 표정을 한 몇몇 남자들이 딱딱한 바닥에 메아리치는 발걸음소리를 일으키며 들어왔다. 그 가운데 두 사람은 검은 가방을 들고 있었다. 그들은 형무소 소속 의사들로, 법률이 정하는 바에 따라 모든 사형집행에 입회하여 집행에 의해 사형수가 틀림없이 죽었다는 것을 선고하는 사람들이었다. 수수한 옷차림을 한 또 다른 세 사람은 나중에 알았지만 모두 재판소의 관리로서 재판소에서 언도한 사형이 법대로 집행되는지를 확인하기 위해 참석하는 사람들이었다. 그리고 나머지 세 사람은 형무소의 간수들로서, 푸른 제복을 입고 냉혹한 얼굴을 하고 있었다……그리고 이때 비로소 노신사는 방 한구석의 움푹 들어간 곳에 한 남자가 서 있는 것을 보았다. 중년을 넘은 체격 좋은 남자였는데, 그 움푹 들어간 곳에 있는 전기 장치를 철커덕거리며 매만지고 있었다. 그의 얼굴에는 아무런 표정도 떠올라 있지 않았다. 우둔하고 따분해 보이는 거의 백치 같은 얼굴이었다. 바로 이 사람이 사형집행인이었다. 그리고 이 순간부터 그 방과 그 광경의 잔혹하고 냉엄한 뜻을 드루리 레인 씨는 뚜렷이 알 수 있었고, 목의 근육이 긴장되어 거의 숨도 쉴 수 없을 정도였다. 그 방은 이제는 비현실적인 것이 아니었다. 그것은 악마의 모습을 하고 기분나쁜 생명체로서 숨쉬고 있었다.

레인 씨가 흐릿한 눈으로 시계를 보았다. 11시 6분이었다.

거의 같은 순간에 모든 사람들이 갑자기 몸을 긴장시켰다. 방안은 순식간에 숨막히는 정적에 싸였다. 초록빛 문 저쪽에서 일정한 속도로 다리를 끌며 걸어오는 발소리가 들려왔다. 그 발소리가 입회인들의 신경을 곤두세운 듯 그들은 모두 한 사람

같이 벤치 끝에 걸터앉아 용수철처럼 몸을 꼿꼿이 세워 앞으로 내밀었다. 그리고 그 발소리와 함께 등골을 오싹하게 하는 기분나쁜 소리가 들려왔다. 계속해서 나직하게 중얼거리는 소리와 낮고 쉰 울음 소리였다. 그 울음 소리를 누르기라도 하듯 바깥 복도에 줄지어 있는 감방 안의 다른 산 송장들이 지르는 희미한 동물의 외침 같은 소리가 마치 죽음을 알리는 괴물의 부르짖음처럼 들려왔다. 그들은 지켜보고 있는 것이다. 자기들의 한패가 영원으로 가는 길을 주춤거리며 그 최후의 여정을 무거운 걸음걸이로 비틀비틀 걷고 있는 것을.

발소리가 다가왔다. 그리고 문이 소리 없이 열리자 입회인들은 그 일행을 보았다……

매그너스 소장은 냉정하고 창백한 얼굴을 하고 있었다. 뮤어 신부는 반쯤 정신이 나간 듯한 모습으로 몸을 앞으로 굽히고 밖에서부터 들리던 낮게 중얼거리는 듯한 목소리로 기도를 계속하고 있었다. 나머지 네 명의 간수도 들어왔다. 비로소 모든 사람이 모였다. 문이 다시 닫혔다……잠깐 동안 가운데 있던 사람은 다른 사람들에게 가려져서 보이지 않았다. 그리고 다음 순간 그 남자가 모습을 나타내자 그를 에워싸고 있던 사람들은 순식간에 유령처럼 존재가 희미해지고 말았다.

그는 키가 크고 깡마른 남자로서 가무잡잡한 곰보딱지가 앉아 있는, 육식 동물 같은 얼굴을 갖고 있었다. 무릎을 조금 구부리고 있었고, 양쪽 겨드랑이를 두 간수가 떠받치고 있었다. 그 핏기 없는 잿빛 입술 사이에 늘어져 있는 담배에서는 연기가 모락모락 피어오르고 있었다. 발에는 부드러운 슬리퍼를 신고 오른쪽 바짓자락은 무릎까지 찢기어 축 늘어져 있었다. 머리칼은 깎였으나 수염은 그대로였다……그는 아무것도 보고 있지 않았다. 벤치에 앉아 있는 사람들을 수정 같은 눈으로 바라보고 있었으나, 그것은 이미 죽은 사람의 눈이었다. 간수들은 그를 인형처럼 다루었다. 끌어당기기도 하고 가볍게 밀어붙이기도 하고 낮은 소리로 명령하기도 하며……

믿을 수 없는 일이었으나 그 남자는 결국 전기 의자에 앉혀졌다. 머리를 가슴까지 푹 떨어뜨렸고 그 입에는 아직도 연기가 나는 담배가 물려져 있었다. 일곱 명의 간수들 가운데 네 명이 마치 기름이 잘 쳐진 로봇처럼 정확하게 앞으로 뛰어나갔다. 쓸데없는 동작은 하나도 없었고 잠시도 헛되이 보내지 않았다. 한 간수가 죽어가고 있는 남자 앞에 무릎을 꿇고 그 다리에 재빨리 가죽 끈을 묶었다. 두 번째 간수는 그의 팔을 의자 팔걸이에 매었다. 세 번째 간수는 굵은 가죽 끈으로 몸통을 의자에 묶었고, 네 번째 간수가 거무스름한 헝겊을 꺼내 그것으로 사나이의 눈을 단단히 가렸다. 그 일이 끝나자 네 명의 간수들은 목각 가면처럼 무표정한 얼굴로 일어서서 뒤로 물러섰다.

사형집행인이 그 움푹 파인 곳에서 소리 없이 앞으로 나아왔다. 아무도 입을 열지 않았다. 그가 사형수 앞에 무릎을 꿇고 긴 손가락을 움직이며 사형수의 오른발에 무엇인가 장치를 하기 시작했다. 사형집행인이 일어섰을 때 드루리 레인 씨는 그 사형수 오른발의 드러난 장딴지에 전극이 장치되어 있는 것을 보았다. 사형집행인은 의자 뒤로 재빨리 돌아가서 사형수의 머리가 깎인 곳에 오랜 경험에서 오는 숙련된 동작으로 금속제 모자를 씌웠다. 그는 말없이 재빨리 움직였고, 그가 일을 마쳤을 때 스칼지는 마치 지옥의 길목에 놓인 조상(彫像)처럼 몸을 흔들거리며 기다리고 있었다……

고무창이 달린 신을 신고 있는 사형집행인이 움푹 들어간 곳으로 다시 돌아갔다.

매그너스 소장은 시계를 손에 들고 말없이 서 있었다.

뮤어 신부는 어떤 간수에게 기대어 서서 입술을 거의 움직이지도 않으며 십자를 그었다.

그 한순간 동안 시간은 걸음을 멈추었다. 그리고 그때 아마도 천사의 날갯짓 소리를 들었는지 스칼지가 몸을 부르르 떨었다. 그 입에서 연기를 내고 있던 담배가 떨어지며 짓눌린 듯한 신음 소리가 흘러나와 방음 장치가 되어 있는 방의 벽에서 벽

으로 전달되더니 지옥으로 떨어지는 영혼이 내는 죽음의 외침
처럼 사라져 갔다.

매그너스 소장의 오른팔이 불쑥 올라갔다가 내려졌다.

그리고 드루리 레인 씨는 무어라 말할 수 없는 감정에 압도
되어 가슴을 두근거리며 거친 숨을 몰아쉬면서 앉은 채로 사형
집행인의 푸른 제복을 입은 왼팔이 움푹 들어간 곳의 벽에 있
는 소켓에 스위치를 내려 꽂는 것을 보았다.

한순간 그는 마치 4차원의 세계에서 오는 신호처럼 자기 가
슴에서 뛰고 있는 진동이 자신의 심장에서 울려나오는 듯한 느
낌을 받았다. 그러나 다음 순간, 그것은 전원에서 뿜어나와 전
선 가득히 날뛰며 흐르고 있는 전기의 외침에 자기 피부가 아
픔을 느끼며 감응하고 있는 것임을 알았다.

죽음의 방의 밝던 불빛이 어두컴컴해졌다.

그리고 의자에 앉은 남자는 스위치가 꽂혀짐과 동시에 마치
자기를 묶고 있는 가죽 끈을 온 힘으로 끊기라도 하려는 듯 몸
을 뻗쳤다. 금속제 모자 밑에서 한 줄기 잿빛 연기가 천천히 솟
아올랐다. 의자의 팔걸이를 붙잡고 있던 사나이의 두 손이 차
츰 빨개졌고, 그리고 다시 같은 속도로 천천히 하얗게 변했다.
목덜미의 혈관이 마치 타르를 칠한 밧줄처럼 부풀어오르며 보
기 흉한 흙빛으로 변했다.

스칼지는 마치 차렷 자세를 취한 듯이 몸을 꼿꼿이 세우고
앉아 있었다.

전등이 다시금 밝아졌다.

두 사람의 의사가 앞으로 나아가 한 사람씩 의자에 묶인 사
람의 드러난 가슴에 청진기를 댔다. 그리고 뒤로 물러서서 서
로 얼굴을 마주보더니 나이 많은 쪽이 무표정한 눈으로 말없이
신호를 했다.

다시금 사형집행인의 왼팔이 내려졌고, 다시금 전등이 희미
해졌다……

의사들이 두 번째 검진을 마치고 물러섰을 때, 나이 많은 의사는 법률의 요청대로 낮은 목소리로 선언했다. "소장님, 나는 이 사람이 죽었음을 선언합니다."

시체는 축 늘어져서 의자에 매달려 있었다.

아무도 손끝 하나 까딱하지 않았다. 시체실과 해부실로 통하는 문이 열리고 바퀴 달린 흰 테이블이 들어왔다.

이때 드루리 레인 씨는 기계적으로 시계를 들여다보았다. 밤 11시 10분이었다.

그리고 스칼지는 죽은 것이다.

제14장 두 번째 상자 토막

제러미가 일어서서 방안을 왔다갔다 했다. 뮤어 신부는 넋을 잃은 채 꼼짝하지 않고 앉아 있었다. 신부의 눈이 우리의 눈이 미치지 못하는 저 먼 곳의 형태도 없는 것을 바라보고 있는 모습을 보고 나는 그가 아무 말도 못 듣고 있음을 알았다.

드루리 레인 씨가 눈을 깜박이며 천천히 물었다. "페이션스 양, 포셋 의사가 나무 상자의 또 한 토막을 받았다는 것을 당신은 어떻게 알았지요?"

그래서 나는 그날 저녁에 있었던 일을 이야기했다.

"포셋 의사의 책상 위에 있던 그 물건을 얼마나 확실히 볼 수 있었지요?"

"제 눈앞에 있었어요. 15피트(약 4.5m)도 떨어져 있지 않았습니다."

"포셋 상원의원 책상에서 찾은 것과 똑같은 것이었소?"

"아녜요, 그렇지 않았어요. 양쪽 끝이 뚫려 있었어요."

"하! 그렇다면 가운데 부분이군." 하고 그가 중얼거렸다. "그 표면에 무슨 글자가 쓰여 있지 않던가요? 포셋 상원의원이 받은 것의 HE에 해당되는 것 같은 글자 말이오."

"지금 생각해 보니 겉에 어떤 글자가 적혀 있었던 것 같아요. 하지만, 똑똑히 보지는 못했어요."

"섭섭하군요." 그가 몸을 움직이지 않고 생각에 잠겨 조용히 말하더니 몸을 앞으로 내밀고 내 어깨를 가볍게 두드렸다. "하룻밤에 한 일치고는 많은 일을 했어요, 아가씨. 아직 뚜렷한 실마리를 잡지는 못했지만……이제 그만 클레이 씨에게 집에 데려다 달라고 하는 것이 좋겠군요. 몹시 놀랐을 테니……."

우리의 눈이 마주쳤다. 뮤어 신부가 의자에 앉은 채 작은 신음 소리를 내며 입술을 떨고 있었다. 제러미는 창 밖만 물끄러미 내다보고 있있다.

"선생님의 생각은……." 하고 내가 천천히 말을 시작했다.

레인 씨가 희미하게 웃었다. "나는 언제나 그래요, 아가씨. 이젠 마음놓고 푹 쉬세요."

제15장 탈 출

다음날은 목요일이었다. 밝고 상쾌한 아침이었는데, 오후에
는 더워질 것 같았다. 아버지는 리즈에서 내가 고집해서
산 새 린네르 양복을 입고 있었다. 나는 그 양복을 입은 아버지
가 근사해 보였으나, 아버지는 '백합꽃'이 아니라고――그 말
이 무슨 뜻인지는 모르겠다――투덜대며 누군가 아는 사람이
라도 만나면 멋적어서 어떻게 하느냐면서 그 뒤 30분 가량이나
클레이 씨 저택에서 한 발자국도 밖으로 나가려 하지 않았다.

그날 있었던 일은 사소한 부분까지 사진을 보듯 확실히 생각
난다. 그날은 리즈에 있었던 날들 중 하루를 빼고는 가장 다사
다난했던 날이었다. 나는 색채 감각이 있는 사람이라면 누구나
그 새로 산 린네르 양복에 꼭 어울린다고 할 만한 멋진 오렌지
색 넥타이를 아버지에게 사드린 것이 기억난다. 넥타이를 내가
직접 매드렸는데, 아버지는 그 동안에도 줄곧 불평을 하며 투
덜거리고 계셨다. 남들이 보면 아버지가 몹쓸 죄를 지었거나,
내가 죄수복이라도 입혀 드리고 있는 줄로 착각할 정도였다.
가엾은 아버지! 아버지를 멋지게 꾸미는 것이 나에게는 정에
서 우러난 무한한 기쁨이었다. 그러나 아버지는 못 말릴 정도
로 구식 노인인지라 그것을 받아들이지 못하는 것 같았다.

우리가 산책하러 나가기로 작정한 것은 정오가 다되어서였
다――우리라고 하기보다는 내가 결정한 것이었다.

"언덕 위로 산책가요." 하고 내가 제안했다.

"이 빌어먹을 옷을 입고?"

"물론이지요!"

"나는 싫다. 안 가련다."

"그러지 말고 가세요. 게으름 그만 피우고요. 날씨가 너무 좋

아요."

"내게는 날씨가 나쁘다." 아버지가 투덜댔다. "게다가 나는 몸이 좋지 않아. 왼쪽 다리에 류머티즘이 도졌다."

"이 산속 공기를 마시고요? 거짓말 마세요! 레인 씨를 만나 아버지의 새 양복을 자랑해요."

우리는 천천히 걸었다. 나는 길가에 핀 들꽃을 한아름 땄다. 아버지도 멋적은 마음을 잊고 잠시 동안은 거의 진심으로 즐거워했다.

노신사는 뮤어 신부 댁 베란다에서 책을 읽고 있었는데——어머, 어쩌면!——그분 역시 린네르 양복에 오렌지색 넥타이를 매고 있는 것이 아닌가!

아버지와 레인 씨는 늙은 멋쟁이 차림으로 마주 쳐다보다가, 아버지는 수줍어하는 표정을 지었고 레인 씨는 껄껄 웃었다.

"아주 멋지게 최신 유행으로 차려 입으셨군요, 경감님. 페이션스 양의 도움을 받으셨죠? 이것 참! 당신 곁에는 정말이지 따님이 있어야겠습니다, 경감님!"

"이제야 겨우 딸과 지내는 것이 몸에 배기 시작합니다." 아버지의 얼굴이 밝아졌다. "어쨌든 똑같이 옷을 차려 입은 사람이 있으니 다행입니다."

뮤어 신부가 집에서 나와 우리를 따뜻하게 맞아 주었다. 신부는 아직도 어젯밤에 있었던 일 때문에 얼굴색이 안 좋았고 생기가 없어 보였다. 친절한 크로셋 부인이 알코올 성분이 없는 찬 음료수를 쟁반에 들고 왔다. 노인들이 이야기를 주고받는 동안 나는 구름이 조각조각 떠 있는 하늘을 바라보며 신부 댁에 가까이 솟아 있는 알곤퀸 형무소의 높은 잿빛 벽을 애써서 보지 않으려고 했다. 이쪽은 더운 여름이지만 그 벽 안은 언제나 춥고 외로운 겨울이 있을 뿐이다. 에어런 다우는 무엇을 하고 있을까.

시간은 소리 없이 지나갔다. 나는 흔들의자에 앉아 아름답고 푸른 하늘에 마음을 빼앗긴 채 황홀한 무아의 경지에 빠져 있었다. 이윽고 내 생각은 어젯밤의 일을 에워싸고 움직이기 시작했다. 작은 상자의 두 번째 토막——그건 무슨 징조일까? 그 상자 토막이 아이러 포셋 의사에게 그 어떤 뜻을 부여하고 있다는 것은 분명했다. 그의 얼굴에 나타났던 무시무시한 표정은 상자 토막이 무엇을 의미하는지 모르는 데서 온 공포가 아니라 무엇을 뜻하는지 알기 때문에 생긴 것이었다. 그것은 도대체 어떤 방법으로 그에게 전달되었을까? 누가 보냈을까? ……나는 앉음새를 고쳤다. 에어런 다우가 보낸 것일까?

나는 불안한 생각이 들어 다시금 의자에 몸을 묻었다. 이 두 번째 상자 토막의 출현은 모든 사실을 다시 생각하게 했다. 첫 번째 토막은 다우가 보냈다. 그 사실은 그 스스로가 인정하고 있는 것이다. 그 토막은 다우 자신이 형무소 목공실에서 만든 것이라는 사실을 추측하기란 어렵지 않다. 그는 이 두 번째 토막을 어떤 비밀 연락망을 통해 제2의 희생자에게 보낸 걸까? 그렇게 생각하니 미칠 것같이 가슴이 방망이질쳤다. 그러나 그것은 앞뒤가 맞지 않아. 에어런 다우는 포셋 상원의원을 죽이지 않았으니까……나는 머리가 아찔해지기 시작했다.

12시 반 조금 지났을 때 우리의 주의는 형무소 문으로 날카롭게 집중되었다. 바로 조금 전까지만 해도 아무 일 없이 조용했었다——무장한 감시인들이 두터운 벽 위를 천천히 걷고 있었고, 보기 흉한 감시 초소는 희미하게 반짝이는 총부리가 튀어나와 있는 것만 빼놓으면 조용하고 마치 아무도 없는 것 같았다. 그런데 지금 그곳에서는 확실히 여느때와 다른 술렁임이 일고 있었다.

우리는 모두 허리를 폈다. 세 노인은 이야기를 그치고 형무소 문을 유심히 바라보았다.

커다란 철문이 안쪽으로 열리더니 푸른 제복을 입은 한 간수가 권총과 라이플로 무장하고 나타났다. 그리고 한 발자국 뒤로 물러서서 떡 벌어진 등을 우리 쪽으로 돌리더니 우리에게 들리지는 않았으나 뭐라고 외쳤다. 두 줄로 늘어선 남자들이 문으로 나왔다. 죄수들이었다……각각 곡괭이며 무거운 삽을 어깨에 메고서 고개를 쳐들고 바깥 공기를 개처럼 킁킁 맡으며 먼지 이는 길을 다리를 끌면서 걸어갔다. 모두가 똑같은 복장이었다——발에는 무겁고 투박한 구두를 신고 꾸깃꾸깃하고 풀기 없는 잿빛 바지와 윗도리를 걸치고 있었으며, 그 안에는 올 굵은 면 셔츠를 받쳐입고 있었다. 전부 20명이었는데 도로 공사를 하기 위해 언덕 저편의 수풀을 향해 가는 모양이었다. 간수가 구령을 외치자 맨 앞에 서 있던 죄수가 몸을 왼쪽 방향으로 돌렸고, 그 뒤를 따라 그들은 차츰 우리 시야에서 사라져 갔다. 또 한 사람의 간수가 맨 뒤에서 따라갔고, 첫번째 간수는 두 줄로 걸어가는 죄수들의 오른쪽에 붙어서 걸어가며 이따금 뭐라고 명령을 하고 있었다. 이윽고 스물두 명의 남자들이 보이지 않게 되었다.

우리는 의자에 몸을 묻었고 뮤어 신부가 꿈꾸듯 말했다. "저 사람들에게는 저것이 천국이랍니다. 물론 허리가 부러질 만큼 몹시 힘드는 일이기는 합니다. 그러나 성(聖) 제롬이 말했듯이 '악마가 달려들 틈을 주지 않기 위해 언제나 무슨 일을 해야'만 하지요. 그리고 저런 일은 어쨌거나 형무소의 울타리에서 해방되어 밖으로 나가는 것을 뜻하니까요. 모두가 도로 공사에 나가는 걸 좋아한답니다." 말을 마치고 신부가 한숨을 쉬었다.

그로부터 정확히 1시간 10분 뒤에 그 일이 일어났다.

크로셋 부인이 내온 간단한 점심을 먹고 다시 베란다에 앉아서 쉬고 있을 때 아까와 마찬가지로 형무소 담 위의 예사롭지 않은 움직임이 우리의 주의를 끌어서 우리는 대화를 멈추었다.

담 위를 걸어다니고 있던 경비원 한 사람이 갑자기 멈추어서더니 아래쪽 뜰을 열심히 내려다보았다. 무슨 말을 듣고 있는 것 같았다. 우리는 의자에 앉은 채 온몸을 긴장시켰다.

그 소리가 들렸을 때 우리는 놀라서 몸을 떨며 몸을 움츠렸다. 그것은 거칠고 냉혹하고 째지는 듯한 사이렌 소리였다. 그 사이렌 소리는 주위의 언덕까지 울려 퍼졌다가 죽어가는 악마의 신음 소리같이 사라져 갔다. 그 사이렌은 사라졌다가는 다시 울리고 사라져갔다는 또다시 들려서 나는 귀를 막고 비명을 지를 뻔했다.

첫번째 사이렌 소리를 듣고 뮤어 신부는 의자의 팔걸이를 꽉 붙잡았다. 그의 얼굴은 입고 있는 셔츠의 칼라보다 더 하얗게 질려 있었다.

"사이렌 소리야!" 하고 신부는 속삭였다.

우리는 몸이 얼어붙은 채로 그 악마의 교향악을 듣고 있었다. 마침내 레인 씨가 날카롭게 물었다. "불이 났습니까?"

"탈옥입니다." 아버지가 입술을 축이며 낮게 말했다. "패티, 집안으로 들어가거라……."

뮤어 신부가 형무소 담을 바라보며 말했다. "누가 도망치다니……자비로우신 하나님!"

우리는 모두 의자에서 벌떡 일어나 정원을 급히 가로질러가서 장미꽃이 만발한 돌담에 기대어 섰다. 알곤퀸 형무소의 벽면 자체가 사이렌 소리를 듣고 긴장하고 있는 듯했다. 거기에 서 있는 간수들은 바짝 긴장해서 사납게 주위를 경계하고 있었다. 총을 잡고 있는 팔이 떨리고 있었으나 어떠한 비상 상태에 대해서도 곧 무기를 쓸 수 있는 준비가 되어 있었다. 곧 철문이 다시 열리더니 푸른 제복을 입고 라이플로 무장한 남자들을 가득 실은 힘센 자동차가 부르릉 소리를 내며 달려나와 차 한쪽이 기우뚱하게 들릴 만큼 왼쪽으로 급히 돌아 순식간에 시야에서 사라졌다. 그 뒤를 또 한 대, 또 한 대, 전부 다섯 대의 자동차가 완전 무장을 하고 앞을 뚫어지게 바라보고 있는 남자들을 태우고 지나갔다. 첫 자동차에는 얼굴이 하얗게 질려 뻣뻣한 표정을 한 매그너스 소장이 운전사 옆에 앉아 있었던 것 같다.

뮤어 신부가 헐떡거리면서, "실례합니다!" 하고 말하더니 옷자락을 걷어올리고 흙먼지를 일으키며 형무소 입구를 향해 달려갔다. 그가 문 바로 안쪽에 무장한 채 서 있는 한 무리의 간수들 옆으로 달려가 그들과 이야기를 주고받는 것이 보였다. 간수들이 왼쪽을 가리켰다. 거기에는 형무소 옆 저 아래로 우거진 나무들이 언덕 기슭을 뒤덮고 있었다.

신부가 무거운 걸음으로 돌아왔다. 머리를 수그리고 몹시 절망한 모습이었다. 그가 신부복을 만지작거리며 우리 옆에 섰을 때 나는 다급하게 물었다. "무슨 일이에요, 신부님?"

그는 고개를 들지 않았다. 그 얼굴에는 놀람과 고뇌와 뭐라고 표현할 수 없는 격분 같은 것이 보였다. 그는 마치 갑자기 믿음을 도둑맞은, 여지껏 한 번도 맛보지 못한 정신적인 절망감을 맛본 사람의 모습을 하고 있었다.

"도로 공사에 나갔던 죄수 가운데 한 사람이," 신부가 손을 떨면서 더듬거리며 말했다. "작업중에……탈주해서……달아났다고 합니다."

드루리 레인 씨가 먼 언덕을 바라보며 물었다. "그게 누구랍니까?"

"난……." 키 작은 신부의 목소리가 떨려 나왔다. 그리고 결심한 듯 고개를 쳐들었다. "그 사람은 에어런 다우랍니다."

우리는 모두 깜짝 놀라 말문이 막혔다. 적어도 아버지와 내게는 너무나 뜻밖의 일이어서 잠깐 동안 생각해 보지 않고는 그 말을 도저히 이해할 수가 없었다. 에어런 다우가 도망치다니! 이것은 내가 전혀 예측하지도 못한 일이었다. 나는 노신사를 보았다. 레인 씨는 이런 일을 예측하고 있었을까? 그러나 그의 단정한 얼굴은 평온했고 저 멀리 퍼져 있는 언덕을 마치 화가가 더할 나위 없는 아름다운 저녁놀을 바라보듯 무슨 생각에 빠져 물끄러미 바라보고 있을 뿐이었다.

우리는 기다리는 수밖에 없어서 그날 오후 내내 뮤어 신부 댁에서 기다렸다. 아무 말도 하지 않았고 웃음 소리도 내지 않았다. 레인 씨와 신부는 다시금 어젯밤의 무서운 기분에 사로잡혀 있는 것처럼 보였고, 죽음의 그림자가 그 작은 베란다에 실제로 스며들고 있어서 나는 스칼지가 자기의 생명을 가죽 끈의 속박에서 벗어나게 하려고 애쓰는 것을 그 기분 나쁜 죽음의 방 안에서 보고 있는 듯한 상상에 빠졌다.

오후 내내 형무소 안팎에서는 개미 같은 활동이 벌어졌고, 우리는 그 충격에 짓눌려 그저 입을 다문 채 그것을 지켜보고만 있었다. 노신부는 정보를 얻기 위해서 몇 번이나 형무소를 드나들었으나, 그때마다 아무런 뉴스도 얻지 못하고 돌아왔다. 다우의 행방은 여전히 알 수 없었다. 근처에 있는 산야를 샅샅이 수색했다. 근처의 시민들에게는 경고가 전달되었고, 사이렌이 계속 울렸다. 형무소 안에서는 첫번째 사이렌 소리와 함께 모든 죄수들이 그들의 감방에 감금되었다는 것을 우리는 알게 되었다. 도망친 죄수가 붙잡힐 때까지 그들은 그대로 갇혀 있어야만 하는 것이다……그리고 오후에 일찍 도로 공사에 나갔던 죄수들이 돌아왔다. 그들은 간수 여섯 명의 총부리에 위협당하고 감시당하면서 뻣뻣이 굳은 걸음으로 돌아왔다. 그들은 두 줄로 나란히 걸어왔는데, 숫자는 다 합해서 열아홉 명뿐이었다──나는 어리석게도 일일이 세어 보았던 것이다──그들은 순식간에 철문 안으로 사라졌다.

오후 늦게 수색하러 나갔던 자동차들이 돌아오기 시작했다. 맨 앞 차에는 매그너스 소장이 타고 있었다. 철문 바로 안에서 부하들이 지친 듯이 차에서 내리자 소장이 한 간수──뮤어 신부가 간수장이라고 중얼거렸다──에게 무슨 말인지 들리지는 않았으나 큰소리로 위엄 있게 명령했다. 그리고는 매우 지친 걸음걸이로 우리 쪽으로 왔다. 숨을 몰아쉬며 우리가 앉아 있는 베란다로 천천히 올라오는 그의 단단한 몸집에는 피로의 빛이 역력했고 얼굴은 먼지와 땀으로 매우 더러워져 있었다.

그는 지친 듯이 안락의자에 몸을 던지며 한숨을 쉬었다. "그 친구 문제가 많군. 당신의 그 귀중한 다우를 지금은 어떻게 생각하십니까, 레인 씨?"

노신사가 말했다. "들개도 구석에 몰리면 대듭니다, 소장님.

자기가 저지르지도 않은 범죄 때문에 종신형을 받았으니 참을 수가 있겠습니까!"

뮤어 신부가 낮은 소리로 말했다. "아직 아무런 단서도 못 잡았나요, 소장님?"

"없습니다. 마치 땅속으로 꺼지기라도 한 듯이 없어졌습니다. 혼자서 한 짓이 아닙니다. 틀림없이 공범자가 있을 겁니다. 그렇지 않다면 벌써 몇 시간 전에 붙잡혔을 겁니다."

우리는 말없이 앉아 있었다. 아무런 할말이 없었다. 이때 몇몇 간수들이 형무소 문을 나와 우리 쪽으로 오자 소장이 재빨리 말했다.

"신부님, 실례지만 좀 조사할 일이 있는데, 이 베란다에서 하면 어떨까 합니다. 형무소 안에서 하게 되면 모두의 사기를 떨어뜨릴까 걱정이 되어서 그럽니다. 몹시 보기가 거북한 일입니다만……괜찮겠습니까?"

"네, 물론 괜찮습니다."

"무슨 일입니까, 소장?" 하고 아버지가 물었다.

소장의 얼굴이 냉혹해졌다. "큰 말썽이 생겼습니다. 대부분의 경우 탈주 계획은 내부에서 꾸며집니다——다른 죄수들이 도와주고, 도와준 사람은 입을 다뭅니다. 그러나 그런 탈주는 거의 틀림없이 실패하고 맙니다. 하여튼 탈주에 성공하는 일은 거의 없습니다. 지난 19년 동안 탈주 계획은 겨우 스물세 번 밖에 없었고, 그중 네 번만이 잡히지 않았습니다. 따라서 죄수는 탈주 전에 성공 여부를 충분히 알아봅니다. 만일 실패하는 경우에는 잃는 것이 너무나도 많거든요——우선 그때까지의 특전을 모두 박탈당합니다. 그것은 대단히 괴로운 일이지요. 그래서 쉽게 탈주를 계획하지 못합니다. 이번 다우의 경우에는 한 가지 짚이는 것이 있습니다……." 그는 갑자기 입을 다물고 턱을 세웠다. 한 무리의 간수들이 뮤어 신부 댁 계단 밑에 와서 부동자세를 취했다. 그 가운데 두 사람은 무기를 갖고 있지 않았다. 그리고 그 두 사람을 에워싸고 있는 나머지 사람들의 태도에는 무엇인가 나를 몸서리치게 하는 것이 있었다.

"파크! 캘러한! 이리로 올라와!" 하고 소장이 고함질렀다.

두 사람이 주춤주춤 계단을 올라왔다. 그들의 얼굴은 창백했고 흙먼지로 얼룩져 있었다. 두 사람 모두 몹시 겁을 먹고 있었는데, 그중 한 사람——파크——은 너무나 겁에 질려 있어서 마치 꾸지람듣는 어린애처럼 아랫입술을 떨며 울먹이고 있었다.

"어떻게 된 일이야?"

파크가 입을 열려고 입술을 핥았다. 그러나 캘러한 쪽이 먼저 입을 열었다. "놈이 우리 감시가 약간 소홀한 틈을 이용했습니다, 소장님. 이해하실 텐데요. 이곳에서는 8년 동안 도로공사중에 도망치려는 놈이 없었잖습니까? 우리는 바위에 앉아서 일하는 것을 감시하고 있었습니다. 다우는 물 긷는 일을 맡아 훨씬 떨어진 곳에서 일하고 있었는데, 갑자기 물통을 내팽개치고 쏜살같이 숲속으로 달아났습니다. 파크와 나는 다른 녀석들에게는 길에 엎드리라고 소리치고 부리나케 다우를 쫓아갔습니다. 내가 총을 세 발이나 쐈지만, 아마도 그…….."

소장이 손을 들자 캘러한이 말을 중단했다. "댈리." 하고 소장이 밑에 있는 간수 한 사람에게 조용히 말했다. "내가 지시한 대로 그 도로를 살펴보았나?"

"네, 소장님."

"뭘 찾아냈나?"

"다우가 숲으로 도망쳐 들어간 곳에서 20피트 떨어진 곳에 있는 한 나무에서 납작하게 찌그러진 총알 두 개를 찾았습니다."

"도로를 기준으로 해서 다우가 뛰어들어간 쪽이었나?"

"반대쪽이었습니다, 소장님."

"그래, 파크, 캘러한, 다우를 달아나게 눈감아 주는 대가로 얼마 받았나?" 소장이 여전히 조용한 목소리로 말했다.

캘러한이 입 안에서 우물우물 말했다. "아니, 소장님, 우리는 절대로……." 그러나 파크가 무릎을 덜덜 떨면서 외쳤다. "내

가 말했잖아, 캘러한! 네가 억지로 나를 끌어들였잖아, 나쁜
놈! 내가 그런 짓을 하면 무사할 리가 없다고…….”

“너희들은 뇌물을 받았지?” 하고 매그너스가 짧게 물었다.

파크가 얼굴을 두 손 안에 파묻었다. “네, 소장님.”

내가 보기에 레인 씨는 그 소리를 듣고 마음속으로 크게 동
요한 것 같았다. 두 눈을 깜박이더니 생각에 잠겨 의자에 몸을
묻었다.

“누구한테서 뇌물을 받았지?”

“리즈에 있는 어떤 건달이었습니다.” 하고 파크가 낮게 말했
다. 캘러한의 얼굴은 파크를 죽이기라도 할 듯한 표정이었다.
“이름은 모릅니다. 누군가의 중간 역할을 하고 있었습니다.”

레인 씨가 목구멍 깊은 곳에서 기묘한 소리를 내고 몸을 앞
으로 내밀더니 소장의 귀에다 뭐라고 속삭였다. 매그너스가 고
개를 끄덕였다.

“다우에게 어떻게 탈주 계획을 전달했지?”

“모르겠습니다, 소장님. 하나님께 맹세코 저는 모릅니다. 이
미 모든 계획이 세워져 있었습니다. 우리는 형무소 안에서 다
우에게 가까이 가지도 않았습니다, 소장님. 우리는 다만 다우
쪽은 조치가 취해지고 있다는 얘기를 들었을 뿐입니다.”

“얼마나 받았어?”

“한 사람 앞에 5백 달러씩입니다. 저는……저는 그럴 생각이
없었습니다, 소장님. 그런데 아내가 수술을 받아야만 하고 게다
가 아이가…….”

“됐어.” 매그너스가 싸늘하게 말하고 고개를 홱 돌렸다. 간수
들이 두 사람을 형무소 쪽으로 끌고 갔다.

“매그너스 씨,” 하고 뮤어 신부가 불안한 듯 말했다. “심한
조치는 취하지 말아 주십시오. 고발은 하지 마시고 해직시키는
것만으로 용서하십시오. 나는 파크의 아내를 알고 있는데, 정말
로 병에 걸려 있습니다. 캘러한도 나쁜 사람은 아닙니다. 두 사
람은 모두 가족을 거느리고 있는데다가 아시다시피 봉급이 얼

마 안 되니……."

매그너스가 한숨을 쉬었다. "알고 있습니다, 신부님, 알고 있
고말고요. 하지만, 전례를 만들 수는 없습니다. 직책상 어쩔 수
가 없습니다. 지금 용서해 주면 다른 간수들의 사기를 꺾게 될
뿐만 아니라 죄수들에게도 나쁜 영향을 끼치게 된다는 걸 신부
님도 아시잖습니까." 소장이 약간 기묘한 몸짓을 했다. "아무래
도 이상하군요." 그가 중얼거렸다. "탈출 시기가 어떻게 다우에
게 연락되었을까요? 파크가 거짓말을 하지 않았다면……오래
전부터 비밀 통신망이 있다고 의심은 해왔지만, 그 방법이란
게 ── 아주 교묘합니다……."

노신사는 해질녘의 붉은 태양을 서글프게 바라보고 있었다.
"그 점에 대해서는 제가 도와 드릴 수 있습니다, 소장님." 하고
레인 씨가 낮게 말했다. "당신 말대로 교묘하기는 하지만 아주
간단한 방법입니다."

"네?" 매그너스 소장이 눈을 껌벅거렸다. "어떻게요?"

레인 씨가 어깨를 으쓱했다. "소장님, 저는 얼마 전부터 비밀
통신망이 있다는 것을 알았습니다. 어떤 기묘한 현상을 보고
알았지요. 내가 거기에 대해 지금까지 입을 다물고 있었던 이
유는 놀랍게도 나의 오랜 친구 뮤어 신부가 거기에 관련되어
계시기 때문이었습니다."

신부의 늙은 입이 떡 벌어졌다. 매그너스 소장은 덤벼들기라
도 할 듯이 얼굴을 찌푸리며 벌떡 일어서서 외쳤다. "말도 안
돼요! 믿지 못하겠습니다! 신부님이야말로 절대로……."

"알아요, 알고 있습니다." 레인 씨가 온화하게 말했다. "앉으
세요, 소장님. 그리고 진정하십시오. 신부님도 놀라지 마십시오.
신부님이 어떤 흉악한 일을 하셨다고 비난하는 것은 아니니까
요. 제가 설명을 드리지요. 나는 신부님과 이 댁에서 함께 지내
는 동안 기묘한 일을 여러 번 보았습니다, 소장님 ── 그것 자
체만으로는 별일이 아니었습니다만, 형무소 비밀 통신 방법과
너무나 잘 들어맞기 때문에 결론을 내리기를……신부님, 최근

에 시내에 나가셨을 때 어떤 이상한 일을 자주 겪으신 적은 없었습니까?"

신부의 흐릿한 눈이 생각에 잠겨 도수 높은 안경 너머에서 뭔가를 생각해 내려고 애쓰고 있었다. 마침내 신부가 고개를 저었다. "도저히……아니오, 생각나는 게 없어요." 그가 사과하듯 미소를 지으며 말했다. "사람들하고 자주 부딪친 일말고는요. 아시겠지만 나는 심한 근시인데다, 레인 씨, 약간 멍하니 걸어가기 때문에……."

노신사가 빙그레 웃었다. "바로 그 점입니다. 신부님은 근시이고 약간 정신을 놓고 다니다가 거리에서 자주 사람들과 부딪치십니다. 이 사실을 기억해 두십시오, 소장님. 나는 얼마 전부터 그걸 의심하기는 했지만, 정확하게 어떤 수단이 취해지고 있는지 몰랐습니다. 신부님, 어떤 사람과 부딪치면 어떤 일이 일어납니까?"

뮤어 신부가 놀라는 표정이 되었다. "그게 무슨 말이지요? 모두 언제나 친절하게 대해 줍니다. 내 성직 때문에 그러는지는 몰라도 내가 어쩌다가 우산을 떨어뜨리기라도 하면, 또는 모자나 기도서를 떨어뜨리기라도 하면……."

"아! 당신의 기도서라고요? 내가 생각했던 대로군요. 그 친절하고 공손했던 사람들은 신부님의 모자며 우산이며 기도서를 어떻게 하던가요?"

"그야 물론 그것을 집어서 내게 주지요."

레인 씨가 껄껄 웃었다. "그러니, 소장님, 문제가 얼마나 간단한 것인지 아시겠지요? 신부님, 그 친절한 사람들은 그 기도서를 집어서 자기들이 갖고 다른 기도서를 주는 겁니다. 얼핏 보기에는 똑같지만 다른 기도서입니다! 그리고 바꿔치기한 그 기도서 속에 신부님이 형무소 안으로 갖고 갈 통신이 들어 있거나, 아니면 바꿔치기해 간 기도서 속에 형무소 안에서 밖으로 보내는 통신문이 들어 있었지요!"

"하지만, 어떻게 그것을 아셨지요?" 소장이 낮게 물었다.

"요술 같은 게 아닙니다." 노신사가 웃으며 말했다. "신부님이 이따금 조금 낡은 기도서를 가지고 집이나 형무소에서 나가셨다가 돌아오실 때에는 번쩍번쩍 빛나는 틀림없는 새 기도서를 갖고 돌아오시는 걸 봤습니다. 신부님의 기도서는 마치 불사조가 잿속에서 다시 살아나듯이 언제나 낡지 않는 것 같았습니다. 그러니 그런 생각을 한 것은 당연하지요."

매그너스 소장은 다시 벌떡 일어나서 베란다를 성큼성큼 서성거렸다. "그렇군요! 훌륭한 생각이십니다. 아아, 신부님, 그렇게 놀라지 마십시오. 신부님 잘못이 아니니까요. 어느 녀석이 그런 일을 꾸몄겠습니까?"

"저……저는 짐작이 안 갑니다." 신부가 더듬거리며 말했다.

"태브, 그놈 짓입니다!" 매그너스 소장이 우리 쪽으로 몸을 돌렸다. "태브만이 가능합니다. 사실 뮤어 신부님은 형무소에서 예배를 관장하실 뿐만 아니라 형무소 안의 도서관도 관리하고 계십니다. 큰 형무소에서는 대개 그렇게 하지요. 신부님에게는 태브라는 죄수가 조수로 딸려 있습니다. 모범수입니다만 역시 죄수는 별수없지요. 그 태브 녀석이 신부님을 이용하고 있는 것이 틀림없습니다. 죄수들과 외부 사이에서 중계 역할을 하고 편지를 보낼 때와 받을 때마다 얼마씩 돈을 받아 왔을 겁니다. 이제야 확실히 알았습니다! 대단히 감사합니다, 레인 씨. 그 나쁜 놈을 당장 다그쳐야겠습니다."

소장이 눈을 번뜩이며 형무소를 향해 빠른 걸음으로 돌아갔다.

검은 그림자가 언덕 위에 길게 드리워지며 차츰 땅거미가 지기 시작했다. 주위가 어두워지자 형무소의 수색대원 대부분이 밝은 손전등 빛을 흔들거리며 돌아왔다. 그러나 그들은 맨손이었다. 다우는 아직도 잡히지 않고 있었다.

우리는 클레이 저택으로 돌아가든지 이대로 기다리든지 어느 한쪽을 택해야만 했다. 그래서 우리는 그대로 기다리기로

했다. 아버지가 엘러휴 클레이 씨에게 전화를 걸어 우리 걱정
은 하지 말라고 전했다. 아버지와 나는 이 인간 사냥의 결과를
알지 못하고는 알곤퀸 형무소 근처에서 떠날 수 없다고 느꼈던
것이다. 그리하여 우리들은 차츰 깊어 가는 밤 속에서 한 덩어
리가 되어 말없이 앉아 있었다. 한번, 경찰견이 짖는 소리를 들
은 것 같았다……

사악한 태브에 관한 문제는 우리에게 그리 대단한 일이 아니
었다. 다만 뮤어 신부만은 진심으로 서글퍼했고, 책에 그렇게
관심을 갖고 죄수들에게 독서를 보급시킨 훌륭한 젊은이였던
도서관 조수가 악당이라는 사실을 믿으려 들지를 않았다. 그리
고 밤 10시쯤 되자——우리는 점심식사 뒤로 아무것도 먹지
않았으나 아무도 배고프다는 생각을 하지 않았다——신부는
걱정 때문에 더 이상 가만히 있을 수가 없어 우리에게 양해를
구하고 형무소 쪽으로 달려갔다. 그리고 돌아왔을 때 그는 깊
은 고민에 싸여 있었다. 두 손을 비틀며 위로의 말에도 귀를 기
울이려 하지 않았고, 그 놀란 표정이란 영원히 지워지지 않을
것만 같았다. 지금까지 죄수들을 믿어왔던 아름다운 장미빛 물
방울이 현실에서 무참히도 터져 없어진 것을 그의 선량한 마음
은 결코 받아들일 수가 없었던 것이다.

"지금 막 매그너스를 만나고 왔습니다." 신부가 몸을 의자에
파묻으며 숨가쁘게 말했다. "사실이었습니다, 정말이었단 말입
니다! 태브가……나는 이해할 수가 없습니다. 어떻게……대체
그 불쌍한 청년이 무엇에 홀린 것일까요!……태브가 자백을
했습니다."

"신부님을 이용하고 있었군요, 그렇지요?" 하고 아버지가
부드럽게 물었다.

"네, 그렇습니다! 끔찍한 일입니다. 나는 태브를 잠깐 만나
보았습니다. 지위와 특권을 빼앗겼더군요. 매그너스가——아아,
당연한 일이기는 합니다만 그래도 가혹하다는 생각이 듭니다
——그를 C급으로 떨어뜨렸습니다. 그는 내 얼굴을 쳐다보지

도 못하더군요. 어떻게 그가 그런……."

"에一런 다우의 편지를 몇 통이나 전했답니까?" 레인 씨가 중얼거리듯 물었다. "말을 하던가요?"

뮤어 신부가 대답을 피하고 싶은지 몸을 움츠렸다. "네, 보낸 것은 한 통뿐이었답니다. 몇 주일 전 포셋 상원의원에게 보냈는데, 그 편지의 내용은 모른답니다. 다우에게 온 편지도 한 통인가 두 통 있었답니다. 태브는 이 수지맞는 일을――놀랄 일이지요!――몇 년 동안이나 해왔답니다. 그는 그저 내, 내가 새 기도서를 가지고 들어가면 그 안에서 편지를 꺼낼 따름이었다는군요. 편지는 기도서 뚜껑에 꿰매어 놨답니다……또 내가 외출할 때쯤 되면 내 기도서 안에다 내보낼 편지를 넣었답니다. 태브는 편지의 내용은 전혀 모른다고 말했습니다. 어떻게 그럴 수가……."

이리하여 우리는 우리가 두려워하고 있는 일이 일어나기를 기다리며 앉아 있었다. 그들은 도망간 죄수를 찾아낼까? 그가 간수들의 추적을 언제까지나 피할 수 있으리라고는 생각할 수 없었다.

"간수들이 하는 얘기를 들었는데, 개를 풀 거라는군요." 뮤어 신부가 떨리는 목소리로 말했다.

"아까 개 짖는 소리가 들리는 것 같았어요." 하고 내가 작은 소리로 말했다.

모두들 조용했다. 시간은 점점 흘러갔다. 형무소에서는 남자들이 외치는 소리가 들려왔고, 이따금 손전등의 불빛이 하늘을 향해 미친 듯이 춤을 추었다. 밤새도록 자동차가 형무소 뜰을 드나들었다. 어떤 차는 숲으로 통하는 도로를 달려갔고, 어떤 것은 뮤어 신부 집 앞을 부르릉거리며 지나갔다. 또 혀를 늘어뜨린 무서운 개를 묶은 가죽 끈을 잡아당기며 지나가는 거무스름한 옷을 입은 한 남자의 모습도 보였다.

신부가 돌아온 10시를 조금 지나서부터 자정까지 우리는 꼼짝하지 않고 베란다에 앉아 있었다. 그리고 레인 씨는 얼굴에는 아무런 표정이 없었으나 마음속으로는 확실치 않은 어떤 생각과 싸우고 있는 듯했다. 아무 말도 안 하고 있었으나 두 손을 앞으로 느슨히 깍지끼고, 눈을 반쯤 감은 채 어두운 하늘을 물끄러미 바라보고 있었다. 그에게는 우리가 없는 것이나 마찬가지인 듯했다. 지난번에 다우가 알곤퀸 형무소에서 석방되던 날 한 사나이가 살해당한 사실을 생각하고 있는 것일까? 그 일을 이해하려고 저러고 있는 것일까? 내가 말을 걸까……?

사건은 정각 밤 12시에 일어났다. 마치 우연의 신에 의해 미리 예정되어 있었던 것 같았다. 한 대의 자동차가 리즈 쪽에서 쏜살같이 언덕을 올라와 요란한 소리를 내며 문밖에 멈춰섰다. 우리는 모두 발작적으로 벌떡 일어나 얼굴을 내밀고 암흑 속을 내다보았다.

한 남자가 자동차 뒷좌석에서 뛰어내리더니 베란다를 향해 달려왔다.

"섬 경감님? 레인 씨?" 그가 외쳤다.

그는 지방검사 존 흄이었다. 복장은 흐트러져 있고 숨을 헐떡이며 몹시 흥분하고 있었다.

"왜 그러시오?" 하고 대답하는 아버지의 목소리는 쉬어 있었다.

흄이 별안간 층계 맨 밑에 주저앉았다. "뉴스가 있습니다. 당신들 모두에게……" 그가 나중에야 생각난 듯 덧붙였다. "당신들은 아직도 다우가 결백하다고 생각하지요, 그렇지요?"

드루리 레인 씨가 갑자기 앞으로 한 발자국 내딛고는 그 자리에 우뚝 섰다. 희미한 별빛 속에서 그의 입술이 움직이는 것이 보였으나 말은 나오지 않고 있었다. 이윽고 그가 낮은 목소리로 거칠게 말했다. "그렇다면 당신 말은……."

"내 말은," 흄이 중얼거렸다. 그 목소리는 지쳐 있었고 신랄했으며 노여워하고 있었다. 마치 이번에 일어난 일이 자기에 대한 개인적인 모욕이라는 투였다. "내 말은 당신들의 친구 에어런 다우가 오늘 오후에 알곤퀸 형무소를 탈옥했다는 겁니다.
그런데 오늘밤――바로 조금 전에――아이러 포셋 의사가 살
해당한 채로 발견되었습니다!"

제16장 Z

그일이 일어나고 보니, 처음부터 일이 그렇게 되게끔 되어 있었다는 것을 나는 깨달았다. 나는 사건의 주위만 맴돌았지 그 핵심까지 파고들지는 못했던 것이다. 노신사는 포셋 의사의 살해로 아주 큰 충격을 받았다. 여지껏 다우의 감방에서 한 실험을 편견이 없는 증인 앞에서 하지 않은 자신을 용서치 못하고 있던 차에 이 일이 생겼으니, 언덕 아래로 쏜살같이 달려 내려가고 있는 흄의 자동차를 따라 어둠 속을 달리는 자기 차에 앉은 노신사는 고개를 푹 숙인 채 포셋 의사의 살해를 예견하고 그것을 막았어야 했다는 쓰디쓴 사실을 깊이 되씹고 있었다.

"내가 여기에 오는 것이 아니었어." 하고 레인 씨는 힘없이 말했다. "모든 사실로 미루어 보아 포셋 의사는 죽게 되어 있었어. 나는 세상에 없는 바보짓을……."

그는 입을 다물어 버렸다. 아버지와 나는 그를 위로해 줄 말을 찾을 수가 없었다. 나는 비참해 하고 있었고, 아버지는 뭐가 뭔지 이해를 못하고 있었다. 뮤어 신부는 우리와 함께 가지 않았다. 포셋 의사의 살해 소식이 그에게는 너무나 충격적이었던 것이다. 우리는 신부가 그의 거실에 앉아서 멍하니 성경책만 바라보고 있는 것을 두고 떠나 왔다.

그래서 우리는 다시 한번 그 포셋 저택의 캄캄한 차도로 자동차를 몰고 들어갔다. 온 집안이 등불로 환했으며 주 경찰관과 순경들로 들끓고 있었다. 피살자나 살인자의 운명의 징검다리처럼 여겨지는 문지방을 넘어 우리는 안으로 들어갔다.

한 달 전에 있었던 그 광경의 재현(再現)이었다. 몸집이 당당한 케논 서장이 전처럼 무뚝뚝한 형사들에게 둘러싸여 있었고,

문제의 방도 아래층에 있는 방이었고, 그 방에 죽은 남자가
있었다…….

그러나 아이러 포셋 의사가 살해당한 곳은 상원의원의 서재
가 아니었다. 죽음으로 일그러진 그의 시체는 자기 진찰실 융
단 위에 쓰러져 있었다. 바로 그 전날 밤 그가 그 상자의 가운
데 부분으로 여겨지는 기묘한 상자 토막을 살펴보며 앉아 있던
책상에서 겨우 몇 피트 떨어진 곳이었다. 잘 다듬은 검고 뾰족
한 수염이 핏기 없는 턱에서 빳빳이 튀어나와 있었다. 그는 뒤
로 벌렁 쓰러져 있었는데, 눈을 크게 뜨고 유리알처럼 천장을
응시하고 있었다. 손발이 경직되어 뒤틀려 있지 않았다면 영원
을 명상하며 누워 있는 이집트 왕의 미라가 아닌가 하는 생각
마저 들 정도였다.

그의 왼쪽 가슴에는 둥근 손잡이가 달린 칼 같은 것이 튀어
나와 있었다. 나는 그것이 외과 수술용 칼임을 알았다.

나는 맥이 빠져 아버지에게 기댔고 아버지의 든든한 손이 내
팔을 꼭 쥐어 주었다. 역사는 되풀이되고 있었다. 나는 토할 것
같이 눈앞이 흐릿해지는 가운데 귀에 익은 사람들의 목소리를
들으며 낯익은 사람들의 얼굴을 보고 있었다. 키 작은 검시의
불 의사는 천장을 보고 누워 있는 시체 옆에 무릎을 꿇고서 익
숙한 솜씨로 살펴보고 있었다. 케논은 지난번과 마찬가지로 얼
굴을 찌푸린 채 천장을 올려다보고 있었다. 그리고 존 홈의 정
치적인 수호자 루퍼스 코튼은 핑크빛 대머리에 땀이 배어나오
고, 사악하고 현명한 눈에는 놀람과 두려움을 담은 채 포셋 의
사의 책상에 기대서 있었다.

"루프!" 지방검사가 소리를 질렀다. "어떻게 된 일입니까?
당신이 시체를 발견했습니까?"

"그렇소. 내가……이것 참." 노정객이 나풀거리는 손수건으
로 그의 대머리를 닦으며 말했다. "내가……그러니까……불쑥
찾아왔거든, 존. 약속 없이 말이야. 포셋 의사와……저어……이
것저것 의논 좀 하려고 말야. 선거도 있고 해서. 자네도 알잖아.

그런데……제발, 나를 그런 눈으로 보지 말라고!……내가 그를 발견했어. 지금 보고 있는 그대로 말일세."

홈이 루퍼스 코튼을 잠시 뚫어지게 보다가 낮게 말했다. "알았습니다. 사생활에는 참견하지 않도록 하지요……아직은. 몇 시에 발견했습니까?"

"존, 제발 그렇게……."

"몇 시에 발견했습니까?"

"12시 15분 전이었어, 존……집이 비어 있었어. 정말이라고! 물론 내가 케논에게 전화를 했지……."

"무엇을 만졌습니까?" 하고 아버지가 물었다.

"천만에요." 노정객은 충격이 심했던 모양이다. 그는 자신감을 잃고 책상에 힘겹게 기대어 서서 존 홈의 눈길을 피하고 있었다.

그때까지 온 방안을 샅샅이 둘러보고 있던 드루리 레인 씨가 조용히 불 의사 옆으로 다가가 몸을 조금 굽혔다. "검시의 선생님이시죠? 죽은 지 얼마나 됐습니까?"

불 의사가 싱긋 웃었다. "또 다른 탐정 나리신가? 11시 조금 지나서 죽었습니다. 11시 10분쯤일 겁니다."

"즉사했습니까?"

불 검시의가 눈을 가늘게 뜨고 위를 보았다. "글쎄요, 어려운 문제로군요. 잠시 동안은 숨이 붙어 있다가 죽었을지도 모릅니다."

노신사가 멍하니 바라보았다. "감사합니다." 그리고 레인 씨는 허리를 펴고 책상으로 가서 그 위에 놓여 있는 것들을 무표정한 얼굴로 바라보았다.

케논이 큰소리로 말했다. "홈, 고용인들하고 얘기를 해봤는데, 포셋 의사가 초저녁에 고용인들을 모두 집에서 내보냈다는군. 이상하지 않소? 그 동생의 경우와 똑같으니."

불 의사가 일어서서 검은 가방을 닫았다. "자, 아무데도 이상한 점이 없습니다." 그가 힘있게 말했다. "틀림없는 타살입니다. 흉기는 란셋(외과용 수술 기구의 일종)의 일종입니다. 의학 용어로 '비스트리'라고 부르는데, 간단한 외과 수술용 메스입니다."

"책상 위의 이 쟁반에 있던 거로군." 하고 레인 씨가 생각에 잠기며 말했다.

불 검시관이 어깨를 으쓱했다. 레인 씨의 말대로 쟁반에 놓여 있었던 것 같았다. 책상 위에는 고무를 깐 쟁반이 놓여 있었고, 거기에는 기묘한 모양의 외과용 도구들이 잔뜩 담겨져 있었다. 포셋 의사는 옆 테이블에 있는 전기 소독기로 기구들을 살균하려고 했던 것 같았다. 실제로 소독기에서는 지금도 김이 모락모락 오르고 있었다. 불 검시의가 급히 가서 스위치를 껐다. 방안의 광경이 내 눈에도 차츰 뚜렷이 보였다. 훌륭한 시설이 갖추어진 진찰실로서 한쪽에는 진찰용 침대가 놓여 있었고 커다란 형광 투시경이며 X선 투시기도 있었다. 그밖에도 나로서는 용도를 알 수 없는 갖가지 기계들이 놓여 있었다. 책상 위에는 쟁반 옆에 불 검시관 것과 비슷한 검은 가죽 가방이 열려져 놓여 있었다. 그 가방에는 아이러 포셋 의사라는 글자가 깨끗이 인쇄되어 있었다.

"상처는 하나뿐입니다." 불 검시의가 시체를 살펴보았을 때 시체에서 뽑아낸 흉기를 찬찬히 살펴보며 말을 계속했다. 그것에는 가늘고 긴 날이 붙어 있었는데, 날 끝이 낚싯바늘처럼 휘어져 있었고 칼날 전체에 거무스름한 피가 묻어 있었다. "모양은 없지만 효과적인 살인 무기요, 흄. 보시다시피 이렇게 피를 많이 흘리게 했어요." 불 검시의가 시체를 발로 가리켰다. 시체 옆 짙은 회색 융단에 커다랗게 핏자국이 나 있었다. 상처에서 뿜어나온 피가 입고 있는 옷을 통해 바닥 위로 흐른 것 같았다. "실제로 칼날이 늑골 한 대를 스쳤어. 아주 심한 상처요."

"그렇지만……." 하고 흄이 초조하게 말했다. 갑자기 레인 씨가 눈을 가늘게 뜨며 시체 옆에 무릎을 꿇고 시체의 오른팔을 들어올려 자세히 들여다보았다.

그가 고개를 들고 물었다. "이게 뭐지요? 이것을 보셨습니까,

불 검시관님?"

검시의가 관심 없다는 듯이 내려다보았다. "아, 그거요! 봤습니다. 하지만, 별로 중요한 것은 아닙니다. 상처가 또 있지 않나 생각하시는 모양인데 다른 상처는 없습니다." 우리는 포셋 의사 오른쪽 손목 안쪽에 다닥다닥 묻어 있는 타원형에 가까운 3개의 핏자국을 볼 수 있었다. "잘 보십시오, 동맥 위입니다." 하고 불 검시의가 말했다.

"네, 나도 보았습니다." 하고 레인 씨가 쌀쌀맞게 말했다. "그렇지만 전문가인 당신의 말에도 불구하고 나는 중요하다고 생각합니다."

나는 노신사의 팔을 붙잡으며 외쳤다. "선생님, 이건 가해자가 칼로 찌르고 난 뒤에 피묻은 손으로 피해자의 맥박을 짚어 본 흔적 같아요!"

"훌륭해요, 페이션스 양." 그가 희미한 미소를 지었다. "내 생각도 같아요. 그런데 가해자가 왜 그랬을까요?"

"포셋 의사가 죽었는지 확인하려고 그랬겠지요." 나는 머뭇거리며 말했다.

"그야 뻔하지요." 하고 지방검사가 잘라 말했다. "그래서 어쨌다는 겁니까? 자아, 일을 시작합시다, 케논. 불 선생, 시체 부검을 해야겠죠? 하나도 빠뜨리지 않고 신중히 하고 싶습니다."

공중 위생국의 시체 운반차가 올 때까지 기다리느라 불 의사가 시체에 흰 시트를 덮기 전에 나는 포셋 의사의 죽은 얼굴에 마지막으로 눈길을 보냈다. 공포의 빛은 없었고, 오히려 엄하고 놀란 표정을 짓고 있었다.

지문계 형사들이 일을 시작했다. 케논 서장은 뚜벅뚜벅 걸어 다니며 큰소리로 명령을 내리고 있었다. 존 흄은 루퍼스 코튼과 한쪽에서 얘기하고 있었다. 그러다가 드루리 레인 씨가 낮게 외치는 소리에 모두가 돌아다보았다. 그는 다시 책상 곁에

가 있었는데 서류 밑에서 찾은 어떤 물건을 들고 있었다.

그것은 전날 밤 포셋 의사가 무서운 얼굴로 들여다보고 있던 그 상자 토막이었다.

"호오! 이거 굉장하군." 하고 레인 씨가 말했다. "틀림없이 여기 있으리라고 생각했지. 자아, 페이션스 양, 이것을 어떻게 설명할 수 있지요?"

지난번에 발견한 첫번째 것과 같은 톱으로 자른 상자의 일부분이었다. 그러나 이번 것은 양쪽이 톱으로 잘린 것으로 보아 상자의 가운데 부분인 듯했다. 그리고 그 표면에 역시 금색으로 두 개의 대문자가 씌어 있었다.

그러나 이번 글자는 JA였다.

"처음 것에는 HE가 씌어 있었고 이번에는 JA군요." 하고 나는 중얼거렸다. "선생님, 전혀 이해가 안 가요."

"말도 안 돼." 하고 흄이 성이 나서 외쳤다. 그는 아버지의 어깨너머로 목을 내밀어 들여다보고 있었다. "도대체 그(HE)란 누구야? 그리고 JA란 무엇……."

"독일어로 JA는 '그렇다(yes)'라는 뜻이지요." 나는 별로 기대하지도 않고 말했다.

"그거 아주 똑똑한 설명이군." 하고 흄이 코방귀를 뀌었다.

"페이션스 양," 하고 노신사가 말했다. "이것은 아주 중요한 단서요. 묘하군, 정말 묘해!" 그가 무엇을 찾는지 재빠르게 방 안을 둘러보더니 이윽고 눈을 빛내며 방 한구석으로 갔다. 거기에는 크고 두꺼운 사전이 작은 탁자 위에 놓여 있었다. 흄과 아버지는 입을 벌리고 레인 씨를 바라보았다. 그러나 나는 레인 씨가 무엇을 하고 있는지 알았다. 나도 열심히 머리를 쥐어짰다. HEJA……틀림없이 이런 순서로 된 것이라고 생각했다. 두 자씩 단어를 두 개로 따로 나누면 아무런 뜻을 이루지 못한다. 그것은 한 단어일 것이다. HEJA……그러나 그런 단어는 없다. 틀림없이 없다고 나는 자신했다.

레인 씨가 사전을 천천히 닫았다. "그래." 하고 그가 부드럽게 말했다. "내가 생각했던 대로야." 그러더니 입을 오므리고 공허한 눈길로 시체 앞을 왔다갔다 했다. "두 토막을 합치면, 내 생각에는……지난번에 발견한 그 첫째 토막이 여기 없는 게 유감이군." 하고 그가 낮게 말했다.

"누가 여기 없다고 했죠?" 하고 케논이 비웃듯이 말했다. 그리고 놀랍게도 주머니에 손을 넣더니 그 첫째 토막을 꺼냈다. "미친 짓이라고 생각은 했지만 혹시 쓸모가 있을까 해서 경찰서 기록 보관소에서 오기 전에 찾아 왔지요." 그는 그것을 노신사에게 건네 주었다.

레인 씨는 그것을 낚아채더니 책상 위로 허리를 굽혀, 그 두 토막을 가지런히 놓았다. 그렇게 놓고 보니 그 작은 금속제 테두리며 모든 점이, 이것들이 본래는 하나의 작은 나무 상자였음을 의심할 여지없이 보여 주고 있었다. 철자들도 서로 잘 맞아서 Heja라고 또렷이 나타났다. 그때 내 머릿속에서 섬광이 번뜩였다. 이 네 철자가 완전한 하나의 단어를 이루고 있지 않다는 것을 깨달은 것이다. 또 하나의 철자, 아니면 두 개의 철자가 그 뒤에 틀림없이 있어야 했다. 왜냐하면 하나의 단어가 그 작은 상자에 씌어졌다면 그것은 한쪽 끝에서 다른 쪽 끝 중간에 걸쳐 쓰여 있어야 한다. 그런데 A가 가운데 상자 토막에 쓰여 있으니 뒤에 덧붙는 글자가 없다면 단어 전체가 중앙에서 벗어난 모양이 되는 것이었다.

레인 씨가 낮게 말했다. "우리가 다시 조립한 것을 보니 또한 토막만 있으면 완전한 상자 모양이 된다는 것을 알 수 있습니다. 큰 사전을 찾아보고 내 추측이 틀리지 않았다는 것을 알았습니다. 영어 사전에 HEJA로 시작되는 단어는 단 하나밖에 없습니다."

"불가능합니다!" 하고 흄이 잘라 말했다. "그런 단어는 들어보지도 못했습니다."

"아, 구태여 그 뜻을 알아볼 필요는 없습니다." 하고 레인 씨가 조용히 미소를 띠며 말했다. "다시 말합니다만, 영어 사전에는 HEJA로 시작되는 단어는 단 한 단어밖에 없습니다. 그 단어는 영어가 아니고 영어화된 말입니다."

"그게 무슨 단어지요?" 내가 천천히 물었다.

"Hejaz입니다."

이 말을 듣고 우리 모두가 마치 노신사가 마법의 주문이라도 외는 것이라도 들은 듯이 눈을 껌벅거렸다. 홈이 큰소리로 대들었다. "당신 말이 맞는다고 칩시다. 그러면 그 단어의 뜻은 뭡니까?"

"Hejaz란 아라비아의 한 지방 이름입니다." 하고 노신사가 조용히 말했다. "그리고 기묘하게도 Hejaz의 수도는 메카입니다."

홈이 말도 안 된다는 듯이 두 손을 높이 쳐들었다. "그럼, 다음은 뭡니까? 엉터리 같은 말씀이군요. 아라비아! 메카! 원, 기가 막혀서."

"엉터리라뇨, 홈 씨? 그것을 둘러싸고 두 사람이나 죽었는데도요?" 레인 씨가 차갑게 말했다. "그야 아라비아니 메카니 하는 글자 그대로만 해석하면 황당무계하게 들린다는 것은 나도 인정합니다. 그러나 꼭 그런 식으로만 해석하자는 건 아닙니다. 나는 좀 색다르게 생각을 해봤는데⋯⋯." 그는 입을 다물더니 조용한 어조로 계속했다. "홈 씨, 이것으로 끝난 것이 아닙니다."

"끝난 것이 아니라고요?" 아버지가 놀라서 눈썹을 치켜올렸다. "그렇다면 살인이 또 한 번 일어난다는 말입니까?"

노신사가 뒷짐을 졌다. "그렇게 생각되지 않습니까? 첫 사건에서 피해자는 살해당하기 전에 상자의 HE 부분을 받았습니다. 그 다음 사건의 피해자는 JA가 새겨진 토막을 받은 뒤에 살해됐습니다⋯⋯."

"그러니까 누군가가 마지막 부분을 받고 살해당한다, 그 말씀입니까?" 케논이 커다랗게 천박한 웃음을 터뜨리며 말했다.

"반드시 그렇다는 것은 아닙니다." 레인 씨는 한숨을 쉬었다.

"만일 지금까지 일어난 일이 어떤 뜻을 지니고 있다면 세 번째 인물이 마지막 토막을 받을 것이고, 거기에는 Z자가 쓰여 있을 것이고, 또한 그 사람은 살해당할 것이라고 생각할 수 있습니다. Z 살인사건이라고나 할까요." 레인 씨는 웃었다. "그러나 이번에도 지난번과 똑같은 형태로 사건이 일어난다고 할 수는 없겠지요." 그의 목소리가 날카로운 어조로 변했다. "중요한 것은 제3의 인물이 관련되어 있다는 점입니다. 포셋 상원의원과 포셋 의사의 살해사건이 두 개의 각을 이루는 삼각형의 마지막 각에 해당되는 사람 말입니다!"

"어떻게 그것을 알 수 있습니까?" 하고 아버지가 물었다.

"아주 간단합니다. 어째서 상자를 처음부터 세 토막으로 잘랐을까요? 그것은 분명히 세 사람에게 보내기 위해서입니다."

"제3의 사나이는 다우요." 하고 케논이 퉁명스럽게 말했다. "보내기는 누구에게 보낸다는 말이오? 마지막 토막은 자기 것이지."

"아, 그것은 모르시는 말씀입니다, 케논." 하고 레인 씨가 부드럽게 말했다. "다우가 아닙니다."

그리고 나서 레인 씨는 작은 상자에 대해서는 더 이상 아무 말도 하지 않았다. 존 흄이나 케논이 작은 상자에 대한 레인 씨의 설명을 믿지 않는다는 것은 그들의 표정으로 보아 알 수 있었다. 아버지마저 의심스러워하는 얼굴이었다.

레인 씨는 입을 꼭 다물며 별안간 물었다. "여러분, 편지는? 편지는 어디 있습니까?"

"아니, 어떻게……?" 케논이 두터운 입술을 열어 말했다.

"자아, 시간 낭비하지 맙시다. 당신이 편지를 발견했습니까?"

어이없다는 듯이 고개를 끄덕이며 케논이 주머니에서 네모난 작은 종이를 꺼내어 노신사에게 건네 주었다. "책상 위에서 발견했습니다." 하고 케논이 기가 죽어서 말했다. "편지가 있다는 걸 어떻게 알았습니까?"

그것은 어젯밤 내가 보았을 때 작은 상자의 가운데 부분과 함께 포셋 의사의 책상 위에 있었던 바로 그 종이 쪽지였다.

"아니!" 레인 씨의 손에서 그 종이를 낚아채며 홈이 외쳤다. "뭐하는 짓이오, 케논! 왜 이 편지 이야기는 안 했지요?" 그가 혀를 차며 말했다. "어쨌든 얘기가 다시 현실로 돌아왔으니 좋습니다."

그 편지는 암호가 아닌 보통 글로, 잉크로 적혀 있었다. 여러 번 사람의 손을 거친 듯 많이 더럽혀져 있었다. 홈이 소리내어 그 글을 읽었다.

탈주는 수요일 오후로 결정되었다. 도로 공사중에 탈주하라. 지난번 편지로 알려준 오두막에 식량과 옷이 있다. 거기에 숨어 있다가 수요일 오후 11시 30분에 우리 집으로 오라. 돈을 준비하고 혼자 기다리겠다. 조심하도록.   I.F.

"아이러 포셋!" 지방검사가 외쳤다. "잘됐어, 아주 잘됐다고! 이번에는 다우의 꼬리를 잡았어. 어떤 사연에서인지는 모르지만 포셋 의사가 다우의 탈주를 도왔고 간수에게 뇌물을 주어……."

"포셋 의사의 필적인지 확인해 봅시다." 하고 아버지가 퉁명스럽게 말했다. 레인 씨는 슬픈 듯이, 그러나 약간 멍한 얼굴로 재미있다는 듯이 보고만 있었다.

포셋 의사의 필적 견본이 몇 개 제출되었고, 필적 감정에 능한 사람은 아무도 없었으나 일반인이 보아도 그 편지를 포셋 의사가 썼다는 것을 한눈에 알 수 있었다.

"다우가 배신한 겁니다." 하고 케논이 무겁게 말했다. "그 다음은 쉽게 설명할 수 있지요. 당신에게 이 얘기를 해주려고 기다렸소, 홈. 다우는 돈을 받고 포셋을 죽인 다음 도망친 거요."

"그리고 이 편지가 발견되라고 일부러 여기에 놓아 두었다는 말이죠." 하고 아버지가 비꼬아서 말했다.

아버지의 비꼬는 말이 케논에게는 통하지 않았지만, 지방검사는 이 사건이 시작된 이래 벌써 열두어 번째로 근심스러운 표정을 짓고 있었다.

케논이 의기양양해서 말을 계속했다. "당신이 오기 전에 은행에 전화를 했소, 흄. 나는 빈틈없는 사람이니까. 아, 그랬더니 신나는 정보를 주더군. 포셋 의사가 어제 아침에 2만 5천 달러를 찾아갔다는 거요. 그런데 그 돈이 지금 이 집에는 없다는 말이오."

"어제 아침이라고 그랬습니까?" 하고 레인 씨가 갑자기 크게 말했다. "케논 씨, 그게 틀림없습니까?"

"내 말을 잘 들으시오." 하고 케논이 대들듯이 말했다. "내가 어제라고 하면……."

"아아, 이것은 아주 중요한 점입니다." 하고 노신사가 낮게 말했다. 나는 레인 씨가 이토록 흥분하는 것을 본 적이 없었다. 눈은 반짝반짝 빛나고 볼에는 젊은 기운이 돌았다. "물론 당신은 수요일 아침이라는 말이겠죠, 목요일 아침이 아니고."

"아, 그렇다니까요." 하고 케논이 울컥해서 대답했다.

"그러고 보니 이 편지에는 다우에게 수요일에 탈옥하라고 쓰여 있군요. 그런데 다우는 오늘, 목요일에 탈옥했습니다. 좀 이상한 데가 있군요." 하고 흄이 중얼거렸다.

"편지의 뒷면을 보시지요." 레인 씨가 조용히 말했다. 그는 매우 날카로운 눈을 가지고 있었다. 우리 모두가 보지 못한 것을 그는 본 것이다.

흄이 재빨리 그 종이쪽지를 뒤집어 보았다. 거기에는 또 다른 글이 적혀 있었다. 그것은 연필로 쓴 인쇄체 글씨였다——전에 포셋 상원의원의 금고에서 찾아낸 그 첫번째 편지에서 본 낯익은 필체였다.

수요일에는 탈옥할 수 없다. 목요일에 하겠다. 목요일 밤 같

은 시간에 소액권으로 준비해 놓아라.　　　　에어런 다우

　"아아!" 하고 흄이 마음이 놓인다는 듯이 말했다. "이제 이
해가 됩니다. 다우는 자기 편지가 진짜라는 것을 나타내기 위
해 알곤퀸 형무소에서 포셋이 보낸 편지 뒷면에 글을 써서 보
냈군요. 어째서 하루 연기했는지는 문제가 안 됩니다──형무
소 안에 무슨 일이 있어서 연기했거나, 아니면 놈이 겁이 나서
용기를 찾기 위해 하루 연기했는지도 모르지요. 레인 씨, 포셋
의사가 수요일 아침에 돈을 찾은 것이 대단히 중요하다고 하신
말씀은 이 점을 가리킨 것이지요?"
　"천만에요." 하고 레인 씨가 말했다.
　흄이 놀라서 노신사를 바라보다가 어깨를 으쓱했다. "아무튼
이번에는 의심할 여지가 없습니다. 다우는 이번에는 전기의자
를 피하지 못할 겁니다." 흄이 만족한 듯 미소를 지었다. 처음
의 의혹들이 지금은 깨끗이 사라진 모양이었다. "레인 씨, 당신
은 아직도 다우가 결백하다고 믿고 계십니까?"
　노신사가 한숨을 쉬었다. "다우가 결백하다는 내 신념을 흔
들리게 할 만한 것은 여기에서 하나도 찾지 못했습니다." 그가
나중에야 생각났다는 듯 덧붙여 말했다. "오히려 어떤 다른 사
람이 유죄라는 점을 가리키고 있을 따름입니다."
　"그게 누굽니까?" 아버지와 내가 동시에 외쳤다.
　"아직 모릅니다……정확히는."

제17장 내가 영웅 노릇을 하다

그 바쁘고 와자지껄하던 몇 시간을 지금 돌이켜보면, 사건은 빠르게, 그리고 당연한 경로를 밟아 그 놀라운 클라이맥스를 향해 달리고 있었음을 알 수 있다. 그러나 그때 우리는—— 적어도 아버지와 나는——짙은 안개에 싸여 있었다. 그때 있었던 일에는 어떤 패턴이 없었다——흰 시트를 씌운 시체의 운반, 지방검사의 또렷또렷한 명령 소리, 그가 알곤퀸 형무소의 매그너스 소장과 통화하는 소리, 여전히 행방을 알 수 없는 죄수의 체포 계획을 의논하는 소리, 말없이 물러나온 우리들, 그리고 돌아오는 길에서 보인 레인 씨의 무거운 침묵 등.

그리고 다음날……모든 일이 너무나 빠르게 진행되었다. 나는 아침 일찍 제러미를 만났다. 그는 아버지와 약간 심각한 말다툼을 하고 여느때처럼 채석장으로 갔다. 클레이 씨는 포셋 의사가 살해당했다는 소식을 듣고 몹시 동요하고 있었다. 그는 자신이 빠져 있는 처지를 돌이켜보면서, 당연한 일이겠지만 입후보를 권유한 아버지를 원망하고 있었다. 죽은 두 남자의 대역이 되어버린 형국이니 찜찜하기도 했으리라.

아버지가 무뚝뚝한 태도로 선거에서 입후보를 취소하라고 충고했다.

"일이 잘못되었다뿐이잖습니까? 나를 원망하지 마십시오. 불만스러울 게 뭐가 있습니까, 클레이 씨? 신문기자들을 부르십시오. 그리고 죽은 사람에게 침뱉는 것이 그다지 마음에 걸리지 않는다면 처음부터 포셋 일당의 비행을 밝혀내기 위해서 입후보했을 뿐이라고 기자들에게 말씀하십시오. 진실을 발표하는 것입니다. 그뿐입니다. 아니면 그것이 진실이 아니었나요? 정말로 상원의원이 되고 싶으셨다는 말입니까?"

"물론 그렇지는 않습니다." 클레이 씨가 눈살을 찌푸리며 말했다.

"그렇다면 좋습니다. 홉을 만나서 포셋의 부정 거래에 대해 내가 수집한 증거를 모두 주는 겁니다. 그리고 지금까지 내가 드린 말씀을 기자들에게 설명하고 입후보 사퇴를 발표하는 겁니다. 홉은 경쟁자도 없이 상원의원에 당선되어 당신에게 고마워할 것이고 당신은 틸덴 군의 영웅으로 평생을 지내는 겁니다."

"글쎄……."

"그리고 이곳에서 담당했던 내 일은 끝났습니다." 하고 아버지가 명랑하게 말했다. "별로 도움도 드리지 못했으니 내가 쓴 경비만 받겠습니다. 그것은 이미 받은 착수금으로 충분합니다."

"말도 안 됩니다, 경감님! 나는 그런 뜻으로……."

가정부 마사가 내게 전화가 왔다고 알려 주어서, 나는 두 사람이 사이좋게 다투고 있는 곳에서 물러났다. 그것은 제러미에게서 온 전화였는데, 그가 얼마나 흥분하고 있었던지 그의 첫마디를 듣고 살갗이 따끔거릴 정도였다.

"패트!" 그가 낮고 긴장된 목소리로 속삭였다. "옆에 누가 있어?"

"없어요. 도대체 왜 그러는 거예요, 제러미?"

"잘 들어요, 패트. 큰일났어. 나는 지금 채석장 사무실에서 전화하고 있어." 그가 빠른 어조로 말했다. "비상사태야. 이리로 즉시 와요, 패트, 당장!"

"아니, 왜 그래요, 제러미? 무슨 일이에요?"

내가 외쳤다.

"아무 말 말고 당장 내 차를 몰고 와요. 그리고 누구에게도 말하지 말아요. 내 말 알겠어? 당장 움직여요, 패티. 빨리 움직여, 제발!"

나는 재빨리 움직였다. 수화기를 놓자마자 옷의 구김살을 펴고 모자와 장갑을 가지러 2층으로 올라갔다가 계단을 나는 듯이 내려와서 어슬렁어슬렁 베란다로 걸어나갔다. 아버지와 클레이 씨는 아직도 옥신각신하고 있었다.

"제러미의 자동차로 드라이브하고 오겠어요. 괜찮겠지요?"
내가 아무렇지도 않은 어조로 말했다.

두 사람의 귀에 내 말 따위는 들리지도 않는 듯했다. 그래서
나는 재빨리 차고로 달려가서 제러미의 차에 뛰어올라 비틀비
틀 날아가는 화살처럼 차도를 달려 큰길로 나와서는 지옥의 도
깨비들에게 쫓기기라도 하듯 쏜살같이 언덕을 내려갔다. 내 머
릿속은 텅 비어 있었다. 다만 한시라도 빨리 클레이 대리석 채
석장으로 가는 일에 전념했을 뿐이었다.

그 6마일이나 되는 길을 난폭하게 차를 몰아 나는 7분도 걸
리지 않고 달려갔다. 내가 먼지를 일으키며 채석장 사무실 뜰
에 차를 대자 제러미는 젊은 남자가 뜻밖에도 젊은 여자의 방
문을 받았을 때 흔히 보이는 바보 같은 미소를 지으며 자동차
발판에 발을 얹었다.

그러나 그의 말투는 바보 같지가 않았다. 한쪽 눈에 이탈리
아 출신의 노동자 한 사람이 능글맞은 웃음을 지으며 우리를
바라보고 있는 것이 비쳤다.

"잘했어, 패트." 제러미가 표정을 바꾸지 않고 말했으나 목소
리에는 긴장감이 한계점에 다다른 울림이 담겨 있었다.

"그런 놀란 얼굴을 하지 말고 나를 보고 웃어요." 나는 그에
게 억지 웃음을 지어 보였다. "패트, 나는 다우가 숨어 있는 곳
을 알고 있어!"

"오, 제러미!"
나는 숨을 들이마셨다.

"쉬! 웃어요. 남이 눈치채지 못하게……여기서 일하는 천공
(穿孔) 기술자 중 한 사람이 ── 믿을 수 있는 좋은 사람인데
절대로 남에게 말을 안 할 거요── 몇 분 전에 내게 살짝 와서
말하기를, 폭파공 한 사람이 점심시간에 이 부근을 서성거리다
가 서늘한 곳을 찾아 숲속으로 들어갔다는군. 여기서 뒤쪽으로

약 반 마일쯤 되는 곳이야. 거기서 낡은 오두막에 사람이——다우가 숨어 있는 것을 얼핏 봤다는 거야!"

"다우가 틀림없대요?" 하고 내가 속삭였다.

"절대로 틀림없대. 신문에 실린 사진으로 다우의 얼굴을 안다고 하더군. 어쩌지, 패트? 나는 다우가 결백하다고 패트가 믿고 있는 걸 알기 때문에……."

"제러미 클레이." 하고 나는 열을 올리며 말했다. "그는 정말 결백해요. 내게 연락해 주어서 고마워요." 더러운 먼지투성이의 옷을 입고 있는 그의 모습은 소년 같았으며 믿음직스럽지 못했다.

그러나 나는 말을 계속했다. "우리가 그곳에 가서 다우를 몰래 숲속에서 데리고 나와야 해요……."

겁먹은 두 공모자는 오랫동안 서로의 얼굴을 마주보았다.

이윽고 제러미가 턱에 힘을 주고 퉁명스럽게 말했다.

"갑시다. 자연스럽게 행동해야 돼 숲속으로 산책을 가는 척하자고."

그가 웃는 얼굴로 내가 차에서 내리는 것을 도와준 뒤, 내 팔을 잡더니 힘을 북돋아 주려는 듯 꼭 쥐었다. 그리고 음흉하게 바라보고 있는 인부들에게는 젊은 남자가 여자를 유혹하는 것처럼 보이도록 고개를 숙이고 뭐라고 중얼거리며 나를 숲으로 향하는 길로 데리고 갔다. 나는 낄낄거리며 애정을 담은 눈으로 그를 바라보는 시늉을 하고 있었으나 머릿속은 소용돌이치고 있었다. 우리가 하려는 일은 아주 겁나는 일이었다. 그러나 만일 나우가 잡힌다면 이 세상의 아무것도 그를 그 무서운 전기의자로부터 구해 주지 못한다는 것은 뻔했다…….

끝없이 이어지는 듯이 느껴지는 길을 걸어 우리는 숲속으로 들어갔다. 푸른 나뭇가지가 서늘한 그늘을 만들어 주고, 향기로운 전나무 내음이 풍겨 오는 숲속에 들어오니 바깥 세상은 아주 먼 곳에 있는 것 같았다. 이따금 들리는 채석장의 발파음도 아주 먼 곳에서 나는 것처럼 둔탁하게 들렸다. 우리는 그때까지 취하고 있던 바보스러운 태도를 버리고 온 힘을 다해서 달리기 시작했다. 제러미는 인디언처럼 껑충껑충 뛰며 앞장서서 달렸고, 나는 바로 그 뒤에 다가붙어 숨을 헐떡이며 따라갔다. 갑자기 그가 멈추어 서는 바람에 나는 그와 부딪쳤다. 그의 젊은이다운 정직한 얼굴에 놀라움의 표정이 뚜렷이 떠올라 있었다.

그리고 나도 그 소리를 들었다. 그것은 사람이 외치는 소리와 개가 짖는 소리였다.

"맙소사!" 그가 속삭이듯 낮게 말했다. "얼마 떨어지지 않은 곳에서 나는 소리야. 패티, 개가 다우의 냄새를 찾았어!"

"우리가 늦었어요!"

나는 가슴이 철렁해서 제러미의 팔에 매달리며 속삭였다. 그는 내 어깨를 꽉 붙잡더니 이가 딱딱 마주칠 만큼 세게 나를 혼들었다.

"그따위 약한 계집애 같은 행동을 하지 마, 제기랄!" 그가 성이 나서 말했다. "가자고. 아직 구할 수 있을지도 몰라."

그는 몸을 돌려 어두컴컴한 오솔길을 날쌔게 달려 숲속으로 들어갔다. 나도 어리둥절하고 놀라서, 그러나 그에게 화를 내며 뒤따라갔다. 나를 세게 혼들었지! 내게 욕을 했지!

그가 다시 갑자기 발걸음을 멈추고 내 입을 손으로 막았다. 그리고 몸을 굽히더니 나를 끌고 먼지투성이의 작은 관목 숲을 기어서 빠져나갔다. 옷은 가시에 걸려 찢어지고 어디에 손가락을 찔려서 아픈 소리가 나오려는 것을 입술을 깨물어 참았다. 그러나 나는 금방 그 아픔을 잊었다. 우리 앞에 작은 빈터가 펼쳐져 있었던 것이다.

너무 늦었다! 거기에는 지붕이 축 늘어진, 금방 쓰러질 것 같은 작은 오두막이 있었다. 그리고 빈터 반대쪽에서 개 짖는 소리가 차츰 다가오고 있었다.

한순간 그 빈터는 조용했고 평화스러웠다. 그러나 다음 순간 푸른 제복을 입은 남자들이 총부리를 오두막 쪽으로 위협하듯이 들이대며 나타났다. 그리고 그 개들……사나운 큰 개들이 오두막으로 번개같이 달려가 무섭게 으르렁대며 꼭 닫힌 오두막 문을 긁어대고 있었다……세 사나이가 달려가 가죽 끈을 붙잡고 개들을 끌어당겼다.

제러미와 나는 절망하면서 꼼짝도 못하고 그 광경을 지켜보고 있었다.

갑자기 귀청을 뚫는 듯한 총성과 함께 붉은 섬광이 오두막의 작은 두 창문 가운데 하나에서 뿜어 나왔다. 그리고 피스톨의 총신이 안으로 들어갔다. 침을 흘리고 있는 사나운 경찰견 중 한 마리가 기묘한 모양으로 공중으로 튀어올랐다가 풀썩 땅으로 떨어지더니 숨이 끊어졌다.

"가까이 오지 마!" 흥분한 목소리가 날카롭게 들렸다── 에어린 다우의 목소리였다. "물러들 서, 가까이 오지 마! 그렇지 않으면 저 개처럼 만들어 줄 테야. 나를 산 채로 잡을 생각은 마. 물러서! 물러들 서라니까!" 그의 목소리는 날카로운 비명 소리였다.

나는 몸을 일으켜 무릎을 꿇었다. 터무니없는 생각이 내 머릿속에서 소용돌이치고 있었다. 나는 절망하고 있었다. 나는 다우가 자신이 말한 대로 할 것이라고 생각했다. 이번에는 정말로 살인을 할 것이다. 그러나 그것을 막을 방법은 있다. 제정신으로는 생각할 수 없는 실낱 같은 가능성이지만……

제러미는 나를 다시 끌어서 엎드리게 했다. "도대체 무슨 짓을 하려고 그래, 패트?" 하고 그가 속삭였다. 내가 반항하자 그는 어이없다는 듯 입을 벌렸다……

내가 제러미와 다투면서 몸부림치고 있는 동안 빈터의 양상이 달라지고 있었다. 나는 부하들과 함께 몸을 낮추어 조용히 웅크리고 있는 매그너스 소장의 모습을 보았다. 그들은 모두 후퇴하여 관목이나 나무 뒤에 몸을 숨기고 있었다. 몇 명은 우리 쪽으로 오고 있었다. 어디를 보아도 거기에는 피에 굶주린 눈초리의 무장한 간수들이 있었다……

매그너스 소장이 혼자서 빈터로 나아갔다. "다우." 그가 조용히 말했다. "바보 같은 짓은 하지 말아. 오두막은 완전히 포위되었어. 너는 틀림없이 잡히고 만다. 우리는 너를 죽이려는 게 아냐……."

탕! 마치 꿈속에서처럼 나는 소장의 오른손에 붉은 핏줄기 하나가 마술처럼 나타나는 것을 보았다. 마른 땅에 붉은 피가 뚝뚝 떨어졌다. 다우의 총이 다시 위력을 발휘한 것이다. 한 간수가 나무숲에서 뛰어나와 멍하니 서 있는 소장을 끌고 갔다.

나는 죽을 힘을 다해 제러미의 손을 뿌리쳤다. 그리고 심장이 목구멍에 붙어서 요동치는 것을 느끼며 빈터로 뛰어나갔다. 시간이 걸음을 멈춘 그 순간 주위의 모든 것들이 죽은 듯이 정지하는 것을 눈꼬리로 볼 수 있었다. 소장도, 간수들도, 개도, 그리고 다우마저도 무모하게 불속으로 뛰어드는 나를 보고 어처구니가 없어 멍청히 넋을 잃고 있었다. 그러나 나는 흥분과 미친사람 같은 나 자신의 행동에 대한 공포로 거의 반광란 상태에 빠져 있었다. 스스로를 억누를 수가 없었다. 나는 마음속으로 제러미가 나를 잡으려고 뒤쫓아 뛰어나오지 않기를 빌었다. 그때 뒤에서 들이덮친 세 간수들에게 붙잡혀 몸부림치고 있는 제러미의 모습이 언뜻 눈에 들어왔다.

나는 고개를 들었다. 그리고 소리 높이 또렷하게 외치고 있는 내 목소리를 들었다.

"에어런 다우, 나를 안으로 들여보내 줘요. 내가 누군지 알지요? 나는 페이션스 섬이에요. 나를 들여보내 줘요. 당신하고 꼭 얘기를 해야만 해요."

그리고 나서 나는 마치 공중을 헤엄치고 있는 듯한 기분으로 오두막을 향해 똑바로 걸어갔다.

머릿속은 마비되어 있어 아무런 감각도 없었다. 만일 이때 다우가 공포에 사로잡혀 나를 쏘았다 해도 나는 아무것도 느끼지 못했을 것이다.

째지는 듯한 목소리가 나의 귀청을 울렸다. "다른 놈들은 물러서! 내가 여자를 겨누고 있다. 다른 놈이 움직이기만 하면 여자를 쏠 거야. 물러서!"

어찌되었건 나는 오두막 문에 다다랐고, 그 문이 열리자 나는 어두컴컴하고 축축한 냄새가 나는 오두막 안으로 쓰러지듯이 들어갔다. 문이 큰소리를 내며 닫히는 소리가 들렸고, 나는 공포 때문에 머리가 핑 도는 몸을 학질에 걸린 노파처럼 떨며 그 문에 기대었다……

가엾은 다우는 차마 눈뜨고 볼 수 없을 만큼 무참한 모습이었다. 흙먼지를 뒤집어쓰고 침을 흘리고 있었으며, 수염이 더부룩하여 마치 '노트르담의 꼽추'처럼 더럽고 역겨운 모습으로 공포에 떨고 있었다. 다만 눈만은 침착했고 피할 수 없는 죽음과 마주선 용사처럼 조용하게 자신의 결의를 나타내고 있었다. 왼손에는 아직 연기가 나고 있는 권총을 쥐고 있었다.

"빨리 말해." 그가 거친 목소리로 낮게 말했다. "이게 무슨 속임수라면 죽을 줄 알아." 그가 번개처럼 창 밖을 내다보았다. "말해 봐."

"에어런 다우." 나는 속삭이듯 낮게 말했다. "이래서는 얻는 것이 없어요. 내가 당신이 결백하다고 믿고 있는 것은 당신도 알죠? 그리고 레인 씨──감방에서 당신을 시험해 본 그 친절하고 똑똑한 노인 말예요──그 레인 씨도, 내 아버지 섬 경감도 모두 당신이 무죄라는 걸 믿고……"

"에어런 다우는 살아서는 붙잡히지 않아." 하고 그가 낮게 말했다.

"에어런 다우, 이런 짓을 하는 것은 죽음을 자초하는 거예요!" 하고 내가 외쳤다. "자수하세요. 그것만이 살아날 수 있는 유일한 길이에요……"

나는 말을 하고 또 했다. 무슨 말을 지껄이고 있는지 나 자신도 알지 못하면서 계속 말했다. 그를 구하려고 우리가 애쓰고 있다는 것, 틀림없이 그를 구해 주겠다고 말한 것 같다……

마치 먼 곳에서 들려오듯 다우의 비탄에 잠긴 말소리가 희미하게 들렸다.

"나는 죄가 없어요, 아가씨. 나는 절대로 그놈을 죽이지 않았어요. 정말이야. 살려 줘요, 제발 살려 줘요!"

그가 무릎을 꿇고 내 손에 입을 맞추었다. 나는 무릎이 덜덜 떨렸다. 연기를 뿜고 있는 권총이 바닥에 떨어졌다. 나는 노인을 부축해 일으켜 그의 초라한 어깨에 손을 얹고는 문을 열고 오두막 밖으로 나갔다. 나는 그가 아주 순순히 자수한 것으로 믿는다.

나는 문을 나선 순간 기절했기 때문에 다우가 어떻게 되었는지는 몰랐다. 내가 정신이 들었을 때에는 제러미가 내 얼굴을 들여다보고 있었고 누군가가 내 머리에 물을 끼얹고 있었다.

그 다음에 일어난 일은 클라이맥스 후의 쓰디쓴 잔일에 불과하다. 나는 그날 오후의 일을 되새겨볼 때마다 지금도 몸이 떨린다. 아버지와 레인 씨도 어디에선지 모습을 나타내어 나와 함께 존 흄의 사무실에서 앉아서 가엾은 다우의 이야기를 듣고 있던 것이 기억난다. 그리고 다우가 의자에 웅크리고 앉아 때때로 그 비참한 늙은 얼굴을 돌려 나와 레인 씨와 아버지를 번갈아 바라보던 참혹한 모습도 생각난다. 나는 마음이 아파 멍하니 앉아 있었고, 레인 씨의 얼굴은 마치 비극에서 쓰는 가면 같았다. 흄의 사무실로 오기 한 시간 전에 내가 오두막에서 다우에게 한 약속을 레인 씨에게 이야기했을 때 보인 레인 씨의 표정과 그가 한 말을 결코 잊을 수가 없다.

"페이션스 양!"

그가 진정으로 괴로운 마음에서 우러나오는 소리를 질렀다.

"그런 약속을 하지 말았어야 했어. 다우를 구할 수가 있을지 모르겠어. 정말로 모르겠어요. 나는 어떤 추리를 하고 있어요 ——아주 놀랄 만한 추리를. 하지만, 아직은 완전치가 못해. 어쩌면 그를 구한다는 것이 불가능할지도 몰라요." 그제서야 나는 내가 한 짓을 알았다. 두 번째로 내가 다우에게 희망을 준 것이다. 그리고 두 번째로…….

다우가 질문에 대답했다. 아뇨, 나는 포셋 의사를 죽이지 않았습니다. 나는 그 집에 들어가지도 않았습니다……존 흄이 책상 서랍에서 다우가 오두막 안에서 가지고 있던 권총을 꺼냈다.

"이건 포셋 의사의 권총이오." 흄이 엄하게 말했다. "거짓말 마시오. 포셋 의사의 조수는 어제 오후에 이것이 의사의 진찰실 책상 맨 윗서랍에 들어 있는 걸 봤다고 했소. 당신이 거기서 꺼낸 거요. 다우, 당신은 틀림없이 그 집안에 있었소."

다우가 무너지듯 비명에 가까운 목소리로 말했다. "그래요, 그 말은 사실이오." 그러나 자기는 포셋을 죽이지 않았다고 했다. 그는 의사와 만나기로 약속했다고 말했다. 밤 11시 반에. 그가 집안에 들어갔을 때 피투성이가 되어 바닥에 쓰러져 있는 포셋을 발견했고, 책상 위에 권총이 놓여 있는 것을 보고 공포에 질린 그는 권총을 들고 밖으로 뛰어나갔다……네, 그 상자 토막은 내가 보냈습니다. 어떤 방법으로 보냈지요? 다우는 교활한 표정을 지으며 대답을 하지 않았다. JA는 무슨 뜻이오? 다우는 입을 다물었다.

"당신은 시체를 보았습니까?" 하고 드루리 레인 씨가 긴장해서 물었다.

"나는……그래요, 봤어요. 그렇지만 나는 그놈이 죽어 있는 걸 보자마자……."

"틀림없지요, 다우, 그가 죽어 있었다는 것이 틀림없지요?"

"그래요. 네, 선생님. 틀림없었습니다!"

그러자 지방검사가 포셋 의사의 책상 위에서 발견한 편지를 죄수에게 보였다. 이때 다우가 너무나 강력하게 부정을 했고 그 증언에 진실성이 있었기 때문에 우리 모두가——드루리 레인 씨를 제외하고는——깜짝 놀라고 말았다. 자기는 그런 편지는 보지 못했다고 다우가 외쳤다. 포셋이 서명한 잉크로 쓴 편지를 다우는 읽은 적이 없고, '에어런 다우'라고 서명한 연필로 쓴 인쇄체 글씨의 편지를 자기는 쓰지 않았다고 주장했다.

노신사가 재빠르게 물었다.

"다우, 당신은 지난 며칠 동안 포셋 의사에게서 무슨 편지든 받은 것이 있습니까?"

"그래요, 레인 씨, 받았습니다. 그러나 이 편지는 아니에요! 화요일이었습니다. 나는 포셋에게서 편지를 받았지요. 목요일에 도망치라고 쓰여 있었어요. 정말입니다, 레인 씨. 목요일이라고 쓰여 있었어요!"

"지금 그 편지를 갖고 있소?" 레인 씨가 천천히 물었다.

다우는 그 편지를 형무소 시궁창에 버렸다고 말했다. 그것이 그의 주장이었다.

"알 수 없군." 하고 홈이 중얼거렸다. "어째서 포셋이 이 사람을 그런 식으로 배신해야만 했지? 어쩌면……."

노신사가 무슨 말을 하려다가 고개를 저으며 입을 다물었다. 나에게는──조금씩, 아주 조금씩──바늘 구멍만한 광명이 보이기 시작했다.

그 다음 일은 생각만 해도 소름이 끼친다. 존 홈은 또다시 안일한 방법을 취했다. 다시금 재판의 논고를 지방검사보 스위트에게 맡겼던 것이다. 다우를 제1급 살인범으로 기소하는 데 별문제가 없었으므로 숨 돌릴 사이도 없이 재판날이 다가왔다. 가장 큰 두통거리는 리즈 시민들이 다우를 자기들 손으로 없애겠다는 것을 막는 일이었다. 같은 사람이 두 번이나 살인죄를 저질렀다는 사실이 시민들의 감정에 불을 질렀던 것이다. 그래서 리즈 구치소에서 재판소로 그를 데리고 다닐 때에도 엄중한 경호가 필요했고, 극비로 데리고 다녀야만 했다.

마크 커리어는 수수께끼 같은 행동을 했다. 그는 레인 씨로부터 변호료를 받으려 하지 않았다. 그의 살찐 얼굴은 밉살맞았고 무슨 생각을 하고 있는지 도무지 알 수가 없었다. 그리고 그는 승산 없는 재판에서 또다시 용감하게 싸웠다.

드루리 레인 씨가 절망과 무력감에 짓눌려 말없이 지켜보는 가운데 다우는 재판을 받았고, 배심원들은 단 45분을 의논하고 나서 다우를 제1급 살인범으로 인정했으며, 불과 한 달여 전에 그에게 종신형을 선고한 같은 재판장에 의해 전기 의자로 처형시키라는 판결이 내려졌다.

"에어런 다우는⋯⋯법이 정하는 바에 의해 사형에 처하기로 한다. 사형 집행일은⋯⋯."

두 명의 치안관보에 의해 수갑이 채워지고 무장한 경비원에게 둘러싸인 채 에어런 다우는 알곤퀸 형무소로 보내졌다. 그리고 사형수 전용 감방의 침묵이 한겨울 무덤의 얼어붙은 흙처럼 그의 머리를 에워쌌다.

제18장 암흑의 시기

그리하여 우리는 희망의 바람이 불기를 빌면서 무풍지대 속에 갇힌 채 꼼짝도 못하고 있었다. 뜨거운 태양이 내리쬐고, 수면은 유리판처럼 바람 한 점 없이 잔잔했다. 우리는 너무나 지쳐 있었다── 불지 않는 바람을 맞으려는 가운데 닻을 올릴 힘도, 싸울 힘도, 생각할 힘도 없었다.

아버지와 클레이 씨는 화해를 했다. 그리고 아버지나 나나 다툴 기운조차 없었으므로 클레이 씨가 하라는 대로 클레이 댁에 계속 신세를 지고 있었다. 그러나 우리는 거기서 잠만 잘 뿐이었다. 아버지는 침착하게 있지를 못하고 커다란 도깨비처럼 시내를 쏘다녔고, 나는 언덕 위의 뮤어 신부 댁에 틀어박혀 있었다. 어쩌면 다우에 대한 죄책감에서 그 사형수 가까이에 있어 주어야 할 것 같아서 그랬는지도 모른다. 뮤어 신부님은 매일 에어런 다우를 만나고 있었으나 어떤 이유에선지 다우가 어떻게 지내고 있는가를 말하려 하지 않았다. 신부가 괴로워하는 표정으로 보아 다우는 우리를 저주하고 있는 것 같았다. 괴로운 나날들이었다.

가능한 일은 모두 하고 있었지만 결과는 아무것도 없고 하찮은 일만 일어났다. 나는 드루리 레인 씨가 다우가 판결을 기다리며 리즈 구치소에 갇혀 있을 때 그를 몰래 찾아갔던 것을 알게 되었다. 그때 두 사람 사이에 어떤 일이 있었는지는 모르나, 그 뒤 며칠 동안 노신사의 얼굴에 공포의 빛이 나타나 있던 것으로 보아 그 만남이 아주 특별했던 것만은 틀림없었다.

어느 날 나는 무슨 일이 있었느냐고 그에게 물었다. 그는 한참 동안 입을 다물고 있다가 입을 열었다. "HEJAZ가 무엇을 뜻하는지 내게 말하려 들지를 않아." 레인 씨의 입에서 나온 말은 이것뿐이었다.

또 한번은 레인 씨가 갑자기 사라졌었다. 우리는 꼬박 4시간 동안이나 미친 듯이 그를 찾아 헤맸다. 그러나 그는 태연하게 돌아와서 마치 지금까지 내내 그 자리에 앉아 있었던 것처럼 뮤어 신부 댁 베란다에 다시 앉았다. 그리고 지치고 엄한 표정으로 쓸쓸하게 흔들의자에 앉아서 무엇인가를 골똘히 생각하고 있었다. 그리고 한참 지나서 이해할 수 없는 레인 씨의 어떤 이론 때문에 그가 루퍼스 코튼을 그날 방문했었다는 것을 알게 되었다. 그가 루퍼스 코튼을 방문하여 알아내려고 한 것이 무엇인지 그때는 몰랐지만, 그의 태도로 보아 방문 목적이 무엇이었든간에 그가 실패했다는 것은 명백했다.

이런 일도 있었다. 어느 날 몇 시간이나 돌처럼 말없이 앉아 있던 그가 벌떡 일어나서 드로미오에게 자동차를 대 놓으라고 이르더니 흙먼지를 일으키며 리즈로 가는 언덕길을 내려갔다가 잠시 뒤에 돌아왔다. 그리고 몇 시간이 지나자 우편 배달부가 전보를 가지고 자전거로 언덕을 올라왔다. 레인 씨는 눈을 번득이며 전보를 읽고 나서 나에게 던져 주었다.

문의하신 연방 수사관은 현재 공무로 중서부에 출장중임. 극비임.

법무성 고위 관리의 서명이 있는 전보였다. 답답해 하고 있던 레인 씨가 혹시나 하고 카마이클에 대한 신원을 확인해 본 전보에 대한 대답일 것이라고 나는 추측했다. 대답은 나타닌 바와 같이 카마이클이 진짜 연방 수사관이라는 것이 밝혀졌다.

물론 노신사야말로 진실로 고통을 많이 받고 있는 사람이었다. 이 사람이 바로 몇 주일 전에 늙은 얼굴을 흥분과 기쁨으로 붉게 물들이며 우리와 함께 리즈로 온 그 레인 씨라고는 거의 믿을 수가 없을 정도였다. 그의 내부에서 어떤 것이 빠져나가 지금은 생명의 약동도 사라지고 또다시 허약한 늙은 병자로 돌

아가 있었다. 이따금 생기 있게 움직이는 것말고는 뮤어 신부
와 마주앉은 채 무의미한 시간만 보내고 있었다. 도대체 무엇
을 생각하고 있는지 아무도 알 수가 없었다.

시간은 느릿느릿 지나가고 있었다. 그러다가 갑자기 시간이
걸음을 빨리 했다. 하루하루 아무 변화도 없이 흐르던 어느 날
아침, 침대에서 힘없이 일어나서 나는 벌써 금요일이 되었음을
알고 눈이 빙빙 돌 것 같은 공포로 몸이 굳어졌다. 다음 월요일
부터 1주일 안에 매그너스 소장은 법에 의해 다우의 사형 집행
일을 정해야 하는 것이다. 그러나 그것은 형식에 지나지 않는
다. 알곤퀸 형무소에서는 수요일 밤에 사형을 집행하는 것이
관습으로 되어 있었다. 기적이 일어나지 않는 한 에어런 다우
는 2주일 내에 전기 의자에서 타 버리게 되는 것이다……그런
생각이 들자 나는 더할 수 없는 공포에 빠져들었고 당장 형무
소 담장 안에 있는 그 죄수를 구하기 위해 사람도 만나보고 당
국에 탄원하기도 하며 온갖 노력을 다해야겠다는 생각을 했다.
그러나 누구를 찾아가야 한다는 말인가?

그날 오후 나는 여느때처럼 뮤어 신부 댁으로 몸을 끌고 갔
다. 거기에는 아버지도 끼어서 레인 씨하고 신부님하고 무엇인
가 열심히 의논하고 있었다. 나는 의자에 앉아 눈을 감았다. 그
러나 레인 씨가 하는 말을 듣고 이내 눈을 떴다. "경감님, 절망
상태입니다. 올버니로 가서 브루노 지사를 만나야겠습니다."

드라마에서 흔히 볼 수 있는 우정과 임무 수행과의 충돌 문
제가 일어났다. 다급한 상태가 아니었다면 우스꽝스럽게 보일
수도 있는 일이었다.

몸을 움직여 행동한다는 것이 너무 반가워 아버지와 나는 같
이 가겠다고 우겼고, 레인 씨도 우리와 같이 가는 것에 위로를
받는 듯했다. 드로미오는 지칠 줄 모르는 용사처럼 차를 몰았
으나, 우리는 언덕이 많은 뉴욕 주 수도에 도착했을 때——적
어도 아버지와 나는——몹시 지쳐 있었다. 그러나 레인 씨는

미리 리즈에서 전보를 쳐놓았기 때문에 지사가 이미 우리를 기다리고 있을 거라고 하면서 잠깐 쉬어 가자는 우리의 말을 거절했다. 그래서 우리는 잠깐 동안 쉰다든가 뭘 먹는 것도 생략하고 레인 씨와 드로미오가 이끄는 대로 주지사 사무실로 향했다.

브루노 지사는 자기 사무실에 있었다――단단한 몸집과 숱이 적은 갈색 머리, 그리고 강한 의지를 담은 눈동자를 지닌 채. 그는 따뜻하게 우리를 맞이해 주었다. 그리고 비서 한 사람에게 샌드위치를 가져오게 한 다음 아버지와 레인 씨와 함께 농담도 하고 즐겁게 이것저것 이야기를 나누었다……그러나 그의 눈은 날카롭고 신중했으며 입술로는 웃고 있었으나 눈은 웃고 있지 않았다.

우리가 기운을 되찾고 편안한 자세를 취하자 지사가 물었다. "그런데, 레인 씨, 올버니에는 무슨 용건으로 오셨습니까?"

"에어런 다우 사건 때문입니다." 노신사가 조용히 말했다.

"짐작은 했습니다." 브루노 지사가 손가락 끝으로 피아노 건반을 치듯 빨리 두드렸다. "그 사건에 대해서 처음부터 자세히 말씀해 주십시오."

그래서 노신사는 조금도 불명확한 점을 남기지 않도록 냉정하고 정확하게 사건에 대해 설명했다. 레인 씨는 에어런 다우가 첫번째 희생자인 포셋 상원의원을 죽였을 리가 없다는 그 따분한 추론을 설명했다. 브루노 지사는 눈을 지그시 감고 열심히 듣고 있었고 비록 그 설명으로 감명을 받았다 해도 그것을 조금도 내색하지는 않았다.

"그래서," 하고 레인 씨가 결론을 지었다. "다우의 유죄 판결에는 틀림없이 의문이 있기 때문에 다우의 사형 집행을 연기해 달라는 부탁을 하려고 이렇게 찾아왔습니다."

브루노 지사가 눈을 떴다. "언제나처럼 훌륭한 분석을 하셨습니다, 레인 씨. 여느때 같았으면 정확한 분석이라고 레인 씨 의견에 동의했을 것입니다. 그런데……이 경우에는 증거가 없지 않습니까."

"이것 보시오, 브루노 씨." 하고 아버지가 으르렁거렸다. "당신 입장이 곤란하다는 것은 잘 알고 있소. 그러나 당신의 참모습을 보여 주시오. 나는 오래 전부터 당신이 어떤 인물인지 알고 있소! 당신은 임무에 충실한 사람이잖소! 이 사형 집행은 반드시 연기시켜야만 해요!"

지사가 한숨을 쉬었다. "내가 지사가 된 이래로 가장 어려운 문제 중 하나로군요. 섬 양, 그리고 레인 씨, 나는 법률의 도구에 지나지 않습니다. 내가 정의를 떠받들겠다고 선서한 것은 사실입니다. 그러나 우리의 법률 제도는 정의가 사실에 입각하도록 되어 있습니다. 그런데 당신들에게는 사실이 없습니다. 사실을 전혀 갖고 있지 않아요. 당신들의 주장은 이론에 지나지 않습니다. 훌륭하고 당당한 이론에는 틀림없습니다. 하지만, 이론일 뿐입니다. 배심원들이 유죄를 인정해서 재판장이 선고한 사형 집행 명령을 증거도 없이 내가 간섭한다는 것은 사실상 불가능합니다. 증거를 제시하세요, 증거를!"

어색한 침묵이 흘렀다. 나는 절망감에 사로잡혀서 의자에 앉아 몸을 비틀었다. 이때 레인 씨가 일어섰다. 대리석처럼 창백해진 얼굴에 엄숙하고 키가 큰 모습이었다. "브루노 씨, 저는 에어런 다우가 결백하다는 이론 따위만 갖고 이곳에 온 것이 아닙니다. 두 개의 살인사건에서 의심할 여지가 없는, 범인을 지적하는 추리를 할 수가 있고, 그 내용은 놀랍도록 명백합니다. 그러나 당신이 말했듯이 이론은 증거가 뒷받침해 줘야만 결정적이라 할 수 있는데 내게는 증거가 없습니다."

아버지가 눈을 둥그렇게 떴다. "아니, 그러면 진범이 누군지 아신다는 말씀입니까?" 하고 아버지가 소리쳤다.

레인 씨가 답답하다는 듯 이상한 몸짓을 했다. "나는 거의 모든 것을 알고 있습니다. 완전히 알고 있다고는 할 수 없지만 거의 전부를 알고 있습니다." 그는 팔을 뻗어 브루노 지사의 책상 위를 짚더니 몸을 앞으로 내밀고 지사의 눈을 뚫어지게 들여다보았다. "전에는 여러 번 나를 믿어 주시더니 왜 이번에는 믿어 주시지 않는 겁니까, 브루노 씨."

브루노 지사가 눈길을 떨구었다. "아아, 레인 씨……나는 그럴 수가 없어요."

"좋습니다." 레인 씨가 몸을 일으켰다. "그러면 한걸음 더 나아가지요. 내 추리는 포셋 형제의 살인범으로 한 사람만을 지적할 단계까지는 와 있지 않습니다. 그러나, 브루노 씨, 수학 같은 확실성으로 나의 추리는 조금 더 진보한 단계에 와 있습니다. 범인은 세 사람 중 한 사람일 수밖에 없습니다."

아버지와 나는 그를 멍하니 바라다보았다. 세 사람 가운데한 사람! 그것은 너무나 놀랍고 불가능한 말이었다. 나 자신도 범인의 범위를 특정한 어떤 무리 중에 누구일 것이라고 좁혀 놓고는 있었지만……세 사람이라니! 우리가 지금 알고 있는 사실을 근거로 어떻게 그러한 결론을 얻을 수 있는지 나는 도무지 알 수가 없었다.

"에어런 다우는 그 세 사람 중에는 끼어 있지 않다는 말씀이지요." 하고 지사가 중얼거렸다.

"그렇습니다."

그 대답은 조용했으나 확신에 찬 것이었다. 나는 브루노 지사의 눈이 당혹해 하며 흔들리는 것을 보았다.

"브루노 씨, 나를 믿고 시간을 주십시오. 시간 말입니다. 내가 필요로 하고 원하는 것은 시간입니다. 시간만 있으면 틀림없이……한 가지 점, 중요한 한 가지 점만이 빠져 있습니다. 그한 가지 점을 찾을 시간이 꼭 필요합니다."

"그 한 가지 점이라는 것이 존재하지 않을지도 모르지요." 하고 지사가 낮게 말했다. "그런 것은 모호하니까요. 그렇다면 어찌하시겠습니까? 내 입장을 아직도 이해하지 못하십니까?"

"만일 찾아내지 못한다면, 나는 패배를 인정하겠습니다. 그러나 그 한 가지가 존재하지 않는다는 것이 확인되기 전까지는, 다우의 운명을 올바르게 심판해야 할 당신에게 다우가 저지르

지도 않은 범죄 때문에 사형당하는 것을 그냥 내버려두게 할
도덕적 권리는 없습니다."

브루노 지사가 벌떡 일어섰다. "알았습니다." 입가에 굳은 결
의를 나타내면서 그가 말했다. "여기까지는 협조를 하겠습니다.
만일 사형 집행일까지 그 마지막 한 가지 점을 찾지 못하는 경
우에는 집행을 딱 1주일만 연기시키겠습니다."

"아아, 고마워요, 브루노 씨, 고맙습니다. 오랜만에 밝은 햇
살을 보는군요. 섬 경감님, 페이션스 양, 이제 돌아갑시다!"

"잠깐만 기다려 주십시오." 지사가 책상 위의 서류를 만지작
거리며 말했다. "실은 말씀을 드릴까말까 지금까지 망설였습니
다만, 이렇게 당신들과 손을 잡은 이상 말을 하지 않을 권리가
없다는 생각이 듭니다. 중요한 것인지도 모르니까요."

노신사가 고개를 번쩍 쳐들었다. "무슨 말씀이시죠?"

"에어런 다우의 사형 집행을 중지시켜 달라고 한 사람은 당
신들뿐만이 아닙니다."

"그래요?"

"리즈의 어떤 사람이……."

"우리가 아는, 사건에 관련된 어떤 사람이 우리보다 먼저 사
형을 연기해 달라고 했다는 말씀을 하고 계시는 겁니까?" 레
인 씨가 눈에서 불을 뿜으며 사납게 말했다.

"연기가 아니고 완전히 사면해 달라는 겁니다." 하고 지사가
낮게 말했다. "그녀가 이틀 전에 왔었습니다. 이유를 말하지는
않고 그 여자는……."

"여자라고요!" 우리는 깜짝 놀라 거의 동시에 외쳤다.

"패니 카이저였습니다."

레인 씨가 지사의 머리 위에 걸려 있는 유화를 멍하니 바라
보았다. "패니 카이저. 그랬었군. 그런데 나는……." 그는 주먹
으로 지사의 책상을 꽝 내리쳤다. "그래, 물론이지! 내가 어떻
게 그토록 눈이 먼 바보짓을 했을까! 그녀가 사면해 달라는 이
유를 말하지 않았다는 말씀이지요, 네?" 레인 씨는 융단 위를

뛰다시피 하며 다가와 우리 팔을 아프도록 꽉 잡았다. "페이션스, 경감님——리즈로 돌아갑시다. 희망이 있단 말입니다!"

제19장 좌 절

리즈로 돌아오는 여정은 기이했다. 레인 씨는 큰 외투에 싸여 —— 날씨가 추워지고 있었다 —— 앉아 있었고, 신열이라도 있는 것처럼 눈은 붉게 충혈되어 있었다. 그의 강력한 의지력이 차를 끌고 있는 것처럼 느껴졌다. 그는 가끔 몸을 움직여 드로미오에게 더 빨리 달리라고 재촉했다.

그러나 자연의 섭리는 있는 법, 우리는 중간에서 식사를 하고 잠을 자지 않으면 안 되었다. 다음날 아침 우리는 다시 출발하여 리즈에는 정오 조금 전에 도착했다.

거리가 여느때와 달리 술렁이고 있었다. 신문팔이들이 제1면에 뭔가 큰 제목이 붙은 신문을 펄럭이며 날카로운 소리를 지르고 있었다. 어떤 말이 내 귀를 때렸다. "패니 카이저!" 하고 신문팔이 소년 하나가 외치고 있었다.

"차를 세워요!" 하고 내가 드로미오에게 소리쳤다. "무슨 일이 생겼나 봐요!"

나는 아버지와 레인 씨가 움직일 틈도 주지 않고 자동차에서 뛰어내려 신문팔이 소년에게 동전을 던지고 신문 한 장을 낚아챘다.

"이것 보세요!" 나는 자동차로 기어들어가며 외쳤다. "이 기사를 읽어 보세요!"

신문은 기분 좋게 폭로하고 있었다. '지난 수년 간 리즈에서 악명높았던 패니 카이저가……' —— 리즈 이그재미너는 이렇게 쓰고 있었다 —— '존 홈 지방검사의 지령으로 체포되었다. 죄목은……' 그리고 다음에는 길게 그 죄목이 열거되어 있었다. 거기에는 인신 매매, 마약 취급, 그밖의 불쾌한 비행들이 나열되어 있었다. 신문 보도에 의하면 홈은 첫번째 살인사건을 수사하다가 포셋 저택에서 찾아낸 서류들을 훌륭하게 이용하고 있었다. 패니 카이저 소유의 몇몇 업소가 경찰의 습격을 받았다. 악행이 담긴 냄비 뚜껑이 열어젖혀진 것이다. 온갖 추악한 소문이 흘러넘쳤고, 사회적으로, 정치적으로, 또 실업계에서 유명한 리즈의 많은 인사들이 직접적으로 관련되어 있다고 신문은 숨김없이 폭로하고 있었다.

그녀의 보석금은 2만 5천 달러로 결정되었다. 보석금은 즉시 지불되어 풀려나와서 기소를 기다리고 있다는 보도였다.

"굉장한 뉴스군요." 하고 레인 씨가 생각에 잠기며 말했다. "행운입니다. 얼마나 큰 행운인지 말로 다할 수 없을 정도입니다. 우리의 친구 패니 카이저가 이제 아주 난처한 입장에 빠졌으니……." 그는 패니 카이저의 체포와 기소 문제는 별로 중요하게 생각지 않고, 다만 그것이 그녀의 기세를 꺾는다는 점만 중요하게 생각하고 있었다. "그런 사람들은 언제나 그런 곤경에서는 용케 빠져나오지요……드로미오, 지방검사 사무실로 가자!"

존 흄은 그의 책상 앞에 앉아 여유 있게 여송연을 피우고 있었는데, 하도 우리를 기분 좋게 해주려고 애를 써서 웃음이 나올 지경이었다. 그녀가 지금 어디에 있느냐고 물었더니 보석으로 풀려났다고 대답했다. 그녀의 사업 본부가 어디냐고 묻자 그는 미소를 띠며 가르쳐 주었다.

우리는 그 주소로 서둘러 갔다. 시 변두리에 있는 커다란 집으로 경관들이 지키고 있었다. 번쩍번쩍한 금색으로 치장하고 화려하게 잘 꾸민 집으로, 예술적 가치가 의심스러운 선정적인 나체화가 많이 걸려 있었다. 그녀는 그곳에 없었다. 보석으로 풀려난 다음 집에는 한 번도 오지 않았다는 것이었다.

우리는 미친 듯이 그녀를 찾아다녔다. 우리의 얼굴에는 깊은 주름이 다시 잡혔다. 세 시간쯤 이곳 저곳을 찾아다닌 뒤 우리는 절망감으로 말도 않고 서로를 마주보기만 할 뿐이었다. 그녀는 아무데도 없었다.

　그녀가 보석금을 몰수당할 것을 각오하고 뉴욕 주를 떠난 것은 아닐까? 미국을 떠난 것은 아닐까? 엄한 형벌이 기다리고 있는 것을 생각하면——우리에게는 불운하게도——그럴 법도 한 일이었다. 노신사가 죽음의 신처럼 엄숙한 표정으로 존 흄과 경찰에 패니 카이저가 없어졌다는 것을 연락하는 동안 우리는 고통스러워하고 있었다. 전화통이 불붙을 정도로 바빠졌다. 패니 카이저가 자주 드나들던 곳은 전부 수색했다. 형사들에게는 그녀의 행방을 찾아보라는 명령이 내려졌다. 모든 역이 형사의 감시 아래 놓였고, 뉴욕 시 경찰에도 연락이 취해졌다. 그러나 모두 허사였다. 그녀는 사라진 것이다.

　우리들이 몹시 지쳐서 지방검사 사무실에서 보고를 기다리고 있을 때 흄이 말했다. "문제는 그녀의 기소일이 3주 뒤라는 것입니다. 즉 이번 목요일에서 2주가 남았을 뿐이라는 얘기입니다."

　우리는 신음 소리를 냈다. 브루노 지사가 사형 집행을 1주일 연기해 준다 해도 다우의 사형이 집행된 다음날이라야만 그녀의 보석 기간이 끝나는 것이다——만일 나타난다면 말이다.

　그 뒤의 무섭고 끔찍했던 며칠 동안 우리는 갑자기 나이를 먹은 것 같다. 1주일이 그냥 지나갔다. 금요일……우리는 패니 카이저를 찾아내는 일을 단념하지 않았다. 레인 씨는 정력의 발전기였다. 그는 경찰의 협조를 얻어 지방 방송국을 마음대로 쓸 수 있게 되었다. 패니 카이저의 행방을 찾는다는 방송, 소재를 아는 사람이나 패니 카이저 자신이 연락해 주기 바란다는 호소가 방송되었다. 그녀와 관련되었다고 알려진 사악하고 넓게 퍼져 있는 모든 업소들이 감시하에 들어갔고, 리즈에 사는 그녀의 고용인들——여자들, 변호사들, 폭력배들이 경찰의 조사를 받았다.

　토요일, 일요일, 월요일……월요일에는 매그너스 소장이 사형 집행 일시를 수요일 오후 11시 5분으로 결정했다는 사실을 뮤어 신부와 신문을 통해 알았다.

화요일……패니 카이저의 행방은 여전히 알 수가 없었다. 유럽 항로의 모든 기선에 전보를 쳤다. 그러나 누가 보아도 알 수있는 그녀의 두드러진 특징과 들어맞는 여자는 어느 기선에도 타고 있지 않다는 연락뿐이었다.

수요일 아침……우리는 기계적으로 먹고, 말도 하지 않았으며, 마치 꿈속을 헤매는 것 같았다. 아버지는 48시간 동안이나 옷을 벗지 않았고, 레인 씨의 얼굴은 시체처럼 창백했으며 눈은 무슨 불길한 병을 앓고 있는 환자의 눈 같았다. 우리는 다우를 면회하려고 애를 썼으나 거절당했다. 그것은 형무소 규칙에 어긋난다는 것이었다. 그러나 흔히 그러하듯 소문은 흘러나왔다. 다우가 이상하게도 조용해졌고, 말도 없어졌으며, 우리를 이제는 저주하지도 않는다는 것이었다. 우리의 존재를 아주 잊은 것 같다는 소문이었다. 사형 집행 시간이 가까워 올수록 눈에 띄게 동요하여 감방 안을 안절부절못하고 걷고 있다는 것도 알게 되었다. 뮤어 신부님은 눈물을 글썽이며 웃음을 띠고 그가 믿음에 의지하고 있다는 말을 했다. 가엾은 신부님! 에이런 다우는 그러한 정신적인 것에 의지하고 있는 것이 아니라 좀더 현실적인 것에 의지하고 있는 것이라고 나는 생각했다. 나는 직감적으로 다우가 그날에는 죽지 않는다는 말을 레인 씨가 어떤 경로를 통했는지는 몰라도 하여튼 다우에게 전했다는 것을 알았다.

수요일은 무섭고도 놀라운 일들이 많이 일어난 날이었다. 우리는 아침식사에는 거의 손을 대지도 않았다. 뮤어 신부는 지지고 늙은 다리를 재촉하여 형무소 안의 사형수 감방으로 갔다. 그리고 침착하지 못한 모습으로 돌아와 2층 침실에 틀어박혀 버렸다. 그러나 그가 기도서를 들고 모습을 다시 나타냈을 때에는 상당히 마음의 평정을 찾고 있었다.

당연한 일이겠지만, 우리는 그날 뮤어 신부 댁에 모두 모여 있었다. 제러미도 와서 그 젊은 얼굴을 찌푸린 채 줄담배를 피

위대면서 신부님 집 문밖을 왔다갔다 하고 있던 것이 희미하게 기억난다. 한번은 내가 말을 걸기 위해 내려가자 그는 자기 아버지가 끔찍한 일을 맡았다고 씁쓸하게 말했다. 매그너스 소장이 엘러휴 클레이 씨를 사형 집행 입회인으로 초대했고, 클레이 씨가 그 초대를 받아들였다는 것이다. 나는 뭐라고 말을 해야 좋을지 몰랐다……이렇게 오전은 지나갔다. 레인 씨의 얼굴은 일그러지고 반점이 나타나 있었다. 그는 이틀이나 잠을 자지 않았고, 전에 앓던 병세가 다시 나타나 그 얼굴에는 고뇌의 주름이 깊이 새겨져 있었다.

그것은 마치 죽어가는 환자의 병실 앞에 친척들이 모여 있는 것과 흡사했다. 사람들은 꼭 필요할 때에만 말을 했고, 그것도 아주 낮은 목소리로 말했다. 이따금 어느 사람이 베란다로 나가서 말없이 형무소의 담을 바라보기도 했다. 나는 왜 우리가 그 가여운 인간의 죽음을 개인적인 일이라도 되는 것처럼 걱정하고 있을까 하고 생각도 해보았다. 그는 우리와는 아무 관계도 없는 사람인데——인간으로서는 아무 관계도 없는데. 그러나 그는 우리들과 친숙해져 있었다——그가 아니라면 그 사건이.

그날 오전 11시 조금 전에 레인 씨는 리즈에서 지방검사가 심부름꾼을 통해 보내온 최근의 보고를 받았다. 온갖 노력에도 불구하고 패니 카이저를 찾을 수가 없으며, 그녀의 행방도 알 수 없다는 전갈이었다.

노신사가 어깨를 폈다. "이제 할 일은 하나밖에 없습니다." 하고 그가 나직이 말했다. "그것은 브루노 씨에게 사형 집행 연기의 약속을 상기시키는 일입니다. 패니 카이저를 찾아낼 때까지……."

그때 현관의 초인종이 울렸다. 우리가 놀라는 표정을 보고 레인 씨는 무슨 일이 일어났다는 것을 즉각 알아차렸다. 뮤어 신부가 현관으로 급히 나갔다. 그리고 조금 뒤에 신부의 숨막히는 듯한 기쁨의 외침 소리가 들렸다.

우리는 입을 크게 벌리고 거실 입구를 바라보았다——그 거실문에 기대어 서 있는 어떤 사람을.

그것은 패니 카이저였다——마치 죽음의 나라에서 부활해서 되돌아온 듯한 모습이었다.

제20장 Z의 비극

여송연을 피우며 동요하는 빛도 없이 그토록 냉정하게 존 훔을 묵살하던 그 놀라운 여걸의 모습은 지금 온데간데 없었다. 지금의 패니 카이저는 전혀 다른 사람이었다. 예전에 타는 듯 붉었던 머리칼에는 빛이 바래고 더러운 붉은 머리칼과 흰 머리칼이 섞여 있었다. 남자 같은 옷차림은 더럽고 꾸깃꾸깃할 뿐만 아니라 군데군데 찢기어 있었다. 화장기 없는 빰과 입술이 축 늘어진 젖가슴을 향해 맥없이 늘어져 있었다. 또한 그녀의 눈은……공포로 번득이고 있었다.

지금 우리 눈앞에 나타난 그녀는 겁에 질린 늙은 여자에 지나지 않았다.

우리 모두는 한꺼번에 뛰어나가 그녀를 끌다시피 방안으로 데려왔다. 뮤어 신부는 몹시 기뻐하며 주위를 껑충껑충 뛰어다녔다. 누군가가 의자를 내밀자 그녀는 늙은이의 텅 빈 듯한 신음 소리를 내며 쓰러지다시피 주저앉았다. 레인 씨의 얼굴에는 지금까지 불안해 하던 표정은 사라지고 없었다. 또다시 무표정한 가면을 쓰고 있었으나 말을 들어 보려는 조급한 생각에 손이 떨리고 있었고 관자놀이의 혈관이 춤을 추고 있었다.

"나는……먼 곳에 가 있었어요." 그녀는 까칠하게 마른 입술을 축이며 탁한 목소리로 말했다. "그리고……나를 찾는 사람들이……있다는 소식을 들었지요."

"소식을 들었다고!" 하고 아버지가 얼굴이 뻘개져서 소리쳤다. "어디에 가 있었소?"

"애디론댁 산맥에 있는 오두막에 숨어 있었죠." 하고 그녀가 지친 듯이 말했다.

"나는……나는 멀리 떨어져 있고 싶었다고요. 알겠어요? 이곳……리즈에서 벌어진 더러운 사건들……나를 지치게 만들었어요. 그 산 위는……그곳은 완전히 문명과는 동떨어진 곳이었어요. 전화, 우편, 아무것도 없었지. 신문까지도 오지 않았으니까. 하지만, 라디오는 가지고 가서……."

"포셋 의사의 오두막이군요!" 하고 나는 머리에 떠오른 생각을 반사적으로 입 밖으로 내어 외쳤다. "자기 동생이 살해당했을 때 그가 주말 여행을 갔던 오두막이에요!"

그녀가 무거운 눈꺼풀을 올렸다가 다시 내렸다. 그녀의 볼이 더욱 늘어져 가엾은 늙은 바다표범처럼 보였다.

"맞아. 그곳은……아이러의 오두막이야. 그의 사랑의 보금자리라고나 할까."

그녀가 째지는 듯한 서글픈 웃음 소리를 냈다.

"여자 친구를 거기로 데려가곤 했죠. 조엘이 살해당한 주말에도 그는 어떤 계집애하고 그곳으로 갔었지……."

"지금 그런 것은 아무래도 좋습니다." 하고 레인 씨가 조용히 말했다. "부인, 어째서 리즈로 돌아왔습니까?"

그녀가 어깨를 으쓱했다.

"우습지요? 내게도 그게 있는지를 몰랐다고요. 이러다가는 울기라도 하겠어요." 그녀가 허리를 펴고 레인 씨에게 대들듯이 소리쳤다. "내 양심 때문이었다고요!" 마치 틀림없이 웃음거리가 될 것이라는 듯, 아니면 우리가 믿지 않을 것이라고 생각하는 말투였다.

"그랬군요. 그 말을 들으니 매우 기쁩니다, 카이저 씨."

그녀가 놀라서 눈을 깜박거렸다. 레인 씨는 의자를 끌어서 그녀와 마주앉았다. 우리는 그를 말없이 지켜보았다.

"그때가 다우가 구치소에 있을 때였지요? 재판을 기다리고 있을 때 그로부터 상자의 마지막 부분, 즉 Z라는 글자가 씌어져 있는 세 번째 토막을 받은 것이."

그녀가 마치 커다란 도넛 구멍같이 크게 입을 벌렸다. 그리고 벌겋게 충혈된 눈을 미친 듯이 크게 떴다.

"세상에!" 그녀가 숨이 헐떡이며 말했다. "어떻게 그걸 알았어요?"

노신사가 답답하다는 듯 손을 흔들었다.

"뻔하지 않습니까? 당신은 지사를 찾아가서 당신과는 아무런 관계도 없을 것 같은 다우의 사면을 탄원했습니다. 어째서 그랬을까요, 그것도 다른 사람이 아닌 패니 카이저가? 그것은 다우가 당신의 약점을 잡고 있기 때문이라고밖에 생각할 수가 없습니다. 그리고 나는 그 약점은 다우가 포셋 상원의원과 포셋 의사에 대해 쥐고 있던 약점과 같은 것일 거라고 생각했습니다. 그렇다면 마지막 토막을 당신에게 보냈다는 게 뻔하지요. 그 Z라는 글자는……."

"내가 알았어야 하는 건데." 하고 그녀가 작게 말했다.

노신사가 그녀의 살찐 무릎을 가볍게 두드리며 말했다. "Z가 무엇을 뜻하는지 말해 주시오."

그녀는 입을 다물고 있었다.

노신사가 낮게 말했다.

"하지만, 카이저 씨, 내용의 일부분을 나는 알고 있어요. 그 배에 대한 것을……."

그녀는 깜짝 놀라서 푹신한 의자의 팔걸이에 힘을 주어 몸을 일으키다가 털썩 주저앉았다.

"놀랍군!" 그녀가 짧고 듣기 싫은, 어쩐지 애처롭게 들리는 웃음 소리를 내며 말했다. "당신은 도대체 누구세요? 이제는 비밀도 아니군. 하지만, 대체 당신이 어떻게……다우가 설마 얘기한 건 아니겠죠?"

"아니오."

"죽을 때까지 매달리려고 하는군, 불쌍한 녀석." 하고 그녀가 중얼거렸다.

"죄를 지으면 언젠가는 드러나게 마련이지……찬송가를 부르는 녀석들에게 잡히고 마는걸. 죄송합니다, 신부님……. 맞아요. 다우는 내 약점을 쥐고 있어요. 그 약점을 떠벌리지 못하게

하려고 그를 구하려고 했죠. 그러다가 구하지 못한다는 것을
알고 도망친 거예요. 도망쳐서……."

노신사의 눈에서 기묘한 빛이 흘렀다. "다우가 떠벌리고 난
다음이 걱정되어서 그랬나요?" 그가 나직이 말을 했으나, 그
말을 믿고 있지 않은 듯했다.

그녀가 살찐 팔을 저었다.

"아니, 그렇지 않아요. 그 점은 그다지 무섭지 않았어요. 그
렇지만 먼저 그 장난감 상자가 뭘 의미하는지 먼저 설명해야겠
군요. 그것이 다우가 잡고 있던 포셋 형제와 나의 약점을 가르
쳐 주는 것일 테니까."

그것은 놀랍고도 믿기 어려운 이야기였다. 아주 오래 전에
——20년 전인지 25년 전인지 그녀도 정확히 기억하지 못했다
——조엘과 아이러 포셋 형제는 수단과 방법을 가리지 않고 막
벌이를 하는 젊은 미국인 부랑자들로서 세계를 두루 돌아다니
고 있었다. 그들은 주로 힘을 안 들이고 돈을 벌 수 있는 나쁜
일에 손을 대고 있었다. 그때 그들의 이름은 지금과는 달랐으
나 그런 것은 아무래도 좋았다. 패니 카이저는 바닷가에 흘러
들어온 잡동사니를 주워서 연명하는 미국 출신의 부랑자와 영
국 국적을 빼앗기고 추방된 여자 도둑 사이에서 태어난 딸로,
사이공——그 당시 프랑스 영토였던 인도차이나의 수도로, 나
쁜 일이 번성하던 험악한 곳이었다——에서 한밑천 잡으려고
싸구려 카페를 운영하고 있었다. 여기에 이 두 형제가, 그녀의
말을 빌리자면 '한탕하려고' 흘러들어왔고, 그래서 그녀는 그들
을 알게 되었다. 그녀는 그 형제의 스타일이 마음에 들었는데,
그들은 배짱깨나 있는 약아빠진 젊은 불량배들로서 도덕심 따
위는 아예 없는 사람들이었다.

그녀의 카페에 오는 뱃사람들은 좋은 사람들도 있었지만 쓰
레기 같은 사람들도 있어서, 그녀는 극비사항을 알게 되는 경
우가 종종 있었다. 항해중 몇 주일 동안이나 술을 마시지 못한
뱃사람들이 오랜만에 술을 잔뜩 마시고는 말하지 않아야 될 일

을 지껄일 때가 더러 있었던 것이다. 그때 항구에 들른 어떤 부정기선의 2등 항해사에게서 귀중한 정보를 그녀는 알게 되었다. 그는 술에 취해서 그녀를 추근거렸고, 그녀는 그에게서 그 정보를 빼냈던 것이다. 그 배는 양은 많지 않으나 돈이 될 만한 양의 다이아몬드 원석을 싣고 홍콩으로 가는 길이라는 정보였다.

"안성맞춤의 정보였지요."

그녀가 그때를 회상하고 보기 흉한 미소를 지으며 탁한 음성으로 말했다. 나는 그녀를 보고 몸서리를 쳤다. 이 시들고 늙은 여자도 한때는 아름다웠다니!

"나는 이 이야기를 포셋 형제에게 전하고 거래를 결정지었지요. 물론 그들이 나를 속이지 못하도록 조치는 취했고요. 그들을 믿는다는 것은 도둑고양이에게 생선을 지키라는 것과 같은 일이었으니까. 그래서 나도 같이 가기로 하고 우리 세 사람이 승객으로 그 배를 탔습니다."

일은 어이없으리만큼 쉬웠다. 그 배의 선원들은 모두가 중국 사람과 인도 사람으로 대부분 연약하고 패기가 없어 쉽게 위협할 수 있었다. 포셋 형제는 무기고를 습격하고 선장을 침대에서 죽인 다음, 상급 선원들은 죽이거나 상처를 입히고, 일반 승무원들은 반 수 이상 죽였다. 그리고 짐을 약탈해서는 배 밑에 구멍을 뚫어 놓고, 패니 카이저와 함께 가장 큰 구명보트를 타고 달아났다. 포셋 형제는 그 배에서 살아남은 사람이 한 사람도 없다고 믿었다. 그들은 어둠을 타고 인기척 없는 해안에 상륙하여 약탈한 물건을 세 등분으로 나누어 갖고 뿔뿔이 헤어졌다가 몇 달 뒤에 몇천 마일이나 떨어진 곳에서 다시 만났다.

"에어런 다우는 누구였지요?" 하고 레인 씨가 급히 물었다.

그녀가 몸을 움찔했다. "2등 항해사였어요. 처음에 내가 비밀을 알아낸 그 주정뱅이였지요. 어떻게 살아남았는지 모르나, 그는 살았습니다, 저주받을 놈. 물에 빠져 죽지 않고 그 상처받은 몸으로 용케도 바닷가로 헤엄쳐 나왔겠지요. 그리고는 여지껏

그 수많은 세월 동안 포셋 형제와 나에 대해 증오와 복수를 불
태워 오고 있었던 겁니다."

"도대체 왜 그는 그때 가장 가까운 경찰에 즉시 신고를 안
했을까?" 하고 아버지가 중얼거렸다.

그녀가 어깨를 으쓱했다. "아마 처음부터 우리를 찾아 공갈
할 작정이었겠지요. 어쨌든 배는 항해중 행방불명으로 처리되
었다는 얘기를 들었어요. 해상 보험에서 조사를 했으나 아무것
도 알아내지 못했답니다. 우리는 암스테르담의 큰 장물아비에
게서 다이아몬드를 돈으로 만들었습니다. 그리고 포셋 형제와
나는 미국으로 건너와서 오늘날까지 죽 함께 일해 왔던 거예요."

그녀의 탁한 음성이 엄한 투를 띠기 시작했다.

"내가 같이 있도록 만들었죠. 나는 두 사람에게서 한시도 눈
을 떼지 않았어요. 우리는 뉴욕에서 얼마 동안 살다가 이 북부
로 흘러 들어왔지요. 포셋 형제는 재주꾼들이었어요. 특히 아이
러가 더 반지르르했죠. 그는 항상 머리를 썼어요. 동생은 법률
공부를 시키고 자기는 의학을 공부했죠. 모두 돈은 충분히 갖
고 있었고……."

우리는 말없이 앉아 있었다. 해적 행위, 인도차이나, 구멍 뚫
린 배, 다이아몬드 약탈, 선원들 살해, 이러한 피비린내나는 이
야기를 도저히 믿을 수가 없었다. 너무나도 현실과 동떨어진
이야기였고 너무나도 터무니없는 이야기같이 생각되었다. 그러
나 그것을 이야기하는 그녀의 귀에 거슬리는 목소리에는 진실
의 울림이 담겨 있었다……나는 레인 씨의 깊고 조용한 목소리
에 퍼뜩 정신이 들었다.

"모든 것이 맞아들어가는데 한 가지가 설명이 안 되는군. 사
소한 일로——두 번이나 다우가 뱃사람이 쓰는 식으로 말을
한 적이 있었지요——이 사건에는 바다가 배후에 있다고 생각
을 했습니다. 게다가 그 작은 상자의 모양도 배에서 쓰는 상자
처럼 생겼어요. 그래서 처음에는 'HEJAZ'를 경마의 말 이름이
나, 새로운 도박의 일종이거나, 아니면 무슨 동양 융단의 일종

이라고 생각하고 있던 것을——내 생각이 얼마나 터무니없는
것이었는지!——배 이름이라고 확신하게 되었습니다. 그러나
오래 된 해사 기록을 조사해 보았지만 그런 이름의 배를 찾아
낼 수가 없었습니다……."

"그럴 만도 하죠." 하고 패니 카이저가 지친 목소리로 말했
다. "그 배의 이름은 'HEJAZ의 별'이었으니까요."

"아하!" 하고 레인 씨가 소리쳤다. "죽을 때까지 찾아도 못
찾을 뻔했군요. 그리고 그 다이아몬드는 선장의 상자 속에 들
어 있었던 것이 확실하군요. 다우는 그 약탈당한 상자를 그대
로 똑같이 작게 만들어서 그걸 세 토막을 내어 당신들 세 사람
에게 한 개씩 보냈겠지요. 그걸 받아보면 그 뜻을 당신들이 알
아차릴 테니까!"

그녀가 한숨을 쉬면서 고개를 끄덕였다. 나는 지난 몇 주일
동안 레인 씨가 한 활동을 돌이켜 생각해 보았다. 그는 배——
바다——상자의 이론을 생각하고 있었던 것이다……레인 씨는
일어나서 패니 카이저 앞에 버티고 서서 그녀를 내려다보았다.
그녀는 그의 다음 말이 두려운지 조심스럽게 의자에 웅크리고
앉아 있었다. 우리는 어리둥절해서 말없이 보고만 있었다. 무슨
말을 하려는 것일까? 나로서는 추측도 할 수 없었다.

레인 씨가 콧구멍을 벌름거렸다.

"카이저 씨, 지난 주에 당신이 리즈에서 달아난 것은 당신
자신의 안전 때문이 아니라 양심의 가책 때문이라고 했는데,
그게 무슨 뜻입니까?"

지쳐 있는 늙은 여걸이 손톱을 빨갛게 칠한 굵은 손가락으로
절망스러운 손짓을 했다. "모두가 다우를 전기 의자에 앉히려
하고 있죠?" 하고 그녀가 탁한 음성으로 나직이 말했다.

"다우는 사형선고를 받았지요."

"바로 그거예요." 하고 그녀가 외쳤다. "죄없는 사람이 사형
을 당한단 말이에요! 에어런 다우는 포셋 형제를 죽이지 않았
어요!"

우리는 물리칠 수 없는 힘에 이끌리듯 모두 몸을 앞으로 내밀었다.

그녀를 굽어보고 있는 노신사의 목덜미의 혈관이 밧줄처럼 튀어나왔다.

"그것을 당신이 어떻게 알지요?"

그의 목소리는 벼락치는 소리 같았다.

그녀는 의자에 몸을 더 깊숙이 파묻으며 두 손으로 얼굴을 감쌌다.

"그것은," 그녀가 흐느끼며 말했다. "아이러 포셋이 죽기 전에……내게 그렇게 말했단 말이에요."

제21장 마지막 실마리

" 그 랬었군요." 레인 씨가 조용히 말하는 목소리에서 나는
——짐작도 할 수 없었으나 그만이 아는 어떤 방법에
의해서——기적이 일어난 것을 알 수 있었다. 레인 씨는 아주
평화스러운 미소를 지었다. 오랜 고생 끝에 보답을 받은 그러
한 미소였다. 그는 더 이상 아무 말도 하지 않았다.

"포셋이 내게 그렇게 말했어요." 패니 카이저가 생기를 조금
되찾으며 말했다. 흐느끼고 있지도 않았다. 그러나 그 오래 전
에 있었던 일을 생각하고 지금까지 끄떡도 않던 마음속 깊숙한
곳이 흔들리고 있는지 공허한 눈으로 벽만 멍하니 바라보고 있
었다. "나는 늘 그 두 사람과 연락을 취하고 있었어요. 물론 남
들이 모르게. 일에 대한 연락이었죠……조엘 포셋이 살해당한
날 밤에 내가 포셋의 집에 갔을 때, 조엘이 죽기 전에 내게 쓴
편지를 존 흄이 들이대는 바람에 나는 우리가 위태로운 입장에
처했다는 걸 알았지요. 우리는——아이러와 나 말이에요——
전부터 카마이클을 수상쩍게 여기고 있었거든요. 그 첫번째 상
자 토막이 조엘에게 전달되었을 때 우리는 모여서 대책을 의논
했습니다. 우린 그때 처음으로 다우가 아직 살아 있다는 걸 알
았지요. 우리는 다우를 물리치기로 했습니다. 조엘은……상원
의원이라는 작자가……!" 그녀가 코방귀를 뀌었다. "그는 겁을
먹고 있었습니다. 다우에게 돈을 주고 말썽을 없애자고 하는
걸 우리가 막았지요." 그녀가 말을 중단했다가 별안간 급히 말
을 시작했다. "조엘이 살해당한 날 밤에 나는 다우에게 겁을
주어서 쫓아 버리려고 갔었지요. 다우는 틀림없이 올 것이고,
조엘 포셋은 겁을 먹고 5만 달러를 줄 것이 틀림없다고 생각했
기 때문이에요."

그녀는 거짓말을 하고 있었다. 그녀는 눈을 번들거리며 사람들의 얼굴을 살피고 있었다. 이 여자는 무슨 짓이라도 할 수 있는 여자다. 포셋 상원의원이 살해당한 날 밤에 그 집으로 갔을 때는 뚜렷한 목적을 갖고 간 것임에 틀림없다. 다우가 위협을 해도 순순히 물러나지 않으면 죽일 작정이었던 것이다. 그리고 상원의원 자신도 그것 비슷한 계획을 생각하고 있었음에 틀림없다고 나는 생각했다.

"아이러 포셋이 살해당한 날 밤에도 재수없게 그 집에 또 갔었어요." 그녀가 탁한 음성으로 말을 계속했다. "아이러가 두 번째 상자 토막을 받았다며 다우가 그날 오후에 전화를 걸어 그날 밤에 만나기로 약속을 했다고 알려주더군요. 아이러는 철면피였지만 그래도 겁을 먹고 있었죠. 그 전날 은행에서 돈을 찾아다 놓고 다우에게 줄 것인가 말 것인가 망설이고 있었어요. 그래서……일이 어떻게 되나 보려고 그때 찾아갔던 거예요." 나는 또다시 그녀가 거짓말을 하고 있다는 것을 알았다. 돈은 주려고 했다는 핑계를 만들려고 은행에서 찾은 것이고 아이러 포셋과 패니 카이저는 그날 밤 에어런 다우를 죽일 작정이었던 것이다.

그녀의 눈이 빛을 발했다. "그곳에 갔더니 아이러가 가슴에 칼이 꽂힌 채 진찰실 바닥에 죽어 있었어요."

노신사가 불안한 표정으로 말했다. "하지만, 당신은 그가 살아……."

"알아요, 내가 뭐라고 했는지." 그녀가 투덜거렸다. "나는 죽은 줄 알았죠. 온몸이 오싹했어요." 그녀가 몸서리치자 그녀의 커다란 몸집이 심하게 파도치는 바다처럼 흔들렸다. "그래서 내가 달아나려고 몸을 반쯤 돌렸을 때 그의 손가락 하나가 움직이는 것이 눈에 띄었어요……그래서 급히 돌아가서 그의 옆에 무릎을 꿇고 앉아, '아이러, 아이러, 당신을 찌른 사람이 다우였나요?' 하고 물었지요. 그가 입을 열고 말을 하려고 하자 목구멍 깊숙이에서 거의 들리지 않을 만큼 낮은 끓는 듯한 소리가 나왔죠. '아냐, 다우가 아냐. 그것은…….'" 그녀는 말을 멈추고 주먹을 쥐었다. "그리고는 몸을 한번 부르르 떨더니 죽었어요."

"젠장!" 아버지가 낮게 소리쳤다. "나도 그런 경우를 생각하기도 싫을 만큼 많이 당했지. 범인이 누구라고 말하려다 말고 꼭 죽더라고. 그가 이름을 말하지 못했다는 게 틀림없……."

"말하기 전에 죽었다니까요. 그래서 나는 정신없이 그 집에서 도망쳐 나왔어요." 그녀의 목소리가 낮아졌다가 다시 높아졌다. "내 입장이 곤란해졌죠. 내가 그 얘기를 털어놓으면 흄은 틀림없이 나를 범인으로 몰 테고……그래서 리즈에서 달아난 거예요. 그런데 그 산속에 있으면서도 다우에게 죄가 없다는 것을 알고 있는 이상 그가 사형당하도록 내버려둘 수가……어떤 악마 같은 놈이 그 불쌍한 녀석을 이용하고 있는 거예요. 이용하고 있다고요!" 그녀의 목소리가 점점 커져서 고함 소리가 되었다.

뮤어 신부가 후다닥 달려와서 그녀의 커다란 손을 핏기 없는 자신의 작은 손으로 잡으며 나직하게 말했다. "패니 카이저, 당신은 여지껏 살아오는 동안 죄인이었습니다. 그러나 당신은 오늘 하나님의 은총을 받을 사람으로 돌아왔습니다. 당신은 죄없는 사람을 죽음에서 구했습니다. 하나님의 은총이 있기를." 신부가 두꺼운 안경 너머로 늙은 눈을 빛내며 드루리 레인 씨를 보며 외쳤다. "당장 형무소로 갑시다." 그가 외쳤다. "지체할 시간이 없습니다!"

"천천히 가십시다, 신부님." 노신사가 엷은 미소를 띠면서 말했다. "아직 몇 시간이 남아 있습니다." 그 목소리는 조용했고 자신에 차 있었다. 잠시 뒤에 그가 아랫입술을 깨물며 중얼거렸다. "한 가지 문제가 남아 있습니다. 매우 미묘한 문제가……."

그의 태도가 나를 놀라게 했다. 패니 카이저의 이야기 속에서 중요한 마지막 단서를 잡았음에 틀림없었다. 그러나 그것이 대체 무엇일까?

그녀의 이야기 속에서 나는 사건 해결에 도움이 될 만한 것
은 아무것도 찾아내지 못했다. 물론 에어린 다우가 무죄라는
것이 실증되었지만 말이다. 그런데 레인 씨는 사람이 완전히
달라져서 명랑하게 변해 있으니…….

레인 씨가 조용히 말했다. "카이저 씨, 당신이 지금 말한 것
으로 사건은 해결됐습니다. 한 시간 전까지는 포셋 형제를 죽
인 범인이 어느 세 사람 중 한 사람이라는 것밖에 몰랐습니다.
그런데 당신의 이야기가 그중 두 사람을 제거시켰습니다." 그
가 어깨를 폈다. "그럼, 이만 실례해야겠습니다. 할 일이 많아
서요."

제22장 마지막 행동

레인 씨가 손가락을 구부려 나를 불렀다. "페이션스 양, 도와줘야겠어요." 나는 숨을 몰아쉬며 재빨리 그의 옆으로 다가갔다. "브루노 지사를 전화로 불러 줘요. 내게는 병이 있어서……." 그가 자기 귀를 만지며 웃었다. 그는 귀가 전혀 들리지 않아서 입술을 읽고 주위 사람들과 의사 소통을 하고 있었으니까.

나는 올버니 지사 관저로 장거리 전화를 신청하고 가슴을 두근거리며 기다렸다.

노신사는 깊은 생각을 하고 있는 것 같았다. "카이저 씨, 포셋 의사의 진찰실에서 시체 옆에 있을 때 당신은 시체의 손목을 만지지 않았겠지요?"

"네."

"시체의 손목에 피 묻은 자국이 나 있는 것을 보았습니까?"

"그래요."

"그리고 정말로 한 번도 만지지 않았단 말이지요──포셋 의사가 죽기 전이나 죽은 뒤에나?"

"만지지 않았다니까요! 내가 미쳤어요?"

레인 씨가 미소를 지으며 고개를 끄덕였다. 그때 교환수가 전화가 연결되었다고 전해 왔다.

"브루노 지사님이십니까?" 나는 숨을 깊이 들이마시며 말했다. 그리고 대여섯 명의 비서들이 차례로 내 이름을 전달하는 동안 기다려야만 했다. 이윽고 지사가 나왔다. "저는 페이션스 섬입니다. 레인 씨 대신 전화를 걸고 있어요. 잠깐만 기다려 주세요……지사님에게 뭐라고 말할까요, 레인 씨?"

"사건이 해결되었으니 즉시 리즈로 와달라고 전해 줘요. 그리고 에어런 다우에게는 전혀 죄가 없다는, 의심할 여지가 없는 새로운 증거를 손에 넣었다고도 전해 줘요."

내가 그 말을 전했다──패트 섬, 너는 불멸의 위대한 인물의 대변자야!──전선을 타고 지사가 놀라서 숨을 들이마시는 소리가 들려왔다. 지사가 놀라서 숨을 들이마시는 소리를 아무나 듣지는 못하겠지, 하고 나는 생각했다. "당장 가겠소. 지금 계시는 곳이 어딥니까?"

"뮤어 신부 댁입니다. 알콘퀸 형무소 바로 옆입니다, 브루노 지사님."

내가 전화를 끝내자 레인 씨는 의자에 앉았다. "페이션스 양, 카이저 씨가 쉬도록 해드려요. 괜찮겠지요, 신부님?" 그리고 그는 눈을 감고 평화스러운 미소를 지었다. "자아, 이제부터 할 일은 기다리는 것뿐입니다."

그리고 나서 우리는 8시간을 기다렸다.

밤 9시, 즉 사형 집행 2시간 전에 오토바이를 탄 4명의 주 경찰관의 호위를 받으며 한 대의 검은 대형 자동차가 뮤어 신부 집 앞에 멈췄다. 그리고 브루노 지사가 지치고, 엄숙하고, 불안한 표정으로 차에서 내려 빠른 걸음으로 층계를 올라왔다. 우리는 희미한 두 개의 전등이 음침하게 비치고 있는 베란다에서 그를 맞았다.

뮤어 신부는 앞으로의 계획에 대하여 남들이 눈치채지 못하도록 행동해야 된다는 레인 씨의 당부를 여러 번 들은 다음 몇 시간 전에 형무소로 가고 없었다. 말할 것도 없이 신부님은 죄수들에게 가야만 했던 것이다. 신부가 떠나기 전 두 노인 사이에 있었던 일로 미루어 보아, 에어런 다우에게만은 희망을 버리지 말라는 말을 해주도록 되어 있는 것 같았다.

패니 카이저는──씻고, 휴식을 취하고, 식사를 했다──붉게 충혈된 겁먹은 눈을 하고 말없이 베란다에 앉아 있었다. 그 여자는 이제 쓸쓸한 노파에 지나지 않았다. 우리는 그 역사적인 만남을 감회가 뒤섞인 심정으로 지켜보았다. 지사는 불안해하고, 퉁명스러웠으나 의욕적이었다. 패니 카이저는 겁을 먹고 풀이 죽어 있었다. 레인 씨는 그들을 조용히 지켜보고 있었다.

그들이 이야기하는 것 중에서 어떤 것은 우리 귀에도 들렸다. 그녀는 우리에게 들려주었던 이야기를 다시 지사에게 했다. 어느 대목에서는——포셋 의사가 죽으면서 말한 대목——지사가 그녀에게 신중하게 질문했으나 그녀는 전에 말했을 때와 같은 말만 했다.

이야기가 끝나자 브루노 지사는 이마의 땀을 닦고 의자에 앉았다. "레인 씨, 또 해내셨군요. 현대판 멀린(아서 왕 전설에 나오는 예언자)이 기적을 일으켰다고나 할까요……어서 알곤퀸으로 가서 그 일을 당장 중지시킵시다."

"아니, 안 됩니다." 노신사가 조용히 말했다. "안 됩니다, 브루노! 이 경우에는 범인이 예측 못했던 행동을 해서 그의 기를 꺾어 놓는 심리 전술을 써야 합니다. 왜냐하면 우리에게는 아무런 증거가 없거든요."

"그렇다면 이 두 살인사건의 범인을 알고 계십니까?" 하고 지사가 천천히 물었다.

"그렇습니다." 노신사는 우리의 양해를 구한 뒤 브루노 지사를 베란다 한구석으로 끌고 가서 얼마 동안 이야기를 했고, 지사는 고개를 끄덕이며 들었다. 우리가 있는 곳으로 돌아왔을 때 두 사람은 엄숙한 표정을 짓고 있었다.

"카이저 씨." 하고 지사가 또렷한 목소리로 말했다. "당신은 여기에 내 경호원들과 함께 있어 주시오. 경감님과 섬 양은 저와 함께 가십시다. 나는 레인 씨와 우리가 취할 행동을 의논했습니다. 약간 위험하기는 하지만 그렇게 하는 방법밖에 없습니다. 그럼, 시간이 될 때까지 기다립시다."

우리는 다시 기다렸다.

11시 30분 전에 우리는 뮤어 신부 댁을 조용히 나섰다. 집안에는 패니 카이저가 제복을 입은 건장한 체격의 네 젊은이에 에워싸여서 웅크리고 앉아 있었다.

우리는 말없이 한덩어리가 되어 알곤퀸 형무소 정문을 향해 걸어갔다. 주위는 완전히 어두웠고 형무소의 불빛만이 캄캄한 하늘을 배경으로 수많은 괴물의 눈들처럼 반짝이고 있었다.

그 뒤 30분 동안의 일은 지금도 생생하게 나의 기억 속에 남아 있다. 브루노 지사와 레인 씨가 무엇을 하려고 하는지 나로서는 알 수 없었고, 혹시 무엇이 잘못되지나 않을까 하는 불안에 몸이 떨렸다. 그러나 정문을 통과하여 형무소 뜰에 들어섰을 때부터 모든 것이 신기하리만큼 순조롭게 진행되었다. 당직 간수들은 지사의 모습을 보자 전기에 감전된 것처럼 긴장된 몸을 꼿꼿이 했다. 당연히 절대적인 지사의 권위를 업고 우리는 곧 안으로 안내되었다. 장방형 뜰 한쪽 구석에 있는 사형수 감방들의 불빛이 보였고, 그 속에서 진행되고 있을 사형 준비의 무서운 움직임을 느낄 수 있었다. 일반 죄수 감방 쪽은 조용했고, 간수들의 움직임은 불안하고 초조해 보였다.

지사는 우리를 안으로 안내한 간수들에게 우리 옆을 떠나지 말라고 날카롭게 명령하고 우리가 온 것을 다른 사람들에게 절대로 알리지 말라고 지시했다. 간수들은 순순히 명령에 따랐으나 의아해 하는 눈초리를 우리에게 보냈다……이리하여 우리는 여전히 말없이 눈부시게 밝은 형무소 뜰의 어두운 한구석에서 기다리고 있었다.

내 손목시계의 분침이 느릿느릿 움직이고 있었고, 아버지는 끊임없이 작은 소리로 뭐라고 중얼거리고 었었다.

레인 씨의 긴장된 얼굴을 보고 사형집행 직전까지 기다렸다가 행동으로 옮기는 것이 그의 계획에서 대단히 중요한 위치를 차지한다는 것을 나는 알았다. 물론 에어런 다우가 사형당할 위험성은 브루노 지사의 출현으로 거의 없어졌으나, 그래도 그것만으로는 마음을 놓을 수 없다. 운명의 시간이 시시각각 다가옴에 따라 나는 차츰 소리를 지르며 우리 앞에 쥐죽은듯이

고요하게 솟아 있는 커다란 건물을 향해 뛰어가고 싶은 충동을
느꼈다…….

11시 1분 전이 되었다. 지사가 갑자기 긴장하더니 간수들에
게 뭐라고 날카롭게 명령했다. 그리고 우리 모두는 함께 죽음
의 집을 향해 쏜살같이 달려갔다.

죽음의 집에 뛰어들었을 때가 정각 11시였다. 11시 1분에 브
루노 지사는 운명의 신 같은 엄숙한 표정으로 두 간수를 옆으
로 밀어젖히고 죽음의 방문을 홱 열었다.

우리가 뛰어들었을 때 죽음의 방안에 있던 사람들의 얼굴에
나타난 공포의 표정을 나는 평생 잊을 수 없을 것이다. 그것은
어떤 신성한 의식에 야만인들이 뛰어든 듯한 광경이었다. 그
장면은──입체 환등기로 어떤 에피소드를 보는 것처럼 내 뇌
리에 선명하다. 그것은 한 순간 한 순간 자체가 각각 살아 숨쉬
는 것 같았고, 그 순간이 영원히 지속되는 동안의 얼굴 표정,
손의 움직임, 고개를 끄덕이는 동작, 모든 것이 시공의 영역에
흐트러짐 없이 확고히 고정되어 있는 모습이었다.

흥분으로 반죽음 상태에 있던 나는 그 장면이 법적인 사형
집행장에서는 여지껏 한 번도 없었던 일이며, 우리가 형법 역
사상 가장 극적인 순간을 연출하고 있다는 사실을 잊었다.

나는 모든 사람과 모든 것을 포착했다. 전기 의자에는 가엾
은 다우가 눈을 꼭 감고 앉아 있었다. 한 간수가 그의 다리를
묶고, 또 한 간수는 그의 몸통을, 세 번째 간수는 그의 팔을 묶
고 있었다. 네 번째 간수는 다우의 눈을 가리려고 하다가 놀라
서 손을 그대로 공중에 멈추고 있었다. 이 네 간수들은 모두가
일손을 멈추고 입을 벌린 채 꼼짝하지 않고 그대로 서 있었다.
전기 의자에서 몇 피트 떨어진 곳에서 시계를 손에 들고 있던
매그너스 소장은 그 자리에 미동도 않고 서 있었다. 뮤어 신부
는 너무나 흥분해서 정신이 아찔해졌는지 다른 세 간수 중 한
사람에게 몸을 기댔다. 그밖에는……재판소에서 나온 관리임에

틀림없는 세 명의 남자와 열두 명의 입회인들이 있었다 ──
그중에서 엘러휴 클레이의 놀라고 있는 모습을 발견하고 나는
깜짝 놀랐으나 제러미가 한 말이 퍼뜩 생각났다. 그밖에도 두
명의 형무소 소속 의사, 사형집행인──그의 왼손은 벽의 움푹
들어간 곳에 있는 전기 장치를 바쁘게 매만지고 있었다……

브루노 지사가 날카롭게 외쳤다. "소장, 이 사형집행을 중지
하시오!"

에어런 다우가 놀라서 눈을 떴다. 그러나 그 눈에는 생기가
없었다. 그것이 신호이기라도 하듯 즐비하게 앉아 있던 사람들
의 얼어붙었던 얼굴에 생기가 솟아나기 시작했다. 전기 의자를
에워싸고 있던 네 명의 간수들은 당황해서 어떻게 해야 하느냐
고 묻듯이 소장을 보았다. 소장이 놀라서 눈을 깜박거리며 흐
리멍덩한 눈으로 자기 시계의 글자판을 보았다. 뮤어 신부는
뜻도 없는 기묘한 소리를 질렀고 그의 창백한 얼굴에는 핏기가
오르고 있었다. 다른 사람들도 놀라서 입을 벌리고 마주보았다.
작은 술렁임이 일어나다가 곧 수그러졌다. 매그너스 소장이 한
걸음 앞으로 나왔기 때문이다. 소장이 말했다. "하지만……."

레인 씨가 재빨리 말을 가로챘다. "소장님, 에어런 다우는 죄
가 없습니다. 우리는 그가 사형 선고를 받은 살인죄에 대하여
그가 결백하다는 새로운 증언을 알아냈습니다. 그래서 지사께
서 몸소……."

그리고 나서 법 집행이라는 비극적인 일에 있어 선례(先例)가
없었던 일이 일어났다. 일반적으로 지사의 형 중지 명령이 죽
음의 방 문지방을 넘어오면 사형수는 즉시 자기가 있던 감방으
로 옮겨지고, 입회인과 그밖의 참석자들도 물러가 모든 일은
끝나게 된다. 그러나 이번은 달랐다. 이번에는 아주 세밀한 부
분까지 미리 계획되어 있었던 것이다. 이번에는 범인을 밝히는
것을 죽음의 방안에서 직접 하게 되어 있음을 나는 알 수 있었
다. 그러나 그렇게 극적으로 이 계획을 진행함으로써 브루노

지사와 레인 씨는 무엇을 얻을 수 있다는 것인지…….

그곳에 있던 모든 사람들은 너무나 놀라서 항의할 생각조차 못하고 있었다. 만일 누군가가 절차상의 타당성에 대해 질문하려고 마음먹었더라도, 브루노 지사의 결의에 차 있는 잘생긴 턱을 보고는 입을 다물었을 것이다……그러나 레인 씨가 죽음 직전에서 목숨을 건지게 되어 겁에 질려 꼼짝도 않고 전기의자에 앉아 있는 늙은 다우 옆에 나란히 서서 말을 하기 시작하자 그런 생각도 없어져 버렸다. 그리고 그의 첫마디가 시작되자 사람들은 큰 성당 안에 와 있는 것처럼 조용해졌다.

내가 그때까지 설명했던 어느 경우보다도 간결하고 빠르게, 그리고 명확하게 드루리 레인 씨는 포셋 상원의원 살인사건에서 얻은 그 추리를 설명했다. 에어런 다우는 왼손잡이이므로 그 살인의 범인이 될 수 없으며 진범은 오른손잡이임을 논증했다.

"따라서," 하고 노신사가 성량이 풍부하고 짜릿한 목소리로 이야기를 계속했다. "오른손잡이인 범인이 고의적으로 왼손으로 살인을 함으로써 에어런 다우를 궁지에 몰리게 만들었다는 것입니다. 즉, 범인이 에어런 다우에게 일부러 죄를 뒤집어씌우고자 했다는 것입니다.

자, 주목해 주시기 바랍니다. 에어런 다우를 범인으로 모함하기 위하여 범인은 에어런 다우에 대한 어떤 사실을 알아야만 했겠습니까? 이상의 사실로 미루어 보아 다음 세 가지를 알고 있었음이 틀림없습니다.

첫째, 다우가 알곤퀸 형무소에 들어오고 나서 오른팔을 사용하지 못하게 되어 왼손만 쓸 수 있다는 사실을 알고 있었음에 틀림없습니다.

둘째, 다우가 그 살인이 일어난 날 밤에 포셋 상원의원을 방문한다는 사실, 그리고 그 사실을 알았다면 다우가 공식적으로 그날 석방된다는 사실도 역시.

　세째, 다우가 모함을 당해도 남들이 인정할 만한 포셋 상원의원 살해의 동기를 다우가 가지고 있다는 것을 범인은 알아야 했습니다.

　이상 세 가지 사실을 범인이 알고 있었음이 틀림없습니다.
　그러면 이 세 가지 점을 순서대로 생각해 보지요." 하고 레인 씨는 막힘없이 말을 계속했다.
　"다우가 알곤퀸에 들어오고 나서 오른손을 쓸 수 없게 되었다는 것을 알고 있는 사람은 누구입니까? 매그너스 소장은 지난 12년 동안 한 사람의 면회인도, 한 통의 편지도 다우에게는 오지 않았다고 했습니다. 태브가 운영하고 있던 불법 비밀 통로를 통한 통신도, 다우는 단 한 차례 보냈는데 그것은 포셋 상원의원에게 보낸 협박 편지였죠. 우리는 그 내용을 이미 알고 있습니다. 그 편지 내용에는 자기 팔에 대한 이야기는 없었습니다. 더욱이나 다우가 오른손을 쓰지 못하게 된 10년 전부터 그가 석방될 때까지 다우는 형무소 담 밖으로 한 번도 나가지를 않았습니다. 다우에게는 가족도 없고 친구도 없습니다. 그런데 이 기간 중 외부 사람으로서 다우를 본 사람이 꼭 한 사람 있습니다. 포셋 상원의원 말입니다. 그는 형무소 목공반을 시찰한 적이 있는데, 그때 다우는 포셋 상원의원을 알아보았던 것입니다. 그러나 증언에 의해 추측컨대, 그때 상원의원은 다우를 알아보지 못했습니다. 20명이 넘는 사람이 있는 방안에서 다우 한 사람을 알아본다는 것은 무리이고, 더욱이나 다우의 오른팔에 이상이 있다는 것을 기억할 수는 없었을 것입니다. 그러므로 상원의원은 무시해도 되겠습니다." 레인 씨가 잠깐 미소를 띠웠다. "다시 말해서 다우의 오른팔 마비를 알 수 있는 사람은 형무소와 관계가 있는 사람이라는 강력한 가능성을 믿어도 되겠습니다. 즉, 죄수나 형무소 관리들이거나, 아니면 늘 알곤퀸에 드나드는 시민 가운데 누구입니다."
　불이 환하게 켜져 있는 죽음의 방에는 무거운 침묵이 뒤덮여 있었다. 거기까지는 나도 생각하고 있었다——레인 씨만큼 뚜렷하게 알고 있지는 못했더라도 방향 설정은 대충 하고 있었다. 그리고 레인 씨가 앞으로 할 말도 알고 있었다. 다른 사람들은 마치 발이 시멘트 바닥에 붙기라도 한 듯이 꼼짝도 않고 있었다.

"또 한 가지 다른 해석 방법도 있습니다." 레인 씨가 말을 계속했다. "다우를 모함한 사나이, 따라서 다우가 알곤퀸에서 복역중에 왼손잡이가 되었다는 것을 알고 있는 사람은 그 정보 및 다우에 관한 다른 모든 정보를 형무소 안에 있는 공범자에게서 얻었다고 보는 방법입니다.

이 두 가지 해석 가운데 하나가 옳습니다. 어느 것이지요? 나는 둘 중 더 강력한 이론——다우를 모함한 사람이 형무소와 관계가 있다는 이론——이 옳은 이론이라는 것을 증명해 보이겠습니다.

잘 들어 보십시오. 포셋 상원의원이 살해되었을 때 그의 책상 위에는 다섯 통의 봉인된 편지가 놓여 있었습니다. 그 편지들 중 봉투 하나가 말없는 단서를 제공해 주었습니다. 페이션스 섬 양이 첫번째 살인사건을 사진을 보듯 정확하고 자세하게 보고해 주지 않았다면 나는 이것을 알아내지 못했을 겁니다. 그 봉투 위에는 종이를 한데 끼우는 클립 자국이 하나 나 있었습니다. 아닙니다, 정정하겠습니다. 자국이 하나가 아니라 두 개가 나 있었습니다. 하나는 봉투 오른쪽, 다른 하나는 왼쪽에 뚜렷이 나 있었습니다. 그런데 지방검사가 안의 편지를 꺼내보자 거기에는 하나의 클립밖에 없었습니다! 도대체 하나뿐인 클립이 어떻게 같은 봉투의 양쪽에 두 개의 자국을 남길 수 있었겠습니까?"

누군가가 휘파람 부는 소리를 내며 길게 숨을 들이마셨다. 노신사가 허리를 앞으로 구부리자 아직도 전기 의자에 앉아 꼼짝도 하지 않는 에어런 다우의 모습이 가려졌다. "어떻게 그런 일이 생겼는지 설명하겠습니다. 상원의원의 비서 카마이클은 포셋이 그 편지를 다급하게 봉투에 넣고 봉하는 것을 보았다고 했습니다. 그러므로 상식적으로 보아 포셋 상원의원이 봉투를 봉하려고 눌렀을 때에는 한 개의 클립 자국이 났을 것입니다. 그러나 우리는 2개의 자국이 각각 다른 곳에 나 있는 것을 보았습니다. 설명은 단 하나뿐입니다." 그가 한 순간 이야기를 멈추었다. "누군가가 봉해진 봉투를 뜯고 안의 편지를 꺼냈다가 다시 봉투에 넣을 때 자기도 모르게 처음과는 반대로 넣어놓은 것입니다. 그래서 편지를 봉하려고 다시 봉투를 누르자 클립 자국이 다른 곳에 또 생긴 것입니다. 따라서 완전히 반대쪽 위치에 두 개의 클립 자국이 생겼습니다.

그렇다면 누가 그 봉투를 다시 열었을까요? 가능성이 있는 사람은 두 사람뿐입니다. 한 사람은 상원의원 자신이고 또 한 사람은 범행 시각에 포셋 저택에 들어갔다가 나오는 것을 카마이클이 본 사람, 아까 증명해 보였듯이 상원의원을 살해하고 난로 속에다가 편지를 태운 사람입니다.

포셋 상원의원이 카마이클을 집에서 내보내고 그 방문객이 오기 전에 자기가 쓴 편지를 열어 보았을까요? 이론상으로는 그것도 가능하다는 것을 나도 인정합니다. 그러나 우리는 상식적으로 생각해야 합니다. 여러분께 묻겠습니다. 어째서 포셋은 자기 자신이 쓴 편지를 열어야만 했을까요? 내용을 수정하기 위해서? 그러나 그 편지에는 고친 곳이 없었습니다. 편지 다섯 통 모두가 사본과 한 단어도 다르지 않았습니다. 그렇다면 자기가 구술해서 타이프를 치게 한 것의 내용을 다시 읽어 보려고? 말도 안 돼요! 편지 사본이 책상 위에 있었잖습니까.

그러나 그런 것을 전부 무시하고, 상원의원이 그 봉투를 열어 보고 싶었다면 봉투를 찢어서 보고 봉투는 다시 써도 되지 않았겠습니까? 특히 카마이클에게 다음날 아침에 부치라고 한 것으로 보아 시간도 있었는데. 그러나 그 봉투는 새것이 아니었습니다. 클립 자국이 두 개가 나 있었습니다. 새것이었다면 클립 자국이 하나밖에 없었겠지요. 따라서 그 봉투는 누가 열었을 뿐만 아니라 처음에 봉한 바로 그 봉투였습니다. 그럼, 어떻게 봉투를 뜯었을까요? 책상 옆에는 전기 주전자가 있었고, 그것은 살인이 일어난 뒤에도 여전히 따뜻했습니다. 그렇다면 달리 증거가 없는 한 편지를 증기로 열었음이 분명합니다. 이 문제와 요점은 여기에 있습니다! 포셋에게 자기가 쓴 편지를 증기에 쐬어서까지 열 필요가 있었을까요?"

모두가 고개를 마네킹 모양으로 끄덕이는 것으로 보아 그들은 그의 말에 긴장하여 숨도 제대로 쉬지 못하면서 전적으로 동의하고 있음을 알 수 있었다. 노신사가 희미하게 미소를 지으며 말을 계속했다.

"포셋 상원의원이 그 봉투를 열지 않았다면 살인이 일어난 시각에 그 집에 들어갔다가 나온 단 한 사람, 방문객이 열었음이 확실해집니다.

그렇다면 방문객 ——즉, 살인범——이 조심해서 행동을 해야 할 위험한 살인 현장에서 꼭 열었어야만 했던 그 편지는 어떤 것이었습니까? 그 편지는 알곤퀸 형무소장 앞으로 보내는 것으로서 봉투에는 '알곤퀸 형무소 직원 추천 명단'이 들어 있다고 적혀 있었습니다. 이 사실에 주의를 기울여 주십시오. 대단히 중요합니다."

나는 엘러휴 클레이 씨를 흘끗 보았다. 얼굴에는 핏기가 없었고 떨리는 손으로 턱을 만지고 있었다.

"기억하시리라 믿습니다만, 처음부터 우리에게는 두 가지 해석 방법이 있었습니다. 첫째는 좀더 가능성이 많은 것으로 살인범은 형무소와 관계가 있는 인물이라는 해석, 둘째는 가능성이 적은 편으로 살인범 자신은 형무소와 관계가 없으나 필요한 모든 정보를 제공해 주는 공범자가 형무소 안에 있다는 해석입니다. 여기서 두 번째 가능성이 진실이라고 가정해 봅시다. 살인범은 형무소와 관계가 없으나 형무소 안에 정보 제공자를 갖고 있는 외부인이라고 가정해 봅시다. 도대체 무엇 때문에 그 살인범은 알곤퀸 형무소 직원 승진에 관한 편지를 열어 보아야만 했을까요? 외부인이었다면 그런 일에는 아무런 관심도 없었을 겁니다. 그렇다면 형무소 안의 정보 제공자를 위해서? 그러나 일부러 위험을 무릅쓰고 그런 수고를 할 필요가 있었을까요? 공범자의 지위가 올라간다 한들 살인범에게는 개인적으로 아무런 영향을 끼치지 못할 겁니다. 또한 공범자가 승진을 못한다고 해도 살인범은 잃는 것이 아무것도 없습니다. 그러므로 우리가 가정한 그 외부인이라면 그 봉투를 열지 않았을 것이라고 잘라 말할 수 있습니다.

그런데 살인범은 그 봉투를 열었습니다! 따라서 살인자는 아까 말한 가능성이 많은 쪽, 즉 알곤퀸 형무소의 인사에 관한 편지를 조사해 볼 만큼 형무소와 관계가 있는 사람입니다." 레인 씨가 말을 잠시 멈추었다. 그의 표정이 엄해지며 어두워졌다. "사실은 내가 누가 범인이라고 지적할 때 여러분은 내가 지금 지적한 것보다 더욱 흥미로운, 편지를 뜯어 본 이유를 알게 될 것입니다. 그러나 지금은 살인범이 형무소와 관계가 있는 사람이라는 일반론 이상의 말은 하지 않겠습니다.

첫번째 살인사건의 여러 사실을 보고 우리는 또 하나의 추리를 할 수 있습니다. 언젠가 매그너스 소장님에게서 들었습니다만, 형무소의 일과는 대단히 엄격하다고 합니다. 예를 들어 간수들의 근무 시간도 언제나 일정해서 절대로 변경되는 법이 없답니다. 그런데 형무소와 관계가 있는 것으로 증명된 그 살인범이 포셋 상원의원을 살해한 것은 언제였습니까? 밤이었습니다. 그러므로 그가 형무소 안에서 어떤 위치에 있는 사람이건 야간 근무자가 아니라는 것은 분명합니다. 그렇지 않고는 그 범행 시간에 포셋 상원의원을 살해하기 위해 이곳을 빠져나갈 수가 없었을 테니까요. 따라서 살인범은 정규 주간 근무자이거나, 시간에 구속받지 않는 그 누구였음에 틀림없습니다. 이런 것은 아주 쉽게 알 수 있는 것이지만 매우 중요한 점이니 이제부터 내가 다른 사실을 설명하는 동안에도 마음에 새겨 놓아 주십시오."

레인 씨의 목소리는 시간이 흐름에 따라 점점 더욱 신랄해졌다. 그리고 그의 얼굴은 강철같이 굳어져 갔다. 그가 온 방안을 둘러보자 몇몇 입회인들이 딱딱한 벤치에 앉아 몸을 오그라뜨리는 것이 보였다. 울려 퍼지는 감정이 없는 목소리, 휘황하니 밝은 방안, 전기 의자와 거기에 꼼짝 않고 앉아 있는 사형수, 제복을 입은 간수들……입회인들이 겁을 먹는 것이 무리가 아니었다. 나 자신도 소름이 끼쳤다.

"그럼," 노신사가 짧게 끊어지는 어조로 빠르게 말을 다시 시작했다. "이번에는 두 번째 살인사건으로 갑시다. 이 두 개의 살인이 서로 연관되어 있다는 것은 분명합니다. 같은 상자를 자른 두 번째 토막, 두 사람 모두가 다우와 관계가 있다는 점, 두 피해자가 형제라는 점 등을 생각해 보십시오……그렇다면 다우는 첫번째 살인에 죄가 없으니 두 번째 살인에도 죄가 없습니다. 첫번째나 두 번째 모두 모함에 빠진 것입니다. 그러면 두 번째 살인에서도 다우가 모함당했다는 확증이 있을까요? 네, 있습니다. 다우는 포셋 의사에게서 수요일에 알곤퀸 형무소를 탈옥하라는 편지를 받지 않았습니다. 그러나 다우는 포셋 의사에게서 온 것이라고 믿은, 목요일에 탈옥하라는 편지를 받았습니다. 이것은 누군가가 포셋 의사의 편지를 가로채어──그 편지는 포셋 의사의 살인 현장에 있던 책상에서 발견되었습니다──목요일에 탈옥하라고 쓴 다른 편지를 다우에게 보냈다는 것이 됩니다. 이 포셋 의사의 진짜 편지를 가로챈 사람이야말로 자기가 저지른 흉악한 범죄를 감추기 위해 처음부터 다우를 이용해 온 인물, 즉 다우를 모함한 사람입니다.

그렇다면 일이 어떻게 되지요? 살인범은 형무소와 관계가 있다고 한 결론이 옳다는 것이 확인되었습니다. 왜냐하면 편지를 가로챈 것은 형무소 내의 비밀 통신망을 아는 그 누가 형무소 안에서 포셋 의사에게서 온 진짜 편지를 가로채어 자기의 가짜 편지와 바꿔치기했다는 강력한 추정 증거가 되기 때문입니다.

이제 우리는 이 사건을 해결하는 데 있어 가장 중요한 점에 다다랐습니다. 도대체 살인범은 어째서 다우가 탈옥하는 날짜를 수요일에서 목요일로 바꾸려고 했을까요? 다우는 아이러 포셋 의사를 살해하지 않았고, 살인범은 포셋 의사의 살해범으로 다우를 모함하려 하고 있었으므로——이 점을 유의해 주십시오——살인범은 다우가 탈옥하여 자유롭게 된 날 밤에 포셋 의사를 살해해야만 했습니다! 살인범이 다우의 탈옥 날짜를 수요일에서 목요일로 바꾼 오직 하나뿐인 이유는 살인범이 포셋 의사를 수요일에는 살해할 수 없으나 목요일에는 살해할 수 있었기 때문입니다!"

드루리 레인 씨가 야윈 얼굴을 긴장시키며 집게손가락을 흔들었다. "그럼, 살인범은 어째서 수요일에는 의사를 죽일 수 없었느냐고 궁금해 하실 테죠? 우리는 첫번째 살인에서 살인자는 야간 근무자가 아님을 알았습니다. 그러므로 그는 수요일뿐만이 아니라 어느 날 밤이든 범행을 저지를 수가 있었을 겁니다. 그런데 수요일 밤에는 범행을 저지를 수가 없었던 것입니다. 거기에 대한 오직 하나밖에 없는 가능한 이유는," 그가 몸을 펴고 말을 잠시 중단했다. "형무소에 매일 하는 일과 외의 일이 생겨 수요일 밤에는 틈을 낼 수가 없었기 때문입니다! 수요일 밤, 즉 포셋 의사가 살해당한 전날 밤에 형무소에는 어떤 특수한 일이 있었지요? 일상적인 일과에는 없는 일로서 야간 근무자가 아닌 형무소 관계자도 형무소를 떠날 수 없는 특별한 일이란 무엇이었을까요? 여러분, 이것이야말로 이 사건의 핵심이고, 그 결론은 자연의 법칙과 마찬가지로 절대로 변하지 않는 것입니다. 그 수요일 밤에는 바로 이 공포의 방에서 스칼지라는 사나이가 전기 의자로 처형되었습니다. 그러므로 우리가 마지막 심판의 날을 피할 수 없는 것과 같이 다음과 같은 결론도 피할 수가 없습니다. 즉 포셋 형제의 살인범은 스칼지 사형 집행에 참석한 그 누구라는 것입니다!"

방안은 은하계 공간의 정적처럼 조용했다. 나는 숨을 쉬기도,

목을 움직이기도, 눈망울을 굴리기도 겁이 났다. 아무도 손가락 하나 까딱하지 않았다. 전기 의자 옆에 서서 한마디 한마디 범죄의 경위와 눈앞에 닥친 범인의 비극을 힘차게 설명하는 노신사의 불타는 눈동자 앞에 있는 우리는 박물관에 놓인 납인형의 무리처럼 보였으리라.

"살인자로 인정할 수 있는 조건들——두 살인사건에서 얻은 사실로부터 이끌어낸, 살인범 자신이 직접 시간의 판에 새겨 놓은 것처럼 뚜렷한 조건들——을 열거해 봅시다." 하고 노신사가 흥분하는 기색도 없이 돌고드름처럼 차갑게 말했다.

"첫째, 살인범은 오른손잡이입니다.

둘째, 살인범은 알곤퀸 형무소와 관계가 있습니다.

셋째, 살인범은 정규 야간 근무자가 아닙니다.

넷째, 살인자는 스칼지 전기 사형 때에 참석했습니다."

다시금 침묵이 흘렀다. 손에 만져질 것 같은 울림이 있는 침묵이었다.

노신사가 미소를 짓다가 별안간 말을 계속했다. "여러분 모두가 심각해지시는군요. 특히 스칼지 사형에 참석했던 형무소 관련자들은 틀림없이 모두 지금 이 방에 있으니 더할 것없이다! 그것을 어떻게 알 수 있느냐 하면, 매그너스 소장에게서 알곤퀸 형무소 사형집행 요원은 절대로 바뀌지 않는다는 말을 들었기 때문입니다."

간수 한 사람이 겁에 질린 어린아이처럼 짧고 공허한 소리를 냈다. 모든 사람들이 기계적으로 그 사람을 보았다가 다시 드루리 레인 쪽으로 시선을 돌렸다.

"그럼, 한 사람씩 지워 나가 봅시다." 하고 노신사는 천천히 말했다. "스칼지 사형에 참석했던 사람은 누구누구입니까? 잊지 말아야 할 것은 이 사건의 범인은 지금 말씀드린 네 가지 조건을 모두 갖추어야만 한다는 사실입니다……법률의 요청에 따라 참석한 '성인으로서 12명의 영예스러운 시민'인 입회인들 여러분은 염려하실 필요가 없습니다." 레인 씨가 벤치에 꼿꼿이 앉아 있는 사람들에게 말했다. "여러분은 당연히 형무소와 관계가 없는 분들입니다. 여러분은 일반 시민이므로 둘째 조건을 갖추지 못했기 때문에 살인범일 가능성이 없습니다."

두 개의 기다란 벤치에 앉아 있는 12명의 입회인들이 마치 한 사람인 양 동시에 한숨을 내쉬었다. 몇몇 사람은 조심스럽게 손수건을 꺼내어 이마에 배어나온 땀을 톡톡 두드렸다.

"세 명의 재판소 관리들은 법률에 의해 선고된 판결이 틀림없이 수행되고 있는지를 확인하러 오신 분들입니다. 이분들도 같은 이유로 제외시킵니다."

그 세 사람이 발을 움직였다.

"다음은 7명의 간수들입니다." 드루리 레인 씨가 꿈꾸듯이 말을 계속했다. "이 일곱 분들은, 내가 소장님의 말씀을 잘못 듣지 않았다면 스칼지 사형에 참석했던 바로 그분들입니다." 레인 씨가 말을 잠시 멈추었다. "당신들도 제외됩니다! 당신들은 모두가 정규 야간 근무자이니까——당신들은 언제나 사형 집행에 참가하고 사형 집행은 언제나 밤에 있기 때문입니다——셋째 조건에 어긋납니다. 따라서 당신들 가운데 누구도 살인범일 수가 없습니다."

푸른 제복을 입은 7명의 간수들 가운데 한 사람이 작은 목소리로 뭐라고 사납게 중얼거렸다. 긴장된 분위기가 참을 수 없게 변하고 있었다. 감정의 정전기가 온 방안에 불꽃을 튀기고 있었다. 나는 곁눈질로 아버지를 보았다. 아버지의 목덜미가 간질병 환자처럼 새빨갛게 충혈되어 있었다. 브루노 지사는 석고 상처럼 꼼짝도 하지 않고 서 있었다. 뮤어 신부의 눈은 유리알처럼 보였고 매그너스 소장은 숨도 쉬지 못하는 듯했다.

"사형 집행인도 제외합니다!" 조용하고 무정한 목소리가 말을 이어 나갔다. "스칼지의 사형——저도 다행히 참석했었습니다만——에서 나는 사형 집행인이 왼손으로 두 번 스위치를 넣는 것을 보았습니다. 첫째 조건에 따르면 살인범은 오른손잡이라야 합니다."

나는 눈을 감았다. 심장의 고동 소리가 고막에까지 쿵쿵거리며 울려오고 있었다. 레인 씨의 목소리는 그쳐 있었다. 그리고 다시 말을 시작했을 때 그 목소리는 힘차고 날카로웠으며, 공포로 가득 찬 그 방안의 구석구석에 울려퍼졌다. "법이 성하는 바에 따라 사형수가 완전히 죽었는가를 확인하기 위해 참석한 두 명의 의사." 레인 씨가 차갑게 미소를 지었다. "당신들을 제외시킬 수 없었기 때문에 이 사건을 해결하는 것이 늦어졌던 것입니다." 그는 검은 왕진 가방을 들고 얼어붙은 듯이 긴장하고 있는 의사들에게 말했다.

"그러나 오늘 패니 카이저가 당신들 두 분을 완전히 제외시킬 수 있는 단서를 가져다 주었습니다. 그 설명을 하겠습니다.

다우를 포셋 의사의 살해범으로 모함한 진범은, 자기가 범행 현장을 떠난 바로 뒤에 다우가 그 진찰실에 나타난다는 것을 알고 있었습니다. 그러므로 살인자는 자기가 떠나기 전에 피해자가 완전히 죽었다는 것을 확인해야만 했습니다. 그래야만 피해자가 다우——또는 뜻하지 않은 다른 방문자——에게 피해자가 진범의 이름을 가르쳐 줄 수가 없기 때문입니다. 포셋 상원의원의 경우도 같습니다. 살인범은 두 번 찔렀습니다. 첫번째 일격이 치명적이 아니었으므로 한 번 더 찔렀습니다. 확실하게 숨통을 끊어 놓은 것입니다.

포셋 의사의 손목에는 피묻은 손가락 자국이 세 개 나 있었습니다. 이것은 범인이 포셋 의사를 찌른 다음 맥박을 짚어 본 흔적이라고 바르게 지적되었습니다. 어째서 맥박을 짚어 봤을까요? 말할 나위도 없이 피해자가 완전히 죽었는지 확인하기 위해서였습니다. 그러나 이 말없는 사실에 주목해 주십시오!" 레인 씨의 목소리가 우레와 같이 커졌다. "이토록 살인자가 맥박을 짚어 볼 만큼 신중을 기했는데도 불구하고 피해자는 살인자가 떠난 뒤에도 살아 있었습니다. 패니 카이저가 몇 분 뒤 현장에 왔을 때 그녀는 포셋이 움직이는 것을 보았고, 다우가 살인자가 아니라고 포셋이 말하는 것을 들었습니다. 진범의 이름을 말하기 전에 죽기는 했습니다만……그렇다면 어째서 이러한 사실이 스칼지의 사형에도 입회하고 오늘밤에도 출석한 두 의사를 제외시킬 수 있을까요? 그것은 이렇습니다.

가령 두 명의 의사 중 한 사람이 가해자라고 가정해 봅시다. 범행은 의사의 진찰실 안에서 일어났습니다. 시체에서 몇 피트 안 되는 책상 위에는 포셋 의사 자신의 왕진 가방이 놓여 있었습니다. 의사의 왕진 가방에는 반드시 청진기가 들어 있습니다. 물론 의사라 할지라도 죽어가는 사람의 맥박을 짚어 보는 것만으로는 죽기 직전의 희미한 맥박을 확인하지 못하는 수도 있겠지요. 그러나 의사가 의사의 진찰실 안에 있고 필요한 모든 기구가 가까이 있다면, 그 피해자의 죽음을 꼭 확인해야 하는 경우 의사라면 절대로 그런 실수를 하지 않을 것이라고 나는 말하고 있는 것입니다! 청진기가 있습니다. 거울을 쓸 수도 있었을 것입니다. 그밖에 의사가 흔히 사망을 확인하는 어떤 방법을 써서 확실히 했겠지요…….

따라서 피해자의 죽음을 확인할 수 있는 여러 가지 수단들을 가까이 갖추고 있던 의사가 범인이었다면 그 피해자를 살려둔 채 떠나지는 않았을 것입니다. 그는 피해자의 거의 꺼져가는 생명의 불꽃을 찾아내어 또 한 번 찔러서 그 불꽃을 완전히 끄고야 말았을 겁니다. 그러나 살인범은 그렇게 하지 않았습니다. 그러므로 살인범은 의사가 아니라는 결론이 나오고 따라서 두 명의 의사는 제외시켜야만 합니다."

나는 긴장 때문에 소리를 지를 것만 같았다. 아버지의 커다란 손은 주먹을 꽉 쥐어 근육이 밧줄처럼 튀어나와 있었다. 우리 앞에 있는 얼굴들은 핏기 없는 가면들을 모아놓은 것 같았다.

"다음은 뮤어 신부님입니다." 드루리 레인 씨가 낮은 목소리로 계속했다. "포셋 형제를 죽인 살인범은 두 번 다 같은 사람이었습니다. 포셋 의사는 11시 조금 지나서 살해되었습니다. 그런데 뮤어 신부님은 그날 밤 10시부터 내내 나와 함께 자택의 베란다에 앉아 계셨습니다. 그러므로 뮤어 신부님은 물리적으로 포셋 의사를 살해할 수가 없었습니다. 그렇다면 포셋 상원의원도 당연히 살해하지 않았겠죠."

나는 내 눈과 사람들의 창백한 얼굴들 사이로 둥둥 떠다니는 붉은 안개 속에서 레인 씨의 힘있게 울리는 목소리를 들었다. "이 방안에 있는 27명 가운데 한 사람이 포셋 형제의 살인범입니다. 우리는 26명을 제외시켰습니다. 남은 사람은 오직 하나, 그 사람은……여러분, 그놈을 잡아요! 놓치지 말아요! 경감, 그놈이 그 권총을 쏘지 못하도록 하시오!"

순식간에 그 방안은 외침 소리와 헉헉거리는 소리, 격투 소리로 들끓었다. 그 소용돌이의 한가운데 있는 사나이, 지금 아버지의 무쇠 같은 손아귀에서 얼굴을 보라빛으로 일그러뜨리고 눈에서는 미친 듯이 붉은 빛을 뿜어내고 있는 사나이는 매그너스 소장이었다.

제23장 끝으로 한마디

지금까지 써 온 글들을 뒤돌아보며 나는 포셋 형제를 살해한 사람이 매그너스 소장이 아닌 어떤 다른 사람이라는 인상을 독자에게 주지는 않았는지 염려스럽다. 단언하기는 힘드나 그런대로 그러지는 않았던 것 같다. 내게는 여러 대목에서 이 놀랄 만한 진실들이 얼굴을 내밀고 있었던 것처럼 여겨진다.

나는 추리소설(그것이 사실에 기초를 둔 것이든 허구이든)을 쓰는 기술을 충분히 배웠기 때문에 드루리 레인 씨가——미약하나마 나도 거들었지만——각 단계를 거쳐 이 사건을 해결하는 데 필요로 했던 아주 사소한 사실이라도 하나도 빼놓지 않고 서술했다고 확신한다. 그 결과가 얼마나 제대로 들어맞는지 판단하는 것은 독자에게 맡겨야겠지만, 나는 이 놀라운 사건을 일어난 그대로 정확하게 재생시키려고 온 힘을 다 기울였다. 내가 독단적으로 주인공으로 세운 그 특이한 노신사는 그의 분석의 골격을 조심스럽게 세우는 데 있어 우리가 모르는 방법은 하나도 쓰지 않았다. 우리는 그가 갖고 있는, 진상을 파악하고 이용하는 예민성을 가지고 있지 않을 뿐이다.

그밖에 우리가 몰랐던 여러 가지 일들이 밝혀졌다. 그러한 사실들은 이 사건의 해결에는 그다지 필요기 없는 일이긴 하지만, 이 이야기를 완전히 매듭짓기 위해서는 밝혀 두어야겠다. 예를 들면 매그너스 소장이 그러한 범죄를 저지르게 된 동기가 있다. 소장이라는 사람이 그런 피비린내 나는 범죄를 저지를 리가 없다고 말하는 사람이 있을지도 모른다. 그러나 매그너스 소장뿐만 아니라 그의 범죄와 범죄자에 대한 경험으로 보아 도저히 범하지도 않을 범죄를 저지르고 지금 투옥되어 있는 다른 형무소 소장이 또 있다는 기록이 있다고 한다.

　불행한 매그너스 소장의 경우는 그의 고백서에도 쓰여 있듯이, 돈 때문에 저지른 케케묵은 범행이었다. 그는 오랫동안 충실히 근무하여 정직하게 모았던 얼마 안 되는 재산을 주식시장의 하락으로 깡그리 없애버리고 말았다. 일생의 절정기를 조금 지났을 무렵 완전히 빈털터리가 된 것이다. 이때 포셋 상원의원이 와서 다우에게 야릇한 관심을 나타내며 다우에게 공갈당하고 있는 것 같은 암시를 했다. 그리고 다우가 석방되던 그 운명의 날에 포셋 의원은 매그너스 소장에게 전화를 걸어 다우의 요구대로 돈을 주기로 했고, 5만 달러를 은행에서 찾아다 놓았다고 말했다. 가엾은 매그너스! 절망적으로 돈이 필요했던 매그너스에게 그 얘기는 참으로 물리치기 어려운 유혹이었다. 그는 그날 밤 상원의원의 집으로 갔다. 떠날 때에는 상원의원을 죽일 생각은 없었고, 다만 공갈을 쳐서 그 5만 달러를 빼앗아야겠다는 막연한 생각을 했을 뿐이었다. 공갈을 해서 돈을 빼앗은 사람도 있지 않은가! 그때 다우가 포셋 형제의 어떤 약점을 쥐고 있는지 매그너스는 몰랐다. 매그너스가 포셋 상원의원과 대면했을 때 어쩌면 그 현금이 눈에 띄었는지도 모른다. 그는 그 자리에서 충동적으로 갑자기 결심을 했다. 주사위가 던져진 것이다. 상원의원을 죽이고, 그 돈을 훔친 다음 죄를 다우에게 뒤집어씌우자. 그는 책상 위에 있던 칼을 집어들고 그 믿기 어려운 범죄를 저질렀다. 그리고 주위를 둘러보다 편지지철맨 윗장에 상원의원이 형인 포셋 의사에게 보내는 글이 쓰여 있는 것을 발견했다. 그것이 소장에게 아이디어를 제공했다. 제2의 포셋도 관계가 있구나! 편지에는 HEJAZ의 별이라는 배 이름이 적혀 있었다. 그는 이 정보를 시작으로 과거의 기록을 조사해서 나중에는 다우와 포셋 형제 사이에 얽힌 배후의 진실을 간단히 알아냈다. 그는 그 편지가 경찰의 손에 들어가지 않도록 불태워 버렸다. 만일 그 진상이 일반에게 알려지면 앞으로 포셋 의원을 협박할 수가 없다고 생각해서였다. 그리고 매그너스와 다우만이 그 진상을 알고 있고, 다우가 상원의원 살해범이라는 죄를 뒤집어쓰고 사형을 받게 되면 그 다음부터 소장은 얼마든지 마음대로 포셋 의사를 협박할 수 있다고 생각했다.

그것은 좋은 계획이라고 생각되었다. 그러나 다우는 포셋 상원의원의 살인범으로 처형되지 않고 대신 종신형을 선고받았다. 이것은 어느 면에서는 오히려 매그너스를 기쁘게 했다. 그는 다시 한번 다우를 이용할 수 있게 된 것이다. 그래서 그는 기회를 기다렸다. 그전부터 매그너스는 천재적인 태브가 몰래 하고 있는 교묘한 비밀 연락 계통이 있는 것을 알았으나 일부러 모르는 척하고 있으면서 기회가 오기를 기다렸다. 드디어 그 기회가 왔다. 매그너스는 비밀 통신 연락을 감시하고 있다가 어느 날 포셋 의사가 다우에게 보내는 편지를 뮤어 신부의 기도서에서 꺼냈다. 태브 모르게 그것을 읽고 그는 다우의 탈주 계획을 알았고, 다시 한번 절호의 기회가 왔음을 알게 되었다. 그러나 탈주는 수요일로 예정되어 있었고, 수요일 밤에는 매그너스가 책임자로서 스칼지의 사형 집행에 참석해야만 했다. 매그너스는 목요일에 탈주하라는 가짜 편지를 다우에게 보냈다——목요일에는 자유롭게 행동할 수 있기 때문이었다. 그리고 자기가 가로챈 포셋 의사의 편지 뒷면에 다우의 필체를 흉내내어 수요일에는 탈주할 수 없으므로 목요일로 변경하자는 내용을 써서 비밀 통로를 이용하여 포셋 의사에게 보냈던 것이다. 이런 종류의 범죄에는 흔히 있는 일이지만 매그너스는 범죄를 점점 더 진전시키려다 보니 더욱 많은 꾀를 내어야만 했다. 그가 그 편지를 보낼 때에는 그것이 안전하게 보였으나 결국은 그 편지가 자신의 손에 수갑을 채웠던 것이다.

이밖에 이야기해야 할 것은 별로 없다. 우리는 그 다음날 뮤어 신부 댁 베란다에 모두 앉아 있었다. 엘러휴 클레이 씨는 어째서 매그너스 소장이 포셋 상원의원 책상 위에 있던 '알곤퀸

형무소 직원의 승진'이라고 씌어진 자기에게 오는 편지를 뜯어
보았는지 모르겠다고 말했다.

　노신사가 한숨을 쉬고 말했다. "흥미 있는 질문입니다. 어젯
밤 내가 설명할 때 범인을 알고 나면 그가 편지를 읽어 보았던
더욱 흥미 있는 이유가 나타날 거라고 말씀드린 것은 기억하실
테죠? 어째서 매그너스가 그런 짓을 했는지 나는 알 것 같습니
다. 나의 일반적인 사건 분석에 따르면, 다른 형무소 관계자가
그 편지를 뜯어 보았다면 이해가 되지만 매그너스 소장만은 그
편지를 뜯어 볼 필요가 없었습니다. 편지는 자기에게 오는 것
이고 '알곤퀸 승진'이 자기에게는 아무런 영향을 끼치지 않으니
까요. 그래서 범인이 매그너스라는 결론에 이르렀을 때 나는
어째서 그가 봉투를 뜯었을까 하고 생각해 보았습니다. 그것은
매그너스가 그 겉봉에 씌어 있는 말과 실제의 내용이 다를지도
모른다고 생각했기 때문입니다! 상원의원은 형무소에서 매그
너스 소장을 만났을 때 다우가 자기 약점을 쥐고 있다는 암시
를 한 적이 있습니다. 그래서 매그너스는 그때의 일을 혹시 적
은 것은 아닌가 했지요. 만일 적었다면 자기와 그 약점과의 관
계를 경찰이 알도록 놔둘 수는 없었던 것입니다. 물론 매그너
스의 그러한 생각은 틀렸습니다만 그때의 악화된 정신 상태에
서 올바르게 생각할 수는 없었겠지요. 어쨌든 이러한 자질구레
한 점이 내 추리 전체에 영향을 끼치지는 않았습니다."

　"그 작은 상자의 두 번째 조각을 아이러 포셋에게, 세 번째
조각을 패니 카이저에게 보낸 사람은 누구입니까? 다우는 보
낼 수가 없었을 것이고. 나는 그 점이 마음에 걸립니다." 하고
아버지가 물었다.

　"저도요." 나도 그것을 모르는 것이 비참한 생각이 들어 말
했다.

　"나는 그 배후 인물을 알 것 같습니다." 드루리 레인 씨가 웃
으면서 말했다. "우리의 친구 마크 커리어 변호사입니다. 틀림
없이 그 사람이라고 단정할 수는 없습니다만, 아마 다우는 포

셋 상원의원 살해에 대한 재판을 기다리는 동안에 마크 커리어 변호사에게 나머지 두 토막을 언제 언제 보내달라고 부탁했겠지요. 다우는 미리 그것을 편지와 함께 포장하여 우편국의 보관소나 그 비슷한 곳에 맡겨 두었을 겁니다. 커리어라는 사람은 그다지 양심적인 인물로 생각되지 않습니다. 그 공갈 내용을 더듬어 보면 자기도 돈을 벌 수 있겠다고 생각했는지도 모르지요. 그러나 이것은 추측에 지나지 않으니 다른 사람에게는 말하지 마십시오."

뮤어 신부가 주저하면서 물었다. "무죄를 밝혀 주기 전에 가엾은 에어런 다우를 죽음의 문턱까지 아슬아슬하게 몰아넣은 것은 조금 위험한 일이 아니었을까요?"

노신사의 얼굴에서 미소가 사라졌다. "그렇게 하는 수밖에 없었습니다, 신부님. 나에게는 법정에서 매그너스를 꼼짝못하게 만들 만한 구체적인 증거가 없었습니다. 그러므로 그런 식으로 비정상적인 정신 상태로 몰고 가서 느닷없이 치는 방법밖에 없었던 겁니다. 나는 나의 추리를 설명할 시간을 조절했고 무대 장치와 분위기 등을 완전무결하게 계획했습니다. 결과를 보십시오. 매그너스는 나의 사건 분석을 듣고 빠져나갈 수 없다는 것을 알자 흥분한 나머지 자제심을 잃고 내가 바란 대로 바보같이 앞뒤를 가리지 않고 달아나려고 했습니다. 달아나려고 하다니! 가엾은 녀석입니다." 그가 말을 잠시 멈추었다. "다음에는 그가 자백을 했습니다. 우리가 일반적인 방법을 취했다면 매그너스는 마음을 가다듬고 사태를 검토한 뒤에 범행을 교묘하게 부인했을 것입니다. 우리에게는 증거가 없으니 그에게 유죄를 선고받게 하기란 곤란했을 겁니다. 불가능했을지도 모르지요."

그밖에도 여러 가지 일이 일어났다. 존 홈은 주 상원의원으로 선출되었다. 엘러휴 클레이 씨는 대리석 사업의 수입은 줄었으나 좀더 정직하게 사업을 할 수 있게 되었다. 패니 카이저는 연방 형무소에서 장기 복역중이고······.

이 사건의 근원이며 매그너스가 꾸민 음모의 무고한 피해자
였던 에어런 다우에 대해서는 이야기를 안했다는 것이 생각났
다. 나는 가엾은 다우에 대한 이야기는 뒤로 미루고 있었다. 그
렇다, 그는 역시 그 값어치 없고 보잘것없는 일생에 대한 응보
를 받았는지도 모른다. 그리고 이 살인사건에 죄가 있건 없건
그는 사회에 필요 없는 인간이라는 선고를 운명의 신으로부터
받은 것 같았다.

어쨌든 레인 씨의 설명이 끝나고 매그너스 소장이 붙잡혔을
때 노신사는 재빠르게 몸을 돌려 전기 의자에 앉아 있는 불쌍
한 남자를 근심스러운 눈으로 쳐다보았다. 그러나 노신사가 그
합법적인 고문의 끔찍스러운 도구에서 다우를 일으키려 했을
때, 우리 모두는 다우가 매우 조용하게, 희미한 미소마저 머금
고 앉아 있는 것을 보았다.

다우는 죽어 있었던 것이다. 죽은 원인은 심장마비라고 의사
들이 말했다. 그 뒤 몇 주일 동안 나는 이 사실 때문에 공포에
빠져 지냈다. 우리가 그를 흥분 상태에 몰아넣어 마침내 죽게
한 것은 아닐까? 나는 영원히 알 수 없을 것이다. 형무소 신체
검사 기록을 보면 다우는 12년 전 알곤퀸에 처음 들어왔을 때
에도 심장이 약했다고 씌어 있기는 하지만.

한 가지가 더 있다.

다음날 레인 씨가 보충 설명을 하기 얼마 전에 제러미는 내
팔짱을 끼고 언덕 밑으로 데리고 갔다. 그가 멋지게 계획을 세
웠다는 것은 인정해야겠다. 나는 지난 밤의 일로 몹시 동요하
고 있었고 다른 때보다 자제력이 없었다.

어쨌든 제러미는 머뭇거리면서 내 손을 잡고, 간단히 말해서
내게 제러미 클레이 부인이 되어 달라고 술취한 듯한 굵은 목
소리로 말했던 것이다.

그와 같이 훌륭한 청년도 없다! 나는 그의 굽이치는 머리칼
과 대문짝같이 넓은 어깨를 보며 누가 나를 아내로 맞을 생각

을 갖고 있다는 것이 아주 즐겁고 기분좋은 일이라고 생각했다. 그러나 나는 그가 자기 아버지의 채석장에서 폭약을 던진다는 생각을 했다. 내 남편이 저녁에 일을 마치고 집에 돌아올 때 몸이 성해서 온전한 몸으로 올 것인지 그림 끼워맞추기 놀이의 그림 조각처럼 산산조각나서 돌아올 것인지 걱정하며 살아가야 한다는 생각을 하니 몸이 오싹해졌다⋯⋯.

나는 핑계를 찾고 있는 것이다. 그렇다고 내가 제러미를 좋아하지 않는 것은 아니다. 소설에서처럼 맨 나중에 남주인공과 여주인공이 저녁놀 아래서 가슴을 맞대고 '오오, 사랑하는 제러미――좋아요, 결혼해요!' 라고 말할 수 있었다면 좋았으리라.

그러나 나는 그의 손을 잡고 발뒤꿈치를 올려서 그의 턱에 입을 맞추며 말했다. "오오, 사랑하는 제러미――안 돼요."

아주 감미롭게 말했다는 것을 알아 주기 바란다. 제러미는 너무나 훌륭한 청년이기 때문에 그 일로 상처를 받게 하고 싶지는 않았다. 페이션스 섬은 결혼에 어울리는 여자가 아니다. 나는 큰 포부를 갖고 있는 여자라고 제러미에게 말했다. 그리고 몇 년 앞으로의 일을 어렴풋이 떠올려 보았다. 나는 빳빳하게 풀먹인 칼라를 단 옷을 입고 수수한 신발을 신고서, 나의 시야를 넓혀 준 그 멋진 노신사의 오른편에 서서――만세!――그의 파트너가 되어, 함께 이 세상의 범죄를 모두 해결하는 것이다⋯⋯바보 같은 생각이지요, 그렇죠?

그리고 만일 아버지만 아니라면――그다지 명석하지는 않지만 나에게는 사랑스런 아버지이다――나는 이름을 아주 멋지고 야한 것으로, 드루리아 레인 양 같은 이름으로 바꾸었으리라. 두뇌의 힘에 대해 나는 그 정도로 매력을 느끼고 있다. 〈끝〉

작가와 작품에 대하여

이 〈Z의 비극〉은 엘러리 퀸으로 알려져 있는 맨프리드 베닝턴 리(Manfred Bennington Lee, 1905~1971)와 프레드릭 더네이(Fredrick Dannay, 1905~1982)가 버나비 로스라는 필명으로 발표한 4개의 작품 중 세 번째 작품이다. 두 사람은 이종사촌 형제였는데, 그 당시에 혜성과 같이 나타나 온 미국을 흔들어 놓은 J.J. 밴 다인의 출현이 그들로 하여금 추리소설을 쓰게 하는 계기가 되었다. 에드거 앨런 포가 창조해 낸 오귀스트 뒤팽에서 도일의 명탐정 셜록 홈즈, 가스통 르루의 룰르타뷰를 거쳐 이제 분석의 대가 파일로 밴스가 등장한 것이다. 모든 사건의 단서를 독자 앞에 숨김없이 공개하고 나서 독자와 함께 벌이는 사건의 추적——두 사람은 이러한 밴 다인의 방법론을 그대로 받아들여 냉철한 이론과 분석으로 범인과 대결을 벌이는 두 명의 명탐정을 창조해 냈다. 한 사람은 젊고 예리하며 뚜껑 없는 고물차를 타고 다니는 엘러리 퀸, 또 한 사람은 은퇴한 배우로서 귀가 먹은 노인인 드루리 레인이다. 두 사람은 성격이 매우 다르면서도 닮아 있는데, 그것은 작가들——즉 퀸과 레인을 창조한 사촌형제——이 신봉하는 범죄 수사 방법론을 반영한 인물이라는 점에서 연유한다. 〈Z의 비극〉에는 드루리 레인이 활약한다.

〈Z의 비극〉에서는 다른 작품과는 달리 '나'라는 해설자가 사건을 설명해 나간다. 게다가 이 '나'라는 주인공은 젊고 아름다우며, 범죄 수사에 직접 참여하는 여성이다. 엘러리 퀸의 작품들에서는 여성이 그다지 큰 비중을 차지하고 있지 않은데, 유독 여기서 레인의 파트너로서 페이션스 섬을 등장시킨 것은 작가들의 치밀한 의도인 듯싶다.

즉, 이 〈Z의 비극〉은 여느 정통 추리소설과는 약간 다른 점을 지니고 있다는 것이다. 과학적인 수사방법이나 집요하게 범인을 추적하는 탐정의 모습은 어느 책에서나 똑같지만, 여기서는 갓 출옥한 늙은 죄수가 등장하여 그의 운명의 변화에 따라 사건이 전개된다. 출옥한 지 하루도 안 되어 다시 살인 용의자로 잡혀 들어가는 죄수, 그의 무죄를 확신하며 누명을 벗겨 주려고 백방으로 애쓰는 페이션스와 레인을 보며 독자들은 가슴을 졸인다. 권력 다툼의 소용돌이 속에서 가련한 죄수는 과연 전기 의자에 앉혀져 덧없이 목숨을 빼앗길 것인가? 손에 든 증거가 없어 애를 태우는 페이션스와 드루리 레인의 아슬아슬하고 안타까운 심정을 섬세한 여성의 눈으로 포착하여 극적인 효과를 자아내는 것이 이 〈Z의 비극〉에서 노리는 초점인 것이다.

또 하나 독특한 것은 이 소설에서는 사형실 장면이 두 번이나 나온다는 점이다. 첫번째 사형실 장면은 사실 사건에 전혀 관련이 없는 듯하고, 그저 비인도적인 사형제도를 고발하는 것에 지나지 않는 것 같지만, 이것이 나중에 보면 사건 해결의 실마리가 되는 동시에 암시적인 뜻을 전달하는 것을 알 수 있다. 즉 첫번째 사형 장면은 두 번째 사형실 장면을 준비하는 청사진 같은 것이라고나 할까. 작가들은 숨막히는 클라이맥스를 독자들에게 선사하기 위해 이 첫번째 사형 장면을 끼워넣는 고도의 기교를 발휘한 것이다.

엘러리 퀸의 전성기인 1935년 이전에 나온 작품으로는 9개의 국명(國名) 시리즈와 드루리 레인이 등장하는 4개의 시리즈가 있다. 여기서 대표적으로 잘 알려져 있는 것은 〈Y의 비극〉이지만, 이 〈Z의 비극〉 역시 그에 뒤떨어지지 않는 수작(秀作)이다. 서스펜스와 스릴, 그리고 단순히 두뇌 게임과 오락적인 성향에만 치우치지 않은 인간 심리에 대한 깊은 통찰과 인류애가 이 작품에 품격을 더해 주고 있다. 정통 추리물을 선호하는 독자라면 분명 이 작품은 한층 더 성숙한 사건 전개와 심리 묘사로 높은 점수를 받을 것이다.

■ 옮긴이/**김석환**

· 전 한국항공대학 학장

· 편저 ―「탐정게임」「명탐정 대작전 21」外 다수

· 번역서 ―「구름 속의 죽음」「테이블 위의 카드」
　「끝없는 밤」「갈색 옷을 입은 사나이」「세 번째 여자」外 다수

Z의 비극

1992년 08월 10일 초판 1쇄 발행
2005년 08월 15일 중쇄 발행

지은이　엘러리 퀸
옮긴이　이 제 중
펴낸이　이 경 선
펴낸곳　해문출판사
주　소　서울시 마포구 합정동 392-2 써니힐 202호
전　화　325-4721
팩　스　325-4725
등　록　1978. 1. 28 제3-82호

값 6,000원

ISBN 89-382-0303-4 04840
ISBN 89-382-0290-9 (세트)

추리 문학의 여왕
"애거서 크리스티"

한 번 읽기 시작하면 도저히 눈을 뗄 수 없는 추리소설!!

애거서 크리스티는 추리문학에 대한 공로로
영국 엘리자베스 여왕으로부터 <데임>(남자 기사)
작위를 수여 받았습니다. 최고의 추리문학으로
평가되고 있는 그녀의 작품은 **전세계 인구 3분의 1에**
해당하는 사람들이 읽었으며, 지금도 변함 없이
온 세계인의 사랑을 받고 있습니다.

※추리문학에 20여년을 공들인 **해문출판사**에서는 크리스티의
전작품을 80권으로 완간, 인기리에 판매하고 있습니다.

인류 역사상 성경 다음으로 가장 많이 팔린 슈퍼베스트셀러!